W0210502

Jake Lamar, geboren 1961, wuchs in der Bronx, New York, auf. Nach seinem Abschluss an der Harvard University schrieb er sechs Jahre lang für das *Time Magazine*. Er lebt seit 1993 in Paris und unterrichtet Kreatives Schreiben an der Elitehochschule Sciences Po; er schreibt Romane, Essays, Rezensionen, Kurzgeschichten und Theaterstücke. Jake Lamar wurde u. a. mit dem Lyndhurst-Preis und dem Grand Prix für den besten ausländischen Thriller ausgezeichnet. Zuletzt erschien 2023 der Kriminalroman *Viper's Dream*, der 2024 einen CWA Dagger Award erhielt. *Das schwarze Chamäleon* wurde mit dem Deutschen Krimipreis 2024 ausgezeichnet (1. Platz International).

Robert Brack, Jahrgang 1959, lebt als Autor und Übersetzer in Hamburg. Er wurde mit dem »Marlowe« der Raymond-Chandler-Gesellschaft und mit dem Deutschen Krimipreis ausgezeichnet und übersetzte u. a. die Kriminalromane von Declan Burke. Zuletzt erschien 2023 sein Kriminalroman *Schwarzer Oktober*.

Für Dorli

1

»So ein verfickter Scheiß! So ein verfickter, beschissener Scheiß-Bullshit!«

Es war nicht gerade der eloquenteste Moment im Leben von Reginald T. Brogus, aber die beiden profanen Sätze, die er murmelte, brabbelte, ja beinahe schluchzte, während er in meiner spärlich erleuchteten, unaufgeräumten Küche herumtigerte, könnten so etwas wie ein Motto oder ein Mantra gewesen sein für die Inkarnationen dieses Mannes in den vergangenen fünfundzwanzig Jahren. Ob in Gestalt eines kühnen, pistolenschwingenden Revoluzzers mit Beret oder eines pfeiferauchenden Neokonservativen mit roten Hosenträgern – Reginald T. Brogus sagte auf seine typisch bombastische Art immer das Gleiche.

»So ein verfickter Scheiß! So ein verfickter, beschissener Scheiß-*Bullshit*!!«

Aber in dieser Nacht war von seiner sonst üblichen Prahlerei nichts mehr übrig. Oder besser gesagt: an diesem Morgen. Die rot leuchtende Digitalanzeige des Radioweckers auf meinem Nachtschränkchen hatte 2:27 angezeigt, als ich nach dem nervig piependen Telefon griff. Brogus rief mich von seinem Handy aus an. Er sagte, er würde draußen auf der Maplewood Road stehen, direkt vor meinem Haus.

»Du musst mich reinlassen, Clay. Bitte!«

Ich murmelte etwas davon, wie spät es sei, und fragte, was er für ein Problem hätte. Das wollte er mir nicht sagen. Er bettelte einfach darum, hereingelassen zu werden. Ich sagte ihm, er solle zur Hintertür kommen. Penelope schnarchte leise vor sich hin, als ich im Dunkeln nach meinem Bademantel tastete. Es wäre mehr als ein Telefonanruf und das Stolpern gegen diverse Möbelstücke nötig gewesen, um meine Frau zu wecken, wenn sie sich in ihrer komatösen Tiefschlafphase befand. Ich schloss die Schlafzimmertür hinter mir und schlich eilig die Treppen hinunter. Pen konnte man nicht so leicht aus dem Schlaf reißen, aber ich wollte nicht riskieren, die Zwillinge aufzuwecken.

Immer noch benommen durchquerte ich die dunkle Küche, schlurfte in meinen Slippers schwerfällig über den Linoleumfußboden. Als ich die kleine Lampe einschaltete, die neben dem vier Zoll breiten Schwarzweißfernseher auf dem Küchentisch stand, sah ich draußen im Garten, hinter der Tür mit dem Fenster aus einbruchsicherem Glas, das von gelb gemusterten Rüschengardinen verdeckt wurde, die vagen Umrisse eines Mannes. Trotz meiner herrischen Vorträge zum Thema Sicherheit vergaßen Penelope und die Mädchen immer wieder, die Hintertür abzuschließen. Als ich den Türknauf drehte, stellte ich fest, dass sie schon wieder unverschlossen war, mitten in der Nacht.

Reggie Brogus trug einen blauen Trainingsanzug und dazu schmutzige weiße Nikes. Ich fand seine Ausstattung aus zwei Gründen bemerkenswert. Zum einen war es Montag, der 17. Februar 1992, und wir wohnten in Arden, Ohio, in einer flachen, windigen, so gut wie baumlosen Tundra, wo der Frühling erst Ende Mai Gestalt annahm. Und zweitens war Brogus zu diesem Zeitpunkt dreihundert Pfund schwer, ziemlich schwabbelig und sah aus, als wäre Kauen seine vorherrschende körperliche Ertüchtigung.

»He, Clay, Mann, du musst mir helfen.«

Seine Augen hinter den flaschenglasdicken Gläsern seiner Hornbrille quollen mehr aus den Höhlen als sonst. Ich schob ihn in die Küche und bat ihn, nicht so laut zu reden. Irgendwie war ich gar nicht erstaunt, dass er in diesem Zustand bei mir aufkreuzte. Vielleicht war ich zu verschlafen, um mir Sorgen zu machen. Und bekanntlich hatte Reginald T. Brogus einen Hang zum Melodramatischen. Ich schaltete die Leuchtstofflampe unter der Decke ein. Kurz bemerkte ich den gigantischen Berg aus schmutzigem Geschirr im Waschbecken, da knipste Brogus das Licht wieder aus.

»Das ist viel zu hell, Mann! Bist du wahnsinnig?«

Ich setzte mich an den Küchentisch in den Lichtschein der 40-Watt-Lampe. »Komm runter, Brogue«, grummelte ich.

Und da fing er an, wie besessen in der Küche herumzutigern. »So ein verfickter Scheiß! So ein verfickter, beschissener Scheiß-Bullshit!!«

Ich gähnte leise und rieb mir ein Klümpchen verkrusteten Schleim aus den Wimpern. »Kannst du dich etwas präziser ausdrücken, Mann?«, stöhnte ich. Auch wenn Brogus sehr verzweifelt wirkte, nahm ich ihn nicht besonders ernst. Wie viele andere Schwarze hatte auch ich Brogus seit den 1970ern nicht mehr ernst genommen.

»Warum erschießen sie mich nicht einfach, hm? Warum wollen sie mich komplett zerstören? Warum durchbohren sie nicht einfach mein Herz mit einem Holzpflock!« Brogus schlug sich gegen die voluminöse Brust, während er über das Linoleum stakste. Seine Stimme überschlug sich, er klang, als wäre er kurz davor, in Tränen auszubrechen. »Wäre es nicht einfacher, mich umzubringen? Müssen sie mich auch noch foltern?«

Sie? Zuerst dachte ich, Brogus würde von unseren Kollegen an der Arden University sprechen. Dann fiel mir ein, wie unglaublich viele Feinde Reggie Brogus hatte. »Sie«, das konnten Aktivisten der wiederbelebten Black Panther Party sein oder Hinterwäldler, die der Ideologie der Weißen Vorherrschaft anhingen, oder rachsüchtige Agenten des FBI, der CIA oder der Steuerbehörde oder Angehörige der linken Medien-Schickeria oder jede Person, die sich dem weiblichen

Geschlecht zugehörig fühlte. Brogus war, sogar gemessen an den aktuellen Standards, ziemlich paranoid. Das schoss mir durch den Kopf, als ich mir so langsam Sorgen wegen seines unerwarteten nächtlichen Besuchs machte. Zu diesem Zeitpunkt verstand ich das Ausmaß des Ganzen noch nicht, das wurde mir erst später bewusst, als ich mit eigenen Augen sah, was auf dem Sofa im Büro von Reginald T. Brogus im Afrikamerika-Institut lag – nämlich der nackte Körper einer weißen Studentin, die erwürgt worden war.

Nicht vergessen, ich spreche hier von 1992 – *Anfang* 1992. Das Reich der Glaubwürdigkeit hatte noch nicht seine aktuellen abenteuerlichen Ausmaße angenommen. Auch wenn der Golfkrieg ein Jahr zuvor das Unglaubwürdige immer glaubwürdiger hatte werden lassen – in der Nacht, als Brogus in voller Panik vor meiner Tür auftauchte, war O. J. Simpson noch der bekannteste Ex-Sportler und TV-Schlaukopf im Land, Mrs. Simpsons Kopf war immer noch vollständig mit ihrem Körper verbunden, Slick Willie Clintons Präsidentschaftskandidatur schien hoffnungslos, und alle Welt ging davon aus, dass das Urteil im Prozess gegen die weißen Cops in Los Angeles, die dabei gefilmt worden waren, wie sie den armen schwarzen Rodney King verprügelten, selbstverständlich »schuldig« lauten würde. Im Februar 1992 hatte eine nackte Leiche – genauer gesagt die nackte Leiche einer weißen Frau – im Büro eines Professors – genauer gesagt eines schwarzen männlichen Professors – immer noch das Potenzial, die Öffentlichkeit, wenn schon nicht zu schockieren, so doch immerhin in Erstaunen zu versetzen.

Aber während ich versuchte, den in meiner Küche herumlatschenden Brogus zu beruhigen, wusste ich noch gar nichts von der Leiche. So etwas war jenseits meiner Vorstellungskraft. Ich lebte mein Leben noch immer innerhalb der alten Parameter des Glaubwürdigen.

»Du musst mitkommen«, sagte Brogus atemlos. »Wir gehen in mein Büro. Du musst dir diese Scheiße anschauen. Du bist mein Zeuge.«

»Zeuge für was denn? Und sprich bitte leiser.«

Brogus hörte endlich auf herumzutigern, blieb stehen und hob die Hände vors Gesicht. Er drückte die Handflächen gegen seine sehr breite und hohe Stirn und starrte zu Boden. Offenbar versuchte er seine Atmung unter Kontrolle zu bringen, seine Nerven zu beruhigen. Er trat mit schweren Schritten an den Tisch und setzte sich mir gegenüber hin. Sein fetter Hintern quoll auf beiden Seiten über den Rand des spillerigen Holzstuhls. Er stemmte die Ellbogen auf die Tischplatte und verschränkte seine Wurstfinger. Er mied meinen Blick. Seine vorstehenden Augen schienen einen Fleck hinter mir zu fixieren, etwas, das nur er in dieser dunklen Ecke der Küche wahrnehmen konnte. »Du bist mein Zeuge«, sagte er knurrend.

»Zeuge für was, Reggie?«

Brogus schüttelte träge den Kopf und starrte weiter an mir vorbei ins Dunkle. »Für diesen Scheiß ... diesen beschissenen Scheiß ... den sie in meinem Büro deponiert haben.«

»In deinem Büro? An der Uni?«

Brogus nickte langsam, seine Froschaugen hinter der dicken Brille wirkten besessen. »Siehst du das denn nicht?«, knurrte er. »Denen reicht es nicht, mich umzubringen. Die wollen mich ruinieren.«

Da ich mich für sehr clever hielt, zog ich sofort die falschen Schlüsse. Drogen. Jemand musste Koks im Büro von Brogus deponiert haben. Egal ob er als linker oder als rechter Aktivist auftrat, Drogen hatte Brogus immer vehement abgelehnt. In seinen beiden Büchern – *LIVE BLACK OR DIE! A Militant Manifesto*, veröffentlicht 1968, und *An American Salvation. How I Overcame the Sixties and Learned to Love the U.S.A.*, veröffentlicht 1984 – hatte er sich darüber ausgelassen, wie gefährlich Drogen für die schwarze Community seien. Wenn also einer der zahllosen Feinde von Brogus ihn diskreditieren und an den Pranger stellen wollte, dann wäre die hinterhältigste Art, Drogen in sein Büro zu schmuggeln, womit er nicht nur als Verbrecher, sondern auch als Schwindler dastünde.

»Ich glaube, ich verstehe jetzt«, sagte ich. »Aber, hey, Mann, wieso kommst du damit zu mir? Solltest du nicht die Polizei rufen?«

»DIE PO-LI-ZEI?!« Brogus schrie es beinahe.

»Sch-sch.«

»Was zum Henker glaubst du wohl, was die Po-li-zei mit meinem schwarzen Hintern tun wird?« Brogus schaute mir ins Gesicht, er sprach hastig, rau und wütend. »Es könnte genauso gut die Polizei gewesen sein, die diesen Scheiß in meinem Büro deponiert hat.«

»Okay, okay«, sagte ich und hob eine Hand, um ihn zu beruhigen. »Kein guter Vorschlag.«

»Diesen Mistkerlen ist es nie gelungen, mich in den Knast zu bringen. Damals in den Siebzigern haben sie sich jede Menge falscher Beschuldigungen ausgedacht, und ich habe immer dagegengehalten!«

Es war eigenartig, dem republikanischen Reginald am Ende der Reagan/Bush-Ära dabei zuzuhören, wie er die Cops verfluchte, ganz so wie der revolutionär gesinnte Reggie in früheren Zeiten. Wenige Monate zuvor hatte Brogus die exzessive Polizeigewalt gegen Rodney King öffentlich gerechtfertigt. Der Mann war eindeutig am Rande des Nervenzusammenbruchs. »Hör mal, Reg, was willst du denn ...«

»WaszumTeufelistdas?«, zischte er. Fünf Worte, so schnell ausgesprochen wie ein einziges. Er drehte sich ruckartig um und starrte zur Hintertür.

Ich brauchte einen Moment, aber dann hörte ich, was ihn erschreckt hatte, dieses leise kratzende Geräusch von Krallen auf Holz. Brogus drehte sich so hastig wieder zu mir um, dass der Stuhl unter ihm knackte, und blickte mich misstrauisch an. Als wäre ich verantwortlich für dieses rätselhafte und anhaltende Kratzen. In gewisser Weise war ich das auch.

»Entspann dich«, sagte ich, stand auf und ging zur Tür der Speisekammer neben dem Hintereingang, in der wir unsere länger haltbaren Nahrungsmittel aufbewahrten, und zog sie auf. Zwei silbrige Augen leuchteten im Dunkeln.

»Jau!«, sagte Dexter mit seiner piepsigen Stimme. Unser geschmeidiger, nachtschwarzer Kater machte es sich oft auf einem der unteren Regalbretter bequem, und manchmal vergaßen wir ihn und sperrten ihn versehentlich in seinem gemütlichen Schlupfwinkel ein. Nun flitzte er aus der Kammer und seine Krallen klackerten über den Linoleumboden.

Ich drehte mich wieder zu Reggie um. »Wo waren wir gerade?«

Der Zwischenfall mit dem Kater schien Brogus noch mehr aufgewühlt zu haben. »Du musst mitkommen«, sagte er mit flehendem Blick. »Du musst über diesen Scheiß schreiben. Du musst das, was hier abläuft, in der Zeitung bringen. Du musst mich entlasten!«

»Halt, Moment mal, Reggie! Ich bin kein Journalist mehr. Ich bin gar nichts. Ich bin nur noch ein beschissener Journalistikprofessor.«

»Du musst mitkommen. Jetzt sofort!«

»Reggie, sieh mich mal an. Ich bin im Bademantel.«

»Dann zieh dich an, Arschloch! Du musst dir diesen Scheiß ansehen!«

»Ach, komm, Reg ...«

»Clay!« Brogus beugte sich vor und umfasste meine beiden Handgelenke mit seinen riesigen Pranken. »Du schuldest mir noch was. Das weißt du!«

Das stimmte. Genau so war's. Abgesehen davon muss ich zugeben, dass meine Neugier geweckt war.

»Um diesen Scheiß glauben zu können«, sagte Brogus heiser, »musst du es gesehen haben.«

Manche, da bin ich mir sicher, nennen es mein Exil.

Clay Robinette? In Ohio?!?! Ach du liebe Güte!

Die Lachnummer des eigenen Berufsstands zu sein – zumindest in New York – ist nicht so schmerzlich, wie Sie vielleicht denken. Es fühlt sich an wie eine schorfige, juckende Wunde, etwas Lästiges. Wieso, zum Teufel, wurde ausgerechnet ich bei etwas ertappt, mit dem alle anderen davonkamen? Ich hörte, wie meine ehemaligen Kollegen sich kichernd über ihre Spesenabrechnungen beugten und mich scheinheilig bemitleideten. Durchaus nachsichtig und auch ein bisschen nervös. Denn jeder wusste, er könnte der Nächste sein.

Sie erinnern sich bestimmt noch an Janet Cooke? Die schwarze Kollegin bei der *Washington Post*, die 1981 oder '82 den Pulitzer-Preis gewonnen hatte für die Story über den kleinen Jimmy-Johnny-Jackie, einen sechs oder sieben Jahre alten Junkie, der im Ghetto dahinvegetierte. Es stellte sich dann heraus, dass die ganze Geschichte ein Fake war, Janet hatte sich alles nur ausgedacht. Also wurde ihr der Preis wieder aberkannt, sie verlor ihren Job, ihre Reputation und ihre Zukunft. Die meisten fanden das gerecht. Wie auch immer – ich war keine Janet Cooke. Mir hatte man bloß die Fälschung einiger Zitate nachgewiesen. O-Töne von anonymen, teilweise ausgedachten Quellen. Das hab ich ein paarmal gemacht für den einen oder anderen Artikel. Mal im Ernst: Ich bin bestimmt nicht der einzige Journalist, der so was getan hat. Ich habe nur die Spielregeln angewendet, die ich vorgefunden hatte. Aber ich wurde entlarvt, fertiggemacht, ausgegrenzt und schließlich aus der Stadt gejagt.

Deine Community ist stolz auf dich: So lautete das Lob in der guten alten Zeit. Tja, Janet Cooke wurde als Schande für ihre Community angesehen. Mein Fall wurde in der Öffentlichkeit nicht so sehr an die große Glocke gehängt wie ihrer (ich hatte sowieso nie einen Preis gewonnen), aber auch ich wurde als ein Schandfleck der schwarzen Community betrachtet. Ich habe das nie so gesehen. Hey, ich war nur ein mittelmäßiger Journalist. Ich habe nie mehr als Mittelmaß angestrebt. Wissen Sie, unter Schwarzen heißt es: Unsereins muss doppelt so gut sein, um halb so weit zu kommen wie ein Weißer. Na schön, das mag stimmen oder auch nicht. Ich jedenfalls wollte nur mein Mittelmaß aufrechterhalten. Ein richtig guter Journalist zu sein, ist sehr anstrengend. Ein mittelmäßiger Journalist zu sein, ist einfach. Mir genügte das normale Mittelmaß. Den Gedanken, ich müsste doppelt so mittelmäßig sein wie meine mittelmäßigen weißen Kollegen, um auch nur halb so mittelmäßig zu sein wie sie, lehnte ich ab. Wieso sollte ich mich, nur weil ich schwarz bin, irgendwelchen rigiden Leistungsanforderungen unterwerfen? Meine Güte, schauen Sie sich doch bloß mal die üblichen mittelmäßigen Weißen an – gar nicht zu reden von weißen Journalisten! Ich bin weder stolz noch schäme ich mich für meine Mittelmäßigkeit. Aber mein *Recht* auf Mittelmäßigkeit, meine Freiheit, so mittelmäßig sein zu dürfen wie jede x-beliebige mittelmäßige weiße Person, sollte als ultimatives Gleichstellungsziel gelten, finden Sie nicht?

Im Februar 1992 war ich nicht mehr mittelmäßig – ich war gescheitert. Soll heißen, ich sah mich selbst als gescheitert an. Aber es handelte sich, das muss ich zugeben, um ein angenehmes Scheitern. Ein paar Monate vor meinem vierunddreißigsten Geburtstag war mir klar geworden, dass ich meine Chance auf eine respektable journalistische Karriere in den Sand gesetzt hatte. Und eine zweite Chance würde ich nicht bekommen. Verstehen Sie mich nicht falsch: Ich dachte nicht, mein Leben wäre deshalb komplett ruiniert. Ich liebte meine Frau und meine Töchter, sie gaben meinem Leben mehr als alles andere einen Sinn. Aber in Bezug auf Karriere war ich eine Niete. Es gibt Schlimmeres.

Man könnte sagen, dass Jerry Shamberg mich gerettet hat – auch wenn ich diese Formulierung hasse. Im Herbst 1986 hatte ich ein Porträt des neuen Dekans der Arden

University verfasst für *A Bite of the Apple*, eine inzwischen eingestellte, wöchentlich erscheinende Hochglanzzeitschrift für wohlhabendere New Yorker. Die unbedeutende, so seriöse wie langweilige Arden University hatte eine Spende von 100 Millionen Dollar bekommen, dank des Vermächtnisses der Nachfahrin einer Stahlmagnatenfamilie, die 1907 ihren Abschluss gemacht, nie geheiratet und auch keine näheren Verwandten gehabt hatte, denen sie ihren Reichtum vermachen konnte. Ein paar aufgeweckte Mitglieder des Hochschulrats überredeten die Traditionalisten unter ihnen, die großzügige Schenkung dazu zu nutzen, die Arden University in eine »angesagte« beziehungsweise »Spitzenuniversität« zu verwandeln. Sie wollten das Geld dazu nutzen, die Uni »ins Gespräch« zu bringen. Ihr Ziel war, die langweilige, mittelmäßige Arden University zu einem attraktiven »Hot Spot« für wohlhabende und anspruchsvolle Studierende zu machen, für Studierende also, die es normalerweise an die Brown University oder das Oberlin College zog, beides Institutionen, die Arden als Anlaufpunkt für die Nachkommen reicher und smarter New Yorker, die Zeitschriften wie *A Bite of the Apple* lasen, bislang in den Schatten gestellt hatten.

»Wir als Unterrichtende sind Produzenten. Die Studenten sind Konsumenten«, sagte Dekan Jerry Shamberg während meines Vorstellungsgesprächs. »Unsere Aufgabe ist es, ein gutes Produkt herzustellen, für das unsere Konsumenten, oder ihre Eltern, gerne bereit sind zu zahlen. Ich leite hier nicht bloß eine Universität, ich leite ein Unternehmen!«

Der abgefeimte Jerry Shamberg stammte aus Brooklyn und hatte einen Doktor in Psychologie und einen Master in Betriebswirtschaft in Harvard gemacht. Die Arden University hatte eine obszön hohe Summe bezahlt, um Dekan Jerry vom College of the Dunes auf Long Island wegzulocken, wo er es während seiner zehn Jahre als Vorsitzender des Verwaltungsrats geschafft hatte, diese Witz-Uni für minderbemittelte Hinterwäldler in einen Tummelplatz für Sprösslinge reicher Leute aus Manhattan zu verwandeln, die ihren Sommerurlab bevorzugt in den Hamptons verbrachten. Obwohl es Gerüchte gab, dass einige Studenten am College of the Dunes ihre Bestnoten vor allem in Volleyball erzielten, stieg ihr Ansehen rapide. Shamberg lockte hochrangige Akademiker an, indem er ihnen horrende Gehälter anbot – jedenfalls für Akademikerverhältnisse. Er machte unaufhörlich Reklame für seine Hochschule bei seinen New Yorker Bekannten, die einen gewissen Einfluss hatten. Und schon stiegen die Bewerberzahlen exponentiell an. Immer mehr Spenden gingen ein. Von manchen Eltern hieß es, sie hätten sich gegenseitig überboten, um für ihre Kinder einen Platz am College zu ergattern. Der Stiftungsrat der Arden University hoffte, dass Jerry Shamberg seine Zauberkräfte auch in der flachen, trostlosen Einöde von Ohio entfalten würde.

Ich hatte immer gedacht, Shamberg wäre in dem Artikel, den ich über ihn geschrieben habe, als Arschloch rübergekommen. Aber das Porträt, das am 1. Oktober 1986 in *A Bite of the Apple* erschien, löste in Arden einen regelrechten Goldrausch aus. Zweieinhalb Jahre später traf ich Shamberg zufällig auf der Madison Avenue. Er hatte schon davon gehört, dass man mir die Fälschung von Quellen und Zitaten vorwarf. »Immerhin haben Sie *mich* korrekt zitiert!«, sagte er und lachte laut auf.

Die schorfige, juckende Wunde meiner Schande war an diesem Nachmittag besonders deutlich zu spüren gewesen. Ich erzählte Shamberg, dass ich schon seit sechs Monaten keinen Auftrag mehr bekommen hätte, nicht mal von Zeitschriften der untersten Kategorie. Mein Agent hatte mir den Tipp gegeben, mich nach einem normalen Job umzuschauen. Und da bot Shamberg mir spontan eine Dozentur an der Arden University an. Ich sagte ihm, ich hätte noch nie einen Journalistikkurs besucht, geschweige denn einen gegeben. Er sagte, das spiele keine Rolle. Ich sagte ihm, ich sei ein schlechtes Vorbild und als Journalist erledigt.

»Hey, Sie sind *umstritten*!«, rief Jerry aus. »Und wer umstritten ist, lässt sich gut verkaufen!«

* * *

Und so wurde ich im Herbst 1989 Professor für Journalismus und Creative Non-Fiction – was immer das für ein Blödsinn sein soll. (Tatsächlich, denke ich, wäre der Begriff »Creative Non-Fiction« eine freundliche Umschreibung dessen, was mich in der Medienwelt zum Paria gemacht hat.) Als College-Professor bekam ich ein ansehnliches Gehalt, wie es sich gehört. Abgesehen von der gnadenlosen Tristesse, die in Arden, Ohio, vorherrschte, schien es ein ganz guter Ort zu sein, um Kinder großzuziehen. Penelope war nie besonders scharf auf New York gewesen und hatte das Journalistenmilieu nie gemocht. Sie und die Zwillinge waren sofort mit Ohio einverstanden gewesen. Und um ehrlich zu sein, hatte ich auch keine großen Schwierigkeiten, mich dort hineinzufinden. Was mich betraf, so war ich gerade von der Trittleiter des Mittelmaßes gestolpert. Mit 31 hatte ich mich auf dem Nebengleis des Scheiterns recht bequem eingerichtet.

Es gab noch einen anderen Grund – abgesehen von meinem niedrigen beruflichen Status –, warum ich glücklich war, New York City zu verlassen. Was den Rassismus betrifft, wurden die Dinge immer heftiger, zu heftig für mein pazifistisches Gemüt. Im April 1989 wurde eine junge Weiße – eine Investmentbankerin – beim Joggen im Central Park angeblich von einer Gang schwarzer Teenager überfallen, brutal vergewaltigt und verprügelt. Im August wurde ein schwarzer Teenager in Bensonhurst, Brooklyn, von einem weißen Mob erschossen. Diese beiden Gewalttaten brachten die mühsam kaschierten Feindseligkeiten zwischen den Bevölkerungsgruppen erneut zum Ausbruch. Ich hatte den Eindruck, dass sich das alles nur zum Schlechteren hin entwickeln konnte. Ich wollte Amber und Ashley – ja, meine Töchter heißen

Amber und Ashley – nicht in einer derart belasteten Atmosphäre aufwachsen lassen.

Was nicht heißen soll, dass Arden eine Bastion des Friedens und der Menschenliebe wäre. Gewisse Themen liegen auch hier in der Luft: Studien zur Multikulturalität, Förderung von Minderheiten, freie Rede im Gegensatz zur Rücksichtnahme auf Minoritäten. Bitte vergeben Sie mir, aber ich konnte mich über diese Themen nie besonders echauffieren, so wichtig sie auch sein mögen. Aber mir wurde sehr schnell bewusst, dass die meisten Weißen und alle Angehörigen von »Minoritäten« an der Fakultät ständig von den Studenten und den Kollegen daraufhin geprüft wurden, wo sie in Bezug auf diese und andere sehr wichtige Themen standen. Man wurde nicht nur aufgrund der geäußerten Ansichten beurteilt, sondern auch danach, wie man sie äußerte, wie man sich kleidete, wo man wohnte, mit wem man sich traf und mit wem man ins Bett ging. Natürlich findet so etwas überall statt. Aber auf einem College-Campus – mit seiner leicht reizbaren Vermischung eigenwilliger Diversitäten und starrsinniger Selbstabgrenzung – hatten die persönlichen Überzeugungen und wie man danach lebte eine ganz besondere Bedeutung.

Nicht zum ersten Mal in meinem Leben war ich glücklich darüber, eine schwarze Frau geheiratet zu haben.

* * *

17. Februar 1992, 2:45 Uhr. Ich stellte meinen Volvo auf dem Parkplatz hinter dem Mathematikgebäude ab. Meine Wohnung war nur eine Meile entfernt. Brogus hatte vorgeschlagen, zu Fuß zu gehen, weil wir dann weniger Aufmerksamkeit auf uns lenken würden. Ich hatte ihm erklärt, dass ich nicht die Absicht hätte, mitten in der Nacht eine Meile durch den Schnee zu laufen, bei minus zehn Grad Celsius (bei diesem Wind gefühlt minus zwanzig). Abgesehen davon, wer

sollte uns sehen? Niemand in Arden war in dieser Sonntagnacht wach und unterwegs. Während der kurzen Fahrt schimpfte Brogus leise vor sich hin und erklärte mir, dass ich sein Zeuge wäre. Ich trat aus dem Wagen in die schneidende Kälte. Zog die Parkakapuze mit Fellbesatz über den Kopf. Brogus stand auf der anderen Seite des Wagens in seinem Trainingsanzug und den Sneakers. Er trug nicht mal ein T-Shirt: Schwarze und weiße Löckchen kräuselten sich im V-Ausschnitt seiner Jacke, er hatte den Reißverschluss nur zur Hälfte über seiner wulstigen Brust zugezogen. War Brogus etwa zu meinem Haus *gerannt*?

»Ist dir nicht kalt?«, fragte ich.

»Scheiß drauf«, sagte Brogus. Er ließ seinen Blick über den großen leeren Parkplatz schweifen, als fürchtete er, jemand könnte uns auflauern. Schwer atmend stieß er dünne weiße Wölkchen aus, die sich in der eisigen Luft rasch auflösten.

Der kurze Anflug von Enthusiasmus, der mich angesichts dieser kleinen Exkursion erfasst hatte, als ich mich im Dunkeln rasch anzog, während Penelope leise schnarchte – einen schweren Pullover mit Zopfstrickmuster und schwarze Jeans über der Winterunterwäsche, in der ich geschlafen hatte, dicke Wollsocken und Timberland Boots –, war so gut wie verflogen. Was hatte ich so aufregend gefunden, als ich die Treppe hinuntergeeilt war, zurück zu Brogus, der panisch in der Diele herumgetigert war und Obszönitäten ausgestoßen hatte? Eine Story! Mein alter Reporterinstinkt war wieder zum Leben erweckt worden. Ich roch eine Story! Sie sollten nicht vergessen, dass ich zu diesem Zeitpunkt dachte, Reggie würde von Drogen sprechen, dass jemand ein Kilo Irgendwas in sein Büro geschmuggelt hatte, um ihn wegen Besitzes, wenn nicht gar als Dealer dranzukriegen. Mir wurde sofort klar, dass dies ein großartiger Artikel werden könnte, für *Esquire* oder *GQ* oder *Vanity Fair*. Die tagesaktuellen Medien – Zeitungen, Radio, TV – würden der Story natürlich viel Platz einräumen, zumindest für einen oder zwei Tage. Aber ich würde über vertrauliche Informationen bezüglich der »Affäre Reggie Brogus« verfügen. Wenn es hier tatsächlich eine Story gab und wenn ich den ganzen Scheiß in einen richtig guten Artikel packen konnte, würde ich ihn bestimmt an eins der Hochglanzmagazine verkaufen können. Dann wäre ich wieder im Spiel! Das große Comeback des Clay Robinette!

Brogus schwieg, als wir den kurzen Weg vom Parkplatz zum Mathematikgebäude zurücklegten, er hielt den Kopf gesenkt, hatte die Hände zum Wärmen in die Taschen seiner Trainingsjacke geschoben. Seine Ellbogen standen seitlich ab, während er mit den Füßen fest auftrat, um nicht auszurutschen auf dem vereisten Weg. Das ausgedehnte, weitläufige Gelände der Arden University lag vor uns, seine eintönigen, blockartigen roten Backsteingebäude sahen so aus, wie ein naiver Mensch sich einen typischen Campus vorstellt. Die ganze Architektur wirkte gewollt stattlich, hatte etwas Erzwungenes. Als hätte ein Bürger von Ohio sich sehr ernsthaft bemüht, seine Idee von New England, vielleicht sogar Olde England, hier umzusetzen. Aber um die Mauern der größeren und kleineren Gebäude der Arden University rankte sich kein Efeu. Es gab auch kaum Bäume zwischen den Gebäudeblöcken. Ich trottete neben Brogus über einen asphaltierten Gehweg, und um uns herum war alles mit Eis bedeckt. Auf dem Boden lag nicht sehr viel Schnee, nur hier und da waren weiß schimmernde Flecken zu sehen. Aber alles war vom Eis überzogen. Froststarre, spitze Grashalme glänzten im Mondlicht wie grüne oder gelbe Messerklingen.

Das Afrikamerika-Institut war noch keine eigenständige Fakultät mit Bachelorkandidaten, Doktoranden oder einem eigenen Gebäude. Im Wintersemester 91/92, dem zweiten Jahr seines Bestehens, wurde der Fachbereich noch als »Pilotprojekt« bezeichnet. Nur wenige Kurse wurden unter Federführung dieses Instituts angeboten, das bislang keinen offiziellen Status besaß, es gab noch keine Spendenkampagnen und auch keine offizielle Leitung. Im September 1992 sollte es ein vollwertiger Studiengang werden und würde vielleicht sogar ein separates Gebäude beziehen. Aber jetzt, im Februar '92, musste sich der Fachbereich mit wenigen Büroräumen in einer Etage des alten Mathematikgebäudes begnügen.

Wir standen vor dem Seiteneingang. Brogus suchte nach seinen Schlüsseln. Nach dem kurzen Fußmarsch vom Parkplatz bis hierher schien er sich ein wenig beruhigt zu haben. Als wir das dunkle Foyer betraten, sagte er beinahe schon sachlich: »Schalt die Taschenlampe ein.«

In meiner Garage hatte ich nach einer dieser kleinen silbrigen Stablampen gegriffen, aber als ich sie einschalten wollte, stellte ich fest, dass die Batterien leer waren. Stattdessen hatte ich einen klobigen, unhandlichen Scheinwerfer mit, den man an einem breiten Tragegriff halten musste. Das war eine Lampe, die eher für nächtliche Straßenbauarbeiten geeignet war, nicht für zwei Professoren, die morgens um drei Uhr durch das Gebäude der mathematischen Fakultät schlichen. Brogus und ich schnappten gleichzeitig nach Luft, als der grelle Lichtstrahl aufflammte. Wir standen in einem großzügigen Treppenhaus mit Stufen und Geländern aus Metall. Die Stufen wirkten hart und widerborstig in dem kalten blauweißen Lichtkegel.

»Clay, verdammt!«, zischte Brogus und blinzelte panisch, als ihn das kalte Licht traf.

»Ich sagte doch, dass dies die einzige funktionierende Taschenlampe ist, die ich habe.«

Brogus murmelte etwas Unverständliches und begann die Stufen hinaufzusteigen. Ich folgte ihm dicht auf den Fersen, die schwere Lampe in der Hand, und fand, dass wir hier bloß unsere Zeit verschwendeten. Verdammt, vielleicht waren in Reggies Büro überhaupt keine Drogen. Was immer da für ein Scheiß in seinem Büro herumlag, es würde sehr wahrscheinlich keine heiße Story für mich dabei herausspringen. Brogus führte mich durch eine zweiflügelige Schwingtür auf dem Treppenabsatz im ersten Stock, und dann gingen wir einen langgestreckten, gleißenden Korridor entlang. Das Gebäude war 1955 erbaut worden und die Flure waren in einem Stil gehalten, der damals wahrscheinlich als modern und futuristisch galt, heute aber eher veraltet wirkte.

»Schalt das Ding aus«, knurrte Brogus mich an. Ich knipste das Licht aus. Wir blieben vor der Tür des Afrikamerika-Instituts stehen. Ich hörte, wie Brogus' Schlüssel klimperten, während meine Augen sich langsam an die Dunkelheit gewöhnten. Ich sah, wie die Silhouette der Tür aufschwang. Zunächst war in der Dunkelheit nichts zu erkennen, aber ich kannte den Raum, den wir nun betraten. Es war die Rezeption. Ich wusste, dass über dem Arbeitsbereich der Teilzeitsekretärin Drucke von Romare Bearden und Imitationen afrikanischer Masken hingen. Ich hörte, wie Brogus die Tür hinter mir schloss. Zum ersten Mal, seit er bei mir aufgetaucht war, spürte ich so etwas wie Angst.

Beinahe schrie ich laut auf, als Brogus mich anstieß. Ich spürte, wie seine schweren Hände mich abtasteten. Er suchte nach dem klobigen Scheinwerfer, packte ihn am Griff und nahm ihn mir vorsichtig aus der Hand. Dann legte er seine schwere Pranke auf meinen Rücken. »Wir gehen jetzt in mein Büro«, sagte er heiser. Er schob mich voran. Ich tastete mich mit der rechten Hand an der Wand entlang durch den kurzen Flur, der in sein Büro führte. Plötzlich hielt er inne und zog am Stoff meines Parkas. Ich blieb stehen. Ich hörte seine Schlüssel klimpern. Es klang, als würde seine Hand zittern. »Verdammte Scheiße.« Wieder dieser brüchige Tonfall. Ich hörte, wie der Schlüssel sich im Schloss drehte, und das leise Quietschen der Tür, als sie aufschwang. »So ein verfickter Scheiß! So ein verfickter, beschissener Scheiß-Bullshit!«, sagte Brogus, den Tränen nahe.

Als Journalist hatte ich nie über Verbrechen geschrieben. Hatte nie über Polizeiarbeit berichtet, nie eine Leichenhalle besucht, mit Notizbuch und Stift in der Hand. Bis zu diesem Augenblick hatte ich noch nie eine Leiche gesehen. Ich trat aus der Dunkelheit in eine Welt, die gnadenlos grell ausgeleuchtet wurde. Und da sah ich sie liegen. In dem bläulich kalten, erbarmungslosen Lichtschein wirkte ihre Haut eierschalenweiß. Sie lag bäuchlings auf dem schmutzig-braunen Kunstledersofa. Ich sah die Furche ihrer Wirbelsäule, die blasse Wölbung ihres Hinterns. Ihre Beine waren leicht gespreizt, aber ich konnte ihre Vagina nicht erkennen. Sie hatte gelbe Socken an den Füßen. Sehr kurze Socken, die kaum über ihre Knöchel reichten. Ihr rechter Arm hing über den Rand des Sofas, ihre Hand spreizte sich linkisch auf dem Fußboden. Ihr linker Arm lag verdreht um ihren Kopf in einem unnatürlichen Winkel. Auch ihr Kopf wirkte verkantet, und ich erkannte sofort, dass diese grausige Haltung nur im Tod möglich war. Hatte man ihr den Hals gebrochen? Ich konnte weder Gesicht noch den Nacken noch ihre Schultern sehen. Sie wurden verdeckt von einer wilden Masse roter Haare. All das deutete darauf hin, dass diese Frau nicht schlief, nicht lebte. Ich hatte es noch nie zuvor gesehen, aber dies war eindeutig und unmissverständlich der Tod. Ich stand so sehr unter dem Bann dieser vom Tod verursachten Entstellungen, dass mir ihr Körper völlig fremd vorkam. Ich weiß nicht mehr, ob ich irgendwas sagte.

»Da siehst du, was sie mir angetan haben«, hörte ich Brogus schluchzen. »Ich habe nichts getan, Mann. Ich hab nichts damit zu tun, verdammt!«

Fast wie im Traum, als würde mein Körper dort hingezogen, trat ich ans Sofa. Ich ging in die Hocke, streckte die Hände aus. Sie steckten in den »Astronautenhandschuhen«, wie meine Frau diese absurd dicken schwarzen Thermodinger bezeichnete, die aussahen wie aufgepumpt. Als ich nach dem feuerroten Haar fasste, kam mir der Gedanke, dass ich damit bestimmt keine Fingerabdrücke hinterließ. Ich hockte mich neben das Sofa und meine Hand schob die Haare beiseite. Das Erste, was mir seltsamerweise auffiel, waren die Hosenträger. Sie hatten grelle weiß-blau-rote Streifen. Wenn er sie anhatte, sah Brogus aus wie eine übergewichtige schwarze Ausgabe von Uncle Sam. Die Riemen waren um den Hals der Frau geschlungen und verknotet. Ich schob noch mehr Haare beiseite und erst da sah ich es. Ihr Gesicht war verquollen und bläulich verfärbt. Ihre Augen und ihr Mund standen offen. Hässlich verkrümmt im Zustand des Todes hatte ihr schöner Körper auf mich völlig fremd gewirkt. Aber jetzt sah ich ihr Gesicht, ihren erstarrten Blick, ihre aufgerissenen Augen und ihren Mund, der ein perfektes O formte. Das war Seeräuber-Jenny, bekannt auch als Jennifer Esther Wolfshiem, und hoffentlich *nicht* bekannt als ... Wie drückt man sich heutzutage korrekt aus? Wie sagte man damals dazu? Die aktuellen Euphemismen dafür kenne ich nicht. Also muss ich auf diese altmodische, archaische, albern wirkende Ausdrucksweise zurückgreifen: Sie war meine Geliebte.

2

Ich will Sie nicht anlügen. Ich gebe zu, mein erster Impuls war, wegzulaufen. Ich befand mich in der Hocke, als ich Jenny erkannte, ihren unnatürlich verdrehten Kopf auf dem Sofa, Augen und Mund so unmittelbar und grässlich weit aufgerissen, nur wenige Zentimeter vor mir. Ich prallte zurück und sprang auf. *Verdammt, lasst mich hier raus.* Ich starrte Jenny an, ihren Körper, der mir plötzlich so vertraut vorkam. Ich weiß nicht, wie lange ich dort stand, in dem grellen blauweißen Licht in Brogus' fensterlosem Büro mit seinen kahlen Wänden, vor diesem Körper, den ich einst liebkost, genossen, der mich aufgenommen hatte, diesem Körper, der sogar jetzt noch erotische Gefühle in mir weckte, während ich wie vom Donner gerührt war angesichts seiner Leblosigkeit und der Gewalt, die ihm angetan worden war. *Verdammt, lasst mich hier raus.* Ich glaube nicht, dass ich es laut aussprach. Aber in meinem Kopf gab es nur diesen einen Gedanken. Keine Überlegungen in Bezug auf Recht oder Moral. Der Schmerz, Jenny verloren zu haben, das Grauen über ihre Ermordung hatten noch nicht eingesetzt – nicht wirklich. Obwohl ich Brogus' schweren Atem hinter mir hörte, war er für mich nicht vorhanden. Meine Fähigkeit, vernünftig zu denken, war ausgeschaltet. Ich war auf meinen nackten Instinkt zurückgefallen. *Verdammt, lasst mich hier raus.*

Ich setzte mich in Bewegung. Nicht, dass ich rannte, aber beinahe. Ich musste wohl aus Brogus' kleinem Büro mit vier großen Sätzen durch den kurzen Flur bis zur Tür des Rezeptionsbereichs gelangt sein, als ich hinter mir die Stimme von Brogus hörte, verzweifelt bemüht, nicht laut zu schreien: »Clay!« Das Licht des Scheinwerfers erleuchtete einen Teil des Vorraums. Meine Hände, die noch immer in den Fäustlingen steckten, umfassten den Türgriff und zerrten daran. Abgeschlossen.

Ich umklammerte den Knauf mit meinen thermogepolsterten Händen und rüttelte derart besessen daran, dass ich die Tür beinahe aus den Angeln gerissen hätte. Dann spürte ich Reggies Hände auf meinen Schultern. »Clay«, sagte er heiser. Etwas in seinem Tonfall hatte sich geändert, das merkte ich sofort. Eine Minute vorher – war es wirklich schon eine Minute her, seit wir sein Büro betreten hatten, wo meine tote Geliebte vor mir gelegen hatte? – war er vor Verzweiflung beinahe in Tränen ausgebrochen. »Clay«, wiederholte er und seine breiten Hände wogen schwer auf meinen Schultern. »Claaaaaay ...« Seine Stimme war jetzt sanft, beruhigend.

»Mach die verdammte Tür auf, Reggie«, sagte ich. Ich stand wie erstarrt, meine Hände immer noch auf dem Türgriff. Ich drehte mich nicht zu ihm um.

»Bleib ruhig, Clay.«

Auch wenn meine Fähigkeit, rational zu denken, nur langsam zurückkehrte, spürte ich, wie mein Körper auf diesen neuen Ton in Brogus' Stimme reagierte, auf seine plötzliche tröstende Autorität. Erst jetzt kam mir der Gedanke, dass Reggie Jenny getötet haben könnte. Trotzdem wusste ich instinktiv, dass ich hier und jetzt, in dieser irrwitzigen Situation, genau das tun würde, was Brogus mir sagte.

* * *

Wenn man sich in einer Krise befindet, scheint der Zeitablauf sich zu verändern, verkürzt sich in einem Moment, verlängert sich im nächsten, dreht sich, zieht sich zusammen und löst sich wieder, bevor er sich erneut verändert, wenn dich der nächste Anfall von Angst oder Wut, Schuld oder Argwohn erfasst. Der Augenblick des Erkennens, als ich Seeräuber-Jennys lebloses Gesicht erkannte – Augen und Mund weit aufgerissen wie beim ekstatischen Höhepunkt des Orgasmus, ein Ausdruck, den der jäh eintretende Tod eingefroren hatte –, erschien mir wie eine qualvolle Ewigkeit. Danach gerät der Zeitablauf ins Rucken.

Ich sitze im Eingangsbereich des Afrikamerika-Instituts auf einem Plastikstuhl, so einem breiten Möbel mit Metallfüßen, bei dem ich immer an Zahnarztwartezimmer denken muss. Brogus hält mir einen Pappbecher hin mit Wasser aus dem Spender neben dem Schreibtisch der Teilzeitsekretärin. Ich trinke, meine behandschuhte Hand zittert. Hinter dem Schreibtisch ist ein Fenster, vor dem eine geschlossene Jalousie hängt. Der Scheinwerfer aus meiner Garage steht auf dem Schreibtisch in Reggies Büro weiter unten im Flur und wirft einen bläulichen Strahl bis in den Eingangsbereich. Reggie hockt vor mir, auf ein Knie gestützt wie ein Quarterback beim Huddle. Der blasse Lichtschein bricht sich mehrfach in seinen dicken Brillengläsern. Ich weiß, dass er mich direkt ansieht, aber ich kann seine Augen nicht erkennen. Meine Gedanken sind ein wirres Durcheinander. Inzwischen habe ich jeden Impuls verloren, diese Situation als Recherche für eine Story zu nutzen. Trotzdem beginne ich reflexartig, Fragen zu stellen, falle in meine Reporterangewohnheit zurück, um Sinn in das Geschehen zu bringen. Brogus ist ruhig. Tatsächlich ist er beschissen cool.

»Was ist passiert, Reggie?«

»Ich bin spätabends in mein Büro gekommen und hab diese Leiche gefunden.«

»Wieso hast du einen Trainingsanzug an?«

»Ich bin zum Joggen rausgegangen. Ich wollte in meinem Büro vorbeischauen, um den Laptop zu holen.«

»Du joggst? Als Fitness-Training?«

»Nur nachts, wenn niemand mich dabei sehen kann. Das wäre mir peinlich.«

»Und dann bist du einfach so ins Büro gegangen ... um welche Uhrzeit?«

»Weiß nicht. Halb zwei, zwei?«

»Und da hast du ... die Leiche gefunden?«

»Ja.«

»Kennst du denn ... dieses ... Mädchen?« Ich höre, wie meine Stimme bricht beim letzten Wort.

»Nein.« Reggie hält inne. Ich kann seine Augen nicht erkennen. »Kennst *du* sie?«

Eine logische Frage, aber ich bin nicht darauf gefasst. Ich zögere und weiß, dass Reggie mein Zögern bemerkt. »Nein ... ähm, ich weiß nicht. Ich meine, ich *kenne* sie nicht, aber ... ich glaube, ich hab sie hier schon gesehen. Ich glaube, sie ist Studentin.«

Brogus hockt vor mir und zeigt keine Reaktion. Dieser Mann, der vor weniger als einer halben Stunde – jedenfalls meine ich, dass es noch keine halbe Stunde her ist – völlig aufgelöst bei mir zu Hause auftauchte, spricht nun in einer Art Kommandoton mit mir. Offenbar hat ihm meine Verwirrung Selbstvertrauen geschenkt. »Hör mal zu, Bruder. Hör mir jetzt gut zu. Ich kenne diese Frau nicht. Ich habe sie nie berührt. Ich habe nichts getan. Das ist eine Falle. Ich weiß nicht, womit wir es hier zu tun haben, Clay, aber das ist eine verdammt ernste Sache.«

Reggie streckt die Arme aus und legt seine Hände auf meine Schultern. Offenbar will er Kraft schöpfen, um sich für diese Prüfung zu wappnen. Und da passiert es: Das ist der Moment, als ich ihm glaube. Eine junge Frau, die mir etwas bedeutet hat, liegt tot in Reggies Büro, erwürgt mit seinen Hosenträgern, und trotzdem glaube ich ihm voll und ganz, als er seine Unschuld beteuert. Später werde ich daran zweifeln. Sehr oft werde ich in der nahen Zukunft davon überzeugt sein, dass er Jenny ermordet hat. Aber in diesem Augenblick – als es darauf ankam – bin ich fest davon überzeugt, dass Reggie die Wahrheit sagt.

»Und wie ist die Frau in dein Büro gekommen?«, frage ich.

»Weiß ich nicht, Mann. Ich hab keinen blassen Schimmer. Ich weiß nur, dass ich dieses Miststück noch nie vorher gesehen habe!« Ich zucke zusammen, als er dieses Schimpfwort benutzt. »Jemand hat sie hier hingelegt.«

»Wer denn?«

Brogus hielt inne, dann schien er seine Worte genau zu wählen. »Ich glaube, Mann, dass wir es hier mit einer vielköpfigen Hydra zu tun haben. Einer vielköpfigen Hydra. Nicht mit einer einzigen Person. So gehen sie nicht vor, wenn sie dich im Visier haben. Hier kommen mehrere Kräfte zum Einsatz.«

»Du meinst eine Verschwörung?«

»Das hast du gesagt, nicht ich.«

»Aber was glaubst du?«

»Clay – du kennst meine Geschichte. Und du weißt, dass angesichts meiner Geschichte so gut wie alles möglich ist.«

Da war er wieder, der alte großspurige Brogus. Sogar in dieser Situation kam Reggie nicht ohne den Hinweis auf seine ureigene, ganz besondere Rolle aus. Aber diesmal war sogar ich, zum ersten Mal, seit ich ihn kannte, genauso beeindruckt von Reginald T. Brogus wie er selbst. Zum ersten Mal überhaupt bemerkte ich bei diesem korpulenten, kahlköpfigen schwarzen Republikaner mittleren Alters die letzten Überbleibsel seines revolutionären Geistes. Und endlich unterwarf ich mich seiner Macht und seinem Charisma.

»Was willst du jetzt tun?«, fragte ich.

»Ich brauche deine Hilfe, Bruder. Ich muss wissen, ob du bereit bist mitzumachen.«

»Ja, klar.«

»Hilfst du mir, diese Leiche wegzubringen?«

»Wo denn hinbringen?«

»Weiß ich nicht. Vielleicht können wir sie in dein Auto packen und ...«

»Niemals!«

»... zum See rausfahren ...«

»Scheiße, nein!«

»Lass mich ausreden, Mann. Wir könnten sie dort abladen ...«

»Vergiss es, Reggie. *Verdammt, lass mich hier raus*!«

»Schon gut, schon gut, schon gut. Entspann dich, Bruder, ganz ruhig. Du darfst jetzt nicht den Kopf verlieren. Ich sag dir jetzt, was mein Plan B ist. Du fährst mich zum Flughafen.«

»Wieso fährst du nicht selbst hin?«

»Mein Wagen ist in der Werkstatt, das weißt du doch!«

»Hab ich vergessen.«

»Also, kannst du das für mich tun?«

»Was?« Mir wurde gerade ein bisschen schwindelig.

»Mich zum Flughafen fahren!«

»Scheiße, Reggie.« Mein Fluchtreflex kehrte zurück. Aber ein Teil von mir, der größte Teil, wusste, dass ich hoffnungslos in dieses Drama verstrickt war, in diesen grausigen, aberwitzigen Irrsinn. Ich befand mich auf völlig neuartigem Terrain. Aber Reggie Brogus war schon mal hier gewesen – oder zumindest an einem ähnlichen Ort. Vielleicht unterwarf ich mich so, wie ein unerfahrener Entdecker sich einem erfahrenen Veteranen unterwirft, wenn sie ein besonders unübersichtliches gefährliches Gebiet betreten. Im Nachhinein betrachtet gäbe es natürlich vieles, was ich hätte sagen, tun oder denken können oder gedacht und getan haben könnte, wenn ich die Weisheit jener Menschen besessen hätte, die sie immer haben, wenn sie sich *nicht* in einer derartigen Situation befinden. Na klar, vernünftige Schlussfolgerungen, rasche Reaktionen auf Krisenmomente sind immer dann einfach, wenn man nicht drinsteckt: Die anderen wissen immer, was du hättest tun sollen – was *sie* an deiner Stelle getan hätten –, wenn sie deine Geschichte hören. Aber ich sagte Folgendes zu Brogus: »Willst du etwa in diesem Aufzug in ein Flugzeug steigen?«

Brogus neigte leicht den Kopf, und jetzt konnte ich seine hervorquellenden Augen hinter den Lichtreflexstreifen auf seinen Brillengläsern erkennen. Er sprach ruhig weiter, als hätte er, konfrontiert mit diesem irrwitzigen Dilemma, alles blitzschnell durchdacht – mit dem Scharfsinn eines erfahrenen Stadtguerilleros – und sich für die schlaueste Möglichkeit entschieden. »Ich habe Wechselklamotten in meinem Büro. Ich habe eine Reservierung für den Sechs-Uhr-Flug von Arden nach Cleveland. Von dort sollte ich eigentlich nach Washington weiter, um an den Feierlichkeiten zum President's Day bei der Foundation for American Virtue teilzunehmen. Aber ich werde meine Rede dort nicht halten. Ich gehe in den Untergrund. Ich weiß, wie das geht. Das kenne ich noch von früher. Aber jemand muss mich zum Flughafen bringen.«

Ich merkte, wie ich den Überblick verlor angesichts dieses ganzen Wahnsinns. Ich kam noch mal auf meinen naheliegendsten Vorschlag zurück, den ich vorhin schon gemacht hatte. Aber diesmal wusste ich, dass Reggie ihn ablehnen würde. Und ich wusste, dass ich einlenken und ihn dort hinfahren würde. Trotzdem wiederholte ich noch mal: »Reggie, denkst du nicht, wir sollten die Polizei rufen?«

Der vor mir kniende Brogus senkte pathetisch den Kopf, als erwartete er, zum Ritter geschlagen zu werden. »Clay«, flüsterte er. Und hob den Kopf wieder. »Wir haben nicht viel Zeit. Ich brauche fünf Minuten, um mich umzuziehen. Dann musst du mich zum Flughafen fahren. Das dauert nur zwanzig Minuten. Du musst mir helfen, Clay. Von Bruder zu Bruder. Hilf mir, Bruder. Hilf mir.«

Sie können über mich sagen, was Sie wollen. Aber nur ein besserer oder intelligenterer Mensch als Clay Robinette hätte in jener Nacht Reggie Brogus diese Bitte abschlagen können. Und das muss er gewusst haben. Warum sonst hätte er unter all den Leuten in Arden, Ohio, ausgerechnet mich mitten in der Nacht aus dem Bett geholt? Ich kann nicht behaupten, dass ich wider besseres Wissen gehandelt hätte. Ich dachte einfach nicht sorgfältig genug darüber nach. Reggie Brogus bat mich, ihm zu helfen. Also tat ich es.

* * *

Meine Eltern waren nette, umgängliche Leute und stolz darauf, sich selbst »Negroes« zu nennen anstatt »Colored People«. Mein Vater war (ist immer noch) Zahnarzt. Meine Mutter war (ist immer noch) im Bereich Kunstmanagement tätig, so nennt man das wohl. Mein jüngerer Bruder und ich wuchsen in einer großzügigen Wohnung in einem Brownstone-Stadthaus in Philadelphia auf. Während des größten Teils meiner Kindheit waren meine Eltern sehr umtriebig. Sie waren eng befreundet mit vier oder fünf anderen schwarzen Ehepaaren und nannten diese Gruppe scherzhaft »die Gang«. Ich finde es merkwürdig, aber damals, als sich die Gang regelmäßig zusammenfand, waren ihre Mitglieder ungefähr im gleichen Alter wie ich jetzt. Sogar für damalige Verhältnisse waren sie erstaunlich ernsthafte, idealistische Menschen. Klar, sie waren ja auch Zeitgenossen von Martin Luther King Jr. Ihre Generation hatte die Bürgerrechtsbewegung ins Leben gerufen, sie rissen Barrieren nieder und veränderten Amerika. In der Gang wurde immer diskutiert. Sollte sich die Bewegung mehr auf juristische oder auf ökonomische Fragen konzentrieren? Wie unterschied sich das Problem des Rassismus in den Südstaaten von dem in den Nordstaaten? Wie lange würde es noch dauern, bis die Vereinigten Staaten einen schwarzen Präsidenten bekämen? Konnte der Rassismus in Amerika jemals ausgerottet werden? Wenn ja, wann? Vielleicht im Jahr 2000? Würden wir wirklich noch so lange darauf warten müssen?

Manchmal, wenn die Gang zu Gast war, blieb ich abends länger auf, saß in Bademantel und Pyjama im Schneidersitz ein wenig abseits auf dem dicken Plüschteppich und tat so, als wäre ich intensiv mit meinen Comicheften oder Spielsachen beschäftigt, hörte aber genau zu, was die Erwachsenen redeten. Verstehen Sie mich nicht falsch: Die Gang war kein philosophischer Debattierklub. Sie rauchten, tranken, wurden laut und hörten Schallplatten von Stax oder Motown Records, tanzten Twist, spielten Karten und erzählten sich schmutzige Witze, die ich nicht verstand. Aber ich hörte liebend gern ihren Diskussionen zu. Manchmal klang es wie bei Strategiesitzungen zum Thema Lebensgestaltung junger Familien in einer Welt, bei deren Neuerfindung sie mitmachen wollten. Aber auch wenn sie bei manchen Punkten verschiedener Meinung waren, hatten die Mitglieder der Gang ungefähr die gleiche Weltanschauung, glaubten an die Kraft des gewaltfreien Widerstands und das Integrationsversprechen.

Nach dem 4. April 1968 wurde dann alles anders.

* * *

Meine Eltern bewahrten die verbotenen Bücher auf dem oberen Regal des Bücherschranks auf, der eine ganze Wand des Arbeitszimmers einnahm. Glaubten sie wirklich, ich würde nicht auf die Leiter steigen, die sie selbst ja auch benutzten, um an ihre Sammlung von Werken der sexuellen Revolution zu kommen, an die Gebrauchsanweisungen zur Steigerung des Lustempfindens und die skandalösen Bestseller der damaligen Zeit, in denen viele Details sehr genau beschrieben wurden, in einer Sprache, die amerikanische Literaten noch wenige Jahre zuvor sorgsam vermieden hatten? Meine Eltern ermunterten meinen Bruder und mich immer wieder, »unsere Bibliothek zu nutzen«, in Wörterbüchern oder Lexika nachzuschlagen oder die alten historischen Schinken zurate zu ziehen, die sie so großartig fanden. Glaubten sie wirklich, irgendetwas würde mich davon abhalten, die Leiter noch höher zu klettern, um an die verbotenen Bücher zu kommen?

Es muss so ungefähr 1969 gewesen sein, als mir zum ersten Mal der Name Reggie Brogus ins Auge fiel, dort auf dem obersten Regalbrett.

Seit über einem Jahr befand sich die »Gang« in einem Auflösungsprozess. Seit dem 4. April 1968, »als sie Dr. King umbrachten« – wie meine Eltern und ihre Freunde den Mordanschlag nannten –, hatten die einst freundlichen Debatten sich in hässliche Streitereien mit wütenden Hasstiraden verwandelt. Alle waren genervt. Ihr Zukunftsoptimismus war bitterem Fatalismus gewichen. Ihr Glaube an die Integration war ersetzt worden durch das Gefühl, dass weiße und schwarze Amerikaner niemals friedlich koexistieren könnten. Ihr Glaube an gewaltfreien Widerstand war angesichts des gewaltsamen Todes ihres Anführers unwiderruflich zerbrochen. Der Mord an Bobby Kennedy nur zwei Monate später verhärtete ihre Position noch mehr. Zorn war das Gefühl, dass allen Angehörigen der Gang nun gemeinsam war. Sie waren vereint in ihrer Wut. Leider wendeten sie ihre Wut nun gegeneinander. Sie schrien sich ins Gesicht, dass eine gewaltsame Revolution nötig sei. Sie waren keine *Negroes* mehr. Von nun an waren sie Schwarze. Aber sie waren immer noch hoffnungslos bürgerlich. So sehr sie sich auch danach sehnten, sie gingen nicht auf die Straße, um einen blutigen Aufstand vom Zaun zu brechen. Stattdessen fielen sie übereinander her. Der Angestellte beschimpfte den Anwalt als Uncle Tom. Die Krankenpflegerin beschuldigte den Highschool-Direktor, er »versuche, weiß zu werden«. Der Zahnarzt warf dem Geschäftsführer Heuchelei vor. Die Psychologin verdammte die Kunstmanagerin dafür, dass sie nicht mit mehr Schwarzen aus dem Ghetto befreundet war. Ab und an verließ das eine oder andere Paar – manchmal auch eine Einzelperson, wenn Ehemann und Ehefrau aufeinander losgegangen waren – empört die Party und warf die Tür hinter sich zu.

Sie stritten sich über Malcolm X. Ich fand gerade erst heraus, wer das überhaupt war. Ein Separatist, kein Integrationist wie Dr. King. Ein Moslem, kein Christ. Ein schwarzer Nationalist, der nicht an Gewaltfreiheit glaubte, sondern daran, dass man zurückschlagen muss. Weil Malcolm X ermordet worden war wie Dr. King, schien er einen besonderen Platz in den Herzen der Gangmitglieder einzunehmen. Sie hätten ihm vielleicht widersprochen, als er noch lebte, aber jetzt schrien sie, Malcolm hat die Wirklichkeit so gesehen, wie sie war. Er war ein Märtyrer, ein Prophet. Was Malcolm X betraf, war die Gang trotz aller stürmischen Auseinandersetzungen einer Meinung.

Es wurden auch andere Namen genannt, Namen von schwarzen Aktivisten, die jünger waren als meine Eltern und ihre Freunde, und deren Nennung aggressivere Diskussionen hervorrief. Namen im Zusammenhang mit den Black Panthers und Black Power: Huey Newton und Bobby Seale, Stokely Carmichael, H. Rap Brown, Eldridge Cleaver, Reggie Brogus. Ich brachte die meisten dieser schwarzen Revolutionäre immer wieder durcheinander. Aber Reggie Brogus stand für etwas Besonderes in den verbalen Auseinandersetzungen der Gang. Brogus, sagten manche, sei überhaupt kein echter Revolutionär, sondern – ein Terrorist. Andere kritisierten, er sei ein Schwindler, ein Trittbrettfahrer, ein »crazy nigga«. Brogus war genau das, was die Bewegung brauchte, schrie jemand, weil er die Weißen das Fürchten lehre. Aber Brogus schien auch einer Menge Schwarzer das Fürchten zu lehren. Von allen Revolutionären galt Brogus eindeutig als der gefährlichste.

Tatsächlich so gefährlich, dass er dafür mit einem Platz auf dem Regalbrett der verbotenen Texte belohnt wurde. Als ich eines Tages auf der Leiter stand und die Sammlung anspruchsvoller Schmutzliteratur durchging, war ich sofort fasziniert von dem Namen »BROGUS«, der in schwarzer Blockschrift auf dem weißen Buchrücken eines schmalen Bands prangte. Meine Eltern stellten nie politische Titel in die Reihe mit den Sexbüchern. Ich erinnere mich noch, wie ich tief einatmete, als ich das Buch aus dem Regal zog und das Foto auf dem Umschlag sah. Ich geriet ins Schwanken da oben auf der Leiter, als ich völlig schockiert in den Lauf einer Pistole blickte, der direkt auf die Kamera gerichtet war, direkt auf *dich*, genauso bedrohlich wie der Blick des Mannes, der die Waffe in der Hand hielt und auf den Betrachter zielte: Mit den großen, hervortretenden Augen im dunklen Gesicht, einem sehr dunklen Gesicht mit viel Weiß um die schwarze Iris, wirkte das Bild beinahe wie ein altes rassistisches Zerrbild. Nur dass diese Minstrelkarikatur einen Psychoguerillero zeigte. In diesen hervortretenden Augen lag keine Dummheit, kein Bedürfnis zu gefallen, sondern eine brodelnde Intelligenz und eine glühende Leidenschaft, die unmissverständlich klarmachten, dass dieser Mann abdrücken würde, einfach weil er nicht anders konnte. Statt eines breiten, angenehmen Grinsens mit entblößten weißen Zähnen zeigte dieses Bild gekräuselte, grimmig zusammengepresste Lippen. Mit Muskeln wie ein Footballspieler schien dieser Mann sein Tarnfarbenhemd beinahe zu sprengen. Auf dem Kopf trug er ein schwarzes Beret. Direkt über der Mütze stand in gezackten schwarzen Buchstaben auf weißem Grund der Titel: *LIVE BLACK OR DIE!* Weiter unten auf dem Buchdeckel, ungefähr da, wo sich der Nabel dieses revolutionären Pistoleros befand, standen die Worte: *A Militant Manifesto*. Ich wusste nicht genau, was das letzte Wort bedeutete. Und erst, als ich das Buch aufschlug, las ich auf der Titelseite den vollen Namen des Autors: REGINALD TIBERIUS BROGUS.

Das Buch war ein zerlesenes, billig produziertes Paperback. Die Seiten sahen aus, als wären sie mit einer mechanischen Schreibmaschine geschrieben, dann verkleinert und vervielfältigt worden. Ich war so aufgeregt angesichts dieses

Funds, dass ich das Buch nicht chronologisch durchlesen konnte. Ich blätterte wild durch die ungefähr hundert Seiten, meine Augen glitten über die Absätze und suchten nach den aufregenden Stellen. Das hier war also das Werk von Reggie Brogus! Von diesem berüchtigten, subversiven »crazy nigga«, dessen Ansichten so brandgefährlich waren, dass sie sogar andere schwarze Rebellen in Angst und Schrecken versetzten. Was ich da las, war weniger politisch als apokalyptisch. Es gab kein Zehn-Punkte-Programm, keine Agenda, der man folgen sollte. Es war eher eine Poesie der Gewalt, völlig unvernünftig und delirierend vor Wut. Brogus beschwor eine erbarmungslose Macht namens Blackness und forderte, dass alle, die nicht von Geburt an Schwarz waren, sich so Schwarz wie nur möglich machen sollten. Selbst wenn man Schwarz geboren war, aber nicht Schwarz genug, musste man noch Schwärzer werden. Sonst würde man an die Wand gestellt und erschossen. Er beschrieb geradezu orgiastisch, wie gigantische Wellen von Schwarzen aus aller Welt Amerika überrennen würden. Er rief zu Massenexekutionen von weißen Männern auf. Er befürwortete die Vergewaltigung von weißen Frauen durch Schwarze Männer, um erstens die Vergewaltigung von Schwarzen Frauen durch die weißen Sklavenhalter aufzurechnen und zweitens sicherzustellen, dass die Bevölkerung Schwärzer wurde. Trotzdem sprach er sich gegen gemischte Ehen aus. Schwarze Männer sollten ausschließlich Schwarze Frauen heiraten. Weiße Frauen waren nur dazu da, vergewaltigt zu werden. Ich las das ganze Buch stückweise durch und war gleichermaßen aufgepeitscht wie verblüfft. *LIVE BLACK OR DIE!* war eine irre, blutrünstige Genozidvision, sexbesessen, oftmals unlogisch, eine rassistische Rachefantasie. Ich war begeistert.

Das war 1969, und ich war ein wohlerzogener elfjähriger Junge aus der Mittelschicht. Zu behaupten, ich hätte Reginald T. Brogus als Vorbild betrachtet, wäre lächerlich. Ich würde nie so werden wie er. Aber wenn ich das Bild auf dem

Umschlag anstarrte, fühlte ich mich auf eine beinah schmerzhafte Art angezogen. Ich kann nicht behaupten, dass ich ihn als Helden verehrte, denn Brogus war kein Held. Er war viel besser als das, viel cooler, viel Schwärzer als alles andere. Er war ein Anti-Held.

* * *

»Wie seh ich jetzt aus?« Reginald T. Brogus schäumte vor Wut. »Wie der allerletzte Trottel?«

Er saß neben mir in meinem dunkelblauen Volvo – das sichere, solide Familienauto –, eingezwängt in seine dicke graue Daunenjacke, eine Fellmütze mit Ohrenschützern leicht schräg auf dem Kopf. Er hatte seinen Trainingsanzug ausgezogen – aber der Geruch hing noch in der Luft, nachdem er das nach kaltem Schweiß stinkende Ding in seine Reisetasche auf der Rückbank gestopft hatte – und trug nun einen schlechtsitzenden blauen Nadelstreifenanzug und rote Hosenträger. Seine Hermès-Krawatte, auf der sich süße kleine Elefanten tummelten, hing ebenfalls schief um seinen Hals, dessen Speckfalten über die scharfe Kante des gestärkten weißen Hemds quollen. Auf seinem mächtigen Bauch lag die Tragetasche mit dem Laptop. Er strich sich abwesend über die schwarzen und weißen Bartstoppeln und erzeugte ein rhythmisches Kratzen, während er sprach. Er schien genauso sehr mit sich selbst wie mit mir zu sprechen, wechselte ständig hin und her zwischen dem Entwerfen eines Fluchtplans und dem Verfluchen seiner Feinde.

»Es ist jetzt 3:09 Uhr«, sagte Reggie. »Der Flughafen von Arden wird um fünf geöffnet. Mein Flug nach Cleveland geht um sechs. Die Frage ist, wohin ich von Cleveland aus fliege ... Diese beschissenen Arschlöcher! Was glauben die denn, mit wem sie es zu tun haben? Wollen die mich reinlegen? Wollen die sich mit Reggie Brogus anlegen? In Ordnung, ihr Arschlöcher, dann seht mal zu! ... Aber heute ist Montag und Feiertag noch dazu. Ich glaube kaum, dass heute jemand ins Afrikamerika-Institut geht. Also wird die Leiche frühestens am Dienstagmorgen gefunden. Damit bin ich ihnen vierundzwanzig Stunden voraus. Ein Tag Vorsprung. Das ist ein Vorteil, den ich ausnutzen muss ... Diese Feiglinge! Rückgratlose, feige, schwanzlose, arschleckende, jämmerliche Schwuchteln! Ihr wollt mich mit so einer stümperhaften Show drankriegen? Mich? Ich werde sie zurück in den Schlamm werfen, aus dem sie gekrochen sind! ... Es ist jetzt 3:11 Uhr. Wie lange dauert es noch bis zum Flughafen?«

Der Volvo surrte die Straße entlang, die Lichtkegel der Scheinwerfer durchschnitten die Dunkelheit. Ich hielt das Lenkrad umklammert und starrte auf die gestrichelte weiße Linie auf der Asphaltstrecke, die sich endlos lang durch die flache Landschaft mit ihren hartgefrorenen winterlichen Feldern zog. Dies hier war Farmland. Mehr gab es nicht zu sehen entlang der dreißig Meilen zwischen der Arden University und dem Flughafen. Rechts und links der Straße waren in einiger Entfernung die dunklen Umrisse von Scheunen und Häusern zu sehen. Hier und da ragte ein Getreidesilo in den leeren Himmel und verschwand im Vorbeifahren hinter uns. Meine Gedanken waren in einer neutralen Zone angelangt, ich war nur noch ein Mann, der sich notgedrungen, aus Pflichtgefühl dazu entschlossen hat, einen Freund zum Flughafen zu bringen.

Wie die Vision eines Traums, an den man sich kaum noch erinnern kann, flammte gelegentlich das Bild der Leiche in Reggies Büro in meinem Kopf auf. Es war nicht Jenny. Während ich in einer Art Halbtrance immer weiterfuhr, schaffte ich es mir einzureden, dass es nicht Jennys Körper, nicht Jennys Gesicht gewesen war. Ich hatte von Seeräuber-Jenny geträumt, als mich der Anruf von Brogus vor einer Stunde aus dem Schlaf geholt hatte. Das war der Grund. Ich konnte mich nicht mehr an den Traum erinnern, aber ich war immer noch benommen gewesen, als wir

Reggies Büro betreten hatten. Und als ich das Gesicht des toten Mädchens sah, musste ich Jennys Gesicht darüber projiziert haben. Bei dem erwürgten Mädchen auf dem Sofa konnte es sich unmöglich um Jenny handeln. Das durfte nicht sein.

Ich weiß nicht, wie lange ich in dieser Halbtrance immer weiterfuhr und Reggie zuhörte, wie man mit halber Aufmerksamkeit dem Radio lauscht, und dabei dachte, dass ich ihn einfach nur am Flughafen abliefern musste, um anschließend zurückzufahren, dorthin, wo ich hingehörte, in mein Bett. Aber je weiter ich fuhr, umso mehr erfasste mich eine gewisse Angst: die Angst, gesehen zu werden, von den Scheinwerfern eines entgegenkommenden Autos erfasst zu werden, von einem Streifenwagen, der plötzlich in der Dunkelheit vor mir auftaucht.

»Clay!«, schrie Reggie mich an.

»Was ist?«

»Wie weit noch bis zum Airport?«

»Weiß ich nicht. Noch ist der Tower nicht zu sehen. Wenn man den Tower sieht, sind es noch fünf Meilen oder sogar weniger.«

»Also gut. Nehmen wir an, dass wir um 3:20 Uhr dort ankommen. Dann muss ich eine Stunde und vierzig Minuten draußen warten.«

Brogus machte eine Pause, und ich merkte, wie er mich ansah. Ich starrte weiter stur auf die Straße.

»Ich will dich nicht darum bitten, dort mit mir zu warten«, sagte Reggie. »Setz mich einfach ab. Das geht in Ordnung. Es ist verdammt kalt da draußen, aber das ist nichts im Vergleich zu Russland. Ich habe den Winter 1978 in einem sicheren Haus in Leningrad verbracht. Ohne Heizung, ohne warmes Wasser. Das war wirklich eisig. Mann, die Russen sind ein beschissen rückschrittliches Volk!«

Wieder spürte ich diesen verbotenen Nervenkitzel. Ich befand mich auf der Flucht, zusammen mit Reggie Brogus, diesem ehemaligen Illegalen, der ins Exil gehen musste, und der nun wieder auf der Flucht war. Aber die Angst überdeckte sofort meine Begeisterung. Ich tauchte aus meiner Halbtrance auf. Was zum Teufel machte ich hier?

»Cointelpro«, knurrte Reggie. Dann wiederholte er es lauter, damit ich es auch hörte: »Cointelpro!«

»Was?«, fragte ich. Ich dachte, er hätte etwas auf Russisch gesagt.

»CO-IN-TEL-PRO«, buchstabierte er ungehalten.

»Was soll denn das heißen?«

»Counter Intelligence Program!«, stieß er hervor. »J. Edgar Hoovers Strategie, um die Black-Power-Bewegung zu zerstören. Als ob diese Clowns das nicht selbst schon genügend bewerkstelligt hätten – ohne Schützenhilfe des FBI! Aber Cointelpro war ein System der Desinformation, mit schmutzigen Tricks, Doppelagenten, Infiltration – Mordanschlägen! Ich musste mich früher schon mit diesen Scheißkerlen auseinandersetzen, Clay! Ich weiß, wovon ich spreche. Diese Arschlöcher haben noch ein paar Rechnungen mit mir offen. Irgendein Mist von vor zwanzig Jahren. Diese Scheißkerle vergessen nie etwas. Sie warten auf ihre Gelegenheit. Und jetzt haben sie eine gefunden.«

Ich bemerkte die dunklen Umrisse des Towers, die sich vor dem violetten Himmel abzeichneten. Ich merkte, wie meine Gedanken wieder klarer wurden. Als ich das Gesicht dieses Mädchens in Reggies Büro gesehen hatte – das Gesicht, von dem ich dachte, es sei Jennys –, war das wie ein Schlag auf den Kopf gewesen. Ich war in gewisser Weise bewusstlos geworden. Erst jetzt kam ich langsam wieder zu mir. Ich spürte eine Wut, die in mir anwuchs. Ich war wütend auf Reggie Brogus, der, wie mir jetzt klar wurde, selbst auch völlig neben der Spur sein musste, aber vor allem war ich wütend auf mich selbst: Ich war gerade dabei, einem potenziellen – sogar einem offensichtlichen – Mörder zur Flucht zu verhelfen. Ich machte mich der Beihilfe zum Mord schuldig!

»Du hast anscheinend noch nie von Cointelpro gehört«, sagte Reggie abfällig. »Du solltest dich mehr um deine eigene Geschichte kümmern, Clay. Die solltest du kennen, wenn du helfen willst, mich zu entlasten ... Hey, da vorne ist der Tower!«

Ich war jetzt ruhig geworden und lenkte den Wagen von der Fahrbahn auf das unebene gefrorene Feld. Wir waren noch gut vier Meilen vom Flughafen entfernt. Ich löschte die Scheinwerfer und schaltete den Motor aus.

»Was soll das denn jetzt werden?«, zischte Brogus.

»Du hast das Mädchen umgebracht, Reggie, das stimmt doch, oder?« Ich sagte es so eiskalt, dass ich sogar selbst überrascht war. Brogus schwieg. Da die Scheinwerfer aus waren, saßen wir fast in völliger Dunkelheit im Wagen. Der Himmel draußen schien heller zu werden, veränderte die Farbe von schwarzviolett zu blaugrau. Das einzige Objekt, das aus der diffusen Dunkelheit hervorstach, war die dunkle Silhouette des Towers. Windböen schlugen gegen die Fenster des Volvos. Brogus gab keinen Ton von sich.

»Ich weiß, wie es passiert ist«, fuhr ich fort, immer noch mit diesem eiskalten Unterton. »Es war eine Sexgeschichte, die ein bisschen außer Kontrolle geraten ist, stimmt's? Das war bloß ein Mädchen, mit dem du gevögelt hast. Nur ein Spiel, das du auch vorher schon gespielt hast. Wie in diesem perversen japanischen Film, ›Im Reich der Sinne‹. Eine Person würgen, damit kurz vor dem Ersticken die Intensität des Orgasmus gesteigert wird. Das war das Spiel, richtig? Du hast es schon vorher gemacht, und sie war total scharf drauf. Scheiße, womöglich war es sogar ihre Idee, hm? Und heute Abend seid ihr mehr als sonst abgedriftet. Es war ein Unfall. Das arme Mädchen ist gestorben. Aber es war kein Mord. Es war ... Ich weiß auch nicht ... fahrlässige Tötung, stimmt's?«

»Das denkst du wirklich?« Reggies Stimme klang jetzt genauso eiskalt wie meine.

»Reggie, da liegt ein nacktes Mädchen in *deinem* Büro, mit *deinen* Hosenträgern um den Hals. Was, zum Teufel, soll ich denn davon denken?«

»Hier geht's nicht um Sex, Clay. Hier geht's um Politik.«

»Ja, klar, Reggie. Erst heißt es, die Cops sind hinter dir her, jetzt ist es die CIA.«

»FBI. Cointelpro war eine FBI-Operation.«

»Egal, was auch immer es war, ich nehme dir das nicht ab, Reggie. Warum, verflucht noch mal, sollten die eine Leiche in dein Büro legen?«

»Um mich loszuwerden, Clay!« Brogus' Stimme klang jetzt wieder panisch und verzweifelt. »Weil ich zu viel weiß.«

»Ach, hör doch auf, Reggie.«

»Ich mein's ernst, Mann. Es ist so, wie ich sage. Darum geht's. Das musst du den Behörden erklären! Ich habe bestimmte Informationen, Clay. Informationen, die sie nicht veröffentlicht haben wollen. Tonbänder! Dokumente! Verschlusssachen!«

»Worüber denn?«

»Über das, was in Memphis passiert ist«, sagte Brogus pathetisch.

Memphis? Zuerst dachte ich an Graceland, das Anwesen von Elvis. »Wo?«

»Memphis, Tennessee«, erklärte er feierlich. »Das Lorraine Motel. Am 4. April 1968. Die Ermordung von Dr. King. Ich habe die MLK-Files, Clay. Ich weiß, was dort in Memphis wirklich abgelaufen ist.«

Sie können mich für einen Trottel halten. Für was auch immer. Aber Reggie Brogus hatte mich schon wieder am Wickel. Einerseits dachte ich, er ist komplett verrückt geworden, andererseits war ich fasziniert. Der Pawlowsche Reflex eines Journalisten. Mir lief das Wasser im Mund zusammen, angesichts der Möglichkeit einer ganz großen Story. »Diese Files sind tatsächlich in deinem Besitz?«

»Nicht im Augenblick.« Brogus presste seinen Laptop fester gegen seinen Bauch. »Die Dokumente sind an einem sicheren Ort. Aber diese Dreckskerle wissen, dass ich jederzeit damit an die Öffentlichkeit gehen kann. Ich habe konkrete, unwiderlegbare Beweise dafür, dass die Regierung an der Verschwörung zur Ermordung von Martin Luther King beteiligt war. Deshalb wollen sie mich in den Knast bringen. Oder auf den elektrischen Stuhl! Ich sag's dir, Clay, diese Scheiße da in meinem Büro ist eine abgekartete Sache!«

Ich entschied, dass es nicht der rechte Zeitpunkt war, um Brogus auf den Zahn zu fühlen. Jeden Moment konnte auf dieser verlassenen Straße eine Polizeistreife auftauchen, und ich saß hier in einem Fluchtfahrzeug, das auf meinen Namen zugelassen war, mit dem Hauptverdächtigen eines Mordfalls. Ich starrte zu der dunklen Silhouette des Towers in der Ferne.

»Ich gehe in den Untergrund, Clay«, sagte Reggie mit rauer Stimme. «Aber du musst dir diese Sache vornehmen. Sie aufdecken! Sieh es mal aus dieser Perspektive, Mann. Du sitzt hier vielleicht auf der Jahrhundertstory! Du könntest sogar den Pulitzerpreis dafür gewinnen!«

Reggie übertrieb maßlos. Der Pawlowsche Hund hörte auf zu geifern. »Reggie«, sagte ich, und der eiskalte Unterton war wieder da. »Ich kann dich nicht weiterfahren. Der Flughafen ist ungefähr vier Meilen entfernt. Du musst zu Fuß gehen.«

»Du willst mich nicht hinbringen?«

»Nein, will ich nicht.«

Brogus schnappte nach Luft. »Wie beschissen ist das denn? Wir fahren den ganzen Weg bis hier raus und jetzt willst du mich einfach am Straßenrand aussetzen?«

»Steig aus, Reggie.«

»Hör mal, Clay, Mann, du *schuldest* mir noch was!«

Jetzt spürte ich den Hass, den Hass auf Reggie Brogus, der mich immer wieder packen würde. Wieso kam er jetzt auf einmal damit, dass ich ihm verpflichtet war? Falls ich ihm überhaupt etwas »schuldete«. Wurde dieser Hass von einem noch tieferen Misstrauen hervorgerufen? Vielleicht war das doch Jenny in seinem Büro. Hatte er sie gekannt? Hatte Reggie sie auch gevögelt? Wusste er, dass dies die Frau war, mit der er mich erwischt hatte? Wusste er, dass es Jenny gewesen war, an diesem Abend, trotz ihrer großartigen Verkleidung? Aber nein, das in Brogus' Büro konnte einfach nicht die Leiche von Seeräuber-Jenny sein. Trotzdem lag da eine Tote. Und dieser Fettwanst hatte den Nerv, von mir eine Schuld einzufordern!

»Raus aus meinem Wagen, Reggie!«

Brogus schwieg eine Weile. Schließlich sagte er: »Dann ist das also so, hm?«

»Genau.«

Reggie hob seine Reisetasche von der Rückbank. »Ich verstehe. Du hast eine Frau und Kinder, die du schützen musst. Vielen Dank, dass du mich so weit gebracht hast. Ich weiß das zu schätzen. Ich werde es dir nie vergessen, Bruder. Ich hoffe, du glaubst an mich. Wirst du dir merken, was ich dir heute Nacht erzählt habe?«

»Ja«, sagte ich so kühl, wie ich konnte.

»Wirst du versuchen, so viel wie möglich herauszufinden?«

»Ich werde es versuchen, Reggie.«

»Danke, Clay.«

Brogus öffnete die Tür und ein kalter Luftschwall drang herein. Er stieg aus dem Wagen und zog den Reißverschluss seiner Jacke zu. Ich erwartete, dass er nun die Tür schließen würde. Stattdessen beugte er sich noch mal herein. »Verrate mich nicht, Clay.«

»Mach ich nicht«, sagte ich hastig im Reflex.

Brogus schloss vorsichtig die Tür. Ich hörte, wie er davonging, seine Schritte knirschten auf der frostharten Erde. Ich startete den Motor, schaltete die Scheinwerfer ein. Brogus wurde nun grell angestrahlt. Ich sah nur seinen Rücken, die Pelzmütze, die graue Daunenjacke, die blaue Nadelstreifenhose und die schwarzen Schuhe, die Reisetasche, die er sich über die Schulter gehängt hatte, die Laptoptasche über der anderen. Er drehte sich nicht um, schaute nicht zurück, schien nicht überrascht zu sein von dem plötzlichen Aufflammen der Scheinwerfer. Es war etwas Mitleiderregendes an diesem schweren, großen Mann, der durch den Schnee davonstapfte.

Ich umfasste das Lenkrad, drehte den Wagen und fuhr zurück in die Stadt. Die Angst hatte mich gepackt. Ich wollte so schnell wie möglich nach Hause, ohne gesehen zu werden, ohne dass ein anderes Auto mir entgegenkam. Ich schaute auf meine Armbanduhr. Es war 3:23 Uhr. Noch nie in meinem Leben hatte ich mich so sehr und so verzweifelt danach gesehnt, nach Hause zu kommen, in mein Bett, und danach, meine Frau zu umarmen.

3

Penelope schnarchte immer noch leise, als ich nach Hause kam. Ich zog mich hastig in der Dunkelheit um und schlüpfte ins Bett. Meine Frau ist die tiefste Schläferin, die ich kenne. Es sei denn, unsere Kinder fangen an zu schreien. Ich habe erlebt, wie Penelope weiterschlief, während Wecker klingelten, laute Musik spielte oder ein Presslufthammer vor ihrem Fenster unablässig im Einsatz war. Aber wenn eine der Zwillinge mitten in der Nacht aufwachte und in ihrem Zimmer nur ganz leise »Mama« rief, war sie sofort hellwach, alarmiert und einsatzbereit. Ich sah, dass Penelope sich nicht bewegt hatte während der Zeit, die ich mit Brogus unterwegs war. Ich war völlig benommen vor Erschöpfung. Ich kuschelte mich an sie. Meine Thermounterwäsche schmiegte sich angenehm an den Flanellstoff ihres Herrenpyjamas, den sie gerne trug. Ich vergrub mein Gesicht in ihrem Haarschopf und atmete ihren wunderbaren, unvergleichlichen Duft ein. Ich liebte es, wenn sie leise schnarchte.

Penelope hasste es, dass sie schnarchte. »Das ist nicht sehr feminin«, erklärte meine sehr feministische Frau dazu. Da sie, natürlich, immer schlief, wenn sie schnarchte, fragte sie mich einmal, wie ihr Schnarchen denn klang, wie laut es war. Ich lieferte ihr Beispiele von groteskem Röcheln und Knurren und Gurgeln und sagte, sie klänge ungefähr so, nur lauter. Aber Penelope wusste, wie sehr ich ihr Schnarchen mochte. Es gab mir etwas Tröstliches, die Intimität einer innigen Umarmung, begleitet von dem sanften, rhythmischen Schnurren ihres Atems, während sie schlief. Schnarchen bedeutete, dass meine Liebste ruhte und die Kinder sicher in ihren Betten lagen.

Die roten Leuchtziffern auf der digitalen Anzeige des Weckers auf dem Nachtschränkchen zeigten 3:42. Es waren genau eine Stunde und fünfzehn Minuten vergangen, seit Reggie Brogus mich mit seinem Anruf aus dem Schlaf gerissen hatte. Als ich nun wieder im Bett lag, kam mir die ganze Episode vor wie ein bizarrer Traum, den ich gerade gehabt hatte. Ich glitt in den Schlaf mit dem Gedanken, dass das alles – der Anruf, das Gespräch in der Küche, die Leiche im Büro, die Fahrt zum Flughafen – nicht stattgefunden haben konnte. Ich spürte diese ganz besondere Erleichterung, die man empfindet, wenn man kurz vor dem Wiedereinschlafen erkennt, dass dieser besonders hässliche Albtraum nur ein Produkt der Fantasie war, nichts, mit dem man sich nach dem Aufwachen beschäftigen musste. Ich war ruhig, selbstsicher, eingelullt von Penelopes Schnarchen. Nichts konnte uns gefährlich werden. Alles war in bester Ordnung.

* * *

Ich sage gern, dass Penelope Law und ich eine selbstarrangierte Ehe führen. Es mag eigenartig klingen, aber wir beide hatten gleich bei unserem ersten Zusammentreffen mit zwölf Jahren das Gefühl, das wir eines Tages heiraten würden, sogar heiraten *sollten*. Ich war damals in der siebten Klasse der unglaublich angesehenen Dreedle Prep School in einem Vorort von Philadelphia. Sie war im gleichen Jahrgang auf der Hadley Girls' School, der Schwesterschule direkt gegenüber auf der anderen Seite des Schulhofs. Trotz ihrer Reputation als Schule für reiche Weiße hielt sich die Dreedle-Hadley-School für toll und fortschrittlich. Penelope und ich gehörten zum 15-prozentigen Minderheitenanteil der Schülerschaft. Kaum hatten wir einander im Schulbus bemerkt – ich in meinem blauen Dreedle-Blazer mit weißem Hemd und karierter Krawatte, Khakihose und Mokassins, sie in ihrer weißen Hadley-Bluse mit blauem Band, kariertem Faltenrock, weißen Socken und Slippers –, wussten wir es. Es war nicht Liebe auf den ersten Blick. Viele Jahre würden vergehen, bevor wir uns ineinander verliebten. Was wir im Alter von zwölf Jahren erlebten, war eher etwas Praktisches, ein Gefühl von Unvermeidlichkeit. Eines Tages würden wir verheiratet sein. Das war einfach naheliegend. Wie ich schon sagte, ich weiß, das klingt merkwürdig. Aber später, als Erwachsene, sprachen Pen und ich darüber und bestätigten uns, dass wir beide schon damals während der Pubertät wussten, dass es so kommen würde.

Es war im Herbst 1970. Im November besetzten schwarze Schüler der höheren Klassenstufen das Verwaltungsgebäude. Was für eine Aufregung! Sie ahmten ganz dreist die College-Studenten nach. Allerdings lief der Konflikt bei Dreedle-Hadley vergleichsweise harmlos ab. Die schwarzen Schüler trugen keine Waffen bei sich. Und der Direktor, die Direktorin und alle anderen Angehörigen des Lehrkörpers überließen ihnen ganz friedlich das Gebäude. Ich war schwer enttäuscht, dass ich als Unterstufenschüler zu jung war, um an der Besetzung teilzunehmen. Ich hörte, dass die schwarzen Oberstufenschüler die Wände der Büros mit Plakaten von Che Guevara, Huey Newton, Angela Davis und natürlich Reginald T. Brogus tapeziert hatten – das Bild von Reggie, wo er mit der Pistole in die Kamera zielt. Die Besetzung dauerte 48 Stunden. Danach hatten die Schüler und die Schulleitung sich auf eine Abmachung verständigt. Es war nicht nötig gewesen, die Cops zu rufen – auf geschwungene Gummiknüppel und Tränengasschwaden wurde verzichtet. Auch wenn ich nicht beteiligt war, profitierte ich eindeutig von der Aktion. Im Jahr darauf wurden die Schuluniformen abgeschafft, die Jungs- und die Mädchenschule wurden zusammengelegt und es gab eine ganze Menge neuer Kurse, darunter Black Studies. Revolution war eine tolle Sache!

Penelope wurde eine meiner engsten Freundinnen, aber wir waren keine Highschool-Sweethearts. Sie war mit anderen Jungs von der Dreedle-Hadley zusammen, ich mit anderen Mädchen. Trotzdem waren wir beide uns unausgesprochen einig. Ich hatte bei Pen nie diese groben, geilen Fantasien wie bei anderen Mädchen. Wenn ich über Penelope nachdachte, dann stellte ich mir immer unsere Hochzeit vor oder das Haus auf dem Land, das wir eines Tages beziehen würden. Träumte davon, wie wir unser gerade geborenes Baby aus dem Krankenhaus nach Hause bringen würden. Nach der Highschool schrieb ich mich an der Cornell University in New York ein. Penelope ging nach Berkeley in Kalifornien. Gelegentlich schrieben wir uns Briefe, manchmal verbrachten wir die Ferien miteinander. Als ich 1980 meinen College-Abschluss machte und sie auch, hatten wir immer noch keinen Sex miteinander gehabt. Das war gar nicht nötig. Wir wussten ja, dass wir einen unausgesprochenen Pakt hatten. Wenn der Zeitpunkt gekommen war, wären wir füreinander da, das stand fest. Es war außerhalb jeder Diskussion, dass wir nicht zusammenkommen würden.

* * *

Manchmal beginnt eine Ära, bevor eine vorherige beendet ist. Für mich begann das Konservative Zeitalter mit der Wahl von Ronald Reagan – der Verkörperung rechtsgerichteter Missgunst – zum Präsidenten der Vereinigten Staaten im November 1980. Das Liberale Zeitalter endete erst einen Monat später, als John Lennon – mein Lieblings-Beatle, der engagierte, bilderstürmerische Radikale, der »Give Peace A Chance« gesungen hatte – von einem geistig verwirrten Fan vor seinem Wohnhaus in Manhattan niedergeschossen wurde. Lennons Ermordung hatte auf mich die gleiche psychische Wirkung wie die Ermordung von Dr. King auf meine Eltern und ihre Gang. Aber Lennons Tod stachelte nicht zu Wutausbrüchen oder Aufständen an. In Zusammenhang mit dem Aufstieg von Reagan fühlte ich mich deprimiert und machtlos. The times they were a-changin', aber zum Schlechteren. Mit einem Mal trugen die Leute ihre Haare kurz, achteten auf gute Kleidung, wurden apolitisch. Ich bemerkte, dass Begriffe aus der Wirtschaft – »Was bleibt unterm Strich übrig?« – oder dem Militärischen – »Reih dich ein!« – in die Alltagsgespräche Eingang fanden. Die Welt war härter, böser und kälter geworden. Und es gab keine Möglichkeit für mich, irgendetwas dagegen zu tun.

Im Frühjahr 1981 lebte ich in Greenwich Village und hatte meinen ersten Job als Praktikant bei der neuen Hochglanz-Wochenzeitschrift namens *A Bite of the Apple* ergattert. Eines Morgens, als ich in der Redaktion saß, wurde ich auf eine Meldung der Associated Press aufmerksam. Reginald T. Brogus war in Paris festgenommen und an die Vereinigten Staaten ausgeliefert worden, um sich wegen Verschwörung vor einem Bundesgericht zu verantworten. Es war Jahre her, seit ich den Namen Brogus zuletzt gehört hatte. In dem Artikel war zu lesen, dass er seit April 1974 untergetaucht war, als Mitglieder einer sogenannten Terrorgruppe – die offiziell den Namen »Blackness as a Revolutionary Force«, abgekürzt BAARF, trug – einen Banküberfall in Detroit verbockt hatten. Bei einem wilden Schusswechsel auf dem Parkplatz vor dem Bankgebäude wurden zwei Polizisten und drei Angehörige der BAARF getötet. Offenbar war der Plan gewesen, die Beute in einen Helikopter zu schaffen und das gestohlene Geld über den ärmsten Ghettos von Detroit abzuwerfen, Millionen von grünen Scheinen sollten auf die Innenstadt hinabregnen. Auch wenn Brogus sich nicht unter den vermummten, gewehrschwingenden Bankräubern befand, ging man davon aus, dass er der Stratege hinter diesem Plan war. Sieben Jahre lang hatte Brogus sich den Strafverfolgungsbehörden der USA entziehen können, indem er zuerst nach Kuba floh und dann über Angola, Algerien, die Türkei und die Sowjetunion nach Paris gelangte, wo er geschnappt wurde, als er sich gerade ein Glas Bordeaux und ein Stück Camembert in einem Straßencafé genehmigte. Jetzt befand er sich in einem Hochsicherheitstrakt in Michigan und wartete auf seinen Prozess.

Ich versuchte, meinem Redakteur zu erklären, dass die Ergreifung eines geflüchteten Revolutionärs eine tolle Story für *A Bite of the Apple* wäre. Aber er schnaubte nur abfällig: »Reggie Brogus! Der ist doch Schnee von gestern!«

Damals, zu Beginn meiner journalistischen Karriere, glaubte ich noch daran, dass Redakteure wussten, wovon sie sprachen. Deshalb beschäftigte ich mich nach meinem Praktikum, als ich eine erfolgreiche Laufbahn als Freelancer begann, auch nicht mehr mit dem Fall. Die folgenden drei Jahre stolperte ich kein einziges Mal über irgendeine Meldung zum Thema Reggie Brogus. Ich hatte keine Ahnung, wie sein Prozess ausgegangen war oder ob es überhaupt einen Prozess gegeben hatte.

Dann, eines Tages im September 1984, schickte mir mein alter Redakteur von *A Bite of the Apple* per Kurier ein Päckchen in meine Wohnung. Darin lag ein Buch mit einem angehefteten Notizzettel. »Vielleicht ist jetzt die Zeit gekommen, über diesen Kerl zu berichten«, stand darauf. Ich weiß noch, wie ich tief einatmete, als ich den Zettel abnahm und das Foto auf dem Buchumschlag sah. Es zeigte einen pummeligen, selbstbewusst und vornehm aussehenden Schwarzen mit einer Pfeife im Mund. Er trug ein hellblaues Hemd mit Button-down-Kragen, eine blaue Fliege mit weißen Punkten und rote Hosenträger. Sein angegrautes Haar war schon ausgedünnt und er hatte einen gepflegten Vollbart. Wären da nicht diese riesigen, froschartigen Augen hinter der dunklen Hornbrille gewesen, hätte ich den großen Antihelden meiner Jugend nicht mal wiedererkannt. Über dem Kopf mit dem schütteren Haar stand in eleganter Kursivschrift der Titel: *An American Salvation: How I Overcame the Sixties and Learned to Love the USA*. Ganz unten auf dem Umschlag, ungefähr da, wo der Schmerbauch des Autors sich wölbte, war sein Name vermerkt: Reginald T. Brogus.

Das Buch war ein schick designtes Hardcover, publiziert von einem der großen Verlagshäuser. Ich war so verblüfft von Brogus' neuem Image, dass ich das Buch nicht chronologisch durchlesen konnte. Ich blätterte durch die ungefähr zweihundert Seiten und überflog die Absätze auf der Suche nach Erklärungen für seine schockierende Verwandlung. Soweit ich das sehen konnte, war das Buch eine rechtsradikale Hasstirade, eine wüste Diffamierung der staatlichen Wohlfahrtsprogramme, der Förderung von Minderheiten, des Rechts auf Abtreibung. Brogus verdammte die linken Aktivisten, verfluchte die Black-Power-Bewegung, die er einst mit angeführt hatte, verunglimpfte arme Afroamerikaner als faule, lahmarschige Parasiten. Er war voll des Lobes für die traditionellen amerikanischen Werte, pries Männer mit Prinzipien, wie Herbert Hoover, George Wallace und Ronald Reagan. Anstatt sich ständig mit ihrem schwarzen Erbe zu beschäftigen, sollten die »American Negroes«, wie er schrieb, den Weißen nacheifern, die dieses Land so großartig gemacht hätten.

Ich schleuderte das Buch gegen die Wand. Was sollte denn *dieser* Scheiß? War das eine Parodie, ein Satireversuch, ein schlechter Scherz? Was um Himmels willen war mit Reggie Brogus passiert? Hatte man ihn umgepolt, einer Gehirnwäsche unterzogen, war er wiedergeboren worden? Nicht, dass ich den revolutionären Brogus der Sechziger für eine ehrwürdige Ikone gehalten hätte. Aber immerhin hatte dieser Brogus das Establishment herausgefordert und die Machtstrukturen bedroht. Dieser neue Brogus hingegen war einfach ein Sprachrohr dieses Establishments, ein Werkzeug dieser Machtstrukturen. Glaubte er wirklich an das, was er in *An American Salvation* geschrieben hatte? Hatte er jemals an das geglaubt, was er in *LIVE BLACK OR DIE!* geschrieben hatte? Vielleicht hatte Reggie Brogus in seinem ganzen Leben keine wirklich ehrliche Überzeugung gehegt. Vielleicht war er bloß ein feiger Opportunist, der seine Ansichten dem Zeitgeist anpasste. Oder er hatte tatsächlich eine ideologische Wandlung vollzogen. Wieso erschien mir dies als die beängstigendste Variante von allen?

Ich rief den Redakteur an und erklärte ihm, dass ich niemals, nie und nimmer, irgendetwas über Reginald T. Brogus schreiben würde.

* * *

Penelope und ich heirateten früh, früher als alle unsere Freunde. Im Frühling 1984, am Tag, als sie nach New York zog, rief sie mich an. Sie wollte einen Job antreten in der Personalabteilung einer großen Versicherungsgesellschaft. Ich sagte ihr, ich hätte den in diesem Zusammenhang benutzten Begriff »Human Resources« immer schon ominös gefunden. Pen erklärte mir, sie solle sich im Grunde darum kümmern, dass mehr Angehörige gesellschaftlicher Minderheiten eingestellt würden, Beschwerden der Angestellten bearbeiten und dafür sorgen, dass alle Beschäftigten unabhängig von Hautfarbe, Geschlecht oder Religion korrekt behandelt würden. Ich sagte, dass klänge nach einer ehrenwerten Tätigkeit. »Es ist nur ein Job«, meinte sie. »Nicht mein ganzes Leben. Und, wie sieht's aus, hast du eine Freundin?«

Hatte ich, aber das spielte keine Rolle. Ich gab meiner aktuellen Affäre den Laufpass, denn jetzt waren Pen und ich so weit. Wir hatten einige Beziehungen hinter uns – mit Partnern, die weiß oder schwarz oder sonst wie waren. Wir hatten keine Lust mehr auf wechselnde Beziehungen. Außerdem gab es damals, 1984, eine gewisse Paranoia vor Herpes. Das kommt einem heute albern vor, Angst vor ein paar schmerzhaften Genitalwarzen zu haben. Aber damals wurde Aids noch als eine Schwulenseuche angesehen. Wie auch immer, Pen und ich hatten uns in sexueller Hinsicht ausgelebt und waren bereit, unseren inoffiziellen Pakt einzulösen. Die Hochzeit fand am Valentinstag 1985 statt. Die Zwillinge kamen genau acht Monate später zur Welt. Wir waren beide 27 Jahre alt.

Was zeichnet eine gute Ehe aus? Manche sagen, Gegensätze ziehen sich an. Aber das war eindeutig nie der Fall zwischen Pen und mir. Wir hatten die gleiche Hautfarbe, kamen aus dem gleichen Mittelklassemilieu, aus derselben Stadt, hatten eine ähnlich lockere Einstellung zum Leben und den gleichen Humor. Wir sahen uns sogar ähnlich, was dazu geführt hatte, dass manche auf der Highschool dachten, wir wären Geschwister. Und was den Sex betrifft, passten wir perfekt, ja geradezu ekstatisch zusammen. Zumindest in der Anfangszeit. Ich hatte kein Interesse mehr an anderen Frauen, schaute sie nicht mal an. Während der ersten vier Jahre unserer Ehe konnte ich mir nicht mal *vorstellen*, Sex mit einer anderen zu haben. Tatsächlich glaubte ich nicht, dass irgendeine andere mich sexuell so befriedigen konnte wie Penelope. Ich kannte ältere Männer, die ihre Frauen betrogen. Aber diese Versuchung spürte ich nie – jedenfalls während der ersten vier Jahre nicht.

Dann fiel ich öffentlich in Ungnade. Als Fälscher von Zitaten und Quellen, von dem keine Zeitschrift mehr einen Artikel wollte, war ich schnell pleite, und das mit einer Frau und zwei Töchtern (die ich allerdings nur teilweise unterhalten musste, da Pen immer deutlich mehr verdient hatte als ich), und ich fing an zu trinken. Ich wurde nachmittäglicher Stammgast im Babson's, einer Kneipe für schwarze Yuppies auf der Upper West Side. Eines Tages kam eine alte College-Freundin von Penelope herein. Jasmine war eine üppige Frau mit honigfarbener Haut und karamellfarbenem, geglättetem Haar und großen, hellbraunen Augen. Wie immer stellte sie ihr beachtliches Dekolleté effektvoll zur Schau.

Jasmine war mir immer wie eine gigantische Süßigkeit vorgekommen. Sie umarmte mich, als hätte sie mich ewig vermisst, setzte sich neben mich auf einen Barhocker und bestellte einen Whiskey Sour. Jasmine flirtete von Natur aus. Ich glaube, sie konnte gar nicht anders, als im Gespräch mit einem Mann darauf hinzuweisen, dass sie zu haben war. Ich hatte sie nie besonders anziehend gefunden – bis zu diesem Tag im Frühjahr 1989.

Ich war betrunken und geil wie ein Karnickel, als wir die Bar verließen. Jasmine fasste mich unter und führte mich in ihre nicht weit entfernte Wohnung. Und schon lag sie nackt auf ihrem Bett, in ihrer ganzen grandiosen, überzuckerten, wollüstigen Herrlichkeit, und forderte mich auf zuzugreifen. Und wie ich scharf auf sie war! Aber wissen Sie was? Ich konnte nicht. Das Bild von Penelopes Gesicht, von ihrem schlanken Körper schoss mir durch den Kopf. Ich war physisch unfähig, mich Jasmine hinzugeben. Nach einer Stunde gemeinsamer Anstrengung gaben wir auf, peinlich berührt und beschämt. Ich weiß nicht mehr, wer von uns sich mehr entschuldigte. Ich ging nach Hause zu Frau und Kindern, schwer in Sorge, dass Penelope sofort erkennen würde, was passiert war, dass sie nach einem kurzen Blick in mein Gesicht wüsste, dass ich versucht hatte, sie zu betrügen. Aber falls sie an diesem Abend meinen jämmerlichen Zustand bemerkt haben sollte, hat sie es wahrscheinlich auf meine anhaltende berufliche Krise geschoben.

Meine Frau zu betrügen war also eine physische Unmöglichkeit, stellte ich fest. Dazu wäre ich niemals in der Lage. Zwei Jahre nach meinem Erlebnis mit Jasmine, als wir schon nach Arden gezogen waren – aber bevor ich Seeräuber-Jenny kennenlernte –, sprach ich mit Pen abends im Bett rein hypothetisch über das Thema Untreue. Ich sagte ihr, falls ich herausfände, dass sie etwas mit einem anderen Mann hätte, wäre ich wahrscheinlich dermaßen deprimiert, dass ich mich einfach nur hinlegen und sterben würde. Ich fragte sie, was sie tun würde, wenn sie erführe, dass ich mit einer anderen was hätte.

»Ich würde das Miststück aufspüren und erwürgen«, sagte sie.

* * *

Die gefällig-jazzige Titelmusik der Huck-Blossom-Show wurde ausgeblendet und das lange, blasse Pferdegesicht des Gastgebers erschien auf dem Bildschirm. Mit seinem so volkstümlichen wie gebildeten Whitey-Tonfall und seinem typischen Carolina-Akzent gab er eine seiner üblichen Vorstellungen zum Besten, im Stil von: Mein erster Gast heute Abend muss eigentlich gar nicht vorgestellt werden. Es gab einen Schnitt und jetzt war Reginald T. Brogus zu sehen, im grauen Nadelstreifenanzug mit weißem Hemd und einer grellgelben Krawatte. Ich war immer wieder erstaunt darüber, wie fett Reggie Brogus geworden war. Auf dem 1968er Umschlag von *LIVE BLACK OR DIE!* war er noch muskulös gewesen, das Foto auf *An American Salvation* von 1984 zeigte einen pummeligen Kerl. Aber in den vergangenen sieben Jahren, in denen seine politischen Ansichten immer weiter nach rechts abgedriftet waren, hatte sein Körper sich proportional dazu aufgebläht.

»Das ist er«, sagte ich zu Penelope. Wir hatten es uns auf dem Sofa im Wohnzimmer bequem gemacht. Das war Anfang April 1991, um 23 Uhr. Amber und Ashley schliefen, aber Pen und ich waren ausnahmsweise länger aufgeblieben, um im Fernsehen den Mann zu erleben, den Jerry Shamberg gerade als Gastprofessor für das Afrikamerika-Institut engagiert hatte, und der im September bei uns anfangen sollte.

»Das ist der Typ, der bei den Panthers war?«, fragte Penelope ungläubig.

»Nein, er hatte seine eigene Gruppe – Blackness as a Revolutionary Force.«

»Waren das die, die Patty Hearst entführt haben?«

»Nein, das war die Symbionese Liberation Army.«

»Symbionesisch? Was soll das denn heißen?«

»Hab ich vergessen. Aber Brogus war nicht bei denen.«

»Aber er ist ins Ausland geflohen?«

»Er war sieben Jahre auf der Flucht. Anfang der Achtziger ist er wieder in die Staaten zurückgekommen, die Anklage gegen ihn wurde fallengelassen, und er hat sich in einen rechten Hardliner verwandelt.«

Penelope kniff die Augen zusammen und nahm Brogus genauer in Augenschein, um ihn von den anderen Aktivisten zu unterscheiden, an die sie sich vage erinnerte. »Ist das derjenige, der für den Kongress kandidiert hat, oder der, der seine selbstgemachte Barbecuesauce vermarktet hat?«

»Tatsächlich hat Brogus sowohl für den Kongress kandidiert als auch eine selbstgemachte Barbecuesauce vermarktet. 1986 war er Kandidat der Republikaner in Michigan für einen Sitz im Repräsentantenhaus. Glücklicherweise wurde er vom demokratischen Gegenkandidaten in die Pfanne gehauen. Anschließend hat er sich ins Soulfood-Geschäft gestürzt und ist damit pleitegegangen. Jetzt ist er ständig im Fernsehen zu sehen. Er tritt in diesen Sendungen am Sonntagvormittag auf, wo Männer im Kreis sitzen und sich anschreien. Und er taucht gelegentlich in einer von diesen vornehmen, halbintellektuellen Late-Night-Shows auf. Und wann immer es ein Thema gibt, das irgendwie für die afroamerikanische Community von Belang sein könnte, fragt man ihn in den Nachrichtensendungen nach seiner Meinung.«

»Und das nur, weil er so ein schräger Vogel ist«, sagte Pen. »Der sollte überhaupt nicht im Fernsehen auftreten. Der sollte mit einem Zirkus übers Land ziehen. Schaut her, die Dame hat einen Bart! Schaut her, dieser Hund hat zwei Köpfe! Schaut her, dieser Schwarze ist erzreaktionär!«

»Ja, und in fünf Monaten wird er ein Kollege von mir sein.«

Ich spürte, wie Pen in meinen Armen erschauerte. »Aber warum?«

»Marketing.«

Auf dem Bildschirm saßen Huck Blossom und Reggie Brogus an einem runden Holztisch, um sie herum war alles dunkel. Das war das typische Huck-Blossom-Setting. Man sprach miteinander vor einem schwarzen Hintergrund, es war ein Gespräch im Nirgendwo. Brogus bedankte sich überschwänglich bei Blossom für die Einladung zu einer Dinnerparty, die er kürzlich gegeben hatte. Blossom dankte Brogus großmütig für seine Dankbarkeit. Das war ein Austausch von Floskeln, den ich in letzter Zeit immer wieder in solchen Late-Night-Shows gesehen hatte, wo Gastgeber und Gast dem Publikum unter die Nase rieben, dass sie nicht nur auf Sendung die besten Kumpels waren, sondern dass sie außerdem zu einem privilegierten Kreis von Prominenten gehörten, zu dem *du*, lieber Zuschauer, niemals Zugang haben wirst.

Huck Blossom beugte sich zu Brogus und runzelte die Stirn. »Sprechen wir über Los Angeles. Wir alle haben in den letzten zwei Wochen dieses verwackelte Video gesehen, auf dem Polizisten des LAPD mit ihren Schlagstöcken erbarmungslos auf einen unbewaffneten Schwarzen einprügeln. Und das ohne erkennbaren Grund ...«

»Gab es denn keinen Grund?«, warf Brogus ein.

Huck Blossom wirkte verwundert, aber auch angenehm überrascht von Brogus Zwischenfrage. »Nun, allem Anschein nach sieht es ganz danach aus, als würde die Polizei hier mit exzessiver Brutalität auf einen Schwarzen einprügeln, der ganz offensichtlich ...«

»Der ganz offensichtlich was?«, unterbrach Brogus. »Unbewaffnet war? Woher konnten sie wissen, dass er unbewaffnet war? Sie hielten ihn an, weil er Schlangenlinien fuhr. Und wir sollen nicht vergessen, dass Rodney King vorbestraft ist. Wir alle wissen, dass eine überproportional große Anzahl von jungen schwarzen Männern im Gefängnis sitzt oder auf andere Weise mit dem Gesetz in Konflikt geraten ist. Woher sollten diese Ordnungshüter wissen, dass Rodney King kein gefährlicher, gewalttätiger Krimineller war? Er weigerte sich zu kooperieren. Also mussten sie ihn überwältigen. Und wenn man mal ihre alltägliche Erfahrung mit schwarzen Kriminellen einbezieht, gab es für sie keinen Grund, davon auszugehen, dass dieser Rodney King ein sanftmütiger, gesetzestreuer Bürger ist.«

»Gut, gut«, sagte Huck Blossom. Er hüpfte aufgeregt in seinem Sessel auf und ab, immer noch nach vorn gebeugt und stirnrunzelnd, jetzt sogar noch seriöser, gleichzeitig bemüht, ein Lächeln zu unterdrücken. »Aber würden Sie nicht sagen, dass die Polizei, wenn sie Schwarze als besonders verdächtig einstuft, auch ein wenig ungerecht handelt?«

»Ungerecht?« Brogus wiederholte das Wort mit sarkastischem Unterton. »Statistiken beschreiben nun mal Tatsachen, Huck.« Reginald T. Brogus lehnte sich zurück und knöpfte sein Jackett auf. Als der graue Nadelstreifenstoff zur Seite fiel, schob er seine Daumen unter die Hosenträger. »Wie John F. Kennedy einmal sagte«, erklärte er nun mit erhobener Stimme, in würdevoller Haltung, die Daumen unter den blau-weiß-roten Stars-and-Stripes-Hosenträgern: »Das Leben ist ungerecht.«

* * *

Ist dies eine Erinnerung oder ein Traum? Seeräuber-Jenny sitzt mir gegenüber in einem hell erleuchteten Café. Ihre kupferfarbenen Haare fallen ungebändigt über ihre Schultern. Sie lächelt mich traurig an, ihre leicht schrägen Augen schimmern feucht. Ihr Gesicht ist noch frisch und unfertig, noch nicht festgefügt, sondern das Gesicht eines Mädchens, nicht einer reifen Frau. Sie trägt einen roten Sweater mit einem weiten Wasserfallkragen. Ich bin nervös. Ich möchte nicht hier sein. Ich möchte nicht mit ihr gesehen werden.

»Ich habe ein Geschenk für dich«, sagt Jenny.

Sie hat es in der Hand, hält es mir hin. Ihre Hand, auf der eine schwarze Diskette liegt, schwebt über dem kleinen runden Stuckmarmor-Tisch.

»Das ist mein Tagebuch«, sagt Jenny. »Ich möchte es dir geben. Ich möchte, dass du meine Geheimnisse kennst.«

Die schwarze Diskette ohne Aufkleber, nichts weist auf ihren Inhalt hin, wirkt eher wie ein böser Talisman. Ich versuche sie wegzuschieben, aber es geht nicht. Jennys Hand schwebt immer noch über dem Tisch, von der flachen schwarzen Diskette geht eine unsichtbare Strahlung aus.

»Ich möchte, dass du meine Geheimnisse kennst«, wiederholt Jenny.

»Mit Wissen entsteht Verantwortung«, sage ich. »Und das möchte ich nicht.«

»Dafür ist es zu spät«, sagt Jenny mit leuchtenden Katzenaugen.

Die Diskette ist verschwunden, aber ich weiß, dass sie auf irgendeine Weise in meinen Besitz geraten ist.

»Jetzt bist du der Wächter meiner Geheimnisse«, sagt Seeräuber-Jenny.

* * *

»Bist du krank, Liebling?«, hörte ich meine Frau sagen. »Du bist ja völlig verschwitzt.«

Ich schlug die Augen auf und sah Penelope auf dem Bettrand sitzen. Ich hatte das Gefühl, als wären wir nach einer langen Zeit der Trennung endlich wieder zusammen. Sie sah wundervoll aus, Mahagonihaut, Mandelaugen und üppige lockige Haare. Sie trug den schwarzen Kaschmirpullover, den ich ihr vor drei Tagen zu unserem siebten Hochzeitstag geschenkt hatte, und glattgebügelte Jeans. Sie legte sanft eine Hand auf meine Stirn.

»Ich glaube, du hast Fieber, Clay.«

Ich drehte den Kopf und schaute auf den Wecker auf dem Nachtschränkchen. Es war 9:29 Uhr.

»Wie geht es dir, Liebling?«, fragte Penelope besorgt.

»Ich liebe dich so sehr, Pen«, sagte ich schläfrig. »Weißt du das? Ich liebe dich so sehr.«

Penelope lächelte. »Du redest wirres Zeug. Ich glaube, es ist besser, du bleibst heute im Bett.«

»Ich hab um elf ein Seminar«, sagte ich und war überrascht, wie brüchig meine Stimme klang.

»Nein, hast du nicht. Heute ist Feiertag, President's Day. Kein Unterricht. Hast du das vergessen? Ich fahre mit den Mädchen nach Toledo.«

Richtig. Wir hatten heute alle frei. Pen wollte mit Amber und Ashley ins Museum und eine Eisrevue anschauen. Ich sollte zu Hause bleiben und Seminararbeiten korrigieren, und mir vielleicht auch das Drehbuch vornehmen, das ich schreiben wollte.

»Wir müssen jetzt los, Liebling«, sagte Penelope. »Zwing dich nicht aufzustehen, wenn du dich nicht gut fühlst. Okay? Wir sind heute Abend um halb sieben wieder zurück.« Penelope stand auf. »Ich ruf heute Nachmittag mal an, um zu fragen, wie es dir geht. In Ordnung, Liebling?«

»Ich liebe dich«, sagte ich erschöpft.

»Ich liebe dich auch, Clay.«

* * *

Dexter hatte die Gewohnheit, aus der Toilette zu trinken. Er hockte fein ausbalanciert auf der Klobrille und klammerte sich mit den Hinterpfoten am Rand fest. Beugte sich vor, streckte ein schwarzes Vorderbein aus, berührte das Wasser, wie um die Temperatur zu testen, und senkte dann blitzschnell den Kopf, um mit der Zunge hastig einen Tropfen aufzunehmen, dann noch einen und noch einen. Schließlich drehte er sich zu mir um und seine silbrigen Augen drückten gleichermaßen Schuld und Schamlosigkeit aus. »Jau«, sagte er. Das sagte er immer, aber die Bedeutung hing jeweils vom Zusammenhang ab und von subtilen Nuancen im Tonfall. In diesem Augenblick interpretierte ich sein Miauen so: »Ja, ich weiß, ich sollte nicht aus der Toilette trinken, aber verdammt, ich trinke nun mal gern aus der Toilette, und daran kannst du eh nichts ändern.« Aber als er sah, dass ich Anstalten machte zu pinkeln, sprang er von der Schüssel und flitzte aus dem Badezimmer, mit einem weiteren über die Schulter hingeworfenen »Jau!«, das so viel bedeutete wie: »Dann halt später, Mann.«

Und ich dachte: War Dex nicht auch in diesem grässlichen seltsamen Albtraum letzte Nacht gewesen?

Ich verbrachte den größten Teil des Feiertags in einer Art Schwebezustand. Womit ich meine, dass ich mir nicht sicher war, ob der Vorfall mit Reggie Brogus wirklich stattgefunden hatte, weshalb ich mich entschloss, kein endgültiges Urteil darüber zu fällen. Ich würde einfach abwarten, ob sich die Sache mit der Leiche in seinem Büro bewahrheitete und ob ich ihm wirklich bei der Flucht geholfen oder die ganze Sache nur geträumt hatte. Als ich endlich träge aus dem Bett rollte, war es 11:30 Uhr, und ich fühlte mich nicht mehr fiebrig. Ich duschte, zog mich an, trank eine Kanne Kaffee und aß eine Schale Special K. Dann beschäftigte ich mich ein paar Stunden lang mit gedankenlosem Herumwursteln. Es ist erstaunlich, wie sehr man sich in einer durchschnittlichen amerikanischen Wohnung mit Nichts beschäftigen kann. Ich machte mich in meinem Arbeitszimmer zu schaffen, ordnete die Bücher auf dem Regal, die Schallplatten, die Papiere auf dem Schreibtisch. Ich nahm mir das Schlafzimmer vor und brachte das Durcheinander der Kleider im Schrank in Ordnung. Dann machte ich in der Küche weiter, stellte das Geschirr in die Spülmaschine, ordnete das Gewürzregal alphabetisch, wechselte die Glühbirne aus, die in der Speisekammer nackt in der Fassung hing, und holte anschließend das saubere Geschirr aus der Maschine. Ich ging ins Wohnzimmer und räumte Spielsachen weg, schüttelte die Sofakissen auf. Ich schaltete den Fernseher ein und ging alle Programme durch in der Annahme, dass es im Fall eines Mordes an der Arden University bestimmt eine Sondersendung geben würde. Nachdem ich eine Stunde lang durch Seifenopern, Spielshows und Talksendungen gezappt hatte, entschied ich, dass keine Nachrichten gute Nachrichten waren. Und dann fiel mir ein, dass an einem Feiertag niemand die Leiche in Brogus' Büro gefunden haben konnte – falls es in seinem Büro wirklich eine Leiche zu finden gab.

Schließlich, so gegen 16 Uhr, beschloss ich, mein Büro im Anglistikinstitut aufzusuchen. Ich hätte den Zweitwagen, einen kleinen Honda, nehmen können, entschied mich aber stattdessen für mein Fahrrad. Die Temperatur war um zehn Grad Celsius gestiegen und der morgendliche Regen hatte das Eis weggewaschen, das letzte Nacht noch alles bedeckt hatte. Als ich Richtung Campus fuhr, war der Himmel schmutziggrau wie Putzwasser. Als ich dort ankam, rollte ich am Gebäude der mathematischen Fakultät vorbei. Es sah öde und unbewohnt aus. Lag dort wirklich eine nackte Leiche? Ein paar Studenten liefen über den Platz, aber im Großen und Ganzen wirkte der Campus unheimlich, wie nach einer Evakuierung.

Der Fachbereich Anglistik befand sich in einem hübschen, mit weißen Schindeln verzierten Haus am nördlichen Rand des Geländes. Ich schloss mein Fahrrad an und betrat das Gebäude. Wie es aussah, war niemand über das verlängerte Wochenende hier gewesen. Mein kleines Büro war ein einziges Durcheinander. Als ich die Stapel mit ungelesenen, unkorrigierten Seminararbeiten auf meinem Schreibtisch sah, wusste ich, dass ich nicht die Kraft haben würde, sie durchzuarbeiten. Ich schaltete den Computer ein und rief die Datei mit meinem Manuskript auf:

ELEGIE FÜR EINEN AUFTRAGSMÖRDER
Von Clay Robinette

So weit war ich bisher mit der Arbeit an meinem Drehbuch gekommen. Ich schaltete den Computer aus, spürte eine große Müdigkeit und wurde von Melancholie überwältigt. Ich räumte einige Bücher und Papiere von meinem abgenutzten Sofa und streckte mich darauf aus. Vielleicht bekam ich eine Grippe. Oder so was in der Art. Ich driftete in diesen Bereich zwischen Traum und Wachheit, und da erschien mir Seeräuber-Jenny wieder.

Sie sitzt in diesem hell erleuchteten Café, mit ihren ungebändigten kupferfarbenen Haaren und den grün schimmernden Katzenaugen. »Ich möchte, dass du meine Geheimnisse kennst«, sagt sie beschwörend. Dann zieht sie am Kragen ihres Pullovers und zeigt mir ihre nackte Haut. Ich betrachte sie, sie ist weiß wie Alabaster. Da ist kein BH-Träger zu sehen. Nur eine hässliche rote Narbe wie von einem Strick, die von ihrem Schlüsselbein auf die linke Brust zuläuft, die weiterhin von ihrem Sweater bedeckt ist. »Siehst du das?«, sagt Jenny mit teilnahmsloser Stimme. »Wirst du jetzt mein Tagebuch lesen?«

Ich setzte mich ruckartig auf. Das war kein Traum. Das war wirklich geschehen. Ich hatte Jenny an diesem Nachmittag nicht im Café Bellafiglia treffen wollen, aber sie hatte darauf bestanden. Wann war das noch mal gewesen, im späten November, frühen Dezember? Ich hatte so hart daran gearbeitet, mir Jenny aus dem Kopf zu schlagen, unsere ganze – wie soll ich es nennen? Beziehung? Affäre? Verstrickung? – aus meinem Gedächtnis auszumerzen, dass ich mir nicht mehr sicher war, ob dieses Treffen wirklich stattgefunden hatte. Das hatte es aber. Und Jenny hatte mir tatsächlich ihre Narbe gezeigt und eine schwarze, unbeschriftete Computer-Diskette gegeben. Nur hatte ich den Inhalt niemals angesehen. Ich hatte sie irgendwo hingetan ... aber wo? Was zum Teufel hatte ich bloß mit dem Tagebuch von Seeräuber-Jenny gemacht?

* * *

Jenny muss sich für unwiderstehlich gehalten haben. Körperlich hatte ich ihr, bis zu einem gewissen Punkt, tatsächlich nicht widerstehen können. Aber sie muss gedacht haben, dass ich zwar irgendwann die Willenskraft aufgebracht hatte, ihren Körper zurückzuweisen, dass ich aber niemals in der Lage wäre, ihren Gedanken zu widerstehen. Dass ich niemals aufhören könnte, ihre Geheimnisse erfahren zu wollen. Oder sie dachte, ich wäre aus reiner menschlicher Neugier oder aus dem natürlichen Voyeurismus eines Journalisten erpicht darauf, ihre Tagebücher zu lesen. Sie verstand nicht, dass ich nicht mehr daran interessiert war, was in einer Frau vorging, nachdem ich eine Affäre mit ihr beendet hatte.

Damals in New York, vor dem Zeitpunkt, als ich mich endgültig mit Penelope zusammentat, hatte ich eine dreimonatige missratene Beziehung mit einer extrem unter Spannung stehenden jungen Frau, die mir nach unserer Trennung wochenlang Briefe schickte, in denen sie wahrscheinlich darlegte, was mit mir nicht stimmte. Oder vielleicht auch nicht. Vielleicht waren es selbstkritische Briefe oder ganz erwachsene Analysen unserer Beziehung. Oder es waren erotische oder gehässige oder traurige Botschaften. Ich habe keine Ahnung, denn ich habe sie nicht gelesen. Wenn ich sah, dass ein Brief von Marcy gekommen war – selbst wenn der Absender nicht auf dem Umschlag stand, erkannte ich ihre Handschrift, und wenn die Adresse mit der Schreibmaschine getippt war und der Absender fehlte, konnte ich davon ausgehen, dass sie dahintersteckte –, warf ich ihn in den Papierkorb, ohne ihn zu öffnen oder gar zu lesen. Schließlich rief sie mich an. »Hast du meine Briefe nicht bekommen?« Als ich ihr sagte, ich hätte sie alle ungelesen weggeworfen, wollte sie mir zuerst nicht glauben und entschied dann, dass ich ein »noch schlechterer Mensch« war, als sie gedacht hatte. Aber immerhin hörte sie auf, mir Briefe zu schreiben.

Ich war also grundsätzlich nicht geneigt, Seeräuber-Jennys Tagebuch zu lesen, obwohl sie es mir so provokant unter die Nase gehalten hatte. Aber was zum Teufel hatte ich mit der Diskette gemacht, nachdem sie sie mir aufgedrängt hatte?

Schluss mit der Grübelei. Zwei Stunden lang durchwühlte ich mein kleines Büro, breitete den Inhalt von Schubladen auf dem Fußboden aus, durchstöberte sämtliche Regale. Ich fand zahlreiche Disketten, aber alle waren beschriftet. Ich fragte mich plötzlich, ob Seeräuber-Jennys Diskette vielleicht auch beschriftet war und ich mir nur eingebildet hatte, dass sie keinen Aufkleber trug. Also schaute ich mir jede Diskette genau an, studierte jede Beschriftung. Nichts wies darauf hin, dass Jennys Tagebuch sich darauf befand. Jetzt war ich mir ganz sicher, dass ich eine schwarze Diskette suchte, auf der kein Aufkleber war.

Ich befand mich immer noch in diesem seltsamen Schwebezustand. Ich war völlig fixiert auf dieses kleine Stückchen Metall in einer Kunststoffhülle. Ich hatte es völlig von dem Gedanken getrennt, dass es da auf der anderen Seite des Campus womöglich eine Leiche gab – und dass es sich um die Leiche von Jennifer Wolfshiem handeln könnte. Ich dachte nicht an Beweise oder Indizien. Ich investierte meine gesamte emotionale und intellektuelle Energie in die Suche nach dieser Diskette. Wohin würde ich eine Diskette tun, die ich nicht lesen wollte? Hatte ich sie einfach in den Müll geworfen, so wie die Briefe von Marcy? Nachdem ich alles durchkämmt hatte, war ich überzeugt, dass die Diskette sich nicht in meinem Büro befand. Was zum Teufel hatte ich damit gemacht? Hatte ich sie mit nach Hause genommen?

Als ich um 18:30 Uhr mit dem Fahrrad zurückfuhr, war es bereits dunkel. In den Wohnheimen gingen die Lichter an, die Studenten kehrten aus ihrem verlängerten Wochenende zurück. Als ich an dem dunklen, massigen Mathematikgebäude vorbeikam, spürte ich wieder diese Fiebrigkeit. Vielleicht sollte ich bei Seeräuber-Jenny anrufen, dachte ich, nur um sicherzugehen, dass es ihr gut ging. Lieber nicht. Ich hatte noch nie bei ihr angerufen. Wenn ich das jetzt tat, würde ich mir nur noch mehr Probleme einhandeln. Vielleicht, so dachte ich, sollte ich Brogus anrufen und mir anhören, wie er sich kaputtlachte über meinen bizarren Traum von ihm und der Leiche in seinem Büro. Oder sollte ich die Polizei anrufen? Während ich in die Pedale trat, mich vom Campus entfernte und die düsteren abendlichen Vorstadtstraßen entlangfuhr, entschied ich, dass ich niemandem davon erzählen durfte, was sich letzte Nacht zwischen mir und Reggie Brogus ereignet hatte, was immer das gewesen war.

* * *

»Hey, Clay, wir sind's. Es ist jetzt halb sieben. Bist du da …? Nein, okay, Liebling, dann bist du wohl doch noch ins Büro gegangen. Tut mir leid, dass ich mich nicht früher gemeldet habe. Du hast so krank ausgesehen heute Morgen, dass ich mir dachte, du bleibst den ganzen Tag im Bett. Wie auch immer, ich hoffe, es geht dir besser und du schaffst, was du dir vorgenommen hast. Ich weiß nicht, wann wir zu Hause sind. Der Verkehr ist mörderisch, ich schätze, alle kehren aus dem verlängerten Wochenende zurück. Die Kinder waren ganz schön zappelig, aber mittlerweile sind sie erschöpft. Ich muss sagen, dass der Rücksitz ziemlich übel gerochen hat. Hast du deine Joggingschuhe dort rumliegen lassen? Wie auch immer, wir halten gerade bei McDoodoo zum Abendessen. Wir sind eben angekommen, die Mädchen stehen schon in der Schlange, also muss ich jetzt Schluss machen. Ich wollte nur kurz durchgeben, dass wir nicht vor acht Uhr zu Hause sein werden, und dann müssen die Mädchen sofort ins Bett und ich wahrscheinlich auch, ich bin total erledigt. Aber es war sehr schön. Ach ja, ich weiß, dass du dich lieber einer Wurzelbehandlung unterziehen würdest, als zu ›Holiday on Ice‹

zu gehen, aber die Mädels wollen am Samstag unbedingt ›Die Schöne und das Biest‹ sehen ... ja, schon wieder. Vergiss nicht, dass ich da einen Workshop auswärts habe, ich weiß nicht mehr, an welchem Tag. Okay, Clay, du musst dich jetzt mit einem traurigen Junggesellendinner begnügen. Falls wir es nicht bis um halb neun schaffen, rufe ich nochmal durch. Weißt du, wer dich liebt, Baby?«

Ich löschte Penelopes Nachricht und ging in die Küche. Das bekannte Kratzen war wieder zu hören. Ich öffnete die Tür der Vorratskammer und da war Dexter. »Jau«, sagte er, was in diesem Zusammenhang »Gib mir was zu fressen!« bedeutete. Ich gab eine ordentliche Portion Katzenfutter in den Napf und stellte eine tiefgefrorene Lasagne für mich in die Mikrowelle. Die aß ich dann vor dem großen Fernseher im Wohnzimmer, was Penelope mir und den Mädchen normalerweise nicht erlaubte. Ich ging die Sender durch und gab mich der narkotischen Anziehungskraft des Mediums hin. Ich driftete ab, döste halb ein, in meinem Kopf flossen die Bilder ineinander. Keine Meldungen über Brogus oder Leichen auf dem Arden-Campus. Es gab ein paar Berichte über diesen Bill Clinton. Offenbar war er nicht nur ein Schürzenjäger, sondern auch ein Kriegsdienstverweigerer. Ein unwürdiger Kandidat für das Präsidentenamt, meinten die Moderatoren. Keine Chance, die Nominierung in der Demokratischen Partei zu gewinnen, geschweige denn die Wahlen im nächsten November, so hieß es. Zum Scheitern verurteilt. Ich nahm an, dass sie recht hatten, zumal ich den Gouverneur aus Arkansas schon vor Wochen abgeschrieben hatte, als ich hörte, dass sein Kampagnen-Song »Don't Stop Thinkin' About Tomorrow« von Fleetwood Mac war. Was für ein Schlappschwanz.

Ich fing wieder an zu spekulieren. Ich weiß, dass das nicht nachvollziehbar ist, aber ich musste nicht die ganze Zeit an die Leiche auf dem Sofa denken oder darüber nachgrübeln, wo Reggie Brogus abgeblieben war: War er wirklich in den »Untergrund« gegangen? (Und was bedeutete das genau?

Hockte er auf einem Floß in unruhiger See mit Kurs auf Kuba?) Auch dachte ich nicht darüber nach, in welche Gefahr ich mich und meine Familie gebracht hatte, indem ich einem Kriminellen zur Flucht verholfen und ein Verbrechen nicht gemeldet hatte. Ich war völlig besessen davon, dieses kleine Metallteil in der Plastikhülle zu finden, diese unbeschriftete Diskette.

Ich schaltete den Fernseher aus und eilte in mein Arbeitszimmer, wo ich vor ein paar Stunden noch so emsig herumgebosselt hatte. Ich ging sämtliche neu geordneten Stapel mit zahllosen verschiedenfarbigen Disketten durch, die alle mit Aufklebern und Hinweisen auf verschiedene Inhalte versehen waren, nicht aber mit dem auf Jennys Tagebuch. Und ich fragte mich: Wenn ich diese Diskette nach Hause gebracht hatte und verhindern wollte, dass jemand – zum Beispiel meine Frau – sie anschaute, würde ich sie dann so verdächtig unbeschriftet herumliegen lassen? Natürlich nicht. Ich würde ihr eine falsche Beschriftung verpassen mit dem Hinweis auf etwas Unverfängliches, Langweiliges, das niemanden interessieren würde. »NOTIZEN ZUM ESSAY, 24/9/91« zum Beispiel. Ich schaltete den Computer ein und schob nacheinander alle unverfänglich beschrifteten schwarzen Disketten ein und klickte sämtliche Dateien an, um zu prüfen, ob Jennifers Tagebuch auf dem Bildschirm erschien. Ich war gerade mit allen schwarzen Disketten durch und fragte mich, ob ich vielleicht die falsche Farbe in Erinnerung hatte und wollte schon mit dem Stapel der dunkelblauen Disketten anfangen, als ich hörte, wie draußen der Volvo in die Einfahrt fuhr. Ich schaute auf die Uhr: 8:39.

* * *

Eine Stunde später kuschelten Penelope und ich uns im Bett aneinander. Der Flanellstoff ihres Herrenpyjamas fühlte sich angenehm und beruhigend an auf meiner nackten Haut. Wir hatten gerade zusammen gebadet, aber ihr war immer noch kalt, weshalb sie den Pyjama angezogen hatte. Ich versuchte nun, sie unter der Daunendecke zu wärmen. Die Kinder hatten total erledigt und ineinander verschlungen auf dem Rücksitz gelegen. (Es stank tatsächlich ein bisschen. Ich entschuldigte mich bei meiner Frau dafür, dass ich meine Turnschuhe dort liegengelassen hatte, ohne den stechenden Geruch von Reggie Brogus' Trainingsanzug zu erwähnen.) Ich nahm Ashley in die Arme, Pen hob Amber hoch, und wir trugen die beiden in ihr Zimmer. Als wir sie aus den Kleidern schälten und ihnen die Schlafanzüge anzogen, murmelten sie verschlafen vor sich hin, was mich an ihre Babyzeit erinnerte, als wir uns beim Wickeln und Anziehen jeweils eins der Mädchen vorgenommen hatten, und als es mit dem Stillen vorbei war, auch beim Füttern. Wir achteten immer darauf, sie abwechselnd zu betreuen. Wir wollten nicht, dass die eine ein Mama- und die andere ein Papa-Kind würde. In den letzten Jahren waren die beiden so selbstständig geworden, dass wir uns nicht mehr ums Anziehen und sowas kümmern mussten. Und so wurde ich regelrecht nostalgisch, als wir sie nach ihrem aufregenden Tag bettfertig machten. Ab dem Moment, wo ich Pen und die Mädchen im Volvo gesehen hatte, befand ich mich wieder im Vatermodus. Als ich mich nun an meine Frau kuschelte, nachdem wir zusammen ein nach Kräutern duftendes Bad genommen hatten, fühlte ich mich gleichermaßen beschützt wie als Beschützer. Wir, also unsere Familie, waren eine Welt ganz für sich.

Ich streichelte die nackte Haut unter dem Flanellstoff, genoss das Gefühl, meine Finger über den Wulst gleiten zu lassen, der von dem Gummizug der Pyjamahose erzeugt wurde.

»Zwick mich nicht in meine Fettpolster«, sagte Pen.

»Das sind keine Fettpolster«, sagte ich. »Das sind bloß Speckfalten.«

»Wo ist der Unterschied«, sagte sie und bewegte die Hüften.

»Ich mag sie«, sagte ich und zog die Pyjamahosen über ihre Schenkel. »Ich werde dich immer lieben, Pen.«

»Ich werde dich auch immer lieben, Clay.«

Wir liebten uns so sanft und innig, wie nur Ehepaare sich lieben können. Penelope schlief vor mir ein. Als ich vom leisen Schnarchen meiner Frau in den Schlaf gelullt wurde, wusste ich, dass uns nie etwas passieren konnte. Alles war in bester Ordnung.

4

Dienstag, 18. Februar 1992, 9:09 Uhr. Die Sonne schien hell, aber die Luft war knisternd kalt. Als ich mit dem Rad zum Campus fuhr, war ich auf alles gefasst. Schon von Weitem konnte ich die Menschenmenge vor dem Mathematikgebäude sehen. Als ich mich über den asphaltierten Gehweg dem Tatort näherte, bemerkte ich das rote Blinklicht, das sich auf dem Dach eines Krankenwagens lautlos drehte. Menschen drängten sich um einen weißen Transporter, den ich zuerst für eine weitere Ambulanz gehalten hatte, bis ich das Logo von ACTION NEWS bemerkte. Überall standen Cops in blauen Uniformen herum. Ich schloss mein Fahrrad auf dem Parkplatz hinter dem Mathematikgebäude ab. *Bleib ruhig*, wiederholte eine Stimme in meinem Kopf immer wieder. *Was auch passiert, bleib ruhig*.

Ich tauchte in die Menge ein, kämpfte mich bis zum Eingang hindurch und spürte dabei ein irritierend bekanntes Gefühl. Es war diese kollektive gespannte Erwartung, die einen überkommt, wenn man eine Arena betritt, kurz vor einem bedeutenden Konzert oder Sportereignis, oder wenn man sich durch eine Menschenmasse den Weg bahnt, um, sagen wir mal, an Silvester kurz vor Mitternacht auf dem Times Square in New York beim Countdown dabei zu sein. Die Menge vor dem Mathematikgebäude bestand zum größten Teil aus Studenten, die der Kälte trotzten und aufgeregt durcheinanderredeten. Gewisse Worte drangen an meine

Ohren, während ich mich zwischen den dicken Wintermänteln, Daunen- und Lederjacken hindurchdrängelte:

»Eine Tote ... jung ... nackt ... erwürgt ... vergewaltigt ...«

Beinahe stolperte ich über die dicken Kabel, die sich den Fußweg entlangschlängelten. Ich drehte mich um und bemerkte eine große, stark geschminkte Frau mit einer Hakennase, kalt glänzenden blauen Augen und einer helmartigen blonden Frisur. Sie trug einen marineblauen Mantel mit schwarzen Samtaufschlägen und sprach in ein Mikrofon. Ein Kameramann bewegte sich durch die Studenten, die ihm höflich Platz machten, auf die Frau zu.

»Wir kennen bisher nur Bruchstücke von Details, Rex. Aber ich stehe hier inmitten völlig verängstigter Studenten der Arden University. Was meinen Sie dazu?«

Die Reporterin hielt das Mikrofon einer Studentin mit wirren Locken und Sommersprossen unter die Nase, die nicht im Geringsten verängstigt wirkte. Im Gegenteil, sie lächelte andeutungsweise, beugte sich vor und sagte ziemlich platt: »Also, ich hätte halt nie gedacht, dass so etwas hier mal passieren könnte.«

Ich drängelte mich weiter durch, auf ein Podest zu, das vor dem Eingang errichtet worden war, darauf stand ein Pult mit Mikrofonen. Offenbar sollte eine Pressekonferenz stattfinden. Die Menge wogte plötzlich nach vorne und hätte mich beinahe umgeworfen. Die Tür des Mathematikgebäudes ging auf und die Polizei schob die Reporter und Kameraleute beiseite, als zwei Sanitäter mit einer Trage erschienen, über die ein weißes Tuch gebreitet war. Die Menge starrte gebannt darauf, während die Männer in Weiß vorbeieilten und ein kalter Wind zwischen uns hindurchwehte. Die Umrisse des Körpers zeichneten sich vage unter dem weißen Tuch ab. Als die Sanitäter die Trage in den Krankenwagen schoben, dachte ich nicht an die Person, die da unter dem Tuch lag. Ich sah das Ganze jetzt so wie wohl viele andere Anwesende: Als würde ich das alles im Fernsehen anschauen.

Bleib ruhig. Egal was passiert, bleib ruhig.

»Auch eine Möglichkeit, die Uni ins Gespräch zu bringen, was, *old bean*?«

Ich drehte den Kopf und blickte in das grinsende Gesicht von Roger Pym-Smithers neben mir. Er trug einen langen schwarzen Mantel und einen stilsicher verbeulten schwarzen Fedora. Er beugte sich leicht nach vorn, die Hände in den Taschen seiner Tweedhose vergraben. Roger war Professor für britische Geschichte, und obwohl er seit vielen Jahren in Amerika lebte, benutzte er, um seine englische Lebensart zu unterstreichen, Formulierungen wie »old bean«, die ich sonst nie aus dem Mund einer anderen Person gehört habe, Engländer oder nicht, und deren Oxbridge-Landclub-Anmutung uns Amerikaner offenbar beeindrucken oder brüskieren sollte. Ich hatte mir immer vorgestellt, dass Roger damals im Swinging London ein gutaussehender »bloke« gewesen war, aber im Laufe der Jahre war er ein bisschen heruntergekommen. Er hatte das rötliche, schlaffe Gesicht eines Trinkers (Roger hielt sich für einen Kenner französischer Weine), und seine grauen Augen trieften. Rogers Augenbrauen verliefen leicht schräg und er kämmte sich in letzter Zeit die dünnen Härchen hoch, sodass sie an den Enden leicht abstanden, was ihm ein teuflisches Aussehen verlieh. Auch wenn viele Kollegen ihn nicht ausstehen konnten, mochte ich Roger Pym-Smithers irgendwie. Sogar in diesem Moment fand ich seine hämische Bemerkung witzig. Mit der Formulierung »die Uni ins Gespräch bringen« hatte er unseren Dekan Jerry Shamberg zitiert, der ständig genau davon redete.

»Es geht doch nichts über einen kleinen Mord, um ein bisschen Publicity zu bekommen, findest du nicht?«, fragte Roger in seinem hochgestochenen Public-School-Akzent und grinste schief.

Bleib ruhig. Was immer passiert, bleib ruhig.

»Mord?« Ich starrte Roger fragend an. »Meinst du das ernst?«

Das schiefe Grinsen verschwand aus seinem Gesicht und mit einem Mal wirkte er betroffen. »Willst du damit sagen, du weißt nichts davon?« Ich schüttelte den Kopf. »Ach du Schande. Kwanzi und ich bekamen heute früh einen Anruf. Komm.«

Roger fasste mich am Arm und führte mich aus der Menge zu einem verwelkten Stück Rasen an der Ecke des Mathegebäudes. Gestern, als ich den Feiertag in diesem seltsamen Schwebezustand verbrachte, hatte ich kein einziges Mal an Roger Pym-Smithers oder an seine Frau Kwanzi Authentica Parker gedacht. Kwanzi war eine rechtschaffene Schwarze, die immer traditionelle Gewänder aus Kente-Stoff trug und seit zwölf Jahren an der Arden University lehrte. Kwanzi war es auch gewesen, die den Vorschlag gemacht hatte, ein Afrikamerika-Institut einzurichten. Bevor Brogus im letzten Semester bei uns aufgetaucht war, gingen alle davon aus, dass nach Beendigung der zweijährigen »Pilot-Phase« sie die Leitung übernehmen würde. Es sei denn, sie würde sich selbst sabotieren. Aber in den letzten Wochen hatte unser Dekan, der auf Berühmtheiten und Kontroversen abfahrende Jerry Shamberg, gelegentlich den Namen Brogus ins Spiel gebracht, wenn es um die Institutsleitung ging, um einen Fachbereich, der laut Brogus am besten in »American Negro Studies« umbenannt werden sollte. Professor Kwanzi Authentica Parker – die Shamberg sogar öffentlich scharf dafür kritisierte, dass er Brogus überhaupt angeworben hatte – war verständlicherweise sauer. Für Kwanzi gehörte Reginald T. Brogus zur übelsten Sorte schwarzer Verräter.

Roger und ich standen uns auf diesem welken Stück Rasen gegenüber. »Ich sollte keine Scherze darüber machen. Kwanzi ist ziemlich verstört. Ich will dir mal ganz sachlich die Fakten darlegen, soweit wir sie kennen. Gegen sechs Uhr heute Morgen hat Pops Mulwray die Räumlichkeiten des Instituts betreten und die Leiche einer jungen Frau gefunden. Sie wurde ermordet. Sie war splitterfasernackt. Und, angesichts des Fundorts der Leiche vielleicht besonders brisant, sie war weiß.«

Ich schaute Roger direkt an und versuchte, nichts zu zeigen als Erschrecken und distanzierte Neugier. »Scheiße.«

»Genau das hat Kwanzi auch gesagt.«

Wir zuckten zusammen, als plötzlich eine Sirene aufheulte. Die Menge teilte sich und der Krankenwagen, in dem sich die Leiche befand, rollte langsam über den Fußweg. Als die Schaulustigen aus dem Weg waren, gab der Fahrer Gas und die Ambulanz fuhr mit jaulender Sirene quer über den Campus davon. *Okay*, dachte ich, *eine junge weiße Frau wurde ermordet, aber das bedeutet nicht zwangsläufig, dass es sich um Seeräuber-Jenny handelt. Es kann jede x-beliebige Andere sein. Das Gesicht, das du gesehen hast, war misshandelt worden und verzerrt gewesen. Du hast dir eingebildet, es sei Jenny, aber wahrscheinlich kommt Jenny jeden Moment um die Ecke und schaut dich mit diesem typischen unverschämten, vielsagenden Blick an.*

»Wie auch immer«, fuhr Roger fort. »Shamberg hat uns um halb acht angerufen. Kwanzi ist jetzt mit ihm da drin, zusammen mit Pops und der Polizei. Und wie du siehst, wurden auch die Medien schon informiert.«

»Verdammt«, sagte ich. »Und haben sie schon irgendeine Mordwaffe in Brogus' Büro gefunden?«

Rogers Triefaugen leuchteten auf, und ich bemerkte meinen Fehler sofort. Roger starrte mich an: »Was sagtest du gerade, *old bean*?«

Scheiße, gottverdammte, beschissene Scheiße ... Bleib ruhig, Clay. Bleib einfach ruhig.

»Ich sagte: Haben sie schon irgendeine Mordwaffe in Brogus' Büro gefunden?«

»Ja, das ist korrekt, *old bean*«, sagte Roger langsam. »Allerdings habe ich bislang noch gar nicht von Brogus' Büro gesprochen. Ich sagte lediglich, es sei eine Leiche im Afrikamerika-Institut gefunden worden.«

»Oh ... stimmt ... aber als ich durch die Menge ging, hörte ich, wie alle von Reggie Brogus sprachen. Also dachte ich, die Angelegenheit muss was mit ihm zu tun haben.«

Roger Pym-Smithers starrte mich an, die feuchten Härchen an den Enden seiner schrägen Augenbrauen standen teuflisch ab. »Dir ist nicht zufällig der aktuelle Aufenthaltsort von Professor Brogus bekannt, *old bean*?«

»Falls dem so wäre, könnten Sie eine Belohnung von hunderttausend Dollar einheimsen«, meldete sich eine nasale Stimme zu Wort. Ich drehte mich um und sah Andy Chadwick hinter uns auf dem Grasstück stehen. »Auf Reggie Brogus wurde ein Kopfgeld ausgesetzt! Ist das zu glauben?«

Andy grinste. Dem vierundzwanzigjährigen Andy Chadwick mit seinen öligen dunkelblonden Haaren voller Schuppen und den Aknenarben im Gesicht klebte immer etwas zwischen den Vorderzähnen. (Was war es heute? Sah aus wie Spinat.) Er trug eine Schildpattbrille und einen verkrumpelten beigefarbenen Trenchcoat über einem braunen Cordanzug. Er hatte sich einen Bleistift hinters Ohr geklemmt und aus seiner Brusttasche ragte ein Notizbuch. Vor zwei Jahren war Andy Chadwick einer meiner Studenten gewesen, heute war er der Starreporter des *Arden Oracle*, der hiesigen Tageszeitung. Ich wusste, dass Andy nicht sehr zufrieden war mit seinem Job. Er fühlte sich zu Höherem berufen. Und ich gebe zu, der Junge hatte Talent. Schon allein äußerlich würde er perfekt zur *New York Times* passen. Aber er war noch jung und unerfahren, und alle Jobs für Berufseinsteiger bei den angesehenen Zeitungen gingen seiner Ansicht nach an Frauen und Angehörige von Minderheiten. Das sagte er ohne Verbitterung. Er erklärte damit nur, warum es ihm trotz seiner Begabung bislang nicht gelungen war, eine adäquate Anstellung zu finden. Also musste er sich einstweilen in den Niederungen der Provinz abrackern, Artikel ansammeln und auf den großen Durchbruch warten, wenn ihm eine bahnbrechende Story vor die Füße fiel. An diesem sonnigen, kalten Februartag konnte Andy Chadwick seine Freude kaum verbergen. Er stand auf dem Rasenstück, schaute erst mich, dann Roger Pym-Smithers an, dann wieder mich, schüttelte den Kopf und grinste so lebhaft, dass das kleine grüne Stück Spinat zwischen den Zähnen gut sichtbar war.

»Wie oft fällt einem so eine Story in den Schoß? Hm, Clay?« Andy schien sein Glück kaum zu fassen. Und wie könnte ich ihm nicht recht geben? Ungefähr dreißig Stunden zuvor, als ich Brogus hierhergefahren hatte in der Erwartung, er wolle mir eine Portion Koks zeigen, die jemand in seinem Büro deponiert hatte, hatte ich das Gleiche gedacht. »Mit dieser Story werde ich mir meine Sporen verdienen«, sagte Andy Chadwick. »Ich werde mir meine beschissenen Sporen damit verdienen.«

»Es sei dir gegönnt, Andy, aber das wird dieser armen jungen Frau auch nicht mehr helfen, nicht wahr?«, sagte Roger tadelnd und – angesichts seiner eigenen schlauen Mutmaßungen über den Mord – scheinheilig.

Andy Chadwick schenkte Roger einen abfälligen Blick: »Hier geht es um Journalismus, das können Sie nicht nachvollziehen.« Er wandte sich an mich: »Ich bin schon im Gebäude gewesen. Hab die mit Kreide gezeichneten Umrisse der Leiche gesehen. Das gelbe Absperrband.«

»Hast du die Leiche zu Gesicht bekommen?«, fragte Roger.

»Noch nicht. Ich werde versuchen, bei der Obduktion dabei zu sein.«

»Aber weißt du, ob sie völlig nackt war?«, hakte Roger nach.

»Sie trug ein Paar Socken«, sagte Andy mit gesenkter Stimme mit makabrem Unterton. »Und ein Paar Hosenträger von Brogus war um ihren Hals geschlungen.«

Roger nickte. »Und Brogus ist verschwunden.«

»Das FBI ist da«, brach es aus Andy hervor. »Die werden ihn zu einer landesweiten Fahndung ausrufen. Aber hier vor

Ort werden die Ermittlungen geführt von ...«, Chadwick macht eine Kunstpause, »... Patsy DeFestina. Sie wurde mit dem Heli aus Toledo eingeflogen.« Andy machte wieder eine Pause, diesmal eher ehrfürchtig. Ich verstand nicht, worauf er hinauswollte.

»Wer ist Patsy DeFestina?«, fragte ich.

Andy starrte mich mit offenem Mund übertrieben ungläubig an. »Wer Patsy DeFestina ist?«

»Also wirklich, Clay«, stimmte Roger mit ein. »Sogar *ich* weiß, wer Patsy DeFestina ist.«

»Die ehemalige Nonne, die sich inzwischen als Superbulle betätigt«, sagte Andy Chadwick, als würde er eine erklärende Unterzeile zitieren. »Sie ist berühmt dafür, Vergewaltiger und Frauenmörder hinter Gitter zu bringen. *20/20* hat ein Porträt von ihr gesendet, Clay!«

»Diese Sendung muss ich wohl verpasst haben.«

»Nun, ich habe sie soeben kennengelernt. Sie ist echt cool!«

»Wussten die Herren eigentlich«, erklärte Roger Pym-Smithers, »dass ich drüben in England durchaus eine gewisse Reputation als Amateurdetektiv genieße?«

»Sie sollten dich mit dieser Story beauftragen«, sagte Andy zu mir.

»Nein, das wusste ich nicht«, sagte ich zu Roger.

»Sehr ähnliche Umstände. Ein Professor an meiner Uni wurde in seinem Büro erwürgt. Dank einer genialen Schlussfolgerung meinerseits war es Scotland Yard möglich, den Fall zu lösen. Es wäre zu kompliziert, das jetzt zu erklären, aber ich kann dir den ganzen Fall bei Gelegenheit darlegen. Im Vereinigten Königreich bin ich deswegen sehr bekannt.«

»Was du nicht sagst«, sagte ich.

»Clay!«, rief Andy aus. »Jetzt ist der Moment gekommen, wo Sie einen Artikel für uns schreiben müssen!« Chadwick ging mir schon seit einem Jahr auf die Nerven damit, ich solle mal irgendwas für den *Arden Oracle* beisteuern. Ich hatte das stets höflich abgelehnt mit dem Argument, ich sei immer noch zu beschämt wegen der öffentlichen Kritik, die ich auf mich gezogen hatte. In Wahrheit fand ich den *Arden Oracle* sogar für einen in Ungnade gefallenen mittelmäßigen Schreiberling wie mich indiskutabel. »Kommen Sie schon, Clay«, bettelte Andy. »Diese Riesenstory hat Sie doch praktisch schon am Wickel!«

»Ich dachte, dies wäre *dein* Karrieresprungbrett«, sagte Roger zu Andy.

»Ist es auch! Ich kümmere mich um das Verbrechen, um die blutigen Details, die Jagd nach dem Täter. Wir brauchen aber auch jemanden, der die menschliche Seite beleuchtet. Die Auswirkungen dieses Traumas auf die anderen Studenten. Und dann ist da noch das Opfer. Was ist ihre Geschichte? Sie kennen sich doch damit aus, Professor Robinette. Niemand sonst wäre besser geeignet, so eine Story zu schreiben! Jedenfalls niemand hier in der Stadt.«

»Von wem sprechen wir denn hier eigentlich?«, sagte ich und versuchte, möglichst abgebrüht zu klingen. »Weiß jemand den Namen des Opfers?«

»Hab ich vergessen«, sagte Andy. Er zog sein Notizbuch aus der Tasche und blätterte die Seiten durch.

Mit einem Mal fühlte ich mich der ganzen Szene enthoben, als würde ich auf einem Balkon stehen und nach unten schauen auf diese kleine vertrocknete Rasenfläche, mich weit nach vorn beugen und diesen leichten Schwindel spüren, diese Versuchung, und merken, wie meine Füße den Kontakt mit dem Boden verlieren, nach vorn kippen ...

»Jennifer Esther Wolfshiem.«

... die Augen schließen und fallen, fallen.

»Waaaaaauuuuurrrrggggggg!« Der schmerzgeplagte Schrei zwang mich dazu, die Augen zu öffnen. »Nein!«, kreischte eine junge Frau. »Nein! Neeeeiiiinn!«

»Was zum Teufel ...«, sagte Andy Chadwick. Er zog sich den Stift vom Ohr und tauchte in die Menge ein.

»Mit dir alles in Ordnung, *old bean*?«, fragte Roger. »Du sahst aus, als würdest du gleich umkippen.«

Ich spürte, wie mein Körper schwankte. Ich rieb mir die Augen. »Entschuldige. Es ist nur ... Ich kannte das Mädchen. Sie war ... eine Studentin von mir.«

Roger nickte ernst. »Hmm. Der Name kommt mir auch bekannt vor. Ich glaube, ich hatte sie in einem Kurs über die Viktorianische Epoche ... Seid ihr enger bekannt gewesen?«

Ich starrte in Rogers triefende Augen. Er sah mitfühlend aus. Ich musste schlucken. »Kommt drauf an, was du mit enger meinst.«

Wir standen nicht mehr außerhalb der Menge. Die versammelten Gaffer hatten inzwischen unsere kleine Rasenfläche eingenommen. Ich schaute mich um. Es kamen immer mehr dazu – mehr Studenten, mehr Polizisten, mehr Kamerateams. Im Gedränge der vielen Neugierigen wurden wir voneinander getrennt. »Wir sprechen uns später«, rief Roger mir zu, bevor er endgültig in der Menge verschwand.

Beinahe hätte ich mich umgedreht und wäre nach Hause gefahren. Ich hatte das plötzliche Bedürfnis, ins Bett zu gehen und mich unter der Decke zu verkriechen. Aber ich wusste, dafür war es zu spät. Ich musste mehr herausfinden. Ich schob mich durch die Menge, dorthin, wo das Podium mit dem Stehpult war, in der Hoffnung, die Pressekonferenz würde bald beginnen. In dem Moment, als ich den Rand des Podiums erreichte, stürzte sich Andy Chadwick auf mich. Er legte einen Arm um meine Schulter und beugte sich vertraulich zu mir. »Die junge Frau, die geschrien hat, das war die Mitbewohnerin der Wolfshiem. Sie hat gerade erst erfahren, was passiert ist.« Andys schaler Mundgeruch nach Kaffee drang mir in die Nase. Ich versuchte ihn wegzustoßen, aber die Menge drückte uns gegeneinander wie Pendler in einem Vorortzug zur Stoßzeit. »Mit ihr sollten Sie wegen der Story reden. Ich hab mir ihren Namen und ihre Adresse aufgeschrieben.«

»Können wir bitte alle etwas leiser werden?« Die Stimme von Dekan Jerry Shamberg übertönte alles. Ich schaute auf und sah den Präsidenten der Universität hinter dem Stehpult. Eine kleine Gruppe von Personen, darunter Kwanzi Authentica Parker und Pops Mulwray, stand neben ihm auf dem Podium.

»Sie hätten mal hören sollen, was Shamberg vorhin im Mathegebäude gesagt hat«, grunzte Chadwick mir ins Ohr. »Er ist total durchgedreht. ›Wir bluten aus!‹, sagt er. ›Wir bluten aus! Wir müssen das Ausbluten stoppen!‹ Aufgebrachte Eltern haben bereits angerufen, die meisten natürlich aus Manhattan, und wollen ihre verwöhnten Bälger von der Uni nehmen, weil sie sich Sorgen um ihre Sicherheit machen.« Andy kicherte. »Mal sehen, wie unser Dekan damit klarkommt.«

»Leute ...? Können wir bitte kurz mal ein bisschen leiser werden, Leute?« Wie auch immer er sich eben gerade im Mathematikgebäude gebärdet hatte, hier rastete Jerry Shamberg jedenfalls nicht aus. Er stand gefasst hinter dem Pult, klopfte auf die vor ihm stehenden Mikrofone, um herauszufinden, ob sie funktionierten, und wartete ab, dass die Menge sich beruhigte. Shamberg war ein stämmiger Mann mit bronzefarbenem Teint und man sah dem Fünfzigjährigen an, dass er eine Menge Zeit im Fitnessstudio und im Solarium verbrachte. Mit seinen kurzgeschnittenen grauen Haaren und dem sorgfältig gepflegten Kinnbart wirkte er eher wie ein in die Jahre gekommener Hollywoodmanager als wie ein Universitätspräsident. Das Eigenartigste an Shamberg war, dass man den Eindruck hatte, er würde einen immer schräg von der Seite anschauen. Sogar jetzt, hinter dem Pult, neigte er den Kopf leicht nach links, aber seine Augen schauten nach rechts. Während er die Menge taxierte, kippte sein Kopf langsam nach rechts und seine Augen blickten nach links.

»Heute ist unsere Gemeinschaft mit einem tragischen Ereignis konfrontiert.« Die Menge war jetzt ruhig, aber das Klicken und Surren der Kameras hielt an. »Im Augenblick gibt es nicht viel zu sagen. Unsere Gedanken und Gebete sind bei der Familie von Jennifer Wolfshiem. Und wir werden alle Anstrengungen unternehmen, um herauszufinden, was genau passiert ist und wer verantwortlich ist für dieses abscheuliche Verbrechen.«

Als der Dekan sich darüber ausließ, wie sehr uns dieser Verlust traf, und sein Kopf und seine Augen sich dabei kontrapunktisch bewegten, fiel mein Blick auf Kwanzi Authentica Parker. Sie stand ungefähr einen Meter neben Shamberg auf dem Podium und starrte direkt nach vorn in die Menge. Wie alle auf dem Podium trug sie weder Hut noch Mantel. Sie war bekleidet mit einem prächtigen, farbenfrohen afrikanischen Gewand, ihr üppiges Haar war in mehreren Schichten dünner Zöpfe um den Kopf drapiert. Ich hatte mitbekommen, dass manche Schwarze in Arden Kwanzi als hellhäutig bezeichneten, aber so sah ich sie nicht. Ihre Haut hatte einen Hauch von Herbst, einen rötlichen Schimmer, den sie von ihren Cherokee-Vorfahren geerbt hatte. Mir wurde klar, dass ihr Teint genau der war, den Jerry Shamberg und seinesgleichen im Sonnenstudio zu erzielen versuchten. Wie sie da im Sonnenlicht stand, mit zopfbewehrtem, hochgerecktem Kopf und strengem Blick, schien sie Stolz und Zuversicht auszustrahlen. Ihr verhasster Rivale Reginald T. Brogus war auf der Flucht und wurde wegen Mordes gesucht. Wie groß auch der Schaden für das Afrikamerika-Institut sein mochte, Reggie Brogus war auf und davon. Ihre Geringschätzung seiner Person hatte sich auf eine perverse, dramatische Weise bestätigt. Vielleicht, so überlegte ich, war Kwanzi gar nicht, wie ihr Ehemann Roger Pym-Smithers sie vorhin beschrieben hatte, »ziemlich verstört«. Vielleicht war sie im Gegenteil sehr froh über diese Entwicklung.

»Aber heute«, erklärte Dekan Shamberg, »betrauern wir nicht nur ein Opfer. Wir feiern auch einen Helden. Inmitten dieser Tragödie werden wir an den wahren Geist der Arden University erinnert. Pops, komm doch bitte mal her.«

Pops Mulwray, mager, gebeugt und leicht zittrig, dennoch eine gewisse Eleganz ausstrahlend in seiner grünen Uniform, die ihn als Aufsichtskraft der Arden University auswies, mit dem goldenen Schriftzug »Pops« über der Brusttasche, schlurfte in Richtung Stehpult wie ein kleiner dunkelbrauner Duke Ellington im Overall. Shamberg schlang seine Arme um den alten Mann und drückte ihn.

»Pops Mulwray ist neunundsiebzig Jahre alt. Er hat Parkinson und ist nicht mehr so gut zu Fuß. Aber er arbeitet schon seit siebenunddreißig Jahren für die Arden University. Und er packt immer noch ordentlich mit an. Heute Morgen um sechs Uhr betrat er das Mathematikgebäude und ging von Büro zu Büro, um alles in Ordnung zu bringen für den Fall, dass jemand über das lange Wochenende hier gewesen ist. Dabei hat er die tote Jennifer entdeckt. Und auch wenn er nicht mehr so gut sprechen kann und es sehr schmerzhaft für ihn ist, sich fortzubewegen, hat Pops den Weg bis zur Polizeistation des Campus zurückgelegt und die Beamten zum Tatort geführt. Das, liebe Freunde, ist der wahre Geist der Arden University. Pops Mulwray, wir alle ziehen den Hut vor dir!«

Die Menge applaudierte enthusiastisch. Das musste man Jerry lassen: Mit einer einzigen Geste hatte er die Solidarität zwischen den Angehörigen verschiedener Ethnien gestärkt, indem er in dieser potenziell explosiven Situation einen schwarzen Angestellten in den Mittelpunkt stellte und gleichzeitig dem Publikum die Möglichkeit gab, sich gut zu fühlen, indem sie dem alten schwarzen Mann Beifall zollten. Pops Mulwray wiederum stand mit glänzenden Augen zittrig neben dem Pult. Das Klatschen schien ihn zu verwirren. Er wehrte kraftlos ab und schlurfte zurück zu der Gruppe von Leuten, die sich auf dem Podium zusammengefunden hatten.

Andy Chadwick kicherte mir ins Ohr: »Ja, schön, aber woher will der Dekan denn wissen, dass Pops das Mädchen nicht umgebracht hat?«

Ich warf Andy einen verärgerten Blick zu. Er sah mich verlegen an und begann hektisch in sein Notizbuch zu kritzeln.

»Und jetzt«, sagte Shamberg und klang dabei wie ein Zeremonienmeister, »werde ich das Podium Detective Patsy DeFestina überlassen …«

»Da ist sie!«, kreischte Andy.

Ein uniformierter Beamter stellte ein kleines Fußbänkchen vor das Stehpult. Als die winzige Frau mittleren Alters daraufstieg, begannen sämtliche Kameras zu klicken. Das eigenartige akustische Spektakel erinnerte mich an einen Dschungel, in dem zahlreiche exotische Insekten irgendwo versteckt im Gras durcheinanderzirpen. Als sie sich nach vorn zu den aufgestellten Mikrofonen beugte und den Mund öffnete, fingen die Reporter an zu gestikulieren und zu rufen.

»Patsy! Patsy! Patsy! Detective DeFestina! Hier bitte! Hey, Patsy!«

Ich hatte Detective DeFestina schon zuvor zwischen den Leuten auf dem Podium bemerkt, aber gedacht, sie wäre eine von den Verwaltungsangestellten – vielleicht eine, die für die Öffentlichkeitsarbeit zuständig ist –, der ich bislang noch nicht begegnet war. Sie trug eine große rechteckige Brille mit durchsichtigem Plastikgestell im Stil der siebziger Jahre, ein rot-schwarz kariertes Jackett, darunter einen braunen Rollkragenpulli, schwarze Hosen und bequemes Schuhwerk. Nachdem ich sie nun zuordnen konnte, dachte ich, diese Frau hatte die asexuelle Aura einer Nonne in Zivil. Aber ich hätte sie nie für eine Polizistin gehalten.

»Keine Fragen«, sagte DeFestina entschieden, aber höflich, und hob ihre kleine Puppenhand, um die Menge zu beruhigen. »Ich werde später zusammen mit dem FBI eine Pressekonferenz abhalten, aber im Augenblick kann ich keine Fragen beantworten …«

DeFestina redete weiter, aber ich hörte nicht mehr richtig zu. Ich wusste, dass sie nur die wenigen Details herunterbeten würde, die bislang bekannt waren. Während sie weiterplapperte, studierte ich ihr Gesicht und ihr Benehmen, horchte mehr auf ihren Akzent als auf das, was sie sagte. Und ich war verblüfft, auf eine sehr eigenartige Weise ratlos. *Was* war diese Patsy DeFestina? Weiß? Ja, sie hatte einen italienischen Namen. Ihre Haut war sicherlich heller als die von Kwanzi. Und deutlich heller als Shambergs künstliche Bräune. Aber konnte ich da nicht einen Hauch von olivfarbenem Teint bei DeFestina erkennen? War sie also schwarz? Auf jeden Fall »klang« sie nicht schwarz. Sie hatte einen angenehmen, kontrastarmen Ohio-Akzent mit ausgeprägten Vokalen. Vielleicht war sie ein Mischling? Ihr kurzes braunes Haar war in einem perfekt unauffälligen Stil geschnitten, schien sich aber an manchen Stellen leicht zu kräuseln. Und waren ihre vollen Lippen und die runde kleine Nase nicht Hinweise auf eine schwarze Herkunft?

Verstehen Sie mich nicht falsch. Patsy DeFestinas ethnische Herkunft war mir egal. Mich verstörte nur, dass ich sie nicht einordnen konnte. Normalerweise konnte ich afrikanische Gene einer Person sofort in ihrem Gesicht erkennen – ohne Zögern und mit unfehlbarer Sicherheit. Na gut, sagen wir mal, wenn eine Person zur Hälfte schwarz war, konnte ich das sofort erkennen. Vielleicht, so dachte ich, war schon mein Verdacht, Patsy DeFestina könnte schwarze Vorfahren haben, ein Beweis dafür, dass dies der Fall war. Andererseits wäre ich auch nicht überrascht gewesen, wenn ich erfahren hätte, dass die Eltern der Polizistin beide weiß waren und ihre Großeltern ebenfalls. Ich stand vor dem Podium, starrte diese Frau an und fand nicht heraus, was zum Teufel sie war.

»Das ist alles, Leute«, sagte DeFestina freundlich, aber unmissverständlich. »Ich muss jetzt an die Arbeit gehen. Bis später.«

Als sie sich von den Mikrofonen abwandte, drehten die Reporter durch. Im wilden Durcheinander gebrüllter Fragen stach ein einziges Wort immer wieder hervor und bohrte sich in mein Trommelfell:

»BROGUS! – BROGUS! – BROGUS! – BROGUS! – BROGUS!«

Patsy DeFestina wirbelte herum und näherte sich erneut den Mikrofonen. Sie deutete auf einen der Journalisten. »Was haben Sie gefragt?«

»Ist Brogus Ihr einziger Verdächtiger, Patsy?«, tönte eine männliche Stimme wichtigtuerisch.

DeFestina hielt inne und musterte den Fragenden sehr genau und erbarmungslos durch ihre Brillengläser. »So lange, bis wir den kranken Mörder dieser jungen Frau überführt haben ... sind alle verdächtig.«

Mir gefror das Blut in den Adern. Alle Anwesenden waren verblüfft von dem eiskalten Ton in Patsys Stimme. Wenn ich Schwester DeFestina in einem Klassenzimmer in der Grundschule begegnet wäre, ich bin mir sicher, ich wäre schwer traumatisiert worden. Der Gedanke, irgendwann einmal mit Detective DeFestina in einem Verhörzimmer zu sitzen, jagte mir eine derartige Angst ein, dass ich mich am liebsten übergeben hätte.

DeFestina hüpfte von dem kleinen Hocker zurück aufs Podium, und die Presseleute überwanden ihre Verblüffung und schrien wieder auf sie ein.

»BROGUS! – BROGUS! – BROGUS!«

Der uniformierte Beamte schnappte sich den Hocker und lief hinter Patsy DeFestina her, die bereits vom Podium gesprungen war und nun mit ihren kurzen Beinen überraschend flink zurück ins Mathematikgebäude eilte. Die Journalisten brüllten weiter durcheinander. Bis eine heisere Stimme sie übertönte:

»Ich bin Professor Kwanzi Authentica Parker, Vorsitzende des Afrikamerika-Instituts.«

Als die Menge sich beruhigt hatte, stand Kwanzi hinter dem Bouquet von Mikrofonen und funkelte uns an. Ich fragte mich, ob irgendeiner meiner Kollegen bemerkt hatte, dass Kwanzi sich soeben in eine Position befördert hatte, die noch gar nicht existierte.

»Als eine in Amerika lebende Afrikanerin«, sagte die in New Jersey geborene Kwanzi, »hoffe ich, dass Sie in Ihren Medien die Gesetze dieses Landes respektieren ... Es gilt die Unschuldsvermutung. So lautet das Gesetz in diesem Land.« Kwanzis Stimme vibrierte zornig. Wie sie da auf dem Podium stand, strahlte sie etwas Majestätisches aus, während sie empört ihr Publikum anstarrte und ihre Korkenzieherzöpfe in der leichten Brise erzitterten. »Lassen Sie sich nicht zu einem übereilten Urteil verleiten. Ich wiederhole: Lassen Sie sich nicht zu einem übereilten Urteil verleiten. Heute sind wir alle Opfer. Sogar ein Mitglied unserer Fakultät, das beschuldigt wird, ist heute ein Opfer. Wir alle im Afrikamerika-Institut bedauern zutiefst, dass ein Mensch zu Tode gekommen ist. Aber wir bestehen darauf, dass die Ermittlungen in diesem Fall fair und gerecht erfolgen. Gott segne Sie alle. Vielen Dank.«

Als Kwanzi vom Podium stieg, brach vielstimmiges Murmeln aus. Ich weiß nicht, was die anderen Anwesenden dachten, aber ich war erstaunt, dass Kwanzi Reggie Brogus gerade offenbar ... nun ja, nicht direkt verteidigt hatte, aber für seine Rechte eingetreten war, für einen Mann also, den sie zutiefst verabscheute. Vielleicht war ihr in einer solchen Situation die Solidarität unter Schwarzen wichtiger als Brogus' Verrat an den eigenen Leuten. War ich nicht einem ähnlichen Impuls gefolgt, als ich Brogus fast bis zum Flughafen gefahren hatte?

Die Menge redete weiter durcheinander, niemand schien etwas mit Kwanzis Bemerkung anfangen zu können. Bis auf einmal eine Person eifrig zu applaudieren begann. Es war Roger Pym-Smithers, Kwanzis Ehemann, der jetzt auf der anderen Seite des Podiums stand. »Gut gesprochen!«, rief er und klatschte laut und heftig. »Hört, hört! Sehr gut gesprochen!«

Andere aus dem Publikum fingen ebenfalls an zu applaudieren, aber eher zögerlich und schüchtern. Dekan Shamberg trat vor die Mikrofone. »Nun, damit wäre wohl fürs Erste alles gesagt. Die Vereinigung der Studentinnen hat angekündigt, heute Abend um acht Uhr an dieser Stelle eine Mahnwache im Gedenken an Jennifer Wolfshiem abzuhalten, mit Kerzen ...«

»Hey!« Andy Chadwick stieß mir den Ellbogen in die Seite. »Darüber sollten Sie berichten, Clay!«

Während Shamberg noch erklärte, dass die anstehenden Mathematikveranstaltungen in andere Gebäude verlegt würden, zerstreute sich die Menge. Ich konnte mir nun etwas mehr Abstand zu Chadwick verschaffen. Der junge Journalist grinste mich an, letzte Reste seiner Spinatmahlzeit hingen ihm immer noch zwischen den Vorderzähnen.

»Schreib einfach einen Artikel über die Stimmung auf dem Campus.« Andy riss eine Seite aus seinem Notizbuch und reichte sie mir. »Das ist der Name der Studentin, die vorhin geschrien hat, Wolfshiems Zimmergenossin.« Er hörte auf zu grinsen. »Ernsthaft, Clay, das könnte Ihnen nützen. Ich gehe jetzt in die Redaktion. Kann ich meinem Redakteur ankündigen, dass Sie was für unsere morgige Ausgabe schreiben?«

»Lass mich darüber nachdenken«, sagte ich. »Wann musst du das spätestens wissen?«

Andy Chadwick suchte in der Tasche seines Trenchcoats und förderte eine verkrumpelte Visitenkarte zutage. Ich lachte verhalten, als er sie mir hinhielt. »Ist dir die Karte in den Abwasch gefallen, Andy?«

»Ruf mich vor Mittag an«, sagte er. »Ich geh mir jetzt meine Sporen verdienen.«

Als Andy davoneilte, glitt Kwanzi in ihrem wogenden Technicolorkleid auf mich zu. Wir umarmten uns und verharrten einen Moment so. Kwanzi roch wie immer nach Kakaobutter. Sie löste sich sanft aus der Umarmung, ließ aber ihre Hände auf meinen Schultern liegen. »Bruder Clay«, sagte sie seufzend.

»Wie geht es dir, Kwanzi?«

Sie schloss die Augen und nickte. »Ich komme damit klar.« Sie schlug die Augen auf. »Die Geister helfen mir, mit all dem klarzukommen.«

Roger Pym-Smithers stand hinter Kwanzi und starrte verzückt auf den Hinterkopf seiner Frau.

»Das könnte ein Riesenproblem für das Institut werden, hm?«, sagte ich.

»Im Augenblick mache ich mir keine Sorgen um das Institut, sondern um Reggie.«

»Ich dachte, den kannst du nicht ausstehen.«

»Oh, Clay«, sagte Kwanzi sanft und umfasste meine Hände.

»Kwanzi glaubt nicht, dass Brogus der Täter ist, *old bean*«, sagte Roger.

»Glaubst du nicht?«

»Ich empfange einige sehr starke Signale zu diesem Fall«, sagte Kwanzi.

»Kwanzi ist ein echtes Medium«, vertraute Roger mir an.

»Ich habe Reggie nie gehasst«, sagte Kwanzi. »Ich hatte immer das Gefühl, dass der Bruder den Kontakt zu dem verloren hat, was er einmal war. Weißt du, Clay, Reggie hat für die Schwarzen eine große Bedeutung.«

»Ja, ich weiß.«

»Aber du bist zu jung, um es *wirklich* zu verstehen. Du hast von diesen ganzen dramatischen Sachen gehört, der Gewalt, aber Blackness as a Revolutionary Force hat den Menschen damals wirklich viel bedeutet. Niemand spricht mehr von den kostenlosen Mittagessen, die BAARF an arme Großstadtkinder verteilt hat.«

»Wow«, sagte ich. »Ich hab dich noch nie so über Reggie sprechen hören.«

Kwanzi lächelte mich selig an. »Ich bekomme so viele widersprüchliche Signale zurzeit, mein Bruder. Aber bei einer Sache bin ich mir sicher: Reggie hat dieses weiße Mädchen nicht umgebracht.«

»Woher weißt du das?«

»Das kann ich dir nicht sagen. Es sind Informationen, die mich auf spirituellem Weg erreichen, von einer anderen Ebene. Aber glaub mir: Reggie war es nicht.«

»Okay.«

»Kwanzi irrt sich nie bei solchen Sachen, *old bean*. Sie ist ein echtes Medium.«

Kwanzi ging nicht auf Roger ein. Sie streichelte meine Hand und starrte ins Nichts. »Aber der Mörder ist in der Nähe. Er steht uns sehr nah.«

Kwanzi ging mir allmählich auf die Nerven. »Ich muss jetzt los«, sagte ich.

»Wirst du darüber schreiben, Clay?«, fragte Kwanzi.

»Hat Roger dir gesagt, dass ich vielleicht einen Artikel für den *Oracle* schreibe?«

Kwanzi schaute mich mit großen Augen an. »Roger hat mir überhaupt nichts davon erzählt.«

»Das stimmt, *old bean*, ich habe kein Wort davon erwähnt.«

»Das habe ich intuitiv erfasst«, sagte Kwanzi und legte ihre rechte Hand an meine linke Wange. »Sei vorsichtig, Clay. Die Geister passen auf dich auf. Aber du musst vorsichtig sein.«

»Entschuldige bitte«, sagte ich und rang mir ein Lachen ab, »aber du, äh, du machst mir ja richtig Angst.«

»Sei einfach vorsichtig, Clay«, sagte Kwanzi, die Hand an meine Wange gelegt, ernst und gelassen zugleich, mit leuchtenden braunen Augen. »Du könntest ernsthaft in Gefahr sein.«

5

Einen Fremden erkennt man erst, wenn man ihn zum zweiten Mal sieht. Beim ersten Mal bemerkt man ihn womöglich gar nicht, jedenfalls nicht bewusst. Das war der Fall bei dem großen schwarzen Kerl mit der Pilotenbrille. Ich hatte ihn nur vage in der Menge vor dem Mathematikgebäude wahrgenommen, ungefähr eine Stunde zuvor, kurz nach der Pressekonferenz. In der Tausendstelsekunde, in der ich seine Anwesenheit bemerkt hatte – seinen dunklen Anzug, das weiße Hemd, die rote Krawatte, den schwarzen Trenchcoat, seine stocksteife Körperhaltung mit den hinter dem Rücken verschränkten Händen, die ausdruckslose, bedrohliche Aura eines Secret-Service-Agenten, der den Präsidenten während einer Wahlkampfveranstaltung schützt, seinen das Sonnenlicht reflektierenden kahlen Schädel, das irgendwie nobel wirkende walnussfarbene Gesicht, das wegen der grün getönten Gläser seiner Ray-Ban im Douglas-MacArthur-Stil gleichgültig wirkte –, hatte ich mich gefragt, wer er wohl war, mich dann aber Andy Chadwick zugewandt und den imposanten Mann mit der Sonnenbrille sofort wieder vergessen. Ich hätte mich womöglich nie mehr an ihn erinnert, wenn ich ihn nicht vor Reggie Brogus' Wohnhaus wiedergesehen hätte, wo er in genau der gleichen Körperhaltung stand und mich direkt anzustarren schien, als ich auf der gegenüberliegenden Straßenseite in meinem kleinen Honda saß. Ich erkannte ihn sofort wieder. Und wusste, das musste einer vom FBI sein.

Wie die meisten Dozenten in den Geisteswissenschaften sagte ich an diesem Dienstag aus Respekt vor der ermordeten Studentin alle meine Veranstaltungen ab. Im Gegensatz zu anderen Studenten oder Dozenten genoss ich daraufhin nicht meinen so gewonnenen zusätzlichen freien Tag nach dem Feiertagswochenende. Ich hatte ja einen Auftrag. Auch wenn ich Andy Chadwick keine klare Zusage gegeben hatte, wusste ich, dass ich irgendeinen Artikel für den *Arden Oracle* schreiben würde. Ein Text im hiesigen Provinzblättchen würde meiner Karriere bestimmt nicht auf die Sprünge helfen. Und über eine Rückkehr zu den New Yorker Hochglanzmagazinen machte ich mir keine Illusionen. Aber vielleicht half es mir ja, mit dem Geschehen klarzukommen, wenn ich mich wieder in der Rolle eines Journalisten fand. Oder dabei, den Mörder von Jenny zu entlarven. Ich hatte Reggie versprochen, so viel wie möglich herauszufinden, aber an diesem Dienstagmorgen verspürte ich kein Interesse, Brogus zu entlasten. Kwanzi hatte mir mit ihrem esoterischen Getue über Reggies Unschuld einen gehörigen Schrecken eingejagt. Auch wenn ich Kwanzi schon immer für leicht schrullig gehalten hatte, hatte ich in jenem entscheidenden Moment in seinem Büro selbst an Reggies Unschuld geglaubt. Jetzt wusste ich nicht mehr, was ich von ihm halten sollte. Schon gar nicht wusste ich, was ich in Bezug auf Jenny denken oder fühlen sollte. Vor allem aber wusste ich gar nicht, wie ich mich selbst in diesem Zusammenhang einordnen sollte. Also ging ich los, um zu recherchieren.

Ich fuhr nach Hause, stellte das Fahrrad ab, nahm den Honda und drehte eine Runde durch die Stadt. Ich sprach mit Studenten, Dozenten, Ladenbesitzern, dem Bürgermeister, dem Alkoholiker, der vor dem 7-Eleven in der Main Street herumlungerte. Und bei jedem und jeder spürte ich diesen eigenartigen Widerspruch zwischen dem, was sie über ihre Gefühle sagten – Schock, Trauer, Wut, Unglaube, Anteilnahme mit der Familie des Opfers –, und dem, was sie tatsächlich zu fühlen schienen: nicht nur eine morbide Erregung, sondern auch eine Art Bürgerstolz. Sie sprachen davon, dass man als Gemeinschaft zusammenstehen müsse, »um zu zeigen, was Arden wirklich ist«, aber sie ergötzten sich auch daran, dass dieser grauenhafte Mord ausgerechnet *hier* geschehen war, wo sie doch niemals gedacht hätten, so etwas *könnte* hier passieren. Überall in der Stadt herrschte eine Art feierliche Atmosphäre.

Hinter den schmiedeeisernen Toren der Woodland Oaks Terrace – einer Ansammlung von identisch aussehenden dreistöckigen Apartmenthäusern mit roten Dachziegeln im »Spanischen Stil« (in der Maklerbroschüre als »Sophisticated Splendor in Suburbia« angepriesen, von Penelope schlicht »das Yuppie-Ghetto« genannt) –, wo Reginald T. Brogus während seiner kurzen Wirkungszeit in Arden gewohnt hatte, konnte man eine schamhafte Partystimmung ausmachen. Polizisten, Fernsehteams und aufgeregte Nachbarn hatten sich auf dem Rasenstück vor Reggies Wohnung zusammengefunden. Ich wollte gerade aus meinem Honda steigen, um weitere Spontaninterviews mit Bürgern der Stadt zu führen, als ich den großen schwarzen Kerl mit der Sonnenbrille bemerkte, der eindeutig zu mir herüberschaute. Ganz schwach konnte ich ein Kabel ausmachen, das von seinem Ohr herabhing und hinter seinem muskulösen Hals verschwand. Sein Gesicht blieb ausdruckslos, regungslos, als er zweimal langsam nickte und mich weiterhin einschüchternd fixierte. Sprach jemand mit ihm über den Ohrhörer? Stellte jemand Nachforschungen über mich an? Die Hände immer noch hinter dem Rücken verschränkt, trat der Mann einen Schritt vor und sah aus, als wollte er zu mir kommen, um mich zu befragen. Ich fuhr davon, bevor er die Chance dazu hatte.

* * *

»Jen? Ich kann dazu nur sagen, dass sie echt, *echt* … nett war.« Brittney Applefield hielt inne, dann betonte sie noch mal sehr ernst: »*Echt nett.*«

»Könnten Sie das vielleicht genauer beschreiben?«, fragte ich.

Brittney Applefield nagte an ihrer Unterlippe, schien intensiv nachzudenken. »Naja, sie hat viele nette Sachen gemacht. Und obwohl sie ja eigentlich keine, also, Amerikanerin war, ich glaube, sie stammte von irgendwo aus Europa, also, vielleicht sogar Berlin oder so, war sie echt sehr nett. Eine *echt* nette Person.«

Brittney war auch verdammt nett mit ihrem knabenhaften Kurzhaarschnitt, ihren Pausbäckchen und ihrem Disney-Hamsterlächeln. Sie lehnte ihren Kopf gegen das weiße fluffige Kissen und lächelte dabei selig. Sie hätte Moderatorin in einer Morgensendung im Fernsehen sein können, die fröhliche Brittney Applefield, die alles tun würde, damit du dich gut fühlst angesichts eines neuen langweiligen Tages bei deinem so anstrengenden wie bedeutungslosen Job. Sie ähnelte nicht im Entferntesten Jennifer Esther Wolfshiem – jedenfalls der Seeräuber-Jenny, die ich kannte – und ich konnte mir überhaupt nicht vorstellen, was diese kluge und kühne junge Frau, die ich gekannt hatte, in dieser kleinen spießigen Cheerleaderin gesehen hatte. Das eine Mal, als ich in diesem Haus gewesen war, hatte Jenny mir gesagt, ihre Mitbewohnerin sei nicht da. Zu keinem anderen Zeitpunkt hatte Jenny dieses Mädchen jemals wieder erwähnt. Aber Brittney Applefield hatte – in aller Öffentlichkeit – vor Schmerz und Grauen laut aufgeschrien, als sie von Jennys Ermordung erfuhr.

»Ich werde heute Abend bei der Totenwache sprechen«, sagte Brittney.

»Wirklich? Es verblüfft mich, dass die Studenten das in so kurzer Zeit organisiert haben. Also, angesichts der Tatsache, dass alle erst vor wenigen Stunden erfahren haben, was mit Jennifer passiert ist. Als ich noch studierte, hätte es mindestens vierundzwanzig Stunden gedauert, so eine Kerzen-Mahnwache zu organisieren.«

»Ich glaube, Jen hatte einfach sehr viele Freunde«, flötete Brittney.

Nein, hatte sie nicht, und du warst bestimmt keine von ihnen. Wusstest du denn nicht, dass Seeräuber-Jenny Menschen wie dich verabscheute?

»Sie war echt sehr nett«, fügte Brittney hinzu und verzog ihr elfenhaftes Gesicht. »Sie hatte ein gutes Herz.«

Und einen gestochen scharfen Verstand, aber das hast du bestimmt nicht bemerkt, hab ich recht, Brittney? Sie konnte fünf Sprachen fließend sprechen, während du nur in einer herumstümpern kannst, und sie konnte traumhaft gut schreiben und sie war verwegen und neugierig und hatte diesen wissenden, forschenden Blick in ihren Augen und war weltklug und konnte unglaublich gut bla ...

»Wie war Ihr Name noch mal?«, fragte Brittney.

»Clay Robinette.«

»*Professor* Robinette? Jen hat ständig von Ihnen gesprochen.«

»Wirklich? Was hat sie denn gesagt?«

»Nur dass Sie echt, *echt* sehr nett sind.«

Ganz offensichtlich führte dieses Interview nirgendwohin. Ich war erst nach einigem Zögern zu Jennys Wohnung gefahren, einem altmodischen, heruntergekommenen Reihenhaus in einer Straße mit lauter altmodischen, heruntergekommenen Reihenhäusern, die fast ausschließlich an Studenten der Arden University vermietet wurden. Wenn ich Polizisten oder Journalisten vor dem Gebäude bemerkt hätte, wäre ich niemals aus meinem Honda ausgestiegen. Jenny und Brittney hatten das Drei-Zimmer-Apartment im ersten Stock gemietet. Als mich eine andere Studentin, die sich als Brittneys Freundin Caitlin vorstellte, ins Wohnzimmer führte, hatte ich nicht das Gefühl, diesen Ort wiederzuerkennen. Ich war nur einmal mitten in der Nacht in dieser Wohnung gewesen, als die Lampen ausgeschaltet waren, und hatte nur einen kurzen Blick ins Wohnzimmer werfen können, als Jenny mich in ihr Schlafzimmer führte. Caitlin stellte mich zwei anderen adretten weißen Studentinnen namens Brooke und Becky vor, die gekommen waren, um Brittney »moralisch zu unterstützen«. Ich fragte mich, wo die schwarzen Studentinnen waren, die Jenny so sehr gemocht hatte – Euphrasia und Tamika, Yolanda und Shereena. Aber diese Sisters hatten sich nach Jennys Gesellschaft nicht gerade gesehnt, als sie noch am Leben war. Warum also sollten sie in ihre Wohnung kommen, um sie zu betrauern?

Caitlin erklärte mir, Brittney sei in ihrem Zimmer, um sich auszuruhen, aber als ich ihr zu verstehen gab, ich sei Journalist, ermunterte sie mich, an ihre Tür zu klopfen. »Ich bin sicher, dass sie mit *Ihnen* sehr gerne sprechen möchte«, sagte sie kess.

Als ich über den leicht gewellten Holzboden im Flur ging, bemerkte ich ein gelbes Absperrband mit der Aufschrift: »POLIZEIABSPERRUNG – NICHT BETRETEN!« an der Tür, von der ich wusste, dass sie in Jennys Schlafzimmer führte. Wann genau waren die Cops hier gewesen? Und schlichen immer noch welche von ihnen hier herum? Kurz erwog ich, in Jennys Zimmer zu gehen, entschied mich dann aber rasch dagegen. Stattdessen klopfte ich an die Tür von Brittney Applefields Zimmer und betrat ihre aus Nettigkeiten bestehende Welt.

»Eine Sache weiß ich über Jen, die ich Ihnen erzählen kann!«, brach es plötzlich aus ihr hervor.

»Ja?«

»Sie hat geschrieben, also, die ganze Zeit. Ich glaube, am liebsten wäre sie Schriftstellerin geworden. Wenn sie weitergelebt hätte, wäre das der Traum gewesen, den sie gerne verwirklicht hätte.« Brittney hielt inne. »Glauben Sie, das wäre etwas Nettes, das ich über sie sagen könnte – bei der Totenwache? Dass sie einen Traum hatte, den sie verwirklichen wollte?«

»Oh ja, ganz bestimmt. Sagen Sie, wissen Sie vielleicht, ob Jenny Aufzeichnungen hinterlassen hat?«

»Sie meinen eine Art Tagebuch?«

»Ja.«

Brittney Applefield nagte wieder an ihrer Unterlippe und schien intensiv nachzudenken. Drei knappe Klopfzeichen an der Tür unterbrachen ihre Konzentration. »Herein?«, antwortete sie in diesem typischen fragenden Tonfall, den amerikanische Frauen wie sie oft anschlagen, wenn sie einfach nur eine Feststellung machen.

»Brittney?« Eine Frau in den Fünfzigern mit hüftlangen grauen Haaren und einem faltigen Gesicht betrat zögernd das Zimmer. »Mein Name ist Sara? Der Gesundheitsdienst der Uni hat mich geschickt? Ich bin Ihr Trauerbeistand.«

Ich verabschiedete mich höflich und ließ Brittney und Sara mit ihrer Anteilnahme allein. Nachdem ich die Tür leise geschlossen hatte, blieb ich im Flur stehen. Im Wohnzimmer waren keine Stimmen mehr zu hören. Offenbar waren Caitlin, Brooke und Becky gegangen. Ich ging mit zögerlichen Schritten den Flur entlang, die Holzdielen knarrten unter meinen Timberlands. Vor Jennys Schlafzimmer blieb ich stehen. Hinter mir hörte ich die gedämpften Stimmen von Brittney und ihrem Trauerbeistand, aber sonst war in der Wohnung nichts zu hören. Ich zog die dicken Thermohandschuhe aus den Parkataschen und streifte sie über, fasste unter dem gelben, an beiden Türpfosten festgeklebten Absperrband hindurch und legte eine Hand auf den Türknauf. Drehte daran. Klick. Die Tür schwang langsam auf. Ich ging in die Hocke, tauchte unter dem Band hindurch und richtete mich in Jennys Zimmer wieder auf.

Der Raum lag im grellen Licht der harschen Wintersonne, die durch die geschlossenen, vorhanglosen Fenster eindrang. Bei der einzigen Gelegenheit, als ich dieses Zimmer betreten hatte, war es von zahllosen Kerzen ausgeleuchtet gewesen. Ich hatte damals gar nicht bemerkt, wie karg und minimalistisch es eingerichtet war, nur mit einigen wenigen schwarzen Möbeln – Schreibtisch, vier Stühle, Regale – und einem schlichten Futon auf dem Holzboden. Die Wände waren weiß, bis auf das Plakat eines öffentlichen New Yorker Theaters zur Aufführung der *Dreigroschenoper* mit dem Porträt des Latino-Schauspielers Raúl Juliá als finster dreinblickender Macky Messer. Zögernd, mit schweren Schritten, trat ich in die Mitte des Zimmers und zitterte leicht, spürte ein Schuldgefühl wie jemand, der an den Ort seines Verbrechens zurückkehrt. Doch mein Verbrechen war keines an Jennifer Wolfshiem gewesen. Das Verbrechen hatte ich an meiner Frau und unseren Kindern begangen. Der Drang, hierzubleiben und alles genau in Augenschein zu nehmen, war nur einen Bruchteil größer als der Drang, rasch wieder zu verschwinden. Ich warf einen Blick auf den nagelneuen schwarzen CD-Player mit seinen großen schwarzen Lautsprechern. Auf dem schwarzen Regal daneben standen ungefähr fünfzig CDs, die meisten davon mit Klassik oder Rap. Ich trat vor den Schreibtisch und betrachtete den schicken grauen Laptop auf der schwarzen Tischplatte. Der Bildschirm war zugeklappt. Daneben stand eine transparente Box mit Disketten. Sie waren alle schwarz. Wieder fühlte ich mich wie in einem Traum. Mit einem eigenartig distanzierten Gefühl, als wäre ich allem enthoben, sah ich zu, wie meine rechte Hand in dem dicken Astronautenhandschuh sich langsam auf die Box zubewegte. Ich sah, wie mein thermogeschützter Zeigefinger – der aussah wie ein fremdartiges Tastinstrument – den Deckel aufschob.

»Hey!«, ertönte eine laute weibliche Stimme hinter mir. »Sie dürfen hier aber nicht rein!«

Bleib ruhig. Bleib ruhig. Was immer geschieht, bleib einfach ruhig.

Ich drehte mich zur offenstehenden Tür um. Auf der anderen Seite des gelben Absperrbands stand Detective Patsy DeFestina in einem schwarz-weiß karierten Mantel und mit schwarzen Ohrenschützern. Hinter ihr ragte die massige Gestalt eines uniformierten Cops mit breitem Rübengesicht auf.

»Entschuldigen Sie«, sagte ich. »Ich wollte nur kurz einen Blick …«

»Ich kenne Sie doch«, sagte DeFestina. »Sie sind Clay Robinette!«

Ich musste einen Schluckreflex unterdrücken, bevor ich antworten konnte: »Ja.«

DeFestina starrte mich durch ihre riesigen Brillengläser hindurch an. »Mit Ihnen wollte ich unbedingt sprechen!«

* * *

Detective Patsy DeFestina war, wie sich herausstellte, ein Fan von mir. Sie bezeichnete sich selbst als »Zeitschriftenjunkie«. Sie erinnerte sich nicht nur an sämtliche Artikel, die ich im Laufe der Jahre veröffentlicht hatte – Buchrezensionen, Reiseberichte, Promiporträts, was auch immer –, sie konnte sogar Sätze aus meinen Texten zitieren, die ich selbst längst vergessen hatte. »Sie haben einen sehr guten Prosastil«, sagte sie voller Begeisterung.

Was soll ich sagen? Es mag erbärmlich klingen, aber ich war ehrlich geschmeichelt. Anstatt mich hier in Seeräuber-Jennys Schlafzimmer zu verhaften, lobte sie mich über den grünen Klee. Ich erklärte ihr, dass ich für den *Arden Oracle* eine Reportage über den Mord schreiben wollte, und fragte sie, ob sie für ein Interview zur Verfügung stünde. Die zierliche Polizistin lächelte und sagte: »Eine halbe Stunde könnte ich Ihnen widmen.«

Wir saßen in einer Nische in Ned's Coffee Cup, einem Diner der schlichteren Sorte. Mein Taschen-Aufnahmegerät stand zwischen uns auf dem Tisch, das Tonband drehte sich langsam. Patsy erklärte, sie habe noch kein Frühstück gehabt, und freute sich über die Gelegenheit, halbgares Rührei, buttergetränkten Toast und fetten gebratenen Speck verschlingen zu können. Ich nippte an einem Becher mit so heißem wie schlechtem Kaffee und wunderte mich darüber, wie Patsy – die darauf bestand, mit Vornamen angesprochen zu werden – dieses ganze Cholesterin verkraftete. Als ich dieser winzigen Frau gegenübersaß, fragte ich mich, ob sie vielleicht an einer leichten Form von Kleinwuchs litt. Und sogar jetzt, wo uns nur noch eine Resopaltischplatte trennte und ich ihr rundliches, irgendwie dunkles Gesicht direkt vor mir hatte, konnte ich immer noch nicht bestimmen, was Detective DeFestina war: schwarz, weiß oder etwas anderes?

»Ich bin so froh, dass Sie wieder als Journalist arbeiten«, sagte Patsy, während sie die Reste auf ihrem Teller mit einem Stück Toast auftupfte. »Ich habe natürlich auch von Ihrem kleinen Skandal gehört.«

»Ah, ja«, sagte ich und nahm einen Schluck von Ned's Spezialgebräu, dessen Konsistenz an Motoröl erinnerte. »Da ist so einiges übertrieben worden.«

»Ganz bestimmt. Ich meine, wir alle überdehnen die Wahrheit hier und da mal ein bisschen.«

»Nun, ich würde nicht sagen, dass ich ...«

»Das Wichtigste ist, dass man weitermacht, wenn Sie verstehen, was ich meine? Als ich hörte, dass Sie in Arden unterrichten, dachte ich: ›Gut für ihn!‹ Wer braucht schon diesen ständigen Konkurrenzkampf in New York, wenn Sie verstehen, was ich meine?«

»Ich verstehe, was Sie meinen.«

»Und ich hatte immer gehofft, ich würde eines Tages mal von Toledo hierher kommen und wir könnten uns treffen. Und siehe da, schon ist es passiert! Ich sitze in Ned's Coffee Cup und werde von Clay Robinette interviewt! Da stellt sich doch unweigerlich die Frage: Ist das Leben nicht eine wundersame Folge von glücklichen Zufällen?«

In diesem Moment entschied ich, dass Detective DeFestina weiß sein musste. »Also, Patsy, darf ich Ihnen dann einige Fragen zu diesem Fall stellen?«

Patsy tupfte die letzten flüssigen Reste des Rühreis auf und schob sich das feuchte Toaststück in den Mund. »Schießen Sie los«, sagte sie noch während sie kaute.

»Mich würde interessieren, wie Sie zu diesem Fall gekommen sind. Haben Sie heute Morgen einen Anruf in Toledo bekommen?«

»Genau. Meine Freunde hier von der Polizei in Arden wussten gleich, dass dieser Fall genau meine Kragenweite hat. Aber ich möchte hinzufügen, dass die Männer und Frauen der hiesigen Polizei genauso gut in der Lage wären, diese Situation zu bewältigen. Wie alle Polizisten wissen ...«

Meine Gedanken schweiften ab, während Patsy eine ganze Reihe von Plattitüden über kompetente Polizisten, die Hingabe von Kriminalbeamten, den Geist der Kooperation, der die Ermittlungen prägte, und das ganze Blabla von sich gab. Verdammt, sie war aalglatter als ein Politiker, und ich fragte mich, ob sie womöglich eines Tages erfolgreich als Kandidatin für den Posten der Bürgermeisterin von Toledo oder der Gouverneurin von Ohio kandidieren würde, wenn sie schon so berühmt und beliebt war, wie man mir versichert hatte. Aber war sie Republikanerin oder Demokratin?

Endlich hörte sie auf zu reden und nahm einen großen Schluck aus ihrem Becher. »Mmmm, das ist mal ein guter Kaffee.«

»Sie sagten heute Morgen etwas sehr Interessantes, Patsy: dass jeder in diesem Fall als verdächtig gilt.«

»Theoretisch ja.«

»Aber es gibt immer einen Hauptverdächtigen, oder?«

»Selbstverständlich. Und ich sage Ihnen mal was, aber nicht mehr, als ich Ihnen zu diesem Zeitpunkt über den Fall sagen kann. Grundsätzlich, also in neunzig Prozent aller Fälle, ist der offensichtliche Täter tatsächlich der Schuldige. Im Gegensatz zu dem, was im Kino gezeigt wird, wo der Täter immer die Person ist, von der man es am wenigsten gedacht hätte. Im wirklichen Leben läuft es meist auf die Person hinaus, bei der es am offensichtlichsten ist. In neunzig Prozent aller Fälle jedenfalls.«

»Und was ist mit den anderen zehn Prozent?«

»Bei den anderen zehn Prozent ist es die Person, die am zweitoffensichtlichsten in Frage kommt.«

»Sie würden also sagen, dass es eine neunzigprozentige Chance gibt, dass Reggie Brogus dieses Mädchen ermordet hat?«

»Das habe ich nicht gesagt, Clay.« Patsy blieb bei ihrem freundlichen Plauderton. »Sie sollten mir keine Aussagen in den Mund legen.«

»Aber Brogus ist doch der offensichtlichste Verdächtige in diesem Fall. Würden Sie das nicht sagen?«

»Kein Kommentar.«

Patsys Stimme klang jetzt frostig. Aber ich ließ nicht nach.

»Falls Brogus der offensichtlichste Verdächtige ist, wer ist dann der zweitoffensichtlichste?«

Patsy starrte mich durch ihre riesengroßen rechteckigen Brillengläser lange und durchdringend an. Jetzt schien sie kein Fan mehr von mir zu sein. Ich weiß nicht, warum ich sie auf diese Weise unter Druck setzte. Ich konnte mich einfach nicht zurückhalten.

»Off the record?«, fragte sie schließlich.

»In Ordnung.«

Dann tat Patsy etwas, das noch keiner meiner Interviewpartner jemals getan hatte. Sie streckte die Hand aus und schaltete mein Tonbandgerät aus. Dann rutschte sie auf ihrem roten Plastiksitz nach vorn, stemmte die Ellbogen auf die Tischplatte und faltete ihre kleinen Puppenhände.

»Selbstverständlich ist Brogus der offensichtlichste Verdächtige. Aber Brogus ist nicht mein vornehmliches Problem. Um ihn kann sich das FBI kümmern. Die sind für die Jagd nach ihm zuständig, und sie werden ihn aufspüren. Inzwischen könnte er überall im Land sein. Aber es ist die Aufgabe des FBI, Brogus zu finden, den offensichtlichen Verdächtigen. Mein Job hier in Arden ist es daher, den zweitoffensichtlichsten Verdächtigen ausfindig zu machen.« Der eiskalte Unterton in ihrer Stimme, der die Menge vor dem Mathematikgebäude schon in ihren Bann gezogen hatte, war zurück. Ich spürte wieder, wie mir beinahe schlecht wurde. »Ich muss Sie darauf hinweisen, dass ich das hier unter dem Deckmantel der Verschwiegenheit sage. Falls Sie es dennoch abdrucken, werde ich es dementieren. Verstanden?«

»Verstanden.«

»Gut.« Patsy nahm noch einen Schluck von ihrem Kaffee. »Dann will ich *Ihnen* mal eine Frage stellen, Mr. Reporter. Glauben *Sie*, dass Brogus es getan hat?«

Es fiel mir immer schwerer, meine Nervosität zu verbergen, aber ich musste es versuchen. Ich erwiderte Patsys bohrenden Blick und sagte: »Ich habe keine Ahnung.«

»Weil Sie Ihre journalistische Objektivität aufrechterhalten wollen, was?«

»So könnte man es ausdrücken.«

»Es ist ein ziemlich widerliches Szenario, finden Sie nicht? Wenn wir mal davon ausgehen, dass Brogus ein Verhältnis mit diesem armen Mädchen hatte. Gewalt und Mord mal beiseitegelassen, ist es doch absolut indiskutabel, dass ein Professor ein sexuelles Verhältnis mit einer Studentin eingeht. Finden Sie nicht auch?«

»Nun ja, was ist, wenn es sich um eine einvernehmliche Beziehung gehandelt hat?«

»Einvernehmliche Beziehung!«, stieß Patsy höhnisch hervor. »Wenn es um einen älteren Mann in einer Machtposition und eine junge, unschuldige Frau geht, dann gibt es da keine Einvernehmlichkeit. Es handelt sich eindeutig um Machtmissbrauch! Wissen Sie, wie alt Jennifer Wolfshiem war? Neunzehn! Ein Professor und ein Mädchen in diesem Alter, das ist sogar noch schlimmer als Machtmissbrauch. Das ist praktisch schon Kindesmissbrauch!«

»Also, Patsy, ich weiß ja nicht ...«

»Aber *ich* weiß, wovon ich rede. Ich bringe solche Sexualmonster hinter Gitter, länger schon als diese arme Jennifer Wolfshiem gelebt hat. Und soweit es mich betrifft, sollte jedem erwachsenen Mann, der sich an einem solchen Mädchen vergeht, der Schwanz abgehackt werden!«

Mikroskopisch kleine Schweißtröpfchen bildeten sich auf meiner Stirn. »Sie sind aber ganz schön resolut.«

»Allerdings!« Patsy trank den Rest ihres Kaffees. Als sie weitersprach, war ihre Stimme eine Oktave tiefer angesiedelt. »Und ich will Ihnen noch etwas sagen. Die Tatsache, dass Brogus schwarz ist und das Mädchen weiß, macht die ganze Sache nur noch schlimmer.«

»Was wollen Sie damit sagen?«, fragte ich vorsichtig.

Patsys Lippen kräuselten sich zum leichtesten Anflug eines Lächelns. »Sie wissen genau, was ich damit meine. Ich *weiß*, dass Sie wissen, was ich meine. Sie wissen doch, wie die Leute drauf sind.«

In diesem Moment entschied ich, dass Patsy schwarz sein musste. Oder zumindest ein Mischling.

»Na, war so weit alles in Ordnung, Patsy?«, fragte eine fröhliche Stimme. Ich schaute auf und sah, wie diese vermaledeite korpulente Kellnerin auf unsere Nische zusteuerte, in der Hand eine gläserne Kaffeekanne. »Darf ich Ihnen frischen Kaffee nachschenken?«

»Gerne, Nan«, sagte Patsy. »Alles war super. Du kannst Ned ausrichten, dass sein Kaffee von Jahr zu Jahr besser wird!«

»Und wie ist es mit Ihnen, Sir?«, fragte die Kellnerin und schwenkte die Kanne in meine Richtung.

»Bitte«, sagte ich, weil ich höflich sein wollte. Während ich zusah, wie das ölige Gebräu in meine Tasse strömte, und spürte, wie der letzte Becher in meinen Gedärmen fermentierte, wusste ich, dass ich diese Freundlichkeit später bitter bereuen würde.

»Schlimme Sache, nicht wahr?«, sagte die Kellnerin mit

diesem eigenartigen Halblächeln, das ich an diesem Morgen im Gesicht von so vielen Bürgern gesehen hatte.

»Allerdings«, sagte Patsy.

Während sich die beiden Frauen in ihrer Betroffenheit und ihrem Unglauben ergingen, versuchte ich herauszufinden, wie alt Patsy war. Fünfundvierzig? Fünfzig? Sechzig? Sah sie jung für ihr Alter aus oder alt? Unmöglich, das zu sagen. Und was war mit ihrem Sexualleben? Hatte sie das Kloster verlassen, aber das Zölibat beibehalten? Hatte sie Sex mit anderen Polizisten? War sie lesbisch? Oder masturbierte sie? Sollte ich sie danach fragen?

»Wo waren wir gerade?«, fragte Patsy, als die Kellnerin davonlatschte, nachdem sie alles vom Tisch geräumt hatte bis auf unsere Kaffeebecher und mein Aufnahmegerät.

»Sie haben den zweiten Teil meiner Frage nicht beantwortet«, sagte ich und dachte dabei: *Lass das bleiben!* Aber ich wusste, dass ich es fragen musste: »Wenn Brogus der offensichtlichste Verdächtige ist, wer ist dann der zweitoffensichtlichste?«

Patsy schaute mich wieder mit ihren schwarzen Knopfaugen an. »Ist das hier immer noch vertraulich?«

»Bis Sie sagen, dass es das nicht mehr ist.«

Patsy nahm einen langen, nachdenklichen Schluck von ihrem Kaffee. Dann stellte sie den Becher mit beiden Händen wieder sorgfältig auf den Tisch. Ich fragte mich, wie Patsy mit ihren Elfenhänden wohl mit einer Pistole klarkam.

»Ich weiß nicht, Clay«, sagte Patsy in vertraulichem Ton. »Aber ich habe das Gefühl, dass ich Ihnen trauen kann.«

Ich nickte leicht. Patsy war nicht die erste Interviewpartnerin, die so etwas zu mir sagte. Dass man mich für vertrauenswürdig hielt, hat mir bei meiner Arbeit als Journalist immer geholfen. Nicht dass ich etwas Besonderes dafür tat. Ich vermittelte einfach den Eindruck, dass ich den Leuten ernsthaft zuhörte. Und ich hatte mit der Zeit gelernt, dass dem Durchschnittsbürger so selten zugehört wird, dass er oder sie jemandem, der ihr oder ihm wirklich zuhört, alles erzählt. Mein neutraler Gesichtsausdruck wurde als angenehm, interessiert und frei von Vorurteilen aufgefasst. Aus irgendeinem Grund dachten die Leute, sie könnten mir ihre Geheimnisse anvertrauen. Fragen Sie mich nicht wieso, aber das war schon immer so. Niemand wusste wirklich, was ich dachte.

»Ich will es mal so ausdrücken, Clay«, fuhr Patsy fort. »Sie müssen sich zunächst einmal ein paar grundlegende Fragen stellen. Zum Beispiel, wenn Brogus diesen Mord nicht begangen hat, dann muss es jemand gewesen sein, der Zugang zu seinem Büro hatte. Also stellt sich die Frage, wer außer ihm besaß noch Schlüssel für die afroamerikanische Fakultät?«

»Das Afrikamerika-Institut«, korrigierte ich.

»Wie auch immer«, gab Patsy zurück. »Und wer von den Personen, die einen Schlüssel hatten, war in Kontakt mit Jennifer Wolfshiem? Apropos, Sie haben nicht zufällig Schlüssel für diesen Fachbereich?«

»Nein«, sagte ich ein wenig zu eifrig. »Ganz bestimmt nicht.«

»Dachte ich auch nicht.« Patsy nahm noch einen Schluck von diesem ekligen Abwasser und setzte den Becher mir chirurgischer Sorgfalt wieder ab. »Aber es gibt jemanden, jemanden außer Brogus, der Zugang zu den Büros und eine Beziehung zu dem Mädchen hatte. Kennen Sie jemanden namens Tyrell Williams?«

Ohne über diesen unbekannt klingenden Namen länger nachzudenken, sagte ich eilig: »Nein.«

»Er war Verwaltungsassistent in der afroamerikanischen Fakultät. Als studentische Hilfskraft. Er war nicht sehr oft dort. Aber immerhin ...«

»T-Bird!«, rief ich aus.

Mit dem Namen »Tyrell Williams« hatte ich nichts anfangen können, aber jetzt sah ich ihn wieder vor mir, diesen jungen Mann, wie er in meinem Seminarraum hockte, die

Basecap verkehrt herum aufgesetzt, ständig Kaugummi kauend, mit einem stets gelangweilten Gesichtsausdruck voller Verachtung, und als er mir jetzt wieder in den Sinn kam, rief ich seinen Spitznamen aus, als ginge es darum, in einer Quizshow zu brillieren.

»Der Name sagt Ihnen also doch etwas«, stellte Patsy fest.

»Ja, klar«, sagte ich hastig und riss mich zusammen. »Letztes Jahr hat er einen Kurs bei mir besucht.«

»Nun, dieser sogenannte T-Bird scheint ausgeflogen zu sein. Von allen Personen, die Zugang zu Brogus' Büro hatten – außer Brogus natürlich –, ist dieser Tyrell ›T-Bird‹ Williams der Einzige, den wir bislang nicht ausfindig machen konnten. Seit Freitagabend hat niemand ihn auf dem Campus gesehen.«

»Wirklich?«, sagte ich so beiläufig wie möglich. In der Zwischenzeit drehte sich alles in meinem Kopf: T-Bird, T-Bird, T-Bird, T-Bird ... Natürlich war es T-Bird gewesen! Wieso hatte ich nicht gleich an diesen überheblichen kleinen Mistkerl gedacht? T-Bird – mein Student und mein Nebenbuhler.

»Wir werden ihn sicherlich finden«, sagte Patsy, wieder mit ihrer durchdringenden Stimme. »Mit Jungs wie ihm habe ich tagtäglich zu tun. Man fragt sich, wie es so jemand bis auf die Arden University geschafft hat. Aber so was kommt vor. Quotenregelung. Arden ist verpflichtet, eine gewisse Anzahl von Studenten aus dem Bundesstaat anzunehmen. Und Angehörige von Minderheiten. Dieser T-Bird stammt aus Impediment. Kennen Sie diese Stadt? Liegt ein bisschen weiter südlich von hier.«

»Nein«, sagte ich, schüttelte den Kopf und bemühte mich um einen möglichst neutralen Gesichtsausdruck, interessiert, aber unvoreingenommen.

»Minderheitenförderung.« Patsy verzog das Gesicht. »Ich sag das nicht gern, aber eine Menge Kids kommen auf diese Weise in Schulen, in die sie nicht gehören. Nehmen wir einen Jungen wie diesen T-Bird. Schwarz, vaterlos, Mutter lebt von Sozialhilfe. Hineingeboren in ein Ghetto mit viel Kriminalität. Umgeben von Streetgangs, Drogendealern, Zuhältern. Wissen Sie, wie wir Typen wie diesen Tyrell bei der Polizei beschreiben? Lebenserwartung wie ein Streichholz. Das hat so einer wie Tyrell: die Lebenserwartung eines Streichholzes. Und trotzdem bekommt er, weil er durchschnittliche Schulnoten vorweisen kann und ihm aus sozialen Gründen Extrapunkte angerechnet werden, die Zugangsberechtigung für eine angesehene Institution wie die Arden University. Ein Ort, an dem er nun wirklich nichts verloren hat.«

Jetzt war ich verwirrt. Wäre Patsy weiß, dann hätte sie wohl kaum solche rassistischen Statements von sich gegeben. Wäre sie schwarz oder halb-schwarz, dann stünde sie mit solchen Ansichten auf der Seite rechtsradikaler Eiferer, genau wie Reginald Brogus. In beiden Fällen hätte ich mich angegriffen fühlen sollen. Als glühender Anhänger der Minderheitenförderung hätte ich sogar wütend werden müssen. Als jemand, der deutlich mehr dämlichen weißen Studenten als dämlichen schwarzen Studenten begegnet war während meiner inzwischen mehr als fünf Semester in Arden, hätte ich Patsy DeFestina zumindest klarmachen müssen, dass sie keine Ahnung hatte, wovon sie da redete. Aber T-Bird Williams war tatsächlich ein miserabler Student. Und er war mir immer wie jemand vorgekommen, der durchaus ein gefährlicher Krimineller sein könnte. Selbst wenn ich Patsys konservativen Ansichten widersprechen wollte, musste ich zugeben, dass sie in diesem einen Fall recht hatte. Und ich war durchaus bereit zu glauben, dass T-Bird Jennifer Wolfshiem getötet hatte.

Plötzlich ertönte ein elektronisches Piepen. Patsy zog ein Mobiltelefon aus der Jackentasche. »Hallo?«, sagte sie. »Genau ... Wirklich? ... Verstehe ... In Ordnung. Bin sofort da.« Sie schob das Handy zurück in die Jackentasche und sagte, sie müsse zurück an die Arbeit. Sie entschuldigte sich dafür, dass sie das Interview nicht zu Ende führen konnte. Ich hatte natürlich vollstes Verständnis.

Draußen auf dem Gehweg wartete ein Streifenwagen auf Detective DeFestina. Der Cop mit dem Rübengesicht, den ich schon in Jennys Wohnung gesehen hatte, saß hinter dem Steuer. Patsy hatte bereits ihren schwarz-weiß karierten Mantel übergezogen und setzte die schwarzen, wuscheligen Ohrenschützer auf. Ein heftiger Windstoß wehte und ich zog meine buschig gefütterte Kapuze auf. Patsy starrte mich an.

»Sehr interessant«, sagte sie. »Ich habe heute Morgen eine eigenartige Faser auf dem Teppich in Brogus' Büro gefunden und mich gefragt, was es sein könnte. So ein haarähnliches, beigefarbenes Fitzelchen. Ich weiß nicht wieso, aber solche Dinge fallen mir immer ins Auge. Ich bin recht niedrig gebaut und habe den Fußboden immer im Blick, verstehen Sie? Wie auch immer, ich hab dieses Ding ins Labor geschickt. Aber jetzt sehe ich, dass es diesem Fell da an Ihrer Kapuze sehr ähnelt.«

»Tatsächlich?«, sagte ich heiser.

»Wer weiß«, sagte Patsy. »Vielleicht hat der Mörder ja so einen Mantel getragen.«

Sie hielt mir die Hand hin. Ich beugte mich nach unten und schüttelte sie. »Ich hoffe, wir sehen uns bald wieder«, log ich.

Patsy DeFestina lächelte. »Ganz bestimmt.«

6

Die Kameraarbeit war ungeschickt, die Schwarzweißbilder auf dem Fernsehschirm wurden mal schärfer und mal unschärfer, ruckten hin und her. Wer auch immer da filmte, schien ganz schön hippelig zu sein. Ab und zu schwenkte die Kamera unvermittelt und blieb am Hinterkopf irgendeiner Person hängen, bevor sie wieder den muskulösen Schwarzen mit dem riesigen Afro in den Blick nahm, der Gefängniskleidung trug und Handschellen. Damals, vermutete ich, waren Aufnahmen im Gerichtssaal nicht zugelassen und der Dokumentarfilmer hatte wohl versucht, die Kamera zu verstecken. Im Off war die greinende Stimme eines Weißen zu hören: »Der Angeklagte Reginald T. Brogus ...«

»Mkwame Obolobongo.«

Die Kamera schwenkte ruckartig und zeigte nun einen kahlköpfigen Richter in schwarzer Robe und mit Brille. »Was sagten Sie?«

»Mein Name ist Mkwame Obolobongo.« Die Kamera schwenkte zurück zum Angeklagten, dessen schwarzes Gesicht mal schärfer, mal unschärfer zu sehen war. Große schwarz-weiße Augäpfel starrten den Richter zornig an.

Im Off bestand der Richter weiter darauf: »Hier steht aber, Ihr Name ist Reginald Tiberius Brogus, und dieses Verfahren ...«

»Das ist mein Sklavenname«, beharrte der Angeklagte. »Sie werden mich mit meinem afrikanischen Namen ansprechen: Mkwame Obolobongo.«

»In meinem Gerichtssaal werde ich Sie ansprechen, wie es mir beliebt, Mr. Brogus.«

»Mkwame Obolobongo.« Der schwarze Mann stand aufrecht da, die Hände gefesselt, den Kopf erhoben und leicht nach hinten geneigt. Er strahlte Arroganz und Machtbewusstsein aus, pures, rohes Charisma.

Das Publikum im Gerichtssaal wurde unruhig. Die Kamera schwenkte zum Richter, der wütend mit seinem Hammer aufs Pult schlug. »Ruhe im Saal! Ruhe, sage ich! Sie sind hier angeklagt als Reginald T. Brogus!«

»Mkwame Obolobongo!«

»Wenn Sie mit dieser Provokation fortfahren, machen Sie sich der Missachtung des Gerichts schuldig!«

»Ich bin Mkwame Obolobongo!«, rief der Angeklagte, als die Kamera zurückschwenkte und ihn fixierte. Zwei uniformierte Gerichtsdiener tauchten am Bildrand auf und näherten sich dem Gefangenen.

»Ihr Name ist Reginald T. Brogus!«

»Mein Name ist Mkwame Obolobongo!«

Im Off schlug der Richter wie wahnsinnig mit dem Hammer aufs Pult. »Sie werden hiermit wegen Missachtung des Gerichts belangt!«, schrie der Richter. »Bringen Sie ihn zurück in seine Zelle! Schafft diesen Nigger hier raus!«

Jetzt johlte die Menge vor Empörung. Als die Gerichtsdiener ihn fortbrachten, wehrte der Gefangene sich heftig, wand sich, trat um sich, knurrte und schrie: »ICH BIN MKWAME OBOLOBONGO! ICH BIN MKWAME OBOLOBONGO!« Sogar als er schon aus dem Gerichtssaal geschafft worden war, hörte man sein gedämpftes Protestgeheul: »Ich bin Mkwame Obolobongoooooooooooooooo ...«

Jetzt ertönte die Stimme eines zeitgenössischen Nachrichtensprechers: »Der rassistische Ausrutscher des Richters während dieses Prozesses im Jahr 1971 führte dazu, dass das Verfahren wegen illegalen Waffenbesitzes eingestellt wurde. Brogus wurde wieder auf freien Fuß gesetzt.«

Das TV-Bild veränderte sich. Die Aufnahme war immer noch genauso ruckelig, aber die Bilder waren nun in Farbe. Zwei mit Gewehren bewaffnete, maskierte Männer in schwarzen Lederjacken rannten über einen Parkplatz. Sie duckten sich hinter einen Lieferwagen. Im Hintergrund waren Schüsse zu hören. Die Kamera schwenkte abrupt herum und zeigte einen Polizisten bäuchlings auf dem grauen Asphalt. Seine blaue Schirmmütze lag verkehrt herum neben ihm und wirkte verloren. Ich hatte diese Aufnahme schon mal gesehen. Darauf waren die Geschehnisse während des verpatzten Banküberfalls in Detroit 1974 zu sehen, nach dem Reggie Brogus sieben Jahre lang auf der Flucht war.

»Daran erinnere ich mich«, sagte Mrs. Henderson in dem Moment, als die körperlose Stimme des Sprechers anfing, das Geschehen zu beschreiben. »Ich habe damals in Detroit gelebt.«

Mrs. Hendersons üppige Leibesfülle nahm die eine Ecke des Sofas im Wohnzimmer ein. Eine Ausgabe des *National Enquirer* lag auf ihrem Schoß. Als ich vor einigen Minuten hereingekommen war, hatte Mrs. Henderson – unsere Babysitter-Köchin-Allzweck-Haushaltshilfe, die uns an fünf Nachmittagen in der Woche zur Hand ging – mich aufgefordert zu schweigen, weil sie gebannt die Fünf-Uhr-Nachrichten im Fernsehen verfolgte. Ich trat neben das Sofa und schaute zum Bildschirm, während ich gleichzeitig den Duft des gebratenen Hühnchens wahrnahm, das sie zum Abendessen in den Ofen geschoben hatte. Penelope und ich waren begeistert von Mrs. Henderson. Wir hatten sie in der ersten Woche nach unserem Umzug nach Arden kennengelernt und sie sofort gemocht, mit diesem typischen freundlichen, aber bestimmten Auftreten einer älteren schwarzen Dame, die sonntags in die Kirche ging. Die Zwillinge mochten sie sehr und benahmen sich immer sehr gut, wenn sie da war. Sie holte sie jeden Tag von der Schule ab und sorgte dafür, dass sie ihre Hausaufgaben machten. Da sie mitbekamen, wie ihre Eltern sich den

Anweisungen der Babysitterin fügten, war für Amber und Ashley klar, dass sie keine Chance hatten, gegen Mrs. Henderson aufzubegehren. Sie sprach uns mit Vornamen an, aber wir konnten nicht anders, als sie immer nur Mrs. Henderson zu nennen.

»Glauben Sie, dass Reggie Brogus diese Studentin umgebracht hat, Clay?«

»Ich weiß es nicht, Mrs. Henderson, wirklich nicht.«

Als der Moderator von einem »politischen Umschwenken« sprach, huschte eine Reihe kurzer Clips über den Bildschirm: Brogus, nun deutlich dicker und in einem Businessanzug, wie er Präsident Ronald Reagan die Hand schüttelt; Brogus, wie er Präsident George Bush die Hand schüttelt; Brogus, wie er Senator Jesse Helms die Hand schüttelt; Brogus, wie er General Colin Powell die Hand schüttelt; Brogus in einem Werbefilm für »Reggie's Real Deal Barbecue Sauce«, wie er in ein riesiges Stück Spareribs beißt, schmatzt und in die Kamera sagt: »Das schmeckt!«

»Die Presse hat den Mann schon vor Gericht gestellt, überführt und verurteilt«, sagte Mrs. Henderson. »Ich habe Lynchjustiz miterlebt, wissen Sie. Ich finde, das ist eine Schande.«

»Ich verstehe, was Sie meinen«, sagte ich. Ich erzählte Mrs. Henderson lieber nicht, dass ich den ganzen Nachmittag in der Redaktion des *Arden Oracle* verbracht hatte, um einen Artikel zu schreiben, in dem Brogus quasi vor Gericht gestellt, überführt und verurteilt wird.

Eine Aufnahme des Arden Airport erschien auf dem Bildschirm. Der Tower ragte in den blauen Himmel. Eine ganze Flotte sogenannter Pendlerflieger stand auf dem Rollfeld. Es waren nicht mal Düsenflugzeuge, sondern kleine Propellermaschinen mit Türen, die aufgingen wie Klappbetten mit schmalen Treppchen zum Einsteigen auf der Innenseite. Immer wenn ich auf dem Arden Airfield in ein Flugzeug stieg – um einen der Linienflüge innerhalb von Ohio zu nutzen, zum

Beispiel nach Cleveland, Columbus oder Cincinnati –, besann ich mich auf meine Religion und begann zu beten, was ich ansonsten nur sehr selten tat, um den Herrn anzuflehen, er möge mich in dieser wackligen Blechbüchse sicher ans Ziel bringen.

»Brogus hatte gestern eine Reservierung für einen Flug um sechs Uhr morgens nach Cleveland«, sagte die Stimme im Fernsehen. »Aber er ist nie am Flughafen erschienen, um die Maschine zu nehmen. Deshalb glauben die Ermittler, dass Brogus sich immer noch im Bundesstaat Ohio aufhält.«

»Er hat das Flugzeug nicht genommen?«, flüsterte ich.

»Wie bitte?«, fragte Mrs. Henderson.

Kwanzi Authentica Parkers Kopf tauchte auf dem Bildschirm auf, goldbrauner Teint, markante Cherokee-Gesichtszüge, schnörkelige dünne Zöpfe. Ihr Name erschien in weißen Buchstaben direkt unter ihrem Kinn, und unter dem Namen war die Position vermerkt, die sie nach eigener Aussage seit heute Morgen innehatte: Leiterin des Afrikamerika-Instituts. Eine rosige Hand hielt ihr ein Mikrofon vors Gesicht.

»Die mag ich«, sagte Mrs. Henderson. »Die ist schon den ganzen Tag im Fernsehen. Wenigstens gibt es ein paar *colored folks,* die sich für Reggie Brogus in die Bresche werfen.«

Ich schnaubte zustimmend und starrte auf den Bildschirm.

»Ich denke, wir alle müssen jetzt erst mal trauern«, sagte Kwanzi und schaute den Reporter ernst an. »Aber ich möchte noch eine besondere Botschaft aussenden.« Sie neigte den Kopf und schaute direkt in die Kamera: »Reggie ... Bruder ... wenn du jetzt da draußen bist ... und uns zuhörst ... Bitte komm zurück. Niemand wird dir etwas antun. Wir wollen nur, dass die Wahrheit ans Licht kommt ...« Kwanzis Augen wurden feucht. »Bitte, komm zurück, Reggie ... Wir glauben an dich ...«

»Irre«, sagte ich, als Kwanzi aufschluchzte.

»Wie bitte?«, fragte Mrs. Henderson.

Auf dem Bildschirm erschien ein körniges Schwarzweißfoto von Reggie Brogus. Unter dem Bild war der berühmtberüchtigte amerikanische Fluch zu lesen: WANTED.

»Das FBI«, erklärte der Moderator, »hat eine Belohnung von 100.000 Dollar ausgesetzt für Hinweise, die zur Festnahme von Reginald Tiberius Brogus führen könnten. Wir weisen darauf hin, dass dieser Mann weiterhin auf der Flucht ist und bewaffnet und gefährlich sein kann.«

Ich starrte auf den Bildschirm und dachte an den kahlrasierten schwarzen Kerl im schwarzen Trenchcoat, mit der dunklen Sonnenbrille, der stocksteif auf dem Rasen vor Reggies Haus gestanden hatte, und an die wilde Tirade, die Brogus in diesen frühen Morgenstunden in meinem Volvo ausgestoßen hatte: *Cointelpro ... Counterintelligence-Program* ... Die Akten über die Ermordung von Martin Luther King am 4. April 1968 in Memphis, Tennessee ... offene Rechnungen ... Und ich fragte mich: Was, wenn Reggie die Wahrheit gesagt hat?

* * *

Die Erinnerung ist im besten Fall getrübt. Ich weiß noch, dass es Sommer und ich noch auf dem College war, also denke ich, es müsste 1978 oder 1979 gewesen sein. Meine Eltern waren schon seit ein paar Jahren geschieden und ich hatte mich bereit erklärt, mit meinem Vater an einem Familientreffen der Robinettes in Luckett, Tennessee teilzunehmen. Mein Bruder, der damals wohl schon sein Studium an der UCLA begonnen hatte, schaffte es irgendwie, sich vor einer Teilnahme zu drücken, und mein Vater musste wohl einen Tag vor mir im Süden angekommen sein. Er holte mich am Flughafen in Memphis ab, um mit mir nach Luckett zu fahren. »Ich möchte unterwegs einen Zwischenstopp einlegen. Ich will dir was zeigen«, sagte mein Vater geheimnisvoll.

Ich erinnere mich besser an die Stimmung als an das tatsächliche Geschehen. Es war ein grauer und schwüler Nachmittag. Ich stand zusammen mit meinem Vater auf dem Bürgersteig gegenüber dem Lorrain Motel, und ich erinnere mich noch, dass es rosa und blau gestrichen war. Ich glaube, es war der Balkon im ersten Stock, auf den mein Vater deutete. »Dort haben sie Dr. King ermordet«, sagte er. »Er wurde am Hals getroffen.«

Wie oft hatte ich das berühmte Schwarzweißfoto gesehen? Die kleine Gruppe schwarzer Männer, die alle nach oben über die Straße zeigten, und MLK, der in einer Blutlache vor ihnen lag. Ich erinnere mich an das schaurige, irreale Gefühl, das mich angesichts des echten Schauplatzes beschlich, des realen Balkons dieses realen Motels mit seinen verblichenen, einst fröhlichen Farben. Auf dem Parkplatz direkt unter dem Balkon, und das trug zusätzlich zu der eigenartigen Atmosphäre bei, stand eine überlange, unförmige Limousine mit dekorativen Heckflossen, ein Modell aus den 1960ern, das aussah, als wäre es genau zehn Jahre zuvor dort abgestellt worden. Ich drehte mich um und schaute mir die trostlosen rötlich-braunen Backsteinhäuser auf der anderen Straßenseite an. Auf eines davon mussten die Männer auf dem Foto gedeutet haben.

»Der Schuss muss von dort gekommen sein«, sagte ich.

»Offensichtlich«, entgegnete mein Vater.

Eine Weile standen wir schweigend auf dem verlassenen Gehweg in der feuchtschwülen Luft. Mein Vater starrte zu dem Motel und strich dabei mit Zeigefinger und Daumen über seinen kleinen Schnurrbart. Nie in meinem Leben hatte ich ihn so traurig gesehen. »Wie hieß noch mal dieser Typ, der ihn erschossen hat?«, fragte ich schließlich, obwohl ich die Antwort schon kannte. Ich wollte meinen Vater mit meinem Wissen beeindrucken. »War das nicht James Earl Ray?«

»Ray hat das Verbrechen gestanden«, sagte mein Vater

und schaute mich immer noch nicht an. »Sie – die sogenannte Obrigkeit – schnappten ihn zwei Monate nach dem Attentat in London. Ein weißer Rassist, wie man es erwarten würde. Er bekannte sich schuldig. Also gab es nie eine Gerichtsverhandlung. Inzwischen behauptet Ray, er sei es nicht gewesen.«

»Glaubst du ihm?«

Mein Vater starrte immer noch wie hypnotisiert zum Balkon. Sein Schulterzucken drückte eine so grundlegende Hoffnungslosigkeit aus, dass ich den Tränen nahe war. Nach einer Weile sagte er: »Die Kugel, die Dr. King niedergestreckt hat, passte nicht zu Rays Gewehr. Wusstest du das?«

»Nein, das wusste ich nicht.«

»Es ist auch nicht sehr bekannt. Du wirst kaum darüber in den Zeitungen lesen. Niemand will darüber berichten. Denn wenn man es tut, muss man sich automatisch der Frage stellen, wer Dr. King *wirklich* umgebracht hat ... und warum.«

»Was denkst du?«

»Ich denke, wir werden es nie erfahren.« Nach einer weiteren langen Pause fügte mein Vater hinzu: »Es spielt sowieso keine Rolle. Der Mann ist tot. Das ist das Einzige, was zählt. Und mit ihm starb so viel, dass die Leute es nie ganz verstehen werden und auch nicht fähig sein, es auszuhalten.« Mein Vater hatte Tränen in den Augen. Ich auch. »Was für ein Verlust«, sagte mein Vater leise. »Was für ein Verlust.«

* * *

Ich hatte gerade erst Mrs. Henderson verabschiedet. Es war halb sechs, und Penelope würde erst gegen sechs nach Hause kommen, also dachte ich, ich könnte eine halbe Stunde lang für Amber und Ashley den vorbildlichen Vater spielen. Als ich die Treppe nach oben ging, konnte ich schon die Musik hören, die durch die Tür des Mädchenzimmers drang, und auch die bekannten weiblichen Stimmen mit dem Queens-Akzent und der berühmten lüsternen Aufforderung:

Ah, push it!
Push it good!

Ach du meine Güte! Wieso hörten meine Töchter diesen vulgären Salt'n'Pepa-Song?! Amber und Ashley waren erst sechs Jahre alt! Ich erreichte das Ende der Treppe, rannte den Flur entlang und riss die Tür auf. Ich sah meine Töchter an, eineiige Zwillinge, kleine Ausgaben ihrer Mutter mit fein geformten Augen und langen Wimpern, dunkelbrauner Haut und wuscheligen Locken schwarzglänzender Haare, die in der Mitte des Zimmers standen, einander ansahen, die Hände an den Hüften, die sie nach vorn schwangen, während sie mit der Musik sangen, die aus einem altmodischen Kassettenrekorder dröhnte, der mal mir gehört hatte, jetzt aber ihnen, und sie sangen mit ihren schrillen Kinderstimmen: »Push it *so* good!«

»Hey!«, rief ich.

Amber und Ashley hielten mitten in ihren unzüchtigen Hüftschwüngen inne. Einen Moment lang starrten sie mich schockiert an. »Daddy!«, kreischten sie unisono. Während Ashley zu mir rannte und mich umarmte, schaltete Amber hastig die Musik aus und hüpfte dann auch zu mir und schlang ihre Arme um mich. Alle drei fielen wir auf eins der schmalen Betten, und die Mädchen kicherten hysterisch, konnten sich nicht mehr einkriegen, zappelten herum, schlugen mit den Armen um sich, quietschten wie verrückt, befreiten sich aus meiner Umarmung, drehten und wandten sich und es war klar, dass sie sich freuten mich zu sehen, aber ihre Aufregung kam vor allem daher, dass ich sie dabei ertappt hatte, wie sie etwas Freches getan hatten. Bevor ich etwas sagen konnte, brach auch ich in lautes Gelächter aus, wegen der Albernheiten meiner Töchter, lachte dröhnend, um die quälende Anspannung dieses Tages loszuwerden, und spürte dieses seltene überschwängliche Gefühl von Ausgelassenheit, das ich in diesem Moment mit Amber und Ashley teilte und vielleicht mit keinem anderen: eine reine, bedingungslose Liebe.

Schließlich beruhigten wir uns wieder. Die Zwillinge hockten auf ihren Matratzen und ich lag ausgestreckt zwischen ihnen. Amber, die dreizehn Minuten Ältere, die ein winziges bisschen gewitzter war und schlauer und eine raschere Auffassungsgabe hatte, die blitzschnell das schlüpfrige Stück ausgeschaltet hatte, hockte links neben mir; Ashley, die ein kleines bisschen offenherziger und zugewandter war, impulsiver und intuitiver, die mich sofort umarmt hatte, saß auf der rechten Seite. Ich hatte um jede einen Arm gelegt. Nun bemühte ich mich so gut es ging um einen ernsten, erzieherischen Tonfall.

»Was für ein Musikstück habt ihr denn eben gehört?«

»Salt'n'Pepa!«, rief Ashley aus.

»Ja«, sagte ich, »aber wisst ihr auch, worüber die da singen?«

»Sie singen übers Tanzen, Daddy!«, sagte Amber mit übertrieben gespielter Verzweiflung.

Ich setzte mich auf. »Weiß eure Mutter, dass ihr diese Kassette habt?«

»Mommy hat sie uns doch gekauft!«, sagte Ashley.

»Hat sie?« Ich schnappte nach Luft. »War da denn kein Warnhinweis aufgeklebt?«

»Kein was?«, fragte Amber ungeduldig.

Ich warf einen Blick auf den mit Krimskrams übersäten Tisch, auf dem der Kassettenrekorder stand. Aber meine Aufmerksamkeit wurde abgelenkt von dem schon ziemlich alten Macintosh-Computer, der danebenstand. Ein »Erbstück« von Pen für die Zwillinge. Ich hatte ganz vergessen, dass die beiden einen eigenen Computer hatten.

»Benutzt ihr den Mac oft?«

»Klar, Daddy«, sagte Ashley. Sie sprang vom Bett und rannte zum Tisch.

»Wir wollten dich etwas fragen«, sagte Amber. Sie klang dabei mehr nach ernstem Elternteil als ich.

Ashley rannte zum Bett zurück und zeigte mir eine ganze Reihe von quietschbunten Computer-Disketten, die sie in der Hand aufgefächert hatte wie Spielkarten. Die Aufkleber zeigten verschiedene Zeichentrickfiguren und Fernsehpuppen, die Lernprogramme anboten.

»Der Computer ist toll!«, rief Amber aus. »Möchtest du sehen, wie er funktioniert?«

»Muss nicht sein, Liebes. Ich hab auch einen.«

»Daddy«, sagte Amber. »Wir wollten dich etwas fragen.«

»Benutzt ihr manchmal auch eine von den Disketten, die Mommy und ich unten im Arbeitszimmer haben?«, fragte ich Ashley, ohne auf Amber zu hören.

»Nee«, sagte Ashley.

»Ich suche nämlich eine Diskette, die ich irgendwo verloren habe. Sie ist nur schwarz und hat keinen Aufkleber.«

»Wenn sie keinen Aufkleber hat, ist auch nichts drauf«, sagte Amber. »Dann ist sie vielleicht noch nicht mal formatiert.«

»In den meisten Fällen stimmt das, Liebling«, sagte ich zu meiner Ältesten. »Aber diese Diskette ist formatiert und es ist auch etwas drauf.«

»Aber woher willst du denn wissen, dass etwas drauf ist, wenn sie keinen Aufkleber hat?«, fragte Ashley.

»Genau das ist ja das Problem, Liebes. Eine Studentin hat mir diese Diskette gegeben, aber sie hat vergessen, einen Aufkleber draufzumachen.«

»Das ist ja dumm«, sagte Amber.

»Soll ich mal nach der Diskette suchen, Daddy?«, fragte Ashley.

»Nein, ist schon okay. Ich glaube nicht, dass sie hier im Haus ist, aber falls ihr sie zufällig findet ...«

»Daddy«, fiel Amber mir ins Wort, »wirst du jetzt unsere Frage beantworten?«

Ich wandte mich Amber zu. »Welche Frage denn?«

Ihre dunkelbraunen Augen bohrten sich in meine. »Hat Onkel Reggie es getan?«

Ich war völlig verblüfft. Natürlich war das dumm von mir, aber ich war davon ausgegangen, meine Töchter würden nichts von dem Thema mitbekommen, über das alle Menschen in der Stadt sprachen. Einige Sekunden war ich sprachlos, und dann verfiel ich auf meine übliche Antwort, wenn es brenzlig wurde: »Fragt eure Mutter.«

* * *

Meine Frau war wütend auf mich. Die Tatsache, dass sie ihr Businesskostüm nicht ausgezogen hatte, um sich fürs Abendessen bequemer anzuziehen, war ein eindeutiges Zeichen. Seit unserem Umzug nach Arden hatte Penelope als freischaffende Diversity-Beraterin ein lukratives Geschäft aufgezogen. Sie bot Kurse an – manche fanden an Samstagen statt, andere liefen über einen ganzen Monat – zum Thema Integration von Frauen, Minderheiten und behinderten Menschen in Geschäftszweige, die von weißen Männern dominiert wurden. Penelope beriet Führungskräfte, Angehörige des mittleren Managements und leitende Angestellte bei Themen wie Bewusstwerdung von Multikulturalität, Sensibilisierungstraining und Techniken für transpersonales Interfacing für Beratungsfirmen, Versicherungen, High-Tech-Unternehmen und Einzelhandelsketten in ganz Ohio. Wenn sie nicht gerade irgendwo eine ganze Woche vor Ort im Einsatz war, schloss sie sich tagsüber in unserem Gästezimmer ein, tippte auf ihrem Laptop und überarbeitete das Handbuch, das sie gerade verfasste – von dem sie mir aber noch keine Seite gezeigt hatte – und das den provisorischen Titel trug: »Wie sich Diversität für DICH auszahlt!«

Als ich Penelope nachmittags von der Redaktion des *Oracle* aus an ihrem aktuellen Arbeitsplatz angerufen hatte – eine Agrarfirma in der Nähe von Mulchville –, um ihr mitzuteilen, dass ich an der Campus-Mord-Geschichte arbeitete – sie hatte bereits von dem Verbrechen und dem Verschwinden von Reggie Brogus im Radio erfahren –, war ihre direkte Antwort ein langes Schweigen am Telefon gewesen. Schließlich hatte sie, mit deutlich irritiertem Unterton, gefragt: »Wieso denn?« Irgendwie war es mir dann gelungen, ihrer Frage auszuweichen und ihr entschuldigend mitzuteilen, dass ich nach dem Abendessen noch mal zum Campus aufbrechen würde, weil ich einen Bericht über die Totenwache schreiben wollte. Nach einem weiteren langen Schweigen hatte Penelope gesagt: »Okay, das kannst du mir dann ja beim Abendessen erklären.«

Als wir dann am Tisch saßen, versuchte ich ängstlich, jeden Hinweis auf den Artikel zu vermeiden. Amber jedoch verschwendete keine Zeit und folgte der Aufforderung, die ich ihr zuvor gegeben hatte. »Mommy«, sagte sie sehr ernst, als sie sich an den Esstisch setzte, »hat Onkel Reggie es getan?«

Ich merkte, wie Penelopes Körper erstarrte. Sie hatte es nie gut gefunden, dass die Mädchen Brogus so nannten. »Amber, in unserer Community hat sich eine schreckliche Tragödie ereignet«, sagte Penelope in einem ruhigen, aber tadelnden Ton. »Eine junge Frau hat auf grausame Weise ihr Leben verloren und das ist kein Thema für eine Unterhaltung beim Abendessen. Wir können später darüber sprechen, aber nicht bei Tisch.«

»Aber Mom-myyy!«, quengelte Amber.

»Du hast gehört, was ich gesagt habe. Also, wie war euer Schultag heute?«

»Da ist etwas total Lustiges passiert!«, rief Ashley aus.

Ganz aufgeregt begann sie den Vorfall zu schildern, bei dem es um einen widerlichen Jungen in ihrer Klasse ging und einen Kasten mit Fingerfarben, und Amber stimmte sofort mit ein. Normalerweise hörte ich meinen Töchtern aufmerksam zu, wenn sie ihre Anekdoten zum Besten gaben, aber an diesem Abend war ich in Gedanken ganz woanders. Ich bekam gar nicht mit, was die beiden erzählten. Ich sah nur die Fröhlichkeit in ihren Gesichtern, als sie Pen ihre Geschichte erzählten, die wiederum aufmerksam zuhörte, interessierte Fragen stellte und die beiden ermunterte, alles genau auszuführen. Ich verspürte eine Melancholie, ein Gefühl, das mich in letzter Zeit öfter beschlich, wenn ich mit meiner Frau und meinen Töchtern zusammensaß, als wäre ich irgendwie isoliert, eine leichte Ahnung von Außenseitertum. War das ein Gender-Problem? War es einfach nur natürlich, dass ich mich ein wenig außen vor fühlte, wenn sie diese besondere Atmosphäre von Intimität erzeugten, weil ich der einzige Mann im Haus war? Verstehen Sie mich nicht falsch. Ich beschreibe hier nur einen kaum merklichen Anflug von Entfremdung, nicht ein Abklingen von Liebe. Mein Leben gehörte immer noch diesen drei menschlichen Wesen.

Vielleicht war es eine Folge meines Verrats an ihnen, dass ich mich ausgeschlossen fühlte. Das kleine Techtelmechtel mit Jenny hatte meine Verbindung zu den drei bedeutendsten Personen in meinem Universum gestört. Sie wussten nichts davon. Und ich wollte mir lieber nicht vorstellen, was passieren würde, wenn sie es herausfänden.

* * *

»Er ist ein Monster«, sagte Penelope. Nach dem Abendessen waren die Mädchen ins Wohnzimmer gegangen, um die Wiederholung einer alten Cosby-Show anzuschauen, und Pen und ich waren in die Küche gegangen, um eine Kanne koffeinfreien Kaffee aufzusetzen. Sie verzichtete auf eine Namensnennung, aber natürlich wusste ich, dass meine Frau auf den Mann anspielte, der vor einundvierzig Stunden genau an diesem Küchentisch gesessen hatte, während sie oben friedlich vor sich hin geschnarcht hatte. »Er ist ein unterhaltsames, berühmtes Monster. Deshalb findest du ihn so toll. Er ist ein Monster, das seine Monstrosität auch noch zelebriert und genießt. Aber, weißt du, man kann es damit auch übertreiben. Selbst wenn man ein grotesk telegenes Monster ist, das die Journalisten in seinen Bann schlägt.«

»Was ist mit Amber und Ashley?«, fragte ich. »Die sind auch total gebannt von Reggie und sie sind keine Journalisten.«

»Sie sind erst sechs Jahre alt. Kinder sind nun mal fasziniert von Monstern. Erwachsene sollten es allerdings besser wissen.«

Wie sie mir da gegenübersaß in ihrem gut geschnittenen Businesskostüm mit der Kunstperlenkette, wollte Penelope mich mit ihrer Abgeklärtheit beeindrucken. Ja, sie hatte Brogus immer schon durchschaut. Wieso ich nicht? Aber stimmte das denn?

»Du glaubst also, dass Brogus der Täter ist?«, fragte ich.

»Das ist doch nicht der Punkt.«

»Oha!«

»Clay«, sagte meine Frau ernst und beugte sich nach vorn, »warum schreibst du darüber?«

Konnte ich Penelope erzählen, wie erschüttert ich seit meinem Interview mit Patsy DeFestina war? Konnte ich ihr erzählen, wie sicher ich gewesen war, dass T-Bird Williams Jenny ermordet hatte, wie ich dann aber, als ich in die Redaktion des *Oracle* gekommen war und das Brogus-Fieber gespürt hatte, plötzlich davon überzeugt war, dass Reggie – da die Leiche in seinem Büro gelegen hatte, mit seinen Hosenträgern um den Hals – Jenny umgebracht haben *musste*? Doch wenn das stimmte, dann hatte ich einem Mörder zur Flucht verholfen, und selbst wenn es nicht stimmte, hatte ich ein Verbrechen nicht angezeigt, was womöglich selbst ein Verbrechen war. Und ganz egal, ob Brogus nun gefasst wurde oder nicht, musste ich dann nicht alles dafür tun, diesen ganzen Schlamassel von mir fernzuhalten und meine Verfehlungen zu kaschieren? Konnte ich Penelope erklären, dass ich gar nicht über das schrieb, was ich herausgefunden hatte – eine unterschwellige Schadenfreude, eine bürgerliche Überheblichkeit, eine quasi-erotische Aufgeregtheit bei den Bürgern von Arden –, sondern dass ich stattdessen dabei war, ein manipulatives Rührstück zu verfassen über eine Gemeinschaft, die ernsthaft glaubte, in Trauer zu sein: einen Artikel also, der zwar zur Gänze auf authentischen Zitaten beruhte, aber trotzdem von vorne bis hinten gelogen war? Konnte ich ihr erklären, auf was für eine perverse Art aufgedreht ich war, weil ich heute Abend die Totenwache besuchen wollte, um noch mehr makabren Kitsch aufzusaugen für die morgige Ausgabe? Konnte ich ihr erklären, dass ich es sogar geschafft hatte, einen Kasten für ein unterwürfiges Porträt von Detective DeFestina herauszuschinden – inklusive eines schmeichelhaften Fotos aus dem Archiv des *Oracle*, das immer benutzt wurde, wenn Patsy das Medieninteresse auf sich zog –, in dem die Plattitüden der berühmten Superpolizistin über Teamwork und den Heroismus ihrer Kollegen zitiert wurden, dank denen sie den Fall selbstverständlich lösen würden, ohne Patsys Feststellung zu zitieren, es gäbe eine neunzigprozentige Sicherheit, dass Brogus schuldig war, wobei ich aber hinter jedem Satz in meinem handwerklich sehr sorgfältig gestalteten journalistischen Erguss – sowohl in dem Porträt-Kasten als auch bei der Schilderung der Situation auf dem Campus – durchblicken ließ, dass es Brogus gewesen sein musste? Vielleicht hatte Penelope recht. Vielleicht war es gar nicht der Punkt, ob Brogus schuldig oder unschuldig war. Sollte doch alle Welt glauben, dass er – das berühmte Monster – schuldig war. Ich würde ihnen gerne dabei helfen. Solange es half, die Aufmerksamkeit von *mir* abzulenken.

Konnte ich meiner Frau erklären, dass ich mich fühlte, als

würde ich jeden Moment zusammenbrechen? Konnte ich Penelope diese ganze hässliche Geschichte beichten, ihr, die mich besser kannte als jede andere?

Was denken *Sie*? Ich zuckte resigniert mit den Schultern. »Es ist eine gute Story.«

Wir hörten beide das plötzliche, insistierende Kratzen. Ich stand auf und öffnete die Tür zur Speisekammer. Genervt, weil meine Frau von mir genervt war, ließ ich meine schlechte Laune an der Katze aus: »Wenn du nicht in der Speisekammer eingeschlossen werden willst, dann leg dich da nicht zum Schlafen rein!«

»Jau«, sagte Dexter, ein lakonisches »Leck mich doch«. Stolz schritt er zu seinem Napf mit dem Dosenfutter.

Penelope schaute auf ihre Armbanduhr. »Du solltest losgehen, sonst kommst du noch zu spät.« Sie zog eine Ausgabe des *Wall Street Journal* aus der Ledertasche, die neben ihr auf dem Boden stand und begann zu lesen, ohne mir noch weitere Aufmerksamkeit zu schenken.

Ich nahm meinen Parka vom Garderobenhaken und ging zur Hintertür. Als ich den Türknauf betätigte, stellte ich fest, dass die Tür mal wieder unverschlossen war. Ich holte tief Luft, hörbar irritiert. Ich bin in Philadelphia aufgewachsen und habe fast ein Jahrzehnt in Manhattan gewohnt, daher war ich es gewohnt, alle Türen hinter mir abzuschließen. Egal, ob ich kam oder ging, ich schloss immer automatisch die Tür ab. Als wir noch in New York lebten, hatte Penelope das auch getan. Aber seit wir ins Landesinnere gezogen waren, hatte meine Frau sich an einen laxeren Umgang in Sicherheitsfragen gewöhnt. Die Bürger von Arden bildeten sich etwas darauf ein, ihre Türen nicht abschließen zu müssen. In dieser Stadt dachte sich niemand etwas dabei, wenn er an eine unverschlossene Tür klopfte, um gleich darauf einzutreten. Mich machte das wahnsinnig. Penelope aber fand es in Ordnung. Sie mochte diese lockeren Kleinstadtsitten und ermunterte ihre Töchter, es ebenso zu sehen. »Pen«, sagte ich mit einem genervten Seufzen, »wie oft soll ich das noch sagen? Wir leben hier nicht auf unserer kleinen Farm.«

Pen nippte an ihrem Kaffee, las die Zeitung und nahm mich weiterhin nicht zur Kenntnis.

»Weißt du«, sagte ich, »in dieser ach so sicheren Community wurde gerade eine Frau umgebracht und der Mörder wurde noch nicht verhaftet. Das solltest du vielleicht berücksichtigen.«

Ich sah, wie die Schultern meiner Frau sich anspannten und wusste, dass ich einen Nerv getroffen hatte. »Ist angekommen«, sagte sie.

Für mich, der ich in der Großstadt aufgewachsen bin, waren die Straßen in den Randbezirken von Arden abends und nachts einfach zu dunkel. Glücklicherweise gab es in der Nähe unseres Hauses eine Straßenlaterne, aber außerhalb ihres Lichtkegels lagen Gehweg und Straße in tiefster Dunkelheit bis zum Lichtkegel der nächsten Laterne. Ich stand in unserer Auffahrt und zog den Reißverschluss meines Parkas zu, als ich den Kühlergrill und die Motorhaube des Lincoln Town Car in der Finsternis jenseits des Radius der nächstgelegenen Laterne bemerkte. Auf den Vordersitzen konnte ich die Umrisse von zwei Personen erkennen. Instinktiv wusste ich, dass die eine Silhouette zu dem Mann gehörte, der mich vor Brogus' Wohnhaus gesehen hatte. Ich stieg in den Volvo. Als ich den Motor startete, sah ich, wie die Scheinwerfer des Lincoln eingeschaltet wurden. Ich setzte rückwärts aus der Einfahrt und fuhr unsere Straße, die Maplewood Road, entlang. Der Lincoln folgte mir zur Totenwache für Seeräuber-Jenny.

7

»Sozialhilfe ist Sklaverei!«, donnerte Reginald T. Brogus. »Minderheitenförderung ist Sklaverei! Political Correctness ist Sklaverei!« Brogus tigerte über die hölzerne Plattform, mied das Podium, hielt sich das kabellose Mikro dicht vor den Mund und bewegte seine wuchtigen dreihundert Pfund mit der trägen Eleganz eines geborenen Athleten, wie ein geschmeidiger Tänzer, der in dem verfetteten Körper eines abgehalfterten Sumo-Ringers gefangen ist. Das Sakko seines Seersucker-Anzugs hatte er nachlässig über das Stehpult geworfen. Die blau-weiß gestreifte Hose wurde von marineblauen Hosenträgern gehalten, die mit gelbgrünen Dollarzeichen verziert waren. Nach einer halben Stunde rhetorischem Dauerfeuer erreichte Brogus ein leidenschaftliches Crescendo und tupfte gelegentlich die Schweißbäche, die sich über sein Gesicht ergossen, mit einem zusammengeknüllten weißen Taschentuch ab. »Dies sind schlimmere Formen der Sklaverei als die, unter denen unsere Vorfahren leiden mussten! Das ist die Versklavung des Bewusstseins! Des Geistes! Wir Schwarzen müssen uns von dieser Sklavenmentalität befreien! Das muss ein Ende haben. Diese Sklaverei muss ein weiteres Mal abgeschafft werden. Das Stichwort lautet: New Abolition! Ich bin ein New Abolitionist!«

September 1991. Die erste Vorlesung von Reggie Brogus als Gastprofessor an der Arden University. In großen weißen Buchstaben war das Thema des Kurses auf die grüne Tafel hinter ihm notiert: DON'T WORRY, MAKE MONEY: THE AMERICAN NEGRO AND THE PROMISE OF DEMOCRACY. Da die Büros der Dozenten des Afrikamerika-Pilotprojekts sich im Mathematikgebäude befanden, wurden die Veranstaltungen ein ganzes Stück weiter entfernt in der Hexler Hall abgehalten, die zum Fachbereich Geschichte gehörte. Obwohl diese Kurse normalerweise in kleinen Seminarräumen stattfanden – durchschnittlich wurden die Afrikamerika-Veranstaltungen von ungefähr fünfzehn Studenten besucht –, fand Brogus' Antrittsvorlesung im größten Hörsaal der Hexler Hall statt. Erstaunlicherweise waren bei dieser »Afram«-Veranstaltung sämtliche Plätze besetzt. Geradezu schockierend war, dass die Hälfte der anwesenden zweihundert Studierenden weiß war. Normalerweise nahmen weiße Studenten überhaupt nicht an den Afram-Kursen teil.

»Angebot und Nachfrage«, hatte Dekan Shamberg vierzig Minuten vorher zu mir gesagt, als immer mehr Studenten in den Saal strömten. Wir saßen nebeneinander in der zehnten Reihe, links von Bühne und Podium. Dekan Jerry strich sich über den graumelierten Kinnbart, den er sich während der Sommerferien hatte wachsen lassen. »Darum geht es im Bildungsbereich. Wenn die Leute von bestimmten Themen nichts wissen wollen, dann werden diese Themen nicht unterrichtet. Das ist die simple Logik, die unsichtbare Hand des intellektuellen Marktplatzes, wenn du so willst.«

Während er sprach, den Kopf zur Seite geneigt und mit leichtem Abstand zu mir, schienen seine Augen etwas hinter meiner rechten Schulter zu betrachten. Mit Shamberg zu reden war immer wieder irritierend, weil er ständig an einem vorbeischaute. Man – beziehungsweise ich – hatte niemals seine uneingeschränkte Aufmerksamkeit. Er sprach mit einem, redete in einem fort, schien aber an den Antworten auf seine Ausführungen nicht interessiert zu sein. Als wir auf Brogus' Ankunft gewartet hatten, hatte Shamberg mir dargelegt, warum er noch nicht entschieden hatte, ob er aus dem Afrikamerika-Institut – das gerade in das zweite Jahr des Pilotprojekts eintrat – einen vollwertigen Fachbereich machen wollte.

»Weniger als die Hälfte der schwarzen Studierenden auf diesem Campus belegt einen Afram-Kurs«, sagte Shamberg, während seine Blickrichtung sich änderte und er nun etwas hinter meiner *linken* Schulter fokussierte. »Und das angesichts der Tatsache, dass nur zehn Prozent unserer Studierenden schwarz sind. Vergleich das mal mit dem Bereich Feministische Studien. Die Hälfte unserer Studierenden sind Frauen. Wenn von denen nur die Hälfte einen Kurs im Rahmen der Feministischen Studien belegt, dann kauft ein Viertel jedes Jahrgangs dieses Produkt! Vergleicht man das mit den fünf Prozent Marktanteil bei den Afrikamerika-Studien, dann stellt sich die Frage, ob diese Abteilung ein vollwertiger Fachbereich werden soll, gar nicht mehr. Es ist schlicht nicht kostendeckend. Es sei denn ...« Shamberg hielt inne und starrte eine Weile ins Nichts. Dann nahm er den Faden wieder auf, den er zwischenzeitlich scheinbar verloren hatte: »Es sei denn, es gibt einen Crossover-Effekt. Ein schwarzer Professor, der weiße Studenten anzieht, erweitert natürlich seinen Marktanteil.« Shamberg spähte in alle Richtungen, ließ seinen prüfenden Blick über die Menge schweifen. »Ich würde sagen, dass die Zeichen heute Morgen ermutigend sind. Ob du willst oder nicht, Reggie Brogus ist ein Star.«

Sie saßen getrennt, hier eine Gruppe von vier oder fünf weißen Studierenden, dort eine Gruppe von fünf oder sechs schwarzen Studierenden. Bei den Schwarzen wie bei den Weißen sahen manche aus wie Streber, andere wie Sportskanonen, ich sah Liebespaare, die Händchen hielten, Rebellen mit Nasenringen und herausgeputzte Ich-bin-ein-Gewinner-Typen. Aber wie sehr sie sich auch individuell unterschieden, ganz gleich, welches Statement in Bezug auf Stil oder Mode jemand machte, sie alle ordneten sich einem ungeschriebenen Gesetz unter, nach dem die Schwarzen bei den Schwarzen und die Weißen bei den Weißen saßen. Shamberg und ich waren das einzige gemischte Paar, und niemand nahm in unserer Nähe Platz, nicht wegen irgendwelcher rassistischen Vorurteile, sondern weil Jerry Shamberg der Präsident der Universität war und Studenten nun mal häufig davor zurückschrecken, sich in die Nähe einer solchen Autoritätsperson zu setzen. Außer Jerry und mir saß niemand in der zehnten Reihe auf der rechten Seite des Auditoriums, und auch die vier Reihen vor und hinter uns blieben leer, obwohl es in manchen Bereichen schon recht eng wurde.

»Alles klar, Leute!«, ertönte eine schrille Stimme. »Dieser Nigga wird mir zeigen, wie man ordentlich KOOH-LE macht!«

Ich drehte mich um und sah T-Bird Williams in der Mitte des Saals, wie er lachend mit einer Gruppe von ungefähr acht schwarzen Studenten High-Fives austauschte, während er sich zu ihnen setzte. Soweit ich das sah, gab es nur zwei Arten von Studenten. Und die Herkunft – schwarz, WASP, jüdisch, asiatisch, Latino oder was auch immer – war dabei kein Unterscheidungsmerkmal. Die Studenten, egal in welchem Studienbereich und auf welchem Niveau, teilten sich ganz schlicht auf in jene, die die Seminare ernst nahmen, und solche, die sie nicht ernst nahmen. Tyrell »T-Bird« Williams gehörte zur zweiten Gruppe. Vor einem Jahr hatte er an meinem Creative-Non-Fiction-Kurs teilgenommen. Er war zur Hälfte der Termine erschienen und hatte jedes Mal schlechte Stimmung verbreitet, hatte auf seinem Stuhl herumgelümmelt, Kaugummiblasen platzen lassen und seinen Blick mit deutlich zur Schau gestellter Verachtung durch den Seminarraum schweifen lassen. Wenn ich ihm eine Frage stellte, um ihn in die allgemeine Diskussion mit einzubeziehen, zuckte er nur mit den Schultern und schnaubte angewidert. Er gab nur zwei der vier Arbeiten ab, die ich ihm aufgegeben hatte, und die hatte er ganz offensichtlich hastig und desinteressiert geschrieben, gespickt mit Grammatik- und Rechtschreibfehlern. Ich wollte ihn durchfallen lassen. Aber mein Kurs war nicht besonders anspruchsvoll und die schlechteste Note, die ich jemals gegeben hatte, war ein B gewesen. Ich gebe zu, dass ich, obwohl er für mich und mein Seminar nur Verachtung gezeigt hatte, sehr nachsichtig mit ihm war, weil er schwarz war. Aufgrund eines autobiografischen Essays, den er eingereicht hatte, wusste ich, dass er aus einem armen Großstadtviertel kam. Er hatte darüber geschrieben, dass er gesehen hatte, wie Menschen in seiner Nachbarschaft erschossen oder erstochen wurden. Er hatte es weiß Gott schon schwer genug gehabt in seinem Leben, da musste ich ihn mit seinen schlechten Noten nicht noch tiefer in den Dreck stoßen. Also gab ich ihm ein B. Und T-Bird ging zum Leiter des Fachbereichs Englisch, um sich über die schlechte Benotung zu beschweren. Aber das B wurde nicht geändert.

»Nehmen wir also mal an, dass Brogus einen Hit landet und im nächsten Jahr wird das Afrikamerika-Institut ein total angesagter Fachbereich«, sagte Shamberg und sein Blick streifte mich ganz kurz, bevor er wieder davondriftete. »Dann könnten wir beide unsere Verhandlungen wieder aufnehmen.«

»Wir haben bislang überhaupt keine Verhandlungen geführt, Jerry.«

In den vergangenen zwei Jahren hatte Shamberg versucht, mich zu überreden, Kurse im Afram-Pilotprojekt anzubieten, zusätzlich zu meinen Seminaren in Journalistik und Creative-Non-Fiction. Ich hatte das jedes Mal abgelehnt und die Entschuldigung vorgeschoben, die man auch von entlassenen Trainern, gefeuerten Managern oder gescheiterten Politikern kennt: »Ich möchte mehr Zeit mit meiner Familie verbringen.« Shamberg wusste, dass ich nur dann bereit war, mehr Arbeit zu übernehmen, wenn er mein Gehalt deutlich aufstockte.

»Okay«, sagte Dekan Jerry jetzt, als wir hier in der Hexler Hall saßen, auf den Plätzen, die von den Studenten tunlichst gemieden wurden. »Nenn mir deinen Preis.«

Da ich wusste, dass Reggie Brogus für sein einjähriges Engagement das Doppelte von dem bekam, was mir zugestanden wurde, gab ich mich zugeknöpft. »Ich bin mir nicht sicher, ob du dir mich leisten kannst, Jerry.«

»Enttäusch mich nicht, Clay. Unsere Stiftung verfügt nur über begrenzte Mittel. Hör mal zu ...«

Ab diesem Moment hörte ich ihm nicht mehr zu. Ich weiß nicht, wann das Mädchen hereingekommen war und sich hingesetzt hatte. Sie schien einfach aufgetaucht zu sein, ganz allein, drei Reihen vor uns, einige Plätze näher am Podium. Es war dieser Aufruhr an roten Haaren, der meinen Blick auf sich zog. Als Dekan Jerry dann weiterquasselte – er sprach von irgendwelchen finanziellen Engpässen –, drehte sie sich um und starrte mir schamlos ins Gesicht. »Auffallend« wäre eine Möglichkeit gewesen, diese junge Frau zu beschreiben, aber ich will lieber ehrlich sein und zugeben, dass ich fand, sie sah geradezu bizarr aus: blasse, durchscheinende Haut, seltsam schräge, asymmetrische grüne Augen wie bei einer Katze und ein kantiges Gesicht, das noch nicht ganz fertig war, noch nicht ganz erwachsen, aber eine Schlauheit, Härte und androgyne Fremdartigkeit ausstrahlte, die an den frühen David Bowie erinnerte. Sie musterte mich unverhohlen – und ich sie – für einen Moment, der sich wie eine Ewigkeit anfühlte. Schließlich drehte sie sich zum Podium um und ich sah nur noch ihre feuerrote Mähne, die sich über die Stuhllehne ergoss.

»Huhuu«, flötete Jerry. »Oh, Claaaaaaay? Hallo, bist du noch da, Claaaaaay?« Shamberg widmete sich niemals ausschließlich einer Person, aber er merkte sofort, wenn sein Gesprächspartner unaufmerksam wurde. Ich schaute Jerry an. Er blickte demonstrativ zu dem Mädchen mit den feuerroten Haaren, dann wieder zu mir. »Ich sage nur zwei Worte, Clay: sexuelle Belästigung. Wenn du eine Studentin bloß anfasst, ist deine Karriere beendet. So weit ist es heutzutage gekommen.«

»Was heißt hier anfassen«, sagte ich empört. »Ich schaue doch bloß.«

»Sogar *das* kann schon gefährlich sein! Hast du von dem alten Professor in New Hampshire gehört? Er wurde gefeuert, verlor seinen Titel und seine Pension, weil er beschuldigt wurde, Studentinnen mit seinen Augen auszuziehen! Das haben diese Frauen ihm vorgeworfen: Er würde sie mit den Augen entkleiden! Jetzt ist das Leben dieses alten Knackers ruiniert. Da frage ich dich: Was ist aus unserem Land geworden? Meine Güte, Affären mit seinen Studentinnen zu haben, ist doch eine alte akademische Tradition! Es gab eine Zeit, da war das Vögeln mit dem Professor eine der entscheidenden Etappen in der Schule der Empfindsamkeit ehrgeiziger junger Frauen. Meine Güte, zwei meiner Ehefrauen waren frühere Studentinnen von mir! Die Regeln wurden zu unseren Ungunsten geändert. Und das in nur fünf Jahren! Damals im College of the Dunes habe ich selten gezögert, wenn ich einer begabten Studentin einen aufmunternden Klaps geben wollte. Nicht mit Hintergedanken natürlich! Das war nur eine Geste väterlicher Zuneigung. Inzwischen lebe ich in ständiger Angst.«

»Kann ich von mir nicht sagen«, sagte ich blasiert. »Ich bin immer brav gewesen. Übrigens habe ich meine Frau noch nie betrogen.«

Zum ersten Mal, seit ich ihn kannte, schaute Jerry mir direkt in die Augen. Er musterte mich eingehend, mit offenem Mund, als fehlten ihm die Worte, als wäre er regelrecht bestürzt. Schließlich sagte er: »Willst du mich verarschen?«

Plötzlich erfüllte lautes Rufen das Auditorium.

»REG-GIE! – REG-GIE! – REG-GIE! – REG-GIE! – REG-GIE!«

Als ich mich umschaute, sah ich, dass nur weiße Männer

sich daran beteiligten. Dann bemerkte ich Brogus, der mit einer Aktentasche aus schwarzem Leder in der Hand ins Auditorium hinabstieg und auf das Rednerpult zuging.

»Ich wusste gar nicht, dass Brogus so viele Fans unter den Studenten hat«, sagte ich.

»Die kennen ihn alle aus der Rash Knoblauch Show«, sagte Shamberg. »Dort ist er Dauergast.«

»Wer ist Rash Knoblauch?«

»Der Radiomoderator. Erzkonservativ. Und sehr bekannt.«

Brogus stellte seinen Aktenkoffer auf den Tisch vor der Tafel. Als die Rufe abklangen, nahm er das Mikrofon vom Pult und trat an den Rand des Podiums. Er fing ganz ruhig an.

»Meine Damen und Herren, wir sind nur noch knapp acht Jahre von der Jahrtausendwende entfernt. Amerika hat den Kalten Krieg gewonnen. Der Kommunismus ist tot. Die kapitalistische Demokratie hat die Welt erobert. Wir haben das Privileg, der letzten verbliebenen Supermacht anzugehören, die den Golfkrieg gewonnen hat, die von allen anderen zivilisierten Nationen beneidet wird ... und trotzdem hören die Negroes nicht auf zu jammern.«

Als er das sagte, gab die Mehrheit der anwesenden Schwarzen – mich eingeschlossen – ein lautes Stöhnen von sich, gleichzeitig angewidert und protestierend. Viele weiße Studenten lachten und einige applaudierten sogar. Eine kleine Gruppe von Schwarzen tat es ihnen gleich. Brogus fuhr fort und hob die Stimme.

»Weil sie nicht erkennen, dass wir an der Schwelle des Gelobten Landes stehen! Amerika realisiert gerade sein gigantisches Potenzial. Das Ende der ethnischen Trennung, wie wir sie kennen. Dank der segensreichen Institution der gemischten Ehe wird die Unterscheidung zwischen Weiß und Nicht-Weiß aufgehoben, was uns nicht zu einer dunkleren, sondern zu einer helleren Nation machen wird, zu einer Nation, in der die einzige Sache, die wirklich zählt, diejenige ist, die zählen sollte: Wie viel Geld man verdient! Das Streben nach Kapital wird alle gleichmachen! Ich sehe den Tag kommen, an dem die Amerikaner nicht nach der Farbe ihrer Haut, sondern nach dem Inhalt ihres finanziellen Portfolios beurteilt werden. Dann wird unsere Gesellschaft nur noch von einem simplen Grundsatz regiert werden: Was bringst du nach Hause? Die einzige Farbe, die dann noch zählt, ist die Farbe Grün! Ich sehe den Tag kommen, an dem die Schwarzen in der Lage sein werden, Weißen als Schwestern und Brüder die Hände zu reichen, um mit ihnen zu singen: Endlich reich! Endlich reich! Gott dem Allmächtigen sei Dank, wir sind endlich reich!«

Von meinem Platz in der zehnten Reihe warf ich einen prüfenden Blick auf Brogus' Kollegen aus dem Afrikamerika-Institut. In der ersten Reihe, fast in der Mitte, saßen Arthur und Matilda Davenport. Das akkurat herausgeputzte, unglaublich elegante Paar war vor einigen Jahren in Altersteilzeit gegangen. Zwei Jahrzehnte lang, von 1952 bis 1971, waren Art und Matilda die einzigen schwarzen Professoren an der Arden University gewesen. Sie waren echte Universalisten, er in amerikanischer Geschichte, sie in amerikanischer Literatur. Während der 1970er und 1980er Jahre, als weitere schwarze Dozenten nach Arden kamen, ein paar Semester blieben und sich dann in wärmere, wenn nicht gar lukrativere Gefilde aufmachten, gaben Art und Matilda spezielle Kurse, er in afroamerikanischer Geschichte, sie in afroamerikanischer Literatur, als Teilbereich ihres jeweiligen Fachgebiets. Inzwischen hatten sie alle anderen Schwerpunkte aufgegeben und gaben nur noch Kurse zu Themen der Geschichte und Literatur der Schwarzen, die nun dem Afrikamerika-Pilotprojekt zugeordnet wurden. Meine Frau und ich mochten Art und Matilda. Wir fühlten uns sehr geehrt, als wir im Juni 1991 zur Feier ihrer Goldenen Hochzeit eingeladen wurden, wo die beiden einen heißen Jitterbug tanzten.

Als sie nun hier in der Hexler Hall saßen und Reggie Brogus zuhörten, bewahrten die Davenports Haltung. Sie saßen aufrecht da, mit konzentrierten Gesichtern, aufmerksam, und ließen sich nichts anmerken. Ich kann nicht behaupten, dass ich Art und Matilda persönlich sehr gut kannte, aber ich nehme stark an, dass Typen wie Reggie Brogus sie nicht besonders beeindruckten. Vermutlich hatten sie schon alle Sorten von Neubekehrten kennengelernt in ihrem Leben und betrachteten Reggie nur als eine weitere Kuriosität. Ich weiß aber auch, dass die Davenports ernsthafter über ihren Ruhestand nachdachten, seit Shamberg Reggie Brogus engagiert hatte, sie redeten öfter darüber, dass sie nach dem aktuellen Schuljahr zu einer Weltumsegelung aufbrechen wollten.

Neben Arthur und Matilda saß Xavier Lumbaki, der Professor, der für das »Afrika« bei den Afrikamerika-Studien zuständig war. Er war im Senegal aufgewachsen und lebte inzwischen in Paris, wo er an der Sorbonne seinen Doktor gemacht hatte, und hatte einen Kurs zum Thema »Die Geschichte des afrikanischen Kontinents«. Sein Fachgebiet war Kolonialismus. Xavier und seine französische Frau Aurore waren genau wie wir im September 1989 nach Arden gekommen. Wir wurden schnell Freunde. Wir waren ungefähr gleich alt, und Xavier, der ein dreijähriges Lehr- und Arbeitsstipendium hatte, schaute auf Amerika aus der Perspektive eines amüsierten und faszinierten – und durchaus sympathisierenden – Anthropologen, was mir sehr gefiel. Seine Frau hingegen, die aus einer alten Pariser Familie stammte, verabscheute die USA, vor allem ihre Rauchverbote, die sie zwanghaft fand, obwohl sie selbst gar nicht rauchte. Penelope und ich waren eines der wenigen Paare, mit denen Xavier und Aurore während ihres ersten Jahres privaten Kontakt hatten. Dann wurde im Herbst 1990 ihre Tochter Nathalie geboren und die beiden tauchten völlig ab. Von da an sahen wir sie nur noch selten, aber da wir auch einen

Baby-Schock erlebt hatten – im Doppel –, hatten wir volles Verständnis. Als ich nun sah, wie Xavier Lumbaki Brogus betrachtete, das Kinn auf eine Hand gestützt, süffisant grinsend, wusste ich, dass Xavier, auch wenn er wahrscheinlich nach dem Ablauf seines Stipendiums mit Frau und Tochter nach Paris zurückkehrte, bestimmte amüsante kulturelle Eigenheiten der amerikanischen Gesellschaft schmerzlich vermissen würde. Brogus wäre wahrscheinlich eine davon.

Direkt hinter Xavier saß Kwanzi Authentica Parker, ausgestattet mit einem turmartigen, vielfarbigen afrikanischen Kopfschmuck und dazu passendem Gewand. In ihr schien es zu brodeln, sie starrte Brogus finster an, als er sich über Helden der amerikanischen Geschichte wie George Washington und Richard Nixon ausließ und die Werte, die das Land zur »größten Nation auf diesem Planeten« gemacht hatten. Kwanzis Ehemann, der Brite Roger Pym-Smithers, saß neben ihr, das schlaffe rötliche Gesicht zu einem diabolischen Grinsen verzogen, und hielt sich immer wieder eine Hand vor den Mund, um seiner Frau etwas zuzuflüstern. Seit sie 1980 nach Arden gekommen war, hatte Kwanzi Kurse in »Black Consciousness« gegeben, schwer definierbare allgemeine Seminare mit ständig sich verändernden Literaturlisten, in denen Werke der Soziologie und Geschichte neben polemischen Traktaten, Selbsthilfebüchern, Gedichtbänden und Romanen aufgeführt waren. Letztlich lief es immer auf informelle Gespräche hinaus, in denen die schwarzen Studenten ihre ganze Frustration über rassistische Benachteiligung, ihre Ängste und Strategien der Selbstrechtfertigung loswerden konnten, unter der mitfühlenden Anleitung ihrer hingebungsvollen Professorin. Kwanzi wurde von ihren Studierenden verehrt. Und sie selbst, die nie Kinder gehabt hatte, entwickelte eine mütterliche Zuneigung für ihre Schützlinge, die sie immer wieder um Rat fragten, »als wäre ich eine Mami mit zwanzig Zitzen«, wie Kwanzi lachend erklärte.

Bei Dekan Shamberg war Kwanzi nicht so beliebt. Sie

klagte darüber, dass er sie nicht ernstnahm. Seit zwanzig Jahren war Kwanzi eine Doktorandin. Was hieß, dass sie alle Kurse erfolgreich abgeschlossen hatte, die sie berechtigten, die Doktorwürde der Craven University im Bereich Black Studies zu bekommen, aber dazu war es bisher nicht gekommen, weil sie ihre zweihundertseitige Dissertation nicht beendet hatte. In den frühen 1970ern war Kwanzi nach London gezogen, weil sie glaubte, dort mehr Inspiration für ihr Schreiben zu bekommen. Nach acht Jahren war sie zurückgekehrt mit einem englischen Ehemann im Schlepptau, aber ohne Dissertation. Kwanzi hatte ihr Thema immer wieder geändert und eine ganze Reihe anderer umfangreicher Projekte unvollendet gelassen – mehrere Biografien, Artikel für akademische Zeitschriften, ein Buch über afrikanische Geister, den unvermeidlichen Roman – und bis heute kein einziges Wort veröffentlicht. Ich war auf Partys gewesen, wo Kwanzi den ganzen Abend lang von Dingen sprach, über die sie gerne schreiben wollte. Tatsächlich aber hasste sie das Schreiben.

»Du musst entweder scheißen oder vom Topf steigen«, hatte ich Shamberg mal über Langzeit-Doktoranden sagen hören. Er tolerierte Lehrkräfte wie mich oder Brogus, die nie einen akademischen Titel errungen hatten, aber eine Karriere vorweisen konnten in dem, was er den »zivilen Sektor« nannte. Aber er schien Leute zu verachten, die sich zwar für eine Doktorarbeit angemeldet hatten, dann aber die Arbeit an ihrer Dissertation jahrelang, manchmal sogar jahrzehntelang hinauszögerten. Kwanzi hatte immer schon den Verdacht gehegt, dass Shamberg sie loswerden wollte. Sie hatte auch ihre Theorien, warum er sich nicht traute, ihr zu kündigen: Weil sie sechs Jahre länger an der Uni war als der Dekan selbst; weil sie eine der wenigen schwarzen Frauen war, die hier als Dozentinnen tätig waren; weil ihr Ehemann Roger Pym-Smithers, der zusammen mit ihr von London nach Ohio umgesiedelt war, ein angesehener ordentlicher Professor für Geschichte war; weil es Kwanzi gewesen war, die Shamberg dazu überredet hatte, ein Afrikamerika-Institut einzurichten; und außerdem wusste Dekan Jerry sehr gut – auch wenn er auf Kwanzi herabsah –, dass Multikulturalismus eines der angesagtesten und spannendsten akademischen Forschungsfelder der Gegenwart war.

Während des ersten Semesters des Afrikamerika-Pilotprojekts 1990 hatten Kwanzi Authentica Parker und Jerry Shamberg in gegenseitigem Misstrauen kooperiert. Jerry schien es zu gefallen, einen solchen Fachbereich an seiner Uni zu haben, aber er wollte nicht, dass Kwanzi ihn leitete. Als nicht ernannte, aber provisorische Leiterin der Abteilung hatte Kwanzi sich als fahrige und inkompetente Organisatorin erwiesen. Was ihren Stolz nicht minderte. Das Projekt war ihre Idee gewesen, und sie glaubte, sie hätte alles im Griff. Im April 1991 erklärte Shamberg dann, er wolle Reginald T. Brogus engagieren, damit dieser alle Themen, die ihm in den Sinn kamen, im Rahmen des Fachbereichs lehren konnte. Gerüchten zufolge war es deswegen zwischen Kwanzi und Jerry zu einem heftigen verbalen Schlagabtausch gekommen. Kwanzi war der Ansicht, sie sollte entscheiden, wer in diesem Fachbereich lehren durfte und wer nicht. Shamberg erinnerte sie daran, dass er ihr Chef war. Woraufhin Kwanzi mit Kündigung drohte. Worauf Shamberg ihr sagte, dies könne sie gerne tun. Kwanzi, die glaubte, Shambergs eigentliches Motiv für die Einstellung von Brogus sei, ihre Kündigung zu provozieren, blieb in Arden und biss die Zähne zusammen. Aber mit wem sie auch sprach, sie ließ kein gutes Haar an Shamberg und an Brogus.

Nun saß sie in der zweiten Reihe und hörte Brogus' Antrittsvorlesung zu, kniff die Augen zusammen, rümpfte die Nase und verzog den Mund, als wäre der Mann, der da auf dem Podium sprach, ein riesiger, hässlicher, stinkender Scheißhaufen. Währenddessen flüsterte Roger, der Reggies Auftritt kopfschüttelnd zuhörte, wutentbrannt Kwanzi etwas ins Ohr. Brogus schien inzwischen die Mehrheit der Zuhörer auf seine Seite gezogen zu haben, schwarze ebenso wie weiße. Vielleicht fanden die Studierenden, die in der Reagan-Bush-Ära politisch sozialisiert worden waren, die geldverherrlichende Rhetorik von Brogus ja ansprechend. Sogar T-Bird Williams schien von dem Thema dieses Vortrags gebannt zu sein. Aber dann begann Brogus mit seiner Tirade über die »Sklavenmentalität« und man spürte förmlich, wie die Zuhörer zusammenzuckten.

»Ich bin Patriot«, sagte Brogus und spuckte das P seiner Selbstbeschreibung offensiv in das kabellose Mikro, das er sich dicht vor den Mund hielt. »Und deshalb kämpfe ich für die Abschaffung der Sklavenmentalität. Ich will Ihnen mal etwas vorlesen ...«

Brogus eilte zu dem Tisch vor der Tafel. Als er das Mikrofon ablegte, hallte das krachende Geräusch durch den Saal. Mit dem Rücken zum Publikum beugte Reggie sich über die Tischplatte, und man konnte sehr deutlich hören, wie er in seiner mit Büchern und Papieren vollgestopften Tasche herumkramte. Alle Blicke waren auf seinen breiten Hintern gerichtet, um den sich der Seersucker-Stoff spannte. Reggie verharrte nur kurz in dieser Position, in der er dem Publikum seine enormen Pobacken präsentierte, aber diese zwei Sekunden genügten, um zu bemerken, dass der Stoff in der Mitte weiter unten an der Naht fast zum Zerreißen gespannt war und ein Stück seiner feuerroten Unterhose durchschimmerte, was einem genug Zeit ließ, den Anblick des nach vorn gebeugten Reggie – klammheimlich natürlich nur – ziemlich lustig zu finden, als ...

»PPPPPFFFFFGGGHHHLACHTPPPPFFFFFLLLLL ...«

Das nachgemachte Furzgeräusch, das ich eher in der Unterstufe einer Highschool erwartet hätte als im Auditorium einer Universität, war so überraschend, so unglaublich grob und unreif und doch so gut platziert, während Brogus seinen riesigen Hintern zur Schau stellte, so realistisch und gleichzeitig grotesk überzogen und laut, dass es im ganzen Saal widerhallte, woraufhin sogar die älteren, reiferen Studierenden und einige Dozenten – Xavier Lumbaki und ich, um genau zu sein – in Gelächter ausbrachen. Eine Gruppe von ungefähr acht Studenten gackerte hysterisch, kreischte und klatschte in die Hände. T-Bird Williams, der zwischen ihnen saß, sprang auf und verbeugte sich.

Der Vortragende war nicht amüsiert. Er wirbelte seinen Hintern herum, als das Gelächter losbrach. Schon stand er am Rand des Podiums, deutete auf T-Bird und brüllte in sein Mikrofon: »Lach du nur weiter so, du Sklave! Denn genau das bist du! Nichts als ein Sklave!«

»Und du bist nichts weiter als ein hässlicher, fetter Drecksack!«, schrie T-Bird.

Während ein guter Teil des Publikums, vor allem Schwarze, lachte und johlte und T-Bird beipflichtete, wurde er von einem größeren Teil der Studenten, vor allem Weißen, heftig ausgebuht. Aber Reggie, der nun in sein Mikro brüllte, übertönte sie alle.

»Du *glaubst* vielleicht nicht, dass du ein Sklave bist, weil du nicht mehr auf dem Feld arbeitest. Du führst ein lässiges Leben hier auf dem College, wo du herumhängen kannst, ohne auch nur ein Buch zu lesen, und den Clown spielst, während die Hälfte deiner Studiengebühren von hart arbeitenden amerikanischen Steuerzahlern subventioniert wird! Du glaubst, weil du keine Eisenketten mehr um den Hals trägst – so wie Kunta Kinte in *Roots* –, bist du kein Sklave mehr. Dafür bist du dir zu schade! Aber die meisten Sklaven hatten es gut, weißt du. Es gab nicht nur Peitschen und Ketten wie in *Roots*. Lies mal die *Slave Narratives*. Vielen von denen hat das Leben auf den Plantagen gefallen! Und sie brachten ihren Herren Zuneigung entgegen. Denkt nur an Tom Jefferson und Sally Hemings. Nicht die Sklaven haben den Bürgerkrieg begonnen. Sie wollten nicht, dass ihre Sklaverei beendet wird, so wie du nicht willst, dass deine Sklaverei beendet wird. Sie wollten die Bürde des weißen Mannes nicht übernehmen. Weil Sklaven es leichter hatten!«

»DAS REICHT JETZT!«, schrie Kwanzi Authentica Parker und sprang von ihrem Platz in der zweiten Reihe auf. Sie war völlig fertig mit den Nerven und gestikulierte wild, als sie Brogus anbrüllte. »Hast du den Verstand verloren, Reggie Brogus? Wie kannst du behaupten, Sklaven hätten es leicht gehabt? Bist du völlig verrückt? Willst du die vierhundert Jahre währenden Gräueltaten der Sklaverei verharmlosen und verdrehen? Was du da behauptest, ist völlig ahistorisch!«

»Lies einfach die *Slave Narratives*«, sagte er ruhig.

»ICH *HABE* DIE *SLAVE NARRATIVES* GELESEN!«

»Dann weißt du ja, was ich meine«, entgegnete Brogus selbstgefällig.

»Ich weiß nicht, wovon zum Teufel du da redest, weil *du* nicht weißt, wovon du da redest!« Kwanzi hielt inne, als die schwarzen Studenten ihr applaudierten. Als sie weitersprach, klang es wieder gefasster, aber noch immer gequält. »Was haben sie mit dir gemacht, Reggie?«

»Niemand hat irgendwas mit mir gemacht, Sister«, sagte Reggie mit fester Stimme, während seine Lippen das Mikrofon streiften. »Ich habe etwas erkannt.«

»Du hast den Schwarzen in unserem Land mal etwas bedeutet.«

»Ich habe etwas verstanden.«

»Wie haben sie dich dazu gebracht, uns zu verraten?« Ihre Stimme klang ernst, aber Kwanzi war sich sehr wohl bewusst, dass das Publikum sie anschaute. Kwanzi war, wie immer, voll dabei, sie nutzte alle theatralischen Möglichkeiten, war gleichermaßen melodramatisch wie ernsthaft. »Wie haben sie es geschafft, dich umzudrehen?«

»Ich bin mir immer treu geblieben«, sagte Brogus einfältig.

»Na schön, aber ich habe jedenfalls fürs Erste genug von

deinen Lügen«, sagte Kwanzi lauter und schriller. Sie wandte ihr Gesicht den Anwesenden zu. »Ich möchte alle denkenden Menschen hier, egal ob schwarz oder weiß, bitten, mir jetzt zu folgen und diese Veranstaltung zu verlassen. Zeigen wir diesem Mann, diesem Scharlatan, dass wir null Toleranz haben für rassistische Äußerungen auf diesem Campus!«

Jetzt sprang Roger Pym-Smithers auf, stellte sich demonstrativ neben seine Frau und klatschte in die Hände. »Hört, hört!«, rief er aus. »Gut gesprochen! Sehr gut gesprochen!«

»Ganz genau, verdammt!«, schrie T-Bird Williams. Er führte seine Entourage schon die Treppenstufen hinauf und aus dem Saal.

Es folgte ein chaotisches Durcheinander von Buhrufen, Pfiffen, Jubel und Applaus. Die Hälfte der Anwesenden war nun aufgesprungen, aber es war unmöglich zu unterscheiden, wer gehen wollte und wer nur aufgesprungen war, um zu protestieren. Ich sah die Spitze von Kwanzis hochgesteckter Frisur, die über der Menge majestätisch hin und her schwankte, während sie die Treppe Richtung Ausgang hinaufschritt.

»Rassismus?«, schrie Reggie Brogus in sein Mikrofon. Er stand ganz vorn am Rand des Podiums, mit beiden Beinen fest auf dem Boden, und sah so störrisch und unbeweglich aus wie ein Mammutbaum. »WER ist hier rassistisch? WER ist kleingeistig und verweigert sich neuen Ideen? Alle hier im Saal, die ihren Verstand abgeben wollen, die ihre Sklavenmentalität behalten wollen, können gern dieser Lady dort nach draußen folgen! Aber alle, die an die Freiheit des Wortes glauben, an den freien Ausdruck von Gedanken und an den Ruhm der amerikanischen Demokratie, bleibt hier bei mir!«

Und jetzt erhob sich ein vielstimmiger Chor: »REG-GIE! – REG-GIE! – REG-GIE! – REG-GIE! – REG-GIE!«

Ich schaute Jerry Shamberg an, als die Leute in Gruppen das Auditorium verließen, während andere dastanden und klatschten und die Übrigen – wie Art und Matilda Davenport und Xavier Lumbaki – völlig perplex, aber gebannt sitzen blieben. Dekan Jerry reckte den Hals, drehte den Kopf mal hierhin, mal dahin, versuchte alles im Blick zu behalten und lächelte hintergründig. Am Ende des Exodus war es Brogus gelungen, ungefähr die Hälfte des Publikums zum Bleiben zu bewegen. Von denen, die blieben, waren zwei Drittel weiß und ein Drittel schwarz. Als die Menge sich beruhigt hatte, setzte Shamberg sich wieder. Er warf mir einen seiner schrägen Blicke zu und meinte: »Interessant, hm?«

Auf dem Podium sprach Reggie Brogus, ganz Profi, ruhig und gelassen ins Mikrofon: »Wo war ich stehengeblieben?«

Und die Menge brach in eine erneute Beifallsbekundung aus. Ich warf einen Blick auf den Platz drei Reihen vor mir, wo eben noch das Mädchen mit den feuerroten Haaren und dem durchdringenden Blick gesessen hatte. Aber sie war verschwunden.

8

Tausende Lichtpunkte flimmerten vor dem Eingang des Mathematikgebäudes. Die Nacht war kalt, aber windstill. Als ich hinter dem Gebäude einparkte, war das flaue Gefühl in meinem Magen schon zur Routine geworden. Als ich aus dem Volvo stieg, schaute ich mich nach dem Lincoln um. Die schwarze Limousine war mir von zu Hause bis zum Eingang des Campus gefolgt, dann aber abgebogen und weggefahren, als ich den Uniparkplatz erreichte. Vielleicht waren sie mir ja gar nicht gefolgt.

Die Geräusche einer Menschenansammlung waren zu hören, die Klänge einer verstärkten Gitarre. Hastig lief ich am Seiteneingang vorbei, durch den ich mit Brogus ins Gebäude getreten war, und stieß beinahe mit Pops Mulwray zusammen, der gerade herauskam. Pops wirkte abgelenkt und unkonzentriert, leicht verwirrt, als er in seiner grünen Hausmeisterjacke mit passender Baseballkappe durch die Tür trat. Er zuckte zusammen und schrie erschrocken auf, als wir beinahe zusammenstießen. Er riss den Kopf hoch und ich sah die Angst in seinen Augen.

»Entschuldige, Pops«, sagte ich und tätschelte ihm ermutigend die Schulter. »Ich hätte dich beinahe umgestoßen. Ich weiß auch nicht, warum ich so renne.«

Pops lächelte schwach. Das Weiße in seinen Augen war gelb. Er murmelte etwas Unverständliches und strich mit der Hand über den Ärmel meines Parkas. Dann drehte er sich schwerfällig um und schloss die Tür ab.

»War ein langer Tag, was, Pops?«

Er nickte. »Oh, ja.« Seine Stimme klang kraftlos.

»Ruh dich mal aus, hörst du?«

»Vielen Dank, junger Mann.« Jedenfalls bildete ich mir ein, dass er das sagte. Ich schüttelte seine knorrige Hand, dann schlurfte er Richtung Parkplatz, und ich setzte meinen Weg fort zum Ort der Totenwache.

Für jemanden, der im Leben eine Einzelgängerin gewesen war, hatte Jennifer Esther Wolfshiem jetzt, nach ihrem Tod, plötzlich sehr viele Freunde. Die jungen Studenten mit ihren Milchgesichtern wiegten sich sanft zur Musik, hielten weiße und gelbe Kerzen in den Händen, manche hatten sich an den Händen gefasst und sangen schief mit. Vor dem Mathegebäude war eine provisorische Bühne errichtet worden. Darauf stand ein dünner Kerl in schäbigen Klamotten, dem die Haarsträhnen ins Gesicht fielen. Er schrammelte auf seiner Gitarre und trällerte ein Lied ins Mikrofon:

Oh, I seen fire and I seen rain,
I seen sunny days that I thought would never end,
I seen lonely times when I could not find a friend,
But always thought that I'd see you, baby,
one more time again ...

»Fire and Rain«? Ein Lied von James Taylor? Im Gedenken an Seeräuber-Jenny? Hatte denn keiner der Anwesenden sie wirklich gekannt? Wusste keiner, dass sie sich eher einen Brecht-Weill-Song für ihre Trauerfeier gewünscht hätte? Oder vielleicht »Fuck Tha Police« von Niggaz With Attitude, das sie zu Recht als eins der bedeutendsten politischen Stücke der letzten Jahre bezeichnet hatte? Und wer war eigentlich dieser Trottel mit der Gitarre? Hatte er Jenny jemals kennengelernt?

Eine junge Frau mit violetten Rattenschwänzchen, die lautlos den Text mitsang, reichte mir eine Kerze und zündete den Docht mit der Flamme ihrer eigenen an. Hinter dem Sänger bemerkte ich ein hohes metallisches Gestell, bestehend aus zwei Pfosten und einer Querstange, an der hoch oben ein zusammengerollter Teppich oder eine Art Leinwand befestigt war. Als der Typ mit der Wandergitarre das Ende des Lieds nölte, begann eine junge Frau an einem der Pfosten herumzufummeln. Schließlich entrollte sich ein riesiges Stück Stoff, und darauf war das Gesicht von Seeräuber-Jenny zu sehen, in Schwarzweiß, zwei Stockwerke hoch.

Verleugnung, sagte meine Frau immer, ist die stärkste Kraft im menschlichen Bewusstsein. »Jeder von uns muss, um den Alltag bewältigen zu können, die Tatsache leugnen, dass wir alle sterben werden. Wenn du diese mächtige Tatsache nicht verleugnen kannst, wirst du verrückt und/oder du stirbst wahrscheinlich auf der Stelle. Das, was dich zum Weitermachen befähigt, die grundlegende psychische Kraft, die dich tagtäglich leise flüsternd begleitet, ist das ständige Leugnen der Unvermeidbarkeit des Todes – die nur noch schlimmer wird wegen seiner Unvorhersehbarkeit. Hat man das erst mal geschafft, fallen alle anderen Verleugnungen leicht.«

Ich war mir nicht sicher, ob ich Penelope da zustimmen konnte, und wir hatten schon öfter angeregt darüber debattiert, aber als ich jetzt diese riesige Leinwand mit Seeräuber-Jennys Konterfei vor mir sah, erkannte ich das wahre Ausmaß meines eigenen Verleugnens – seit dem Moment, als ich mich weigerte zu akzeptieren, dass es Seeräuber-Jenny gewesen war auf dem Sofa in Reggies Büro, und mir einredete, ich hätte mir das nur eingebildet. Inzwischen war ich bereit, jede Beziehung zu ihr zu leugnen. Und als ich dieser lächerlichen Zeitungsstory heute nachgegangen war, hatte ich in meiner Erinnerung und meiner Vorstellung Jennys Menschlichkeit verleugnet. Ich hatte sie als Objekt betrachtet und als Person ausgeblendet. Ich schrieb einen Artikel über das, was die Leute fühlten angesichts dessen, was ihr zugestoßen war, um zu vermeiden, einen Artikel über sie selbst zu schreiben. Und diese Verweigerung hatte es mir unmöglich gemacht, Mitleid zu empfinden. Ich hatte nur mich selbst bemitleidet, mir über die Situation, in die ich hineingeraten war, den Kopf zerbrochen. Aber ich hatte keine Gefühle für Jennifer zugelassen. Weil ich es nicht ertragen konnte. Weil ich nicht ertragen konnte, mir vorzustellen, wie es für sie gewesen war, auf diese Weise zu sterben.

* * *

Sie müssen verstehen, dass diese Jenny-Sache (ich weigere mich, es eine Affäre zu nennen) am Rande meines Lebens passiert ist. Ich habe dem keine große Bedeutung beigemessen. Möchten Sie wissen, was mich im September und Oktober 1991 wirklich beschäftigte? Also, zuerst einmal bekamen Ashley und Amber die Windpocken. Sie konnten jeweils zwei Wochen lang nicht zur Schule gehen – eine Woche überlappte sich ihre Krankenzeit – und waren gleichzeitig fröhlich und unglücklich, so wie das halt ist bei Kindern, wenn sie für begrenzte Zeit eine nicht sehr schlimme Krankheit ertragen müssen. Gleichzeitig hatte Penelope Probleme mit ein paar jungen Krypto-Rassisten in McGrath, Ohio, die sie für einen Diversity-Workshop in ihrer High-Tech-Firma engagiert hatten. Sie war auch der Meinung, dass Mrs. Henderson sich zu sehr in die Erziehung unserer Töchter einmischte (wobei ich für jeden Rat in dieser Hinsicht dankbar war). Außerdem machte Pen sich Sorgen darüber, dass sie nicht genug Zeit hatte, um an ihrem Handbuch zur Diversität zu arbeiten, das ihrer Ansicht nach locker die Collegegebühren für unsere Töchter finanzieren könnte – wenn sie es erst mal nur beenden und veröffentlichen könnte.

Und ich erging mich in meinen Misserfolgen, riss immer wieder die alten Wunden auf, suhlte mich in vergangenen Fehlern und grübelte darüber nach, ob sie vermeidbar gewesen wären. Fragte mich, wie ich sie wiedergutmachen könnte. Vielleicht sollte ich eine seriöse Biografie über eine seriöse Persönlichkeit verfassen. Ich überlegte, ein Drehbuch zu schreiben, womit ein Autor, wie alle wussten, reich werden konnte. Ich fragte mich, welche Kurse ich im Afrikamerika-Institut geben könnte und wie viel mehr Geld ich dafür von Dekan Jerry Shamberg verlangen sollte. Ich machte mir Sorgen darüber, dass ich immer seltener mit meiner Frau Geschlechtsverkehr hatte. Eines Morgens hatte Penelope mich tatsächlich wegen meines deutlich gewachsenen Bauchansatzes ausgelacht, als ich aus der Dusche trat. Darüber hinaus, das muss ich zugeben, geriet ich während dieser Wochen im September und Oktober 1991 immer mehr in den Bann von Reginald T. Brogus. Ich war dreiunddreißig Jahre alt und fragte mich, eher analytisch als bedauernd, ob ich meine Blütezeit schon hinter mir hatte.

Das waren die Probleme, mit denen ich mich in der Mitte meines Lebens herumschlug, nicht die Treffen mit dieser schräg aussehenden Rothaarigen, die mich während Reggies Antrittsvorlesung so frech angestarrt hatte und zwei Tage später in meinem Büro im Fachbereich für Anglistik aufkreuzte.

* * *

»Sie kennen Seeräuber-Jenny nicht? Die Seeräuber-Jenny aus der Dreigroschenoper von Bertolt Brecht und Kurt Weill? Jenny ist diese unbedeutende kleine Frau, die in Lumpen gekleidet ist und den Abwasch und die Betten macht in dieser billigen Absteige in einem kleinen Ort am Meer. Die Männer dort, also die Gäste, behandeln sie wie den letzten Dreck. Sie trinken, machen sich über sie lustig und werfen ihr gelegentlich einen Penny Trinkgeld hin. Dann, eines Abends, hören die Männer in der Kneipe lautes Geschrei am Hafen. Sie bekommen es mit der Angst zu tun. Nur Jenny steht hinter dem Tresen, wäscht die Gläser ab und lächelt. Und keiner weiß warum.«

Sie nahm einen tiefen Zug von ihrer Nelkenzigarette, stieß den Rauch genüsslich wieder aus, und die Luft in meinem unaufgeräumten Büro füllte sich mit diesem würzigen Aroma, das in der Nase kitzelte. Ich hatte ihr den Stuhl auf der anderen Seite meines Schreibtischs angeboten, aber sie wollte lieber auf dem Sofa sitzen. Ich schob ein paar kleinere Stapel Bücher und Papiere beiseite, damit sie genug Platz hatte. Sie war ganz anders als die Studenten, die ich sonst in Arden kennengelernt hatte. Zuerst einmal trug sie ein winziges schwarzes Kleid, das die durchschnittliche junge Frau in Arden vielleicht am Wochenende anzog, um irgendwelche Clubs in New York zu besuchen, aber niemals unter der Woche auf dem Campus. Und dann ihre ganze Art. Sie war direkt, selbstsicher, altklug. Keine andere Studentin und kein anderer Student der unteren Semester, die je in mein Büro gekommen waren, um sich vorzustellen oder eine Arbeit zu diskutieren, hatte mich jemals mit so wenig Hochachtung behandelt, sondern wie auf Augenhöhe. Und keiner hatte mit einem derart sinnlichen und rätselhaften Akzent gesprochen. Ich vermutete, dass sie aus Europa stammte, konnte aber keine genauere Nationalität feststellen. Schließlich tat sie etwas, das ich mir bei keiner anderen Studentin auch nur hätte vorstellen können, jedenfalls nicht bei einem Termin im Büro eines Professors: Sie bat mich um einen Aschenbecher. Ich hatte keinen, reichte ihr einen Styroporbecher mit Kaffeeflecken, und sie zündete sich ihre Nelkenzigarette an.

»Ein Schiff mit acht Segeln und fünfzig Kanonen an Bord ist im Hafen eingetroffen. Die Piraten verwüsten den Ort, brennen alle Häuser nieder, bis auf das kleine Haus mit der Absteige. Und die Einheimischen fragen sich: Wohnt denn eine bedeutende Person in diesem Haus? Und da kommt Jenny heraus, die arme kleine Dienstmagd, über die sie sich alle lustig gemacht haben. Und die Leute sind völlig perplex:

Das kann *sie* doch nicht sein! Und das Schiff mit den acht Segeln und den fünfzig Kanonen an Bord hisst seine Flagge und die Piraten treiben die Bewohner zusammen und führen sie gefesselt vor Jenny, die Piratenkönigin. Und fragen sie: Welchen sollen wir töten? Alle werden ganz still, als sie auf die Antwort von Seeräuber-Jenny warten, die darüber entscheidet, wer umgebracht werden soll.«

Sie nahm einen weiteren Zug von ihrer Nelkenzigarette und fixierte mich mit ihrem schiefen, entblößten Blick.

»Und Seeräuber-Jenny sagt: Alle!«

Sie hob unvermittelt die Hand und ließ sie herabfallen wie ein Schwert, das einen Kopf abhackt und sang: *»Und wenn dann der Kopf fällt, sag ich: Hoppla!«*

Sie brach in ein zügelloses, kehliges Lachen aus. Und konnte nicht mehr aufhören, hielt nur inne, um kurz an ihrer Zigarette zu ziehen, und lachte weiter, während sie mich unentwegt aus ihren grünen Picasso-Augen anstarrte. Und da dachte ich bei mir, dass diese junge Frau womöglich verrückt war. Und geriet noch mehr in ihren Bann.

Eins will ich klar sagen: Was mein Sexualleben betrifft, gab es immer nur zwei Kategorien von Frauen: erstens Penelope und zweitens alle anderen. Wenn jemand mich fragte, was denn »mein Typ« sei, antwortete ich stets: »Penelope«. Sie war der Standard, an dem alle anderen Frauen sich messen lassen mussten. Aussehen, Intelligenz, Leidenschaft, was auch immer: Jede Frau, der ich ab dem Alter von zwölf Jahren begegnet war, wurde daran gemessen, wie sehr und inwiefern sie sich von Penelope unterschied. Wenn es darum ging, was ich liebte, dann war Penelope die einzige und einzigartige Verkörperung davon. Während der Jahre, die ich darauf wartete, dass Pen wieder in den Osten zurückkommen würde, damit wir unseren geheimen, unausgesprochenen Heiratspakt besiegeln konnten – also während der ersten Hälfte meiner Zwanziger –, traf ich mich mit allen möglichen »Typen« von Frauen. Darunter waren auch einige besonders intensive Begegnungen mit solchen, die das absolute Gegenteil von Penelope waren, wie Marcy zum Beispiel, die mir nach unserer Trennung noch Briefe schrieb: exotische Neurotikerinnen, magersüchtige Schizophrene; künstlerisch, flachbrüstig, unzuverlässig, blass. In dieser Hinsicht war die junge Frau in meinem Büro für mich ein Rückschritt.

Sie erzählte mir, sie sei Schriftstellerin. Kein »ich möchte gern« oder »ich versuche mich daran«, sondern ganz schlicht: »Ich bin Schriftstellerin.« Sie sagte, sie sei an meinem »Creative Non-Fiction«-Kurs interessiert, wüsste aber nicht, was das überhaupt sein solle. Ich sagte, das wüsste ich auch nicht. Sie sagte, sie schriebe ständig. Vielleicht passte das, was sie schrieb, ja in diese Kategorie. Ich fragte sie, worüber sie denn so schriebe.

»Über mich selbst natürlich.«

Sie zog einen Stapel Blätter aus ihrem Rucksack und reichte sie mir. Ich las den mit Laserdrucker geschriebenen Titel laut vor.

»›Empfindungen an einem trägen und bittersüßen Dienstagnachmittag‹ von Seeräuber-Jenny. Ich nehme an, das sind Sie.«

»Das ist mein *Nom de plume.*«

»Wie sind Sie denn darauf gekommen?«

»Soll das heißen, Sie kennen sie nicht?«

Das war der Moment, wo sie den Inhalt des Lieds zusammenfasste und anschließend nicht mehr aufhören konnte, wie eine Irre zu lachen. Und ich war, warum auch immer, wahrscheinlich völlig grundlos, hingerissen.

»Sie identifizieren sich also mit dieser Figur der Seeräuber-Jenny«, legte ich nahe.

»Igitt!«, rief sie aus. »Sich mit einer Figur identifizieren! Was soll das denn bedeuten? Das klingt wie dieses Lamento von Leuten hier, wenn sie über Bücher oder Filme oder Theaterstücke sprechen: ›Ich mochte die Figuren nicht.‹ Was für ein lächerlicher Ausspruch. Typisch amerikanisch. Was soll das überhaupt heißen? Wer mag denn Mackie Messer? Niemand natürlich! Kein Mensch mag Iago oder Lady Macbeth oder Stanley Kowalski. Das sind keine netten Menschen! Keine Vorbilder! Das sind Monster, verzerrte Abbilder des Menschlichen. Gerade das macht sie ja so scheißinteressant. Trotzdem reden die Leute so: ›Ich mochte die Figuren nicht‹ oder ›Ich konnte mich mit den Charakteren nicht anfreunden‹. Tun so, als wäre das eine intelligente Art der Analyse. Das ist rein subjektives Gefasel. Und dann tun sie auch noch so, als sei der Künstler daran schuld, dass sie die Figuren nicht mögen, und nicht ihre fehlende Empathie, also ihr eigener Fehler. Kritiker im Fernsehen, Studenten in Seminaren, Rezensenten in Zeitungen gehen mit ihrer Gefühllosigkeit hausieren und bilden sich sogar noch was darauf ein: ›MIR SIND DIESE FIGUREN EGAL!‹ So, wie ihnen der Bettler am Straßenrand egal ist und sie ihn erfrieren lassen. Oder so, wie ihnen die Frauen und Kinder im Irak egal sind – deren Erdöl aber nicht –, also warum nicht ein paar Hunderttausend von ihnen abschlachten? Wen interessiert das schon? Wen interessieren sie schon? Die Menschen hier in diesem Land sind sehr geizig mit ihrem Mitgefühl! Ich vermute, um mit jemandem Mitgefühl zu haben, muss man sich mit ihm *identifizieren*. Also nein, ich würde nicht sagen, dass ich Seeräuber-Jenny mag oder mich mit ihr identifiziere. Das ist nicht der Punkt.«

»Aber Sie haben ihren Namen als Pseudonym gewählt. Es muss also irgendeine Bedeutung für Sie haben.«

Sie pustete eine Wolke beißenden Rauchs in die Luft und drückte ihre Nelkenzigarette auf dem Boden des Styroporbechers aus. »Es sei denn, es hat keine Bedeutung.«

Ihr richtiger Name, jedenfalls der auf ihrer Geburtsurkunde, war Esther Wolfshiem. Ihr Vater, ein westdeutscher Diplomat, hatte ihn ausgesucht. Aber ihre Mutter, eine Amerikanerin, von der ich annahm, dass sie deutlich jünger war als Herr Wolfshiem, bestand darauf, ihrem Kind einen »normaler klingenden« Namen zu geben. Deshalb nannte Frau Wolfshiem ihre Tochter Jennifer. Die Familie war viel in der Welt herumgekommen: Berlin, Peking, New York, Neu-Delhi, Paris und Panama, Genf und Johannesburg. Jennifer Esther hatte ihr Abitur in Brüssel gemacht. Nach einem Jahr an der Georgetown University war sie nach Arden gewechselt. Sie sagte, sie hätte es in Washington, D.C. nicht ausgehalten. Und fügte hinzu, dass ihr Vater noch immer dort lebte.

»Und wo ist Ihre Mutter?«, fragte ich.

»In der Hölle«, sagte Seeräuber-Jenny. »Wenn man katholisch ist – was sie immer behauptet hat –, kommt man da hin, wenn man Selbstmord begeht.«

Ich war verblüfft angesichts dieser unverblümten Enthüllung. Jenny nahm sich eine weitere Nelkenzigarette.

»Das tut mir leid«, sagte ich.

»Tat es mir auch mal.« Und hier zeigte sich zum ersten Mal, wie jung sie doch war. Die zur Schau gestellte Kaltschnäuzigkeit, das gezwungene »Ich bin darüber hinweg«, der abgebrühte Tonfall, die einstudierte Lässigkeit, mit der sie nun ihre Zigarette anzündete, brachten das verletzliche junge Mädchen zum Vorschein. Sie erinnerte mich an eine Freundin am College, eine hochtalentierte Schönheit, die eine Rockband namens »Shatterproof People« gegründet hatte. Von wegen bruchsicher. Esme stammte aus grauenhaften familiären Verhältnissen, musste sich selbst und den anderen ständig beweisen, dass sie nicht darunter litt, dass die emotionale Belastung nicht über ihre Kräfte ging, dass sie unzerbrechlich war. Natürlich zerbrach sie irgendwann doch. Und setzte die Scherben wieder zusammen, und zerbrach später ein weiteres Mal. Jetzt weiß sie, dass es keine bruchsicheren Menschen gibt. Im September des Jahres 1991 tat Seeräuber-Jenny noch so, als wäre sie unzerstörbar. Aber der Tod ihrer Mutter war ganz offensichtlich eine offene Wunde.

Ich sagte ihr, ich müsse jetzt in mein Seminar (was stimmte), dass ich aber sehr gerne ihre Kurzgeschichte lesen würde (was gelogen war). Sie sagte, ihr Stundenplan würde verhindern, dass sie eins meiner Seminare belegte. Aber sie fragte, ob ich nicht trotzdem ihr Tutor sein könnte – alle neuen Studierenden an der Arden University waren verpflichtet, einen zu haben. Bislang hatte mich noch nie jemand darum gebeten. Ich willigte ein. Die Regeln besagten, dass wir uns dafür jede Woche mindestens eine halbe Stunde lang treffen mussten. Meine Bürozeiten für Studenten lagen alle am Nachmittag. Sie sagte, sie könne nur abends. Ich willigte ein. Sie schlug mittwochs um 19 Uhr vor. Ich willigte ein. Obwohl ich wusste, dass Penelope mir deswegen die Hölle heiß machen würde. Es war mir egal.

Wir gaben uns die Hand und verabschiedeten uns bis kommende Woche.

»Ich hoffe, die Geschichte gefällt Ihnen«, sagte Jenny. »Sie haben mich dazu inspiriert.«

»Empfindungen an einem trägen und bittersüßen Dienstagnachmittag« war – das stellte ich spätabends fest, als ich den Text in meinem häuslichen Arbeitszimmer las, nachdem Pen und die Zwillinge schlafen gegangen waren – eine über fünf Seiten ausgebreitete Szene mit einem Mann und einer Frau, die nackt und ganz offensichtlich postkoital auf einem Bett lagen. Es war großartig geschrieben und strotzte vor opulenten Details, war voller schwülstiger Beschreibungen von Schweiß auf Haut und Laken, von Staubteilchen im Sonnenlicht, das schräg durch die Jalousie fällt, von Geruch nach Sex, Straßengeräuschen vor dem Fenster und einer schwarzen Katze in einer Zimmerecke, die alles beobachtet. Es war ein herzergreifendes Stück Literatur. Richtig gut geschrieben. Auch wenn manches noch ungelenk und roh wirkte, war klar: Sie hatte Talent.

Die Geschichte war in der ersten Person Singular geschrieben. Die Erzählerin nannte sich selbst Seeräuber-Jenny. Der nackte, dunkelhäutige Mann, der neben ihr schlief und von dem sie schrieb, er hätte sie »zutiefst beglückt«, hieß Clay.

* * *

Wie gesagt, diese ganze Sache mit Seeräuber-Jenny geschah am Rande dessen, was ich als mein eigentliches Leben ansah. Trotzdem freute ich mich jedes Mal auf den Termin im Büro am Mittwochabend. Mittwochs um 19 Uhr waren die Räumlichkeiten des Anglistik-Instituts völlig verlassen – bis auf mich und Jenny. Bei jedem Termin, es war ja September, brach die Dunkelheit etwas früher herein und unsere Zusammenkünfte fühlten sich mehr und mehr intim, ja verboten an. Nicht das »etwas« – wie man euphemistisch sagt – »passiert« wäre. Eigentlich wäre es meine Aufgabe gewesen, ihr beim Entwurf eines Studienplans zu helfen, ihre Karriere zu planen. Stattdessen saßen wir da und unterhielten uns über Literatur, Musik, Kino, sprachen über Künstler, die wir interessant fanden oder die verschiedenen Länder, in denen sie gelebt hatte. Ich hatte ihre »Empfindungen« sehr knapp und sehr trocken kommentiert. Auf die Tatsache, dass der männliche Protagonist meinen Namen trug, ging ich nicht ein, aber ich erklärte ihr, dass das Verb »beglücken« in diesem Zusammenhang sehr altmodisch wirkt.

»Oh, das finde ich aber gar nicht!«, widersprach sie.

Keiner von uns brachte das Gespräch auf ihre Mutter, und ich erwähnte meine Familie nur sehr selten. Jenny sprach oft von ihrem Vater, aber ich erinnere mich mehr an ihren Tonfall, in dem Zuneigung und Verachtung gleichermaßen mitschwangen, als an irgendwelche Einzelheiten, die sie über ihn erzählte. Jenny saß immer auf dem Sofa, ich hingegen blieb auf meinem Stuhl hinter dem Schreibtisch. Jeden Mittwoch war die Luft in meinem Büro geschwängert vom Rauch der Nelkenzigaretten und einer pheromonalen Feuchtigkeit sexueller Anziehung.

Im Rückblick frage ich mich, ob ich mich einer Prüfung unterziehen wollte, um herauszufinden, wie lange ich dieses Stadium des Flirtens aushielt, ohne einen Schritt weiterzugehen. Ich hatte mal irgendwo gelesen, dass Mahatma Gandhi sich, um seinen Geist zu reinigen und seinen Willen zu stärken, mit attraktiven nackten Frauen ins Bett legte und sich verbot, sie zu berühren und der Versuchung nachzugeben. Nun, ich hatte bestimmt nicht vor, mich dem Gandhi-Test zu unterziehen. Aber ich glaube, diese frühabendlichen Sitzungen mit Jenny entwickelten sich nach und nach zu einem Wettkampf zwischen meinem Geist, soll heißen meinem Gewissen, und meinem Körper, soll heißen meinem Schwanz. Einige Wochen lang war ich Gandhi so ähnlich, wie ich nur konnte.

* * *

»Jen war eine der nettesten Personen, die ich je getroffen habe«, sagte Brittney Applefield, während die Rückkopplung ihre zwitschernde Stimme verzerrte. Sie musste auf Zehenspitzen stehen, um ins Mikro zu sprechen, und wurde von den für die Nachtwache angezündeten Kerzen beleuchtet. »Ich weiß nicht, wie ich es sonst sagen soll. Sie war einfach unglaublich nett.«

Das vergrößerte Schwarzweißfoto auf der Leinwand hinter Brittney stammte aus Jennys Jahrbuch der Internationalen Schule. Wie immer waren vor allem ihre Augen beunruhigend. Das Foto wirkte in seiner Aufrichtigkeit geradezu unbehaglich: kein Lächeln, kein dienstbeflissener Ernst, kein hoffnungsvoller Blick in die Zukunft. Nur dieser dreiste, abschätzige, entwaffnende Gesichtsausdruck, dieser schamlos neugierige Blick. Neben dem rechteckigen Foto stand in schwarzen Blockbuchstaben auf weißem Untergrund der Slogan: STOPPT DIE GEWALT!

»Jen wollte Schriftstellerin werden«, sagte Brittney.

»Wenn sie weitergelebt hätte, denke ich, hätte sie versucht, ihren Traum zu verwirklichen.«

Brittney hielt inne. Die versammelte Menge verstand endlich und fing an zu applaudieren. Brittney setzte ihr Disney-Hamsterlächeln auf und stieg von der Bühne. Sunshine Radisson ging zum Mikrofon. Sie trug keine Jacke, nur ein graues, ärmelloses T-Shirt, schwarze Jeans und schwarze Lederstiefel. Ihr kurzgeschorener bleicher Schädel wurde nur von einem dünnen Haarflaum überzogen. Sunshine meldete sich bei jeder Zusammenkunft auf dem Campus zu Wort, grimmig und schroff. »Es wird Zeit, dass wir aufstehen, Leute!«, rief sie aus. »Es wird Zeit, dass wir unsere Stimme erheben gegen die Gewalt, die Frauen auf diesem Campus angetan wird!«

Die Menge johlte. Ich weiß nicht, in welcher Beziehung Jenny zu Brittney Applefield stand. Vielleicht kannte Brittney sie besser, als es mir jemals möglich gewesen wäre. Vermutlich aber hatte Jennifer sich auf Brittneys Suchanzeige für eine Mitbewohnerin gemeldet und die beiden kannten sich nur als höfliche Nachbarinnen, die sich ab und zu im Flur oder auf dem Weg zur Toilette oder zur Tür begegnet waren. Ich habe keine Ahnung, ob Jenny Sunshine Radisson jemals begegnet ist. Ich weiß aber, dass sie sich von allen Campusveranstaltungen fernhielt. Und ich bin mir absolut sicher, dass Jenny sich niemals als Opfer gesehen hat. Aber sie war zu einem geworden. Wurde ich dadurch zum Täter?

* * *

»Haben Sie das mal gelesen? Hab ich aus der Bibliothek. In den letzten vierzehn Jahren hat niemand es ausgeliehen!« Mittwochabend Ende September, Jenny saß in meinem Büro auf dem Sofa, zog das schmale, zerlesene Bändchen aus ihrem schwarzen Rucksack und hielt es demonstrativ hoch. »Dieser Typ war mal brillant!«

Der junge Reggie Brogus auf dem Cover zielte mit der Pistole direkt auf mich, die gezackten Buchstaben über seinem Kopf verkündeten: *LIVE BLACK OR DIE!*

»Ein Artefakt aus einem längst vergessenen Zeitalter«, sagte ich.

»Es ist als Kampfschrift gedacht«, sagte Jenny aufgeregt. »Aber es ist eher ein improvisierter Monolog. Liest sich wie ein Vorläufer des Rap, nur dass es sich nicht reimt.«

»Es dürfte Ihnen aufgefallen sein, dass Reggie seine Tonart in letzter Zeit geändert hat.«

»Natürlich – ich hab Sie bei seiner Antrittsvorlesung gesehen. Kennen Sie ihn persönlich?«

»Wir haben gestern erst zu Mittag gegessen.«

»Wirklich? Meinen Sie, Sie könnten vielleicht mal ein Treffen zwischen uns dreien arrangieren?«

Das traf mich unvorbereitet. »Wieso gehen Sie nicht einfach in seine Sprechstunde?«

»Hab ich versucht. Aber die Warteliste ist endlos lang.«

»Verdammt. Reggie.«

»Diese ganze Blackness-Sache. Für jemanden wie mich ist das sehr faszinierend, wissen Sie.«

Das Thema Hautfarbe hatten wir auch vorher schon mal angeschnitten. Bei einem unserer früheren Treffen hatte Jenny behauptet, in der Hauptstadt der Vereinigten Staaten sei die Segregation schlimmer als in Johannesburg. »In Washington leben achtzig Prozent Schwarze. Fast alle Weißen leben in einem Quadranten des Stadtgebiets – dem wohlhabendsten –, während fast alle Schwarzen im übrigen Dreiviertel wohnen. Sogar in Johannesburg ist die Integration weiter fortgeschritten!«

Sie war verwundert über die »soziale Apartheid«, wie sie es nannte, die sie auf dem Campus von Arden beobachtet hatte. »Alle scheinen damit zufrieden zu sein. Die schwarzen Studenten schauen mit völliger Verachtung auf die weißen herab. Die weißen Studenten imitieren die schwarzen die ganze Zeit, übernehmen ihre Klamotten, ihre Sprechweise – obwohl sie Angst vor ihnen haben. Das mit der Mode ist wirklich witzig. Irgendwie wirkt ein Schwarzer mit rasiertem Schädel sehr attraktiv, während ein weißer Mann mit rasiertem Schädel wie ein Verbrecher aussieht, der seine Familie mit der Axt umgebracht hat.«

Jenny hatte gelegentlich das Sitzordnungstabu in der Cafeteria gebrochen, indem sie sich einer Gruppe von vier schwarzen Studentinnen angeschlossen hatte, die dort regelmäßig zusammen aßen. Ich kannte zwei von den Mädchen: Euphrasia und Tamika. Sie hatten an meinem Journalismusseminar teilgenommen und waren ausgezeichnete Studentinnen: intelligent, energisch, immer beschäftigt. Ich hatte beiden die Bestnote gegeben. Sie und die beiden anderen Angehörigen ihrer Gruppe, Yolanda und Shereena, schlossen Jenny nicht direkt aus. Sie akzeptierten sie an ihrem Tisch, weil sie, wie Jenny glaubte, im Gegensatz zu den weißen amerikanischen Jugendlichen offensichtlich keine Angst vor ihnen hatte. Aber sie ließen sie spüren, anhand von zahllosen kleinen Gemeinheiten, wie sie in Cliquen vorkommen, dass sie sie niemals wirklich in ihren Kreis aufnehmen würden. Ich hatte Jenny geraten, sie solle sich über derartige Ausschlusstaktiken nicht wundern oder gar verletzt fühlen. Diese vier Mädchen seien aufgrund von Erfahrungen, die sie in diesem Land gemacht hatten, auf eine Weise verbunden, die Jenny niemals nachvollziehen könne.

»Aber Sie, Professor Robinette, Sie sind doch nicht etwa ein Separatist, oder?«

»Nein, ich bin Realist. Und ich nehme nur die amerikanische Wirklichkeit zur Kenntnis.«

»Diesen Brogus hier«, sagte Jenny und schaute auf sein Debüt, drehte es um und musterte es, als sei es ein seltenes Exemplar Mondgestein, »würde ich gerne mal kennenlernen und mit ihm über seine Ideen diskutieren.«

»Ich kann Ihnen jetzt schon sagen, dass er garantiert

alles verleugnen wird, was er in diesem Buch geschrieben hat.«

»Sie wollen also kein Treffen mit ihm arrangieren?«

»Ich überleg's mir. Woran arbeiten Sie gerade?«

»An einer Reportage: ›Leben in einem Schwarzenghetto‹.«

»Welches Schwarzenghetto?«

»Impediment, Ohio. Kennen Sie die Stadt? Ist nur eine Stunde von hier entfernt. Ich bin dort schon zweimal gewesen, um zu recherchieren.«

»Ganz allein?«

»Nein, ich hatte einen Führer. Er kommt von dort. Als wir das erste Mal hingingen, sagte er mir, er würde mir *›pimps and ho's‹* zeigen. Ich dachte, damit meinte er Gartengeräte. Stellte mir vor, dass alle Gangster dort Hacken mit sich herumtragen, als neuartige Waffen oder so. Aber dann konnte ich einige Zuhälter und Huren interviewen. Beim zweiten Mal bin ich in ein Crack-Haus gegangen!«

»Im Ernst?«

»Ja, klar.«

»Ihr Führer hat Sie dort hingebracht?«

»Ja.«

»Und was für ein Führer ist das?«

»T-Bird Williams.«

»T-Bird!«

»Kennen Sie ihn?«

»Ja, allerdings.« Und ohne nachzudenken und bevor ich meine Gefühle verbergen konnte, platzte ich heraus: »Treffen Sie sich etwa mit ihm?«

Jenny schaute durch mich hindurch, nahm einen Zug von ihrer Nelkenzigarette und stieß den Rauch aus. »*Treffen*?«

»Sie wissen, was ich meine.«

»Ich habe ihn mehrmals *getroffen*.« Jenny musterte mich von oben bis unten. Ich wurde verlegen. »Sind Sie etwa eifersüchtig?«

»Nein«, sagte ich barsch und schaute auf meine Uhr. »Die halbe Stunde ist fast vorbei.« Normalerweise saßen wir dreißig Minuten länger als die von der Studienordnung vorgeschriebene Zeit zusammen. »Macht es Ihnen was aus, wenn wir unser Treffen heute etwas abkürzen? Eins meiner Mädchen hat die Windpocken. Ich muss mich um meine Familie kümmern.«

»In Ordnung, Professor.« Seeräuber-Jenny schenkte mir einen ultralasziven, sehr anzüglichen Blick, eine schlechte, aber sehr wirkungsvolle Imitation von Lauren Bacall in *Haben und Nichthaben.* »Ich werd's keinem sagen.«

»Was denn?«

Jenny packte ihren Rucksack zusammen und ging ohne ein weiteres Wort.

* * *

Obwohl am darauffolgenden Mittwoch meine beiden Töchter Windpocken hatten und Penelope einen wichtigen Geschäftstermin abgesagt hatte, um den ganzen Tag zu Hause bei den Zwillingen zu sein, wollte ich nicht auf meine wöchentliche Zusammenkunft mit Seeräuber-Jenny in meinem Büro an der Uni verzichten. Um 19:10 Uhr war sie immer noch nicht erschienen. Das Telefon klingelte. Jenny war dran und fragte, ob es mir was ausmachen würde, unser heutiges Gespräch bei ihr zu Hause zu führen. Sie erwartete einen wichtigen Anruf ihres Vaters, der gerade in Südafrika war, und wollte ihn nicht verpassen. Ich schlug vor, das heutige Treffen ausfallen zu lassen.

»Wenn Sie das wirklich möchten«, sagte Jenny zurückhaltend. »Aber meine Mitbewohnerin ist heute Abend nicht da. Ich bin allein. Wir hätten die Wohnung ganz für uns.«

»Wie lautet die Adresse?«, fragte ich.

Als ich in dem blauen Volvo zur Wohnung von Seeräuber-Jenny fuhr, schwankte ich zwischen Verleugnung (sie will keinen Sex mit mir haben; dies ist nur der harmlose Hausbesuch eines Tutors) und Angst (was ist, wenn sie wirklich Sex mit mir haben will, und ich kriege keinen hoch, wie damals bei dieser peinlichen Sache mit Jasmine vor zweieinhalb Jahren?).

Jenny hielt eine Kerze in der Hand, als sie die Tür öffnete. Sie trug nur einen chinesischen Morgenrock. »Ich glaube, mir ist eine Sicherung durchgebrannt. Sie wissen nicht zufällig, wie man das wieder hinkriegen kann, oder?«

»Keine Ahnung.«

»Gehen wir in mein Zimmer. Ich möchte Ihnen was zeigen.«

Ich folgte ihr durch den Flur und spürte den Holzfußboden unter den Sohlen meiner Rockport-Stiefel. Ein leicht feuchter Parfümduft hing in der Luft, als hätte Jenny gerade ein Kräuterbad genommen. Wir betraten ihr von Kerzen erleuchtetes Zimmer. Kaum hatte sie die Tür geschlossen, fielen wir auch schon übereinander her, brach sich die sexuelle Spannung der letzten Wochen Bahn, und wir rissen uns in einem unbeherrschbaren, wilden Wahn die Kleider vom Leib. In wenigen Sekunden waren wir nackt und fielen auf den kahlen Futon auf dem knarrenden Fußboden. Der Sex war wie Hobbes' Beschreibung des Lebens der Seeleute: ekelhaft, tierisch und kurz. Außerdem verschwitzt, stöhnend und schnell. Unbändig, befreiend, unkontrollierbar. Ich würde mir nie anmaßen zu behaupten, dass ich es *wüsste*, aber meine Vermutung ist, dass ihr Orgasmus genauso explosiv war wie meiner. Danach fielen wir erschöpft auf ihre orientalische Matratze.

Wir sprachen nicht viel. Jennifer bot mir einen Schluck Wasser aus einer Designerflasche an. Sie zündete sich eine Nelkenzigarette an. Wir kuschelten. Ich weiß nicht, woran sie dachte. Aber ich kann Ihnen sagen, woran ich dachte: an mein Alibi. Ich konnte unmöglich später als erwartet nach Hause kommen und nach Möse riechen. Penelope würde den verräterischen Geruch nicht gleich bemerken, wenn ich durch die Tür kam, aber spätestens im Bett. Es sei denn, ich unternahm etwas dagegen. Meine Idee war, nachdem ich Jennys Wohnung verlassen hatte, ins Fitnesscenter der Uni zu gehen und dort zehn Minuten auf dem Stairmaster zu trainieren. Anschließend würde ich duschen und nach Hause fahren. Auf diese Weise hätte ich eine perfekte Entschuldigung für meine Verspätung, über die Penelope sich nicht beklagen konnte, weil sie ja selbst der Meinung war, ich sollte trainieren, um meinen peinlichen Bauchansatz wegzukriegen. Und ich würde nicht mehr verräterisch nach Möse riechen. Darüber dachte ich nach, während ich Seeräuber-Jennys rissige Zimmerdecke anstarrte und sie ihre Nelkenzigarette zu Ende rauchte. Dann vögelten wir noch mal. Vielleicht nur, um herauszufinden, ob es beim zweiten Mal immer noch so eruptiv sein würde. War es. Kurz nachdem wir erschöpft auf die Matratze gesunken waren, sagte ich, ich müsse los.

Wieder komplett angezogen verabschiedete ich mich an der Haustür von Jenny mit einem unbeholfenen, feuchten Kuss. Ich fragte mich, ob sie wohl dachte, dass dies der Anfang von etwas wäre. Ich hatte bereits entschieden, dass es das Ende von etwas war. Wir hatten unseren Gefühlen freien Lauf gelassen, unsere Neugier befriedigt. Nun kam der schwierige Teil. Ob Jenny das verstand oder nicht, wir mussten uns davon verabschieden. Auf die eine oder andere Weise musste ich mich aus dieser Situation herauswinden. Nennen Sie mich ein Arschloch, wenn sie wollen. Zu meiner Verteidigung fällt mir nur ein: Ich bin auch bloß ein Mann.

Als ich aus Jennys Haus auf den Gehweg trat, bemerkte ich auf der anderen Straßenseite eine Gestalt in einer glänzenden braunen Trainingsjacke. Es dauerte einen Moment, bis ich erkannte, wer dort zu mir herüberstarrte, gegen den Laternenpfahl gelehnt, die rote Basecap verkehrt herum auf dem Kopf, die Arme verschränkt. T-Bird schaute zu, wie ich die Wagentür aufschloss und einstieg. Als ich ausparkte, fragte ich mich, ob er Jenny fragen würde, was ich in ihrer Wohnung gewollt hatte, ob er an dem noch feuchten Futon schnüffeln und sie ein bisschen verprügeln würde. Vielleicht kreuzte er anschließend bei mir auf, mit einer Pistole in der Hand und nervösem Finger am Abzug.

Ich parkte auf der Zufahrt zum Fitnesscenter. Als ich ausstieg, merkte ich, wie angespannt ich war. Ich rechnete mit einem Hinterhalt. Aber T-Bird war nirgends zu sehen. Ich ging ins Gym, schloss meinen Spind auf, zog mein Cornell Intramural Track & Field T-Shirt, meine Shorts und meine New Balance Laufschuhe an und trainierte zehn Minuten auf dem Stairmaster, gerade lang genug, um ordentlich nach Schweiß zu stinken. Nachdem ich geduscht und mich wieder angezogen hatte, machte ich mich auf eine Begegnung mit T-Bird gefasst. Nein, dachte ich, natürlich wird er mich nicht einfach so abknallen. Zuerst würde er mir auflauern und mir Angst machen. Ich würde einfach von Mann zu Mann mit ihm reden müssen. Ihm erklären, dass ich gar kein Interesse hatte, ihm die Frau auszuspannen. Ich musste schließlich an meine Familie denken. Jenny bedeutete mir gar nichts. Weniger als eine ›Ho‹. Na ja, *das* würde ich wohl nicht sagen. Aber als ich das Gym verließ, war T-Bird nirgends zu sehen. Ich startete den Volvo, fuhr nach Hause, frisch geduscht und fest davon überzeugt, dass meine Frau, die genug mit unseren kranken Zwillingen zu tun hatte, nicht ahnen konnte, was ich an diesem Abend getan hatte.

Ich bemerkte die schimmernde braune Jacke wieder, als ich in unsere Einfahrt bog. T-Bird stand direkt gegenüber, gegen die Motorhaube eines Nissan Z gelehnt. Nachdem ich ausgestiegen war, schaute ich demonstrativ zu ihm hinüber und überlegte, ob ich rübergehen und mit ihm reden sollte. Aber dann entschied ich mich dagegen. Ich ließ ihn stehen, ging ins Haus, schloss die Tür und zog die Vorhänge zu. Keine Ahnung, wie lange T-Bird Williams da draußen noch herumstand, aber er hatte seine Botschaft an den Mann gebracht: Ich weiß, wo du wohnst.

* * *

Sunshine Radisson war zur Moderatorin der Totenwache geworden und stellte nach und nach weitere Studentinnen vor, die schilderten, wie sie bei einem Date vergewaltigt worden waren. Vielleicht war das mehr oder weniger das, was auch Jenny zugestoßen war. Vielleicht war der Sex mit T-Bird ein bisschen zu heftig geworden. Trotzdem fragte ich mich, was diese Aneinanderreihung von Bekenntnissen mit der spezifischen schmerzhaften Existenz von Jennifer Esther Wolfshiem zu tun hatte. Was offenbar sonst niemandem in den Sinn kam. Sie hatten Jennifers schreckliche Tragödie in eine Geschichte über *sich selbst* verwandelt. Aber andererseits hatte ich das, auf meine Art, auch getan.

Nachdem sie dem letzten Vergewaltigungsopfer Beifall gespendet hatten, weil sie ihr Erlebnis mit anderen geteilt hatte, stimmte Sunshine das Lied an, das ich als kleiner Junge mit meinen Eltern auf Demonstrationen gesungen hatte, dieses Lied, das, wo auch immer seine Ursprünge lagen, einen heroischen Augenblick in der Geschichte *unserer* Community symbolisierte. Und ich fragte mich, was es für diese Jugendlichen mit den rosigen Gesichtern mit ihren flackernden Kerzen wohl bedeutete. Hatte es in diesem Februar des Jahres 1992 für sie einen besonderen zeitgenössischen Symbolwert bekommen? Oder dachten sie bloß, es sei so ein Lied, das man bei einer Demo halt singt, egal, worum es ging? Ich war die einzige schwarze Person in der Menge und ich bewegte meine Lippen, aber ich konnte einfach nicht einstimmen, als die Menge aus vollem Herzen ausgerechnet »We shall overcome« anstimmte.

* * *

Ich würde Ihnen gerne erzählen, dass ich von Schuldgefühlen geplagt wurde am Tag, nach dem ich Sex mit Seeräuber-Jenny hatte, dass ich mir schwere Vorwürfe machte wegen meines feigen und hässlichen Ehebruchs. Aber das war nicht der Fall. Die Entfremdung von Penelope und den Zwillingen ging schleichend vonstatten, beinahe unmerklich, geschah nach und nach. Das Wochenende nach meinem Stelldichein mit Jenny spürte ich keine Befangenheit oder Verlegenheit meiner Familie gegenüber. Meine Aufmerksamkeit galt vielmehr T-Bird und der Frage, ob er mich verfolgte. Aber ich hatte ihn nicht mehr bemerkt, seit er mir Mittwochabend vor meinem Haus aufgelauert hatte. Ich ging davon aus, dass ich bis zu unserem nächsten offiziellen Treffen am darauffolgenden Mittwoch nichts von Jenny hören würde. Für diesen Anlass hatte ich mir vorgenommen, ihr höflich und zurückhaltend zu erklären, dass wir uns nicht mehr sehen konnten. Während des ganzen Wochenendes ging ich ständig meine Anmerkungen und Erklärungen im Kopf durch. Und während der ganzen Zeit erging ich mich in einer Art perverser Selbstgefälligkeit. Ja, wirklich. Ich hatte meine Frau betrogen, aber nur an diesem einen Abend. Und diesmal war ich kein Mr. Schlappschwanz gewesen! Ich hatte die Sache zu Ende gebracht. Also gab es keinen Grund, meine Männlichkeit einem erneuten Test zu unterwerfen. Ich wollte nicht riskieren, mit T-Bird aneinanderzugeraten. Also würde ich freundlich und ganz erwachsen diese Sache mit Seeräuber-Jenny beenden.

Oder vielleicht doch nicht? Immerhin waren wir mit einem verbotenen Fick davongekommen. Warum sollte es nicht noch mal funktionieren? Vielleicht hatte sich T-Bird, entmutigt, weil ich in der Hierarchie über ihm stand, schon aus Jennys Leben verabschiedet. Warum sollten wir mit diesem verbotenen Treiben aufhören? Seeräuber-Jenny versprach noch viel Spaß!

An diesem ersten Wochenende im Oktober des Jahres 1991 entschied ich, dass ich mir in Bezug auf Jenny alle Möglichkeiten offenlassen wollte. Aber dann schaltete Penelope am Sonntagabend das Radio ein.

* * *

Clarence Thomas war ein Typ nach Reggie Brogus' Geschmack. Ein ehemals linker, schwarzer Konservativer. Mit zweiundvierzig noch recht jung. Gut ausgebildet an der Yale Law School. Hatte sich bewiesen als Vorsitzender der Regierungskommission für Gleichstellung im Arbeitsleben der Reagan-Administration. Im Juli 1991 nominierte George Bush ihn als Nachfolger von Thurgood Marshall, der nach vierundzwanzig Jahren seinen Posten als erster schwarzer Richter im U.S. Supreme Court abgab. Marshall war eine bedeutende historische Persönlichkeit, er war zur Speerspitze der Bürgerrechtsbewegung geworden, als er 1954 als Anwalt des Klägers im Fall »Brown v. Board of Education« diesen bahnbrechenden Prozess zur Abschaffung der Rassentrennung vor dem Obersten Gericht gewann – jener Institution, der er später vorstehen würde. Meine Frau und ich gehörten zu der Mehrheit der Afroamerikaner, die empört darüber waren, dass ein relativ unerfahrener, rechtskonservativer Schwarzer wie Clarence Thomas, der sich gegen die Förderung von Minderheiten, Sozialleistungen, das Recht auf Abtreibung und andere Errungenschaften der vorherigen Generation aussprach, nun den Platz einnehmen sollte, den ein so bedeutender Mann wie Thurgood Marshall innegehabt hatte. Reginald T. Brogus wiederum nannte Clarence Thomas einen Neuen Abolitionisten.

Nach der Anhörung vor dem Rechtsausschuss des Senats schien nichts mehr der Ernennung von Thomas zum zweiten schwarzen Richter am Supreme Court entgegenzustehen. Aber am Sonntag, dem 6. Oktober 1991, tauchte der Name Anita Hill in den Abendnachrichten auf. Hill war eine ehemalige Kollegin von Thomas in der Gleichstellungskommission und hatte ihn gerade sexueller Übergriffe am Arbeitsplatz bezichtigt.

»Das überlebt er nicht!«, rief Penelope fröhlich.

Die Zwillinge waren bereits im Bett. Pen hockte im Schneidersitz vor dem Sofatisch, wo sie ihre Notizen für den Workshop zum Thema Diversität durchging, den sie am nächsten Tag geben würde. Ich lag ausgestreckt auf dem Sofa und las einen großartigen Roman von Don DeLillo. Pen hatte gerade das Radio eingeschaltet, das immer auf das National Public Radio eingestellt war, als die Anschuldigungen der Öffentlichkeit präsentiert wurden. Mit einem Mal war die Ernennung von Thomas gefährdet. Anita Hill würde vor dem Senatsausschuss erscheinen und ihre Anschuldigungen begründen. Und meine Frau sprang auf und vollführte einen kleinen Freudentanz angesichts der schlechten Nachrichten für Clarence Thomas. Ich musste sie bitten, sich zu beruhigen, weil sie sonst die Mädchen aufgeweckt hätte. Wie Penelope verabscheute auch ich Clarence Thomas zutiefst. Aber ich wollte, dass der Senat ihm den Sitz am Obersten Gericht wegen seiner widerlichen Ansichten zu politischen und sozialen Themen verweigerte – und nicht, weil er sich möglicherweise einer Frau in seinem Büro unbeholfen genähert hatte. Falls das tatsächlich der Fall war.

Ich richtete mich auf. Pen hockte ganz dicht neben dem einen Stereolautsprecher und hörte dem Radiobericht zu. »Sie haben immer noch nicht gesagt, was Anita Hill ist«, sagte sie. »*Was* ist sie?«

Der Nachrichtenbeitrag ging zu Ende und der Sender fuhr mit seinem Jazzprogramm fort. »Falls wir es nicht verpasst haben«, sagte ich, »haben sie nicht erwähnt, ob sie schwarz oder weiß ist.«

Penelope saß immer noch gedankenversunken neben dem Lautsprecher. Schließlich sagte sie: »Wenn sie schwarz ist, dann hat Onkel Thomas noch eine Chance. Wenn sie weiß ist ... dann ist er erledigt.«

Nun gab es keinen Zweifel mehr, was ich in Bezug auf Seeräuber-Jenny zu tun hatte.

* * *

»Du hast Angst«, sagte sie. »Das spüre ich.«

»Ja«, sagte ich. »Ich gebe zu, dass ich Angst habe, meine Frau und meine Kinder zu verletzen.«

»Sei nicht so puritanisch. So beschissen amerikanisch. Ich will dich ja nicht heiraten! Ich will nur mit dir schlafen. Auf möglichst freudvolle Art. Wieso kannst du das nicht als Entspannungsübung betrachten? Niemand in Europa würde wegen so was – wie sagt man bei euch? – fassungslos sein.«

»Wir sind hier in Ohio, Jenny.«

Meine für den Mittwochabendtermin einstudierte Rede zum Thema »Wir müssen das Ganze beenden« hatte nicht die beabsichtigte Wirkung. Jenny schien mich sehr gern zu haben. Und ich mochte sie auch sehr. Aber dennoch.

»Wenn ich schwarz wäre, hättest du nicht so viel Angst, jede Wette.« Sie fixierte mich mit ihrem asymmetrischen Hypnoseblick. Ich spürte, wie ich unter den grünen Laserstrahlen zusammenschmolz. »Du bist genau wie T-Bird. Er will mich vögeln, aber er hat Angst davor, sich mit mir bei Tageslicht in der Öffentlichkeit zu zeigen.«

»Bei mir ist es genau das Gegenteil, Jenny. Mir macht es nichts aus, mich mit dir in der Öffentlichkeit zu zeigen. Solange wir als Prof und Studentin auftreten. Aber ich will dich nicht vögeln. Aus den Gründen, die ich dir bereits erläutert habe.«

»Feigling.« Tränen schimmerten in ihren Augen.

»Und ich glaube nicht, dass wir dieses Tutorium fortsetzen sollten.«

»Ich werde dich niemals *melden*, verstehst du. Ich werde dich nicht *melden*.«

»Ich weiß überhaupt nicht, wovon du sprichst.«

»Kannst du bitte mit mir sprechen wie mit einem menschlichen Wesen?« Sie konnte sich nur mit Mühe beherrschen. Ich wusste nicht, was ich sagen sollte.

Ich schwieg.

Jenny stand auf und verließ das Zimmer. Die Tür ließ sie offen stehen. Ich dachte, ich würde sie nie mehr wiedersehen.

* * *

»Man sagt, die Kinder sollten ihre Eltern beerdigen ... nicht die Eltern ihre Kinder ... Das ist der Grund, warum ich in diesem schrecklichen Zustand emotionalen Aufruhrs zu Ihnen spreche.«

Nach der letzten Strophe von »We Shall Overcome« sagte Sunshine Radisson, sie wolle den Abend nun abschließen mit einer Tonaufnahme, die »Jen Wolfsons« Vater am Nachmittag auf ihrem – Sunshines – Anrufbeantworter hinterlassen hatte. Die Stimme klang erschreckend alt, müde und knochentrocken. Gelegentlich schien er nach den passenden englischen Worten zu suchen.

»Esther und ich ... haben ... ihre Mutter ... erst vor Kurzem ... verloren. Und das war, wie Sie sich denken können ... sehr traurig.«

Das leise Aufschluchzen des Mannes hallte durch die kalte Nachtluft. Vielleicht hatte er kurz innegehalten, um einen Schluck Wasser zu trinken. Oder so ähnlich. Niemand in der Menge rührte sich. Die ganze kitschige Banalität dieser Nachtwache im Kerzenschein war plötzlich verschwunden angesichts der schmerzgepeinigten Stimme dieses alten Mannes.

»Und nun ... habe ich ... auch sie verloren ...«

Gebannt und zutiefst erschüttert horchten wir auf die nur vom Rauschen des Tonbandes erfüllten quälenden Pausen zwischen den Worten. Und vielleicht zum ersten Mal wurde mir wirklich bewusst, dass Seeräuber-Jenny jemandes Kind gewesen war.

»Meine ... liebste ... Esther ...«

Die Stimme des alten Mannes brach ab. Ein Klicken war zu hören. Dann das Echo des Freizeichens. Mir liefen Tränen über das Gesicht. Wer auch immer Jenny auf dem Gewissen hatte, ich verspürte das dringende Bedürfnis, ihn zu töten.

9

»Die Schlampe hätte mal besser den Mund gehalten!«, sagte Reggie Brogus stark nuschelnd, denn sein eigener Mund war in diesem Moment gefüllt mit Rindfleisch. »Ich sag dir, wie der wahre Deal ging: Damals in den Achtzigern wollte die Sister den Brother ganz für sich allein haben. Sie hatte es auf ihn abgesehen, aber er hat sie überhaupt nicht wahrgenommen. Und als er dann diese fette weiße Tussi heiratete anstatt der hübschen kleinen Anita, konnte die hübsche kleine Anita das nicht verkraften. Sie wollte sich rächen. Wenn sie den schwarzen Alphamann schon nicht für sich allein haben konnte, würde sie ihn in der Öffentlichkeit unmöglich machen. Siehst du das denn nicht? Das war bloß die Retourkutsche für seine Zurückweisung! Aber die Mächte des Guten – die in Amerika letztlich immer siegen – triumphierten über das Böse!«

Brogus vertilgte ein Steak von der Größe meines Fußes und servierte mir gleichzeitig seinen Kommentar zur Affäre Clarence Thomas/Anita Hill. Das war Mitte Oktober 1991 und Thomas war gerade als Richter im Obersten Gericht bestätigt worden, mit der knappsten Senatsmehrheit seit dem Bürgerkrieg. Ein paar Tage nach meinem Trennungsgespräch mit Seeräuber-Jenny waren Penelope und ich Teil der großen Anzahl amerikanischer Bürger, die sich ansahen, wie Anita Hill vor den vierzehn weißen Männern des Rechtsausschusses des Senats aussagte. Sensationslüstern schauten wir zu, wie Hill von den anzüglichen Sprüchen berichtete, die Thomas hinter ihrem Rücken von sich gegeben hatte: seine Tagträume über den Pornostar Long Dong Silver, sein Gerede von Schamhaaren, die an seiner Coladose klebten. Während Hill ihre Aussage machte, redete Penelope auf das Fernsehgerät ein, feuerte sie an: »Na los doch, Mädchen, jetzt komm endlich zum Punkt. Was hat er mit *dir* gemacht?«

Aber Anita hatte keine weiteren Anschuldigungen vorzubringen.

»Er hat die Schlampe nicht mal angefasst!«, rief Brogus aus und ein kleines Stück Sirloin-Steak flog aus seinem Mund. »Er hat ein paar Witze gemacht! Was ist schon dabei!«

Wir saßen in einer Nische im *Meat Locker*, einem Steakhouse aus Fachwerk und Ziegeln, das ein paar Meilen entfernt vom Campus am Highway lag. Es war das dritte Mal innerhalb von vier Wochen, dass ich mit Reggie Brogus dort zu Mittag aß – es fühlte sich fast schon wie ein Ritual an.

»Nun ja«, sagte ich und legte zwischen zwei Bissen von meinem Jumbo-Grillburger eine Pause ein, »Thomas war Gleichstellungsbeauftragter. In dieser Funktion sollte er eigentlich die Regeln in Bezug auf sexuelle Belästigung am Arbeitsplatz durchsetzen, nicht brechen.«

»Wir befinden uns im Krieg«, sagte Brogus, ohne auf meinen Einwurf einzugehen. »Darum geht es in dem Buch, das ich gerade schreibe. ›The New Abolition‹ handelt von diesem ideologischen Schlachtfeld. In unseren Herzen und Köpfen. Vom Krieg der Ideen. Die altbackene amerikanische Linke versuchte Clarence Thomas zu verhindern und ist gescheitert! Die Leute können ihn verhöhnen. Sie können ihm aus dem Weg gehen, seinen Namen in den Dreck ziehen, ihm ins Gesicht spucken. Aber mein Mann sitzt im Obersten Gericht der Vereinigten Staaten von Amerika bis an sein Lebensende! Nur ein einziger Negro sitzt in dieser Institution und erzählt den acht weißen Typen dort, die darüber entscheiden, was Recht und Gesetz ist in diesem Land, was man von den Schwarzen in diesem Land zu halten hat, und dieser Negro wird Clarence Thomas sein – für lange Zeit, so Gott will!«

Reginald T. Brogus war an einem Nachmittag im September unvermittelt in meinem Büro erschienen und hatte erklärt, wir hätten gemeinsame Freunde in New York (an deren Namen er sich allerdings nicht erinnern konnte), merkte an, Dekan Shamberg hätte in den höchsten Tönen von mir gesprochen, und lud mich zum Essen ein. Als ich an diesem windigen Nachmittag in Brogus' orangen BMW einstieg, hoffte ich, dass niemand von den anderen schwarzen Dozenten – vor allem nicht Kwanzi Authentica Parker – mich mit diesem Paria des Afrikamerika-Instituts sah. Ich war froh, dass er ein Restaurant außerhalb des Campus vorschlug, wo die Chancen, dass man uns zusammen sah, gering waren. Ich hätte es niemals gewagt, gegen die inoffizielle Ächtung von Brogus zu verstoßen und ihn zum Mittagessen eingeladen. Aber ich war immer noch viel zu beeindruckt von dem Antihelden meiner Jugend, um seine Einladung abzulehnen.

»Mit dir kann ich reden«, sagte Brogus, nachdem er mich gerade mal eine Viertelstunde kannte. »Ich stelle fest, dass du ein hochintelligenter junger Mann bist. Wenn ich Typen wie dich sehe, mache ich mir um die Zukunft der Schwarzen keine Sorgen.«

Auch wenn ich den aktuellen Reggie Brogus für einen rechtsradikalen Clown hielt, brachte ich ihm widerstrebend eine gewisse Achtung entgegen. Weil er ein viel aufregenderes Leben hinter sich hatte, als es mir jemals beschieden wäre. Er war ein Mann der Extreme. Jemand, der eingesteckt hatte. Jemand, der sich positioniert hatte. Während meiner Reporterlaufbahn war ich einer Handvoll Berühmtheiten vom Schlag eines Reggie Brogus begegnet, die so verstrahlt waren vom Glauben an ihre Einzigartigkeit und ihre schicksalhafte Bestimmung, dass man – selbst wenn man diese

Einschätzung nicht teilte – unweigerlich beeindruckt war von ihrem gigantischen Selbstvertrauen. Während unserer Mittagessen musste ich immer wieder dem Drang widerstehen, ihn zu interviewen, ihn mit Fragen zu bedrängen. Es war besser, ihn einfach reden zu lassen.

»Weißt du, Clarence hat etwas erkannt, was wir übrigen Negroes erst noch lernen müssen: Dass nur wenige von uns in jene höheren Regionen vordringen werden, nach denen wir streben sollten. Für die wir die richtige *Einstellung* haben sollten!«

Reggie nahm einen großen Schluck aus seinem eiskalten beschlagenen Bierkrug. Er hatte sich eine rot-weiß karierte Serviette in den Kragen gesteckt, um Hemd, Krawatte und Hosenträger vor Saucenspritzern zu schützen. Er stellte den Bierkrug ab und tupfte sich mit dem karierten Tuch die Lippen ab. Dann spießte er ein weiteres blutiges, saucentriefendes Stück Fleisch mit der Gabel auf, schob es in den Mund und redete kauend weiter.

»Stell dir mal vor, du bist für ein hohes Amt auf Lebenszeit vorgesehen, und dann will so eine beknackte Schlampe das verhindern, bloß weil du ihr ein paar schmutzige Witze erzählt hast. Eine erwachsene schwarze Frau. Eine Schlampe, die du nicht mal gevögelt hast! Die du nicht mal vögeln *wolltest*!«

Ich erinnerte mich an das, was Jenny bei unserem letzten Treffen gesagt hatte, in diesem fast schon verächtlichen Tonfall, in dem sie sich über meine kaum verhohlene Angst lustig gemacht hatte: »Ich würde dich niemals *melden.*«

»Sie hätte bloß ihren Mund halten müssen. Scheiße, Clarence wäre ihr womöglich dankbar gewesen und hätte ihr den Weg in irgendwelche eichenholzvertäfelten Räume eröffnet, wo er jetzt herumhängt, in diese abgeschotteten Enklaven, wo die wahre Macht zu Hause ist. Stattdessen versucht diese Tussi, seine Karriere zu ruinieren, indem sie irgendwelche alten Geschichten hervorkramt, um die Weißen damit zu erschrecken. Nur aus typisch weiblicher Eifersucht! Aber du siehst ja, wer jetzt in der Kammer des Obersten Gerichts sitzt und wessen Karriere total den Bach runtergegangen ist – Anitas nämlich. Es ist das passiert, wovor mich meine Mutter immer gewarnt hat: Wenn du in der Scheiße herumstocherst, fängt es an zu stinken!«

Reginald T. Brogus zitierte gern seine Mutter. Sie war Angestellte bei der Post gewesen – »einer der wenigen wirklich notwendigen staatlichen Jobs«, wie er gerne sagte – in Slackerton, Michigan. Reggies Vater – laut Aussage seines Sohns »ein typischer Taugenichts« – wurde drei Wochen vor Reggies Geburt im November 1942 bei einer Messerstecherei getötet. Bethel Brogus war eine taffe alleinerziehende Mutter, die schon mal den Gürtel zur Hilfe nahm, und offenbar die einzige Person, die er wirklich liebte. Sie war jetzt in Rente und lebte irgendwo im Süden, wo sie »Tabak kaut und Oprah Winfrey guckt«, wie er sie liebevoll beschrieb.

Brogus sprach viel über seine Kindheit und neigte dabei zu einer gewissen Ghettoromantik. »Ja, klar, wir lebten in der raueren Gegend des schwarzen Viertels, aber wir waren nie *arm*. Wir waren Arbeiterklasse. Verstehst du? Wir *arbeiteten*. Und alle Schwarzen um uns herum *arbeiteten* ebenfalls! Im Postamt, am Fließband, bei der Müllabfuhr. Die Leute arbeiteten, Mann. Sie hatten Ehre im Leib! Menschliche Würde! Also, ich will ja deine Familie nicht runtermachen, Clay, aber deine Eltern waren Akademiker, die gehörten nicht zur Arbeiterklasse. Sie hatten wichtige *Berufe*. Meine Mutter hatte bloß *Arbeit*!«

Stickball, Barbecues am 4. Juli, bescheidene Geschenke an Weihnachten: Brogus liebte es, sich in Kindheitserinnerungen zu ergehen. Und er schwärmte von den Zeiten, in denen wir nun lebten, und der sonnigen Zukunft der globalen Märkte und der technologischen Wunder. Er ging auf die fünfzig zu und sagte: »Es wird Zeit, Bilanz zu ziehen.« Aber er reagierte sehr zurückhaltend, wenn ich ihn auf die einzige Periode seines Lebens ansprach, die mich interessierte. Wie war aus dem fröhlichen, wohlerzogenen Arbeiterbengel aus Shackerton ein gewaltbereiter Aktivist geworden, und wie hatte er sich anschließend in diesen reaktionären Schurken verwandelt, der mir jetzt fleischkauend am Tisch gegenübersaß? Was war in der Zeit zwischen dem Stickball und dem Golfball passiert? Wie war ihm der Übergang gelungen von dem militanten Revoluzzer, der 1969 Molotowcocktails auf die New Yorker Börse geworfen hatte, zu dem Konservativen, der 1991 im Century Club an seinem Gin Tonic nippte? Ja, er hatte in seinem zweiten Buch *An American Salvation* darüber berichtet, aber die Texte in dieser Essaysammlung, die ich gelesen hatte, bevor ich das Buch quer durchs Zimmer in die Ecke warf, waren diesbezüglich merkwürdig unkonkret. Während *LIVE BLACK OR DIE!* in der Tat ein nihilistischer Proto-Rap gewesen war, stellte *An American Salvation* auch rhetorisch sein absolutes Gegenteil dar: ein endloser Sermon zum Lob konservativer Werte. Nur fehlte der Teil, der den emotionalen Prozess beschrieb, den der Autor während seiner politischen Wandlung durchgemacht hatte. Ich fragte mich, ob Brogus für sich selbst ein genauso großes Rätsel darstellte wie für mich.

Ab und zu machte er eine Anspielung bezüglich seiner revolutionären Vergangenheit, die mich aufhorchen ließ. »Also, ich sagte: ›Oigame, Fidel! Du nutzt all diese wunderbaren Strände überhaupt nicht! Du solltest die Kasinos wiedereröffnen! Havanna könnte das Las Vegas der Karibik werden. Aber du weigerst dich. Besiege die imperialistischen Dreckskerle auf ihrem eigenen Spielfeld! Du könntest der erste kapitalistisch-kommunistische Diktator werden!‹ Das war 1975. Hat er auf mich gehört? Nein, hat er nicht. Er lachte nur und paffte seine verdammte Zigarre.«

Die meiste Zeit aber ließ Brogus die Namen von TV- oder Radio-Moderatoren fallen, die er kannte, von Autoren und Kommentatoren, Politikern und PR-Experten, aktuellen oder früheren Diplomaten, wichtigen Personen aus dem Presse- oder Verlagswesen oder führenden Vertretern irgendwelcher Thinktanks: Angehörige des New Yorker und Washingtoner Medienklüngels. Reggie gehörte dazu und wollte, dass ich es wusste.

»Früher glaubte ich, wie viele andere Irregeleitete, dass die Macht aus den Gewehrläufen kommt. Aber heute weiß ich, dass sie durch die Linsen der TV-Kameras geht. Mit einem Auftritt in der Huck-Blossom-Show erreiche ich mehr Menschen als damals, als ich meine Knarre schwenkte und ›Killt die Weißen!‹ brüllte.«

Zu Beginn des 20. Jahrhunderts glaubte der große afroamerikanische Intellektuelle W. E. B. Du Bois, dass ein Talentiertes Zehntel der Schwarzen als Anführer, soziale Pioniere und Vorbilder für die übrigen dienen könnte. Jetzt, gegen Ende des Jahrhunderts, glaubte Reginald T. Brogus, dass Du Bois' Zahl viel zu hoch gegriffen war.

»Es handelt sich eher um die Talentierten *Zehn*!«, behauptete er. »Wenn man von echter Macht spricht, nicht von Erfolg im Sport oder im Unterhaltungsgeschäft – ich meine hier nicht die Macht eines Michael Jordan, sondern eines Vernon Jordan, nicht die Macht eines Michael Jackson, sondern eines Colin Powell –, dann sprechen wir von gerade mal zehn Schwarzen, die sie zu einem gegebenen Zeitpunkt haben. Clarence Thomas gehört jetzt zu dieser Elite.«

Reggie spießte das letzte knorpelige Fettstück auf, schob es in den Mund und spülte es mit seinem Bier hinunter. Die meisten Mittagsgäste im *Meat Locker* waren bereits gegangen. Reggie starrte mich mit seinen Froschaugen an und schwieg. Ich fing gerade an, nervös zu werden, als er sagte: »Glaubst du, du könntest einer von diesen Zehn sein?«

»Ich? Soll das ein Witz sein?«

»Ach komm, ich weiß, dass du als Journalist Scheiße gebaut hast. Aber jetzt kannst du dich als Akademiker neu erfinden! Wieso, glaubst du, verbringe ich ein Jahr hier in diesem beschissenen Ohio? Diese Gastprofessur fördert mein Ansehen als Intellektueller. Für medienaffine schwarze Akademiker gibt es heutzutage keine Grenzen. Schau dich doch an: Du siehst gut aus, kannst dich perfekt ausdrücken. Die Weißen werden dich lieben, Clay. Du weißt, wie man sie nehmen muss. Bei dir fühlen sie sich gut aufgehoben. Viele Weiße haben immer noch Angst vor mir, wegen meiner verrückten militanten Vergangenheit. Das muss ich ihnen noch vermitteln. Dass ich sogar damals in den Sechzigern und Siebzigern nur dem Land dienen wollte, das ich liebe.«

Reggie starrte mich immer noch an, ohne mit der Wimper zu zucken. Ich verstand nicht, was er mit diesem letzten Satz meinte.

»Aber du, Clay, du bist jung, du musst diesen Ballast nicht mit dir herumschleppen. Du solltest bei diesem Afram-Projekt mitmachen. Verdammt, Mann, du könntest sogar der Leiter der ganzen Abteilung werden. Anstelle von Kwanzi, diesem wandelnden, quasselnden Anachronismus! Anschließend nutzt du deinen Titel, um wieder für Zeitschriften zu schreiben und dein hübsches Gesicht im Fernsehen zu zeigen. Ich kann dich einigen wichtigen Leuten vorstellen, wenn du das nächste Mal in New York bist. Ich kann dir Kontakte verschaffen, Bruder. Und das meine ich ernst. Ich glaube, du hast das Potenzial, einer von den Zehn zu sein.«

Ich lachte. »Was ist, wenn ich das gar nicht sein will?«

»Wie bitte?«

Reggie schaute mich schief an und runzelte die Stirn. Anscheinend hatte ich ihn beleidigt. Ich suchte nach den richtigen Worten, um zu erklären, was ich meinte.

»Ich meine, ich dachte immer, dass schwarze Schriftsteller oder Intellektuelle, wenn dir das lieber ist, dazu da sind, das Establishment herauszufordern.«

»*Das Establishment herauszufordern*?«, wiederholte Brogus ungläubig. »Wieso zum Teufel willst du das Establishment *herausfordern*, wenn du Teil des Establishments sein kannst? Verdammt, Clay, ich dachte, du hättest Grips im Kopf! Jetzt erzähl mir bloß nicht, dass du auch einer von diesen bourgeoisen Heuchlern bist! Ich weiß, dass du dich selbst gern als Linker siehst, aber du musst dich deswegen doch nicht lächerlich machen! Was genau tust du denn bitte am Establishment, um das Establishment herauszufordern, du Vorort-Eigenheimbesitzer?«

Jetzt hatte er mich in Verlegenheit gebracht. »Nicht viel, denke ich.«

»Pah! Rein gar nichts, das trifft's wohl eher!«

Reggie griff mich an, aber irgendwie war es mir egal. Ich konnte mich mit seiner Hasstirade sogar ein bisschen identifizieren. Er hatte ja recht: Ich hatte noch nie in meinem Leben für oder gegen etwas gekämpft. Ich hatte nie für irgendeine Sache den Kopf hingehalten. Ich konnte nicht mal behaupten, ein besonders guter Staatsbürger zu sein. Ich hatte kein Ehrenamt inne, spendete nur wenig für wohltätige Zwecke. Ich ging regelmäßig zur Wahl und gab meine Stimme immer den Demokraten. Ich achtete die Gesetze. Ich kümmerte mich um meine Familie. Das war alles. Trotzdem meinte Reggie Brogus, etwas Besonderes in mir zu sehen. Vielleicht hatte er sogar recht. Vielleicht hatte ich wirklich das Talent, einer dieser Zehn zu sein. Vielleicht, dachte ich, sollte ich Reggie Brogus nicht so ablehnend begegnen. Immerhin schien er gute Verbindungen zu haben. Und er streckte seine Fühler nicht nur in eine Richtung aus, war nicht auf Rechtsaußen festgelegt. Wäre es denn eine große Sache für ihn, wenn er mich einigen Freunden vorstellen würde? Vielleicht sollten wir ihn mal zum Abendessen einladen?

»Du solltest das Beste aus dem machen, was Gott dir geschenkt hat, Clay.« Reggie klang jetzt weniger tadelnd als fürsorglich. »Das schuldest du dir selbst. Und deinen Leuten. Allen Amerikanern. Es wurde schon viel über die Macht von Ideen gesprochen. Als Sprachrohr für die richtigen Ideen könntest du dir ein ungeahntes Machtpotenzial verschaffen.« Reggie grinste. »Und die ganzen Mösen, die mit der Macht einhergehen.« Reggie leckte sich die Lippen. Dann wischte er sie sich mit der fleckigen und fettigen karierten Serviette ab. »Du glaubst ja nicht, wie viele Mösen ich hatte in den sieben Jahren, seit ich *An American Salvation* veröffentlicht habe und eine bekannte Medienpersönlichkeit geworden bin. Mann, in der *Woche* nach meinem ersten Auftritt in der Larry-King-Show haben sich mehr weiße Mädels an mich rangeschmissen als im gesamten Sommer der Liebe 1967! Berühmt zu sein, ist das ultimative Aphrodisiakum. Ich sag's dir, Mann, eins muss ich zum Lob der guten alten Feministinnen von früher sagen: Fast jede amerikanische Frau heutzutage geht gern auf die Knie! Ich bin alt genug, um mich noch an die Zeiten zu erinnern, als man eine Tussi förmlich anbetteln musste, damit sie einem den Schwanz lutscht. Und die Schwarzen waren am schlimmsten!« Reggie wechselte plötzlich in einen schrillen hohen Tonfall: »›Nigga, bist du krank, ey? Ich steck mir doch nicht dieses Ding in den Mund!‹«

Er sprach weiter in seinem normalen Bariton: »Aber heute knien sie sich alle hin. Trotzdem gibt es immer noch einen großen Unterschied zwischen den schwarzen und den weißen Mädchen. Und ich wette, du weißt, was ich meine.«

Reggie machte eine Pause. Ich lachte und zuckte mit den Schultern. »Ich bin schon lange verheiratet«, sagte ich. »Da musst du mir auf die Sprünge helfen.«

Brogus beugte sich über den Tisch, schaute kurz nach rechts und links, als wollte er sichergehen, dass niemand in dem fast leeren Lokal zuhörte – dann starrte er mich aus seinen Froschaugen an und sagte: »Die weißen Mädchen schlucken es runter.«

* * *

Ich erkannte sie sofort. Sie hatte einen riesigen Afro und sehr dunkle Haut. Sie trug einen schwarzen Rollkragenpullover, schwarze Jeans und Boots und eine Tarnjacke. An einem Gurt um den Hals hing ein Maschinengewehr und ein goldener Ring glitzerte in ihrem linken Nasenloch. Ihre schrägen grünen Augen lachten. »Hallo, Jenny«, sagte ich.

Sie tat so, als wäre sie enttäuscht. »Wie hast du gemerkt, dass ich es bin?«

»Wer sonst sollte denn an einem Mittwochabend um halb acht in mein Büro kommen?«

Es war Halloween. Ich hatte Seeräuber-Jenny seit drei Wochen nicht gesehen. Die beiden vorherigen Mittwochabende hatte ich mein Büro gemieden aus Angst, sie könnte auftauchen und mir eine Szene machen. Meiner Frau gegenüber tat ich trotzdem so, als würde ich in diesen zwei Wochen meine regulären Tutortermine einhalten, und nutzte die Zeit zwischen 18:45 und 20:15 Uhr als Zeitfenster für private Unternehmungen. Ich fuhr ins *Meat Locker*, setzte mich an die Bar, las ein Buch und trank ein Bier, oder drei. Aber am 30. Oktober 1991 ging ich in mein Büro im weißen Gebäude des Anglistikinstituts, setzte mich an den Schreibtisch und wartete. Vor mir selbst tat ich so, als würde ich an meinem Drehbuchprojekt arbeiten. Oder liegengebliebene Klausuren durchsehen. Aber in Wahrheit wartete ich. Ich wartete nicht direkt *auf* Jenny, sondern wartete ab, *ob* sie wirklich kommen würde oder nicht. Ihr Kommen würde genauso viel Aussagekraft haben wie ihr Nicht-Kommen. Kam sie nicht, würde das bedeuten, dass sie verstanden hatte – was ich sehr hoffte –, dass wir unsere sexuelle Beziehung nicht aufrechterhalten konnten. Was es jedoch bedeutete, wenn sie kam, war nicht so leicht zu entschlüsseln. Aber ich wollte es herausfinden. Mich zu dieser Abendstunde ins Büro zu setzen war ein Akt kalkulierten Leichtsinns. Ich hatte den moralischen Anforderungen des vereinfachten Gandhi-Tests schon nicht genügt. Und ich wusste – jedenfalls dachte ich das tatsächlich –, ich würde mich keinesfalls auf eine weitere sexuelle Beziehung mit Jenny einlassen, wie stark die Anziehungskraft zwischen uns auch immer noch sein mochte. Vielleicht fehlte sie mir ja einfach, vielleicht fehlte es mir, mit ihr zu reden. Vielleicht fehlte mir ihre Aufmerksamkeit, das großartige Selbstwertgefühl, das damit einherging. Und so saß ich also seit einer halben Stunde in meinem Büro und wartete. Mir kam es genauso wahrscheinlich wie unwahrscheinlich vor, dass sie tatsächlich durch die Tür kommen würde. Aber dass sie im Aufzug einer militanten schwarzen Aktivistin aufkreuzen würde, hätte ich niemals erwartet.

Jenny hob die Faust zum Gruß. »Power to the People!«

»Hoffentlich ist das keine Schuhcreme in deinem Gesicht«, sagte ich. »Ich war noch nie ein Fan von Minstrel Shows.«

Jenny ließ enttäuscht den Arm herabfallen. »Du hast gar keinen Sinn für Humor!« Sie schloss die Tür und ließ sich aufs Sofa fallen. »Ich war eine Woche lang in Johannesburg bei meinem Vater, der dort ist, um den Abbau der Apartheid zu beschleunigen oder auch zu verlangsamen, ich hab keine Ahnung, und ich werde nun mal sehr schnell braun.« Sie schüttelte den Kopf und ihr Afro wackelte hin und her. »Ich dachte, ich würde dir so gefallen.«

»Ich weiß nicht. Das wirkt ein bisschen so wie bei den weißen Typen mit Glatze. Oder weißen Mädchen mit Dreadlocks.«

»Ja, aber heute Abend gehe ich als Schwarze durch.« Jenny kicherte. »Drei schwarze Studenten – alles Unbekannte – haben mir in der letzten halben Stunde zugewinkt und Hallo gesagt, kannst du dir das vorstellen? Sowas ist mir noch nie passiert!«

»Endlich akzeptiert.«

»Ich dachte, *du* würdest mich jetzt akzeptieren.«

»Warum?«

Seeräuber-Jenny legte die MG-Attrappe beiseite, zog die

Tarnjacke aus und eine Packung Nelkenzigaretten aus einer der Jackentaschen. Ich reichte ihr den kleinen schwarzen Plastikaschenbecher, den ich nach unserem ersten Treffen gekauft hatte. »Weißt du, ich habe mich gefragt, ob Amerika in vielerlei Hinsicht nicht das genaue Gegenteil von Deutschland ist. In Deutschland ist alles verboten – bis auf das, was erlaubt ist. In Amerika ist alles erlaubt – bis auf das, was verboten ist. Es gibt in diesem Land so viele ungeschriebene Gesetze. Und es scheint, als wären die ungeschriebenen viel strenger.«

»Ich weiß nicht, ob ich dir folgen kann.«

»Vielleicht ist es Ihnen, Professor Robinette, ja durchaus erlaubt, Affären mit schwarzen Studentinnen zu haben, aber es ist Ihnen verboten, eine Affäre mit einer weißen Studentin zu haben.«

Ich sah zu, wie sie sich eine Zigarette anzündete, einen tiefen Zug nahm und theatralisch den Rauch ausstieß. In ihrer Halloween-Verkleidung fand ich sie gleichermaßen lächerlich wie erotisch.

»Ich glaube, du solltest Amerika besser kennenlernen«, sagte ich. »Eine Affäre mit einer Studentin, egal welcher Hautfarbe, ist generell verboten.«

»Aber Beziehungen von Menschen verschiedener Hautfarbe sind besonders tabu. Es wird nur ständig das Gegenteil behauptet.«

»Das ist falsch. Schau dir doch diesen Campus an. Schau dir das Afram-Programm an. Xavier Lumbaki ist mit einer Weißen verheiratet. Einer Französin jedenfalls.«

»Ja, und das wird ihm, wenn auch unausgesprochen, übelgenommen.«

»Wird es das?«

»Wusstest du das denn nicht?«, sagte Jenny mit diesem Wo-bist-du-denn-die-ganze-Zeit-gewesen-Unterton.

»Na schön, aber niemand nimmt Kwanzi Authentica Parker etwas übel«, sagte ich. »Obwohl sie mit einem Weißen verheiratet ist. Einem Weißen, der weißer ist als weiß. Einem Engländer.«

»Ja, aber Kwanzi verachtet weiße Frauen.«

»Wie kommt es, dass du das alles weißt?«

»Wie kommt es, dass du das alles nicht weißt?«

Jetzt ging sie mir auf die Nerven. »Viel Spaß noch an Halloween«, sagte ich.

Seeräuber-Jenny drückte ihre Zigarette im Aschenbecher aus. Dann stand sie langsam auf und kam um den Schreibtisch herum. Ich blieb sitzen. Sie blieb dicht vor mir stehen, ihre Brüste unter dem schwarzen Pulli direkt auf Höhe meiner Augen. »Süßes oder Saures«, sagte sie.

»Saures.«

Sie kniete sich hin.

Ich hörte nur noch mein eigenes Stöhnen. Das Geräusch der Tür im Erdgeschoss, die auf- und zuging, die schweren Schritte auf dem Teppichboden im Flur vor meinem Büro nahm ich jenseits meines eigenen immer schneller werdenden Stöhnens kaum wahr. Ich war völlig weggetreten, meine Hose lag um meine Knöchel, mein Körper zuckte, schwamm in ihrem Mund, ihre Afroperücke in meinen Händen, die Augen weit aufgerissen, starrte ich zur geschlossenen Tür meines Büros. War einer meiner Kollegen vorbeigekommen, um noch ein paar Klausuren zu korrigieren, ein Drehbuch zu schreiben oder eine vergessene Aktenmappe zu holen? Eine Welle in mir brandete auf, bereit zu brechen, als ich den bekannten Bariton draußen im Korridor hörte.

»He, Clay!«

Die Bürotür schwang auf und Reggie Brogus trat ein. Ich schloss sofort die Augen.

»Oh, Scheiße«, hörte ich Reggie sagen. »Entschuldigung.«

Die Tür schlug zu. Unter meinen fest zusammengekniffenen Augen zuckten Lichtblitze, meine Adern schwollen an und ich spürte, wie das Leben aus mir herauspulsierte hinein in einen warmen, weichen Schlund.

* * *

»Nennt mich einfach Onkel Reggie«, rief Brogus fröhlich aus, während er auf jedem seiner breiten, kissenartigen Oberschenkel eine meiner Töchter schaukelte wie ein gut gelaunter Nikolaus im frühen November. Amber und Ashley kreischten vor Begeisterung. Wer hätte gedacht, dass Reginald T. Brogus so gut mit Kindern umgehen konnte? Vom ersten Moment an, als er durch die Tür kam, hatte er die Zwillinge betört mit seinen lustigen Zaubertricks, Grimassen und Scherzen. Keine zweiundsiebzig Stunden nachdem er hereingeplatzt war, als Seeräuber-Jenny vor mir kniete, war Brogus am Samstag bei uns zum Abendessen zu Gast. Und schon nach dreißig Minuten mit lautem Kichern und Lachen forderte er meine Töchter auf, ihn so zu behandeln, als wäre er mein Bruder.

Es hatte mich viel Überredungskunst und einigen Kuhhandel gekostet, um Penelope dazu zu bringen, Reggie bei uns zu Hause zu empfangen. Sie hatte schließlich zugestimmt, als ich mich im Gegenzug bereit erklärte, sie zu einer geschäftlichen Zusammenkunft zu begleiten, die schmerzhaft langweilig zu werden versprach, *und* Xavier und Aurore Lumbaki zum Abendessen mit Brogus miteinzuladen. Penelope fürchtete, von ihm dermaßen angewidert zu sein, dass es ihr unmöglich wäre, sich mit ihm zu unterhalten. Sie überlegte sogar, die Zwillinge vor ihm und seinem möglicherweise unheilvollen Einfluss zu schützen, indem sie sie über Nacht zu Mrs. Henderson schickte. Aber als unsere Töchter mitbekamen, dass ihre Mutter Spaghetti carbonara kochen würde, ihr Lieblingsgericht, verlangten sie, beim Abendessen dabei zu sein.

Ich hatte Xavier am Mittwoch gegen 18 Uhr angerufen, eine Stunde bevor ich in meinem Büro ankam, um auf Seeräuber-Jenny zu warten. Er sagte, Aurore und er würden am Samstag sehr gerne zum Abendessen zu uns kommen. Ich rief bei

Reggie an und hinterließ eine Nachricht auf seinem Anrufbeantworter. Eineinhalb Stunden später platzte er in mein Büro und trat sofort wieder den Rückzug an. Was hatte er gesehen? Mich natürlich, wie ich mich in meinem Bürosessel hin- und herwarf. Aber was hatte er von Jenny gesehen? Wahrscheinlich nur den Afro, der sich hinter meinem Schreibtisch hob und senkte. Als ich nach meiner Zusammenkunft mit Jenny nach Hause kam, teilte Pen mir mit, Brogus hätte angerufen und gesagt, er würde sehr gerne zum Abendessen kommen. Er hatte nach mir gefragt. Sie hatte ihm erklärt, ich sei noch an der Uni. Er sagte, er würde vorbeischauen.

»War er da?«, fragte sie.

Ich musste im Bruchteil einer Sekunde entscheiden, ob ich meiner Frau die Wahrheit sagen oder sie anlügen wollte.

»Nein«, sagte ich.

Ich hörte nichts mehr von Brogus, bis er am Samstag pünktlich um 18 Uhr vor unserer Tür stand. Ich hatte überlegt, ob ich ihn anrufen sollte – um ihm *was* zu sagen? Erzähl bitte meiner Frau nichts davon, dass du mich dabei ertappt hast, wie ich mir im Büro einen blasen ließ? Ihn zum Komplizen meiner Lüge machen, ihn bitten es zu vergessen, zu sagen, er sei gar nicht in meinem Büro gewesen? Ich entschied, nichts zu tun, abzuwarten, wie Reggie sich beim Abendessen verhalten würde. Xavier und Aurore sagten am späten Samstagnachmittag ab mit der Begründung, ihre Tochter Nathalie hätte Fieber bekommen. Das nahm Penelope jede Lust auf Gastfreundschaft, als Brogus eintraf. Die Weinflasche und der Blumenstrauß, die unser Gast überreichte, änderten nichts an ihrer frostigen Stimmung. Als er sich dann ohne Umschweife mit den Zwillingen anfreundete, war sie noch schlechter gelaunt. Was sein Benehmen mir gegenüber betraf, so fragte ich mich, ob ich mich täuschte, glaubte es aber nicht: Reggie Brogus trat mir deutlich respektvoller gegenüber, warf mir heimliche, anspielungsreiche Blicke zu, voller Bewunderung. Während des Abendessens erklärte er meinen Töchtern, was für ein kultivierter und intelligenter Mann ihr Vater sei. Zu Penelope sagte er, er hätte in den vergangenen Wochen eine Menge von mir gelernt: Wie man sich an der Arden University zurechtfand, über die Anliegen unserer Generation, über die einzigartigen Vorzüge eines Familienlebens heutzutage. Ich hatte keinen blassen Schimmer, worauf er damit anspielte, aber es war klar, dass seine Achtung vor mir gestiegen war. Ich fühlte mich stolz und schuldig zugleich.

Wir waren bereits bei der Schokoladen-Schichttorte angelangt, die ich für den Nachtisch gekauft hatte, als Ashley fragte: »Hast du Kinder, Onkel Reggie?«

»Nein, das Glück blieb mir bislang verwehrt«, sagte Brogus.

»Warst du mal verheiratet?«, wollte Amber wissen.

»Nein.«

»Warum nicht?«

Das traf ihn unvorbereitet. »Du bist ein ganz schön neugieriges kleines Mädchen, was?«

Amber starrte ihn an.

»Nun ja«, sagte Reggie unbeholfen. »Ich bin sehr viel gereist in meinem Leben, was nicht gerade förderlich ist für ... nicht gerade gut ist für ein Familienleben. Und ich habe nie die richtige Frau kennengelernt. Das ist mein Pech. Ich habe nie eine Frau gefunden, die es mit meiner Mutter aufnehmen konnte.«

Ich schaute über den Tisch zu Penelope, die demonstrativ mit den Augen rollte, um zu signalisieren: Also jetzt ist es aber mal genug. Und Reggie war schon eifrig dabei, ein Loblied auf seine Mom zu singen, als sie ihn im Tonfall eines sarkastischen Untersuchungsrichters unterbrach: »Wann hast du deine Mom denn das letzte Mal gesehen?«

Reggie sprach weiterhin mehr zu den Zwillingen als zu mir oder Pen: »Zuletzt habe ich meine Mutter im Februar gesehen. Sie war nach Washington gekommen, um dabei zu sein, als ich von der ›Stiftung für amerikanische Tugenden‹ zum Bürger des Jahres ernannt wurde.« Jetzt schien er sich in Erinnerungen zu verlieren. »Meine Mutter und ich waren die einzigen Schwarzen beim Festbankett. Wir saßen am selben Tisch wie die wichtigsten Professoren der Harvard University und der Chefredakteur der *New York Times Book Review*!« Reggie hielt inne, damit wir alle die Bedeutung dessen, was er uns beschrieb, ermessen konnten. Die Zwillinge hingen an den Lippen ihres neuen »Onkels«. Reggie fuhr fort, voller Bewunderung für sich selbst. »Stellt euch das mal vor! Da saß ich, der kleine schwarze Junge aus Slackerton, Michigan, mit meiner alten Mutter am Tisch mit diesen Leuten! ... Ich kann euch sagen ...« Reggie traten die Tränen in die Augen. »Ich hatte das Gefühl, endlich dort angekommen zu sein, wo ich ... hingehörte. Man könnte auch sagen ... ich war endlich jemand. *Wirklich* jemand. Und ich war so glücklich, dass meine Mom das miterleben durfte.«

Reggie kämpfte mit seinen Tränen. Ashley stand auf und griff nach einer Kleenexschachtel, die auf einem Regal stand und hielt sie Reggie hin. Er lächelte und zog ein Tuch aus der Box. Als Reggie seine Brille abgenommen hatte, um sich die Nase zu putzen, strich sie ihm tröstend über den Rücken. Ich schaute zu meiner Frau am anderen Ende des Tischs. Sie starrte Brogus mit zusammengekniffenen Augen an, eiskalt und voller Verachtung.

Wenig später, nach einem flüchtigen Händedruck von Penelope und weinerlich protestierender Verabschiedung durch die Zwillinge, stand Reggie mit mir in der Einfahrt und beklagte sich über den Ärger, den er ständig mit seinem in die Jahre gekommenen orangefarbenen BMW hatte. Dann senkte er die Stimme und sagte: »Du bist ein Wahnsinnstyp, Clay.«

Ich lächelte. »Ach was, das bist du doch, Reg.«

»Ach komm. Du bist derjenige, der alles im Griff hat. Häusliches Glück mit Frau und Kindern *und* ...« Er starrte mich grinsend an und schüttelte den Kopf. »Aber ich war cool, oder? Beim Abendessen. Ich hab dich nicht verraten. Ich hab nichts angedeutet, oder?«

»Nein, hast du nicht.«

»Dein Geheimnis ist bei mir gut aufgehoben, Bruder ... Nur eins musst du mir noch verraten ...« Brogus beugte sich vor und flüsterte: »Hat sie's runtergeschluckt?«

Ich wusste immer noch nicht, was Brogus genau gesehen hatte. Glaubte er eine Weiße oder eine Schwarze gesehen zu haben, die mir hinter dem Schreibtisch einen geblasen hatte? Ich gab mich zurückhaltend, warf ihm einen schrägen Blick zu und sagte: »Was meinst du wohl?«

Brogus brach in lautes Gelächter aus. »Du bist ein WAHNSINNSTYP, Clay!«

Ich lachte schwach. »Nacht, Reg.«

Er stieg in seinen Wagen, ließ das Seitenfenster herunter und steckte den Kopf heraus. »Vergiss nicht, Bruder ... Du schuldest mir was!«

* * *

Mein Selbsthass brach ungefähr eine Woche nach Halloween aus. Natürlich hatte ich jeden weiteren Kontakt mit Jennifer Wolfshiem abgebrochen, nachdem Brogus uns in flagranti ertappt hatte. Am folgenden Mittwochabend ging ich nicht ins Büro. Ich blieb zu Hause und erzählte Penelope, mein Student hätte einen neuen Tutor gefunden, einen, der *seinen* akademischen Vorstellungen mehr entsprach. Ich ging sowohl Jenny als auch Reggie aus dem Weg und antwortete nicht auf ihre Nachrichten auf meinem Anrufbeantworter. Am Donnerstagabend ging ich ins Fitnesscenter und machte ein paar Übungen mit dem Stairmaster, und erst als ich zu Hause ankam, brach der Selbsthass über mich herein. Penelope begrüßte mich an der Tür mit diesem beunruhigten Blick, den sie aufsetzte, wenn es schlechte Neuigkeiten gab. »Magic Johnson hat Aids«, sagte sie.

Tatsächlich war der Star der Los Angeles Lakers lediglich positiv auf HIV getestet worden. Aber am 7. November 1991 war das so gut wie ein Todesurteil. Ich schaltete den Fernseher ein und schaute zu, wie Johnson seinen Rückzug aus der National Basketball Association erklärte. Seit dem Abschied des größten lebenden Amerikaners Julius Erving – auch bekannt als Dr. J – von den '76ers meiner Heimatstadt Philadelphia war Earvin Johnson mein Lieblingsspieler gewesen. Er hatte fünfmal die Meisterschaft gewonnen, war kämpferisch, aber immer gut drauf und ein wahres Naturwunder (wer hatte jemals von einem 2,06 Meter großen Point Guard gehört?), das eine erstaunliche Kraft – man denke nur an diese punktgenauen Pässe über das ganze Spielfeld hinweg – mit einer atemberaubenden Leichtigkeit der Ballführung kombinierte, was ihm den Spitznamen Magic eingebracht hatte, und befand sich gerade auf der Höhe seiner spielerischen Fähigkeiten. Erst wenige Monate zuvor hatte er sein neuntes NBA-Finale in zwölf Jahren bestritten! Und nun stellte ich mir vor, wie er in einem Jahr wahrscheinlich in einem Rollstuhl durch das berühmte L.A.-Forum fahren würde, mit einer lila-goldenen Lakers-Cap auf seinem ausgemergelten Schädel, während die Presseleute Ohs und Ahs von sich gaben, wenn er ihnen das freundliche Lächeln eines Todgeweihten schenkte. Ich saß auf dem Sofa und kämpfte mit den Tränen, als ich an diesem Abend die Nachrichten anschaute. Magic sandte seine Grüße aus dem Nachbarstaat Michigan und die dortigen Medien trauerten um das Schicksal des Sohns der Stadt – obwohl er immer noch vor Gesundheit zu strotzen schien. Nachrufe wurden bereits verfasst. Magic war ein hoffnungsloser Fall. Er war außerdem der erste erwiesenermaßen heterosexuelle, nicht drogensüchtige männliche Prominente, den das Virus erwischt hatte. Ein Schwarzer in meinem Alter. Ein verheirateter Mann und Vater.

Erst da machte ich mir Gedanken darüber, dass ich beim Sex mit Jenny kein Kondom benutzt hatte. Der Gedanke, einen Gummi überzuziehen, war mir kurz in Jennys Schlafzimmer durch den Kopf geschossen, aber nicht, als sie sich im Büro vor mich hinkniete. Da ich meine Jugendjahre im Zwielicht der sexuellen Revolution verbracht hatte, hatte ich tatsächlich noch nie in meinem Leben so ein Ding benutzt. Aber ich hatte auch, bis zu der Sache mit Jenny, noch nie meine Frau betrogen.

Was für ein verdorbener Mistkerl ich doch war! Ich hatte das Leben von Penelope, der Mutter meiner Kinder, in Gefahr gebracht, nur um in den Genuss einer blutjungen Möse zu kommen. Am nächsten Morgen ging ich zum Gesundheitsdienst der Uni und machte unter möglichst diskreten Umständen einen Aids-Test. Ich bat den untersuchenden Arzt, das Ergebnis nicht per Post an mich zu schicken. Ich sagte, ich würde in einer Woche persönlich vorbeikommen. Ich hätte beinahe geweint vor Erleichterung, als das Ergebnis negativ war.

Trotzdem fragte ich mich, ob etwas mit mir ernsthaft nicht in Ordnung war. Welche abartige Veranlagung hatte mich in diese (selbst-)zerstörerischen Situationen viel zu nachlässig vertuschter Fehltritte getrieben? Ich zog eine Therapie in Betracht. Aber ich hatte gehört, dass die besten Psychologen in Arden alle der medizinischen Fakultät der Uni angehörten, und ich wollte nicht riskieren, meinem Therapeuten zu begegnen, wenn ich über den Campus schlenderte. Also strich ich die Sache mit Seeräuber-Jenny aus meinem Gedächtnis. Was mir gar nicht schwerfiel, denn sie war ja nur eine Randerscheinung meines Lebens. Trotzdem nahm ich mir die Zeit, mal in der Verwaltung vorbeizuschauen, um einen Blick in die Akte Wolfshiem zu werfen. Ich war sehr zufrieden zu sehen, dass vorne auf dem Umschlag des Ordners hinter dem Wort TUTOR der Name einer Frau stand, von der ich noch nie gehört hatte.

* * *

Wie Sie vielleicht inzwischen bemerkt haben, habe ich die Tendenz, besonders unangenehme Ereignisse in meinem Leben zu verdrängen. Vielleicht kennen Sie diese Eigenschaft auch von sich selbst. Vielleicht können Sie verstehen, warum ich, als ich fünf oder sechs Wochen nach meinem letzten Zusammentreffen mit Jenny ans Telefon ging, nicht mal ihre Stimme wiedererkannte. Ja, es muss Mitte Dezember gewesen sein. Sie wollte mich auf einen Kaffee treffen.

»In der Öffentlichkeit«, sagte sie. »Dann musst du keine Angst haben, dass ich mich auf dich stürze.«

Ich tat so, als würde mich das Ganze nichts angehen. Sogar als wir uns an dem kleinen runden Stuckmarmortisch im Café Bellafiglia gegenübersaßen, einem hübschen kleinen Lokal für Caffè latte und Cappuccino am University Boulevard, benahm ich mich, als wäre dieses Treffen ganz unwichtig, versuchte es zu vergessen, noch während es stattfand. Ich wollte nicht dort sein, wollte nicht mit ihr zusammen gesehen werden. Ich hatte nur zugestimmt, um sie zu besänftigen. Ich wollte nicht, dass eine möglicherweise psychisch labile Studentin, die ich gevögelt hatte, wütend auf mich war. »Verdammt«, dachte ich, als ich im grellen Licht des Cafés in ihre schrägen, smaragdgrünen Augen blickte und feststellte, dass ihre Südafrikabräune wieder ihrer typischen Blässe gewichen war, »sie ist nicht mal hübsch.«

Ich sage ihr, ich könne nicht lange bleiben. Es sei Samstagabend und ich müsse Weihnachtsgeschenke kaufen für meine Kinder.

»Okay«, sagt sie kleinlaut. Seeräuber-Jenny hat immer noch diesen verwegenen Blick, aber seit unserem letzten Zusammentreffen hat sie sich verändert. Ihre unverschämte Art ist verschwunden. Sie wirkt erschöpft, emotional ausgelaugt. Irgendwas ist mit ihr passiert. Ich weiß nicht was. Ich will es auch gar nicht wissen. Will nicht darüber nachdenken, dass ich der Grund für ihre schlechte Verfassung sein könnte. Nach fünf Minuten angestrengtem Smalltalk platzt sie heraus: »Ich muss die ganze Zeit an dich denken. Denkst du jemals an mich?«

In diesem Moment sehe ich zum ersten Mal die wahre Jenny, die verletzliche junge Frau, die von ihrer Mutter auf brutalste Art verlassen worden war. Ich möchte sie nicht verletzen, aber ich weiß, dass ich es tun muss.

»Nein, Jennifer, eigentlich nicht«, sage ich und füge entschuldigend hinzu: »Du weißt ja, wie voll meine Kurse sind und dass ich eine Familie habe. Ich habe viel zu viele andere Dinge im Kopf.«

Diese Erklärung scheint nicht bei ihr anzukommen. Sie lächelt mich nur traurig an. »Ich habe ein Geschenk für dich«, sagt sie. Ihre Stimme klingt fast schon schläfrig. Ich frage mich, ob sie Medikamente nimmt. Sie holt etwas aus ihrem schwarzen Rucksack und hält es mir hin.

Habe ich die schwarze Diskette ohne Beschriftung aus ihrer Hand entgegengenommen?

»Das ist mein Tagebuch der letzten Monate. Seit meiner Ankunft in Arden.«

Habe ich danach gegriffen, nachdem sie sie auf den Tisch gelegt hat?

»Ich möchte, dass du meine Geheimnisse kennst.«

Habe ich die Diskette in die Tasche meines Parkas gesteckt? In meine Aktenmappe? Hatte ich an diesem Tag meine Aktenmappe überhaupt bei mir?

»Wirst du mein Tagebuch lesen?«

Seeräuber-Jenny zupft am Wasserfallkragen ihres Pullovers. Ich bemerke eine frische rote Narbe auf ihrer Haut. Meine Güte, denke ich, hat sie sich das selbst zugefügt? Oder hat es ein anderer getan? Soll ich jetzt erregt sein, beunruhigt, entsetzt, neugierig, zornig, eifersüchtig?

So wie es aussieht, will ich einfach nur weg.

Jenny zieht ihren Kragen wieder gerade. »Du magst mich doch, Clay, oder?«

»Natürlich mag ich dich, Jenny.« Ich lächle im verzweifelten Versuch, die Stimmung aufzuheitern. »Auch wenn ich mich nicht mit dir *identifiziere.*«

Jenny lächelt immer noch traurig. »Ich muss mir mal kurz die Nase pudern.«

Ich warte, bis sie in der Damentoilette verschwunden ist. Dann lege ich fünf Dollar auf den Tisch für unsere Getränke und verlasse eilig das Lokal. Ich werde Seeräuber-Jenny nicht mehr lebend wiedersehen.

* * *

»Brogus ist in Mississippi gesehen worden!«, gab Andy Chadwick lautstark bekannt. Der junge Journalist war total aufgeregt und grinste breit. Zwischen seinen Schneidezähnen klebte ein bisschen Mais. »Ich nehme das nächste Flugzeug dorthin!«

Dienstag, 18. Februar 1992, 23:45 Uhr. Die Veteranen vom *Arden Oracle* behaupteten, eine derartige Aufregung hätte es in der Redaktion seit der Ermordung von John F. Kennedy 1963 nicht mehr gegeben. Ich war vor ein paar Stunden direkt von der Totenwache hingefahren, um letzte Korrekturen in meinem Artikel über die Stimmung auf dem Campus vorzunehmen. Ich verließ gerade die Redaktion, unterm Arm die neueste Ausgabe des *Oracle*, druckfrisch im wahrsten Sinne des Wortes, als Chadwick auf mich zugerannt kam, um mir die Neuigkeit brühwarm zu erzählen. Er fragte, ob ich mit ihm kommen wollte, um Brogus aufzuspüren. Ich sagte, ich hätte einige Kurse am nächsten Tag. Er fragte, ob ich bereit wäre, noch einen Artikel für die Zeitung zu schreiben, »ein sehr persönliches Porträt des Opfers – was war diese Jennifer Wolfshiem für ein Mädchen und so weiter«.

Ich erklärte Chadwick, dass ich vorhätte, dem Journalismus für immer zu entsagen.

»Wir trauern Ihnen jetzt schon nach. Ich fand Ihren Kasten zu Patsy DeFestina sehr amüsant. Und, hey, Professor, der Artikel, den Sie heute Abend geschrieben haben, der Teil über die Nachtwache mit den Kerzen und allem ... hat mich zu Tränen gerührt.« Er präsentierte mir wieder sein Maisgrinsen und tat so, als würde er sich eine Träne aus dem Augenwinkel wischen.

Brogus war also in den Süden geflohen. Vielleicht, so dachte ich, als ich durch die verlassenen Straßen nach Hause fuhr, wollte Reggie sich ja zu Hause bei seiner Mom verstecken. Wusste irgendjemand, wo genau Bethel Brogus lebte?

Am Ende dieses bizarren Tages konnte ich nicht aufhören, über Patsy DeFestinas Theorie des offensichtlichen Täters nachzudenken und wie sie zu diesem Fall passte, nämlich: (1) Es gab eine neunzigprozentige Chance, dass Reginald T. Brogus, den alle für den wahrscheinlichsten Täter hielten, Jennifer Esther Wolfshiem umgebracht hatte; und (2) gab es eine zehnprozentige Chance, dass Tyrell »T-Bird« Williams, den nur wenige Leute kannten, als zweitoffensichtlichster Täter für den Mord in Frage kam.

Falls Brogus es getan hatte, musste er gewusst haben, wer Jenny war und was sie mit mir zu tun hatte. Er hatte gelogen, als er behauptete, er wüsste nichts davon. Sie muss ihn aufgesucht haben. Aber sie dürfte ihm kaum erzählt haben, dass sie die Frau gewesen war, mit der er mich in meinem Büro überrascht hatte, sonst hätte er mir nicht ihre Leiche auf dem Sofa gezeigt. Aber was war, wenn er wusste, dass wir dieselbe Geliebte gehabt hatten? War Jennifer ins Afrikamerika-Institut gegangen, um sich mit Brogus zu treffen, vielleicht letzten Sonntag, um bei ihm einen frühabendlichen Termin wahrzunehmen, wie sie es bei mir so gern getan hatte? Hatte Brogus sie, als niemand in der Nähe war, auf seinem schäbigen Kunstledersofa missbraucht? Hatte er sie mit seinen Hosenträgern gefesselt? Die Narbe auf Jennys Brust, die sie mir im Dezember im Café gezeigt hatte – stammte die von ihm? War er letzten Sonntag wieder in seinem Büro über sie hergefallen oder Samstag oder sogar Freitagabend, war er ausgerastet und hatte sie erwürgt? Und hatte er dann die Unverschämtheit besessen, zu mir zu kommen, damit *ich* ihm aus der Patsche helfe?

Nein. Das passte nicht zusammen. So sehr ich Brogus auch verabscheute in diesem Moment, so viel Hass auf ihn ich in der vergifteten, vom Jagdfieber verseuchten Atmosphäre der Redaktion des *Arden Oracle* eingeatmet hatte, und obwohl ich Artikel geschrieben hatte, wo jede einzelne Zeile den Verdacht nährte, er könnte der Täter sein – es war einfach vollkommen sinnlos, dass Reggie zuerst Jenny umgebracht haben und dann zu mir gekommen sein sollte.

Also, dachte ich, als ich in die Auffahrt unseres Hauses in der ruhigen und sicheren Maplewood Road einbog, muss es T-Bird gewesen sein! Vielleicht hat Jenny sich mit ihm getroffen, als er am Wochenende pflichtbewusst seiner Arbeit als studentische Hilfskraft nachgekommen war. Vielleicht konnten die aufgepeitschten, sexverrückten Kids nicht widerstehen, es in den Räumen des Instituts miteinander zu treiben. Vielleicht hatten sie in jedem einzelnen Büro gevögelt, bevor sie auf Reggies Sofa gelandet waren, wo T-Bird anfing, mit den Hosenträgern herumzuspielen, die er in Reggies Schrank gefunden hatte, und dann war das Ganze ein bisschen aus dem Ruder gelaufen und er hatte Seeräuber-Jenny erwürgt und ihre Leiche im Büro liegen gelassen, damit Reggie sie einen Tag später dort finden, das Gebäude in Panik verlassen und das Weite suchen würde. Es waren keine Verschwörer aus dem Regierungsapparat gewesen, die die Leiche in Reggies Büro »platziert« hatten, sondern bloß ein geiler Junge aus dem Ghetto, genau der, den Brogus als »Sklave« beschimpft hatte. Ich fragte mich, ob Brogus T-Bird jemals im Afram-Institut begegnet war. Wenn ja, dann hätte er ihn wahrscheinlich nicht mal wiedererkannt.

Ich schaltete die Scheinwerfer aus, stellte den Motor ab

und blieb noch eine Weile in meinem Volvo sitzen. Eins schien sicher: Jennifer hatte mit Reggie Brogus gevögelt oder mit T-Bird Williams oder mit beiden. Irgendwie machte mir der Gedanke, dass T-Bird Jenny gevögelt haben könnte, gar nichts aus. Aber der Gedanke, Reggie könnte seinen schlabbrigen Schmerbauch auf sie gewuchtet haben, erfüllte mich mit Ekel. Welches Geheimnis hatte Jennifer mir mitteilen wollen? Wenn ich mir die Zeit genommen hätte, ihr Tagebuch zu lesen, wüsste ich dann, wer es mit ihr getrieben, wer sie umgebracht hatte? Was zum Teufel hatte ich mit dieser Diskette gemacht? Ich vermutete, dass ich sie in den Müll geworfen hatte – vielleicht sogar in einen Abfalleimer am Straßenrand –, noch an dem Tag, als Jenny sie mir gab.

Ich saß immer noch in meinem Volvo, als die schwarze Lincoln-Limousine sich näherte. Sie glitt durch den Lichtkegel der Straßenlaterne, und kurz konnte ich durch die getönte Scheibe der Beifahrertür die geisterhafte Silhouette eines Kopfes erkennen: hohe, gefurchte Stirn, herabhängende Mundwinkel, die hinter dem dunklen, beschlagenen Fenster kaum zu erkennen waren, und Augen (denn der Beamte hatte jetzt mitten in der Nacht seine Ray-Ban-Sonnenbrille abgenommen): groß, matt, gequält dreinblickend wie die Augen der gepeinigten Seele in Edvard Munchs Gemälde »Der Schrei«. Erst als die Rückleuchten des Lincoln am Ende der Maplewood Road verglommen, fand ich den Mut, aus dem Wagen zu steigen und ins Haus zu eilen.

* * *

Penelope tat so, als würde sie schlafen. Das merkte ich sofort, als ich in unser dunkles Schlafzimmer trat. Weil sie ihr Schnarchen imitierte. Ich musste lächeln. Pen, die ja nicht mitbekam, wenn sie es wirklich tat, konnte ihr Schnarchen nicht glaubhaft nachmachen. Ich legte mich neben sie aufs Bett, immer noch komplett angezogen. Das Schnarchen meiner Frau heute Nacht war im Vergleich zu ihrem echten Schnarchen eine lustige, völlig übertriebene Karikatur wie aus einem Zeichentrickfilm.

»Mich kannst du nicht täuschen, Schlafmütze«, flüsterte ich ihr ins Ohr.

Sie schlug die Augen auf. »Wieso merkst du das immer?« Sie klang hellwach.

»Weil nur ich dein richtiges Schnarchen kenne.«

»Und wie klingt das also?«, fragte sie zum tausendsten Mal.

Ich bot ihr mein ganzes Arsenal grotesker Laute, angefangen mit leisem Tuten, über heiseres Gurgeln bis hin zu lautem Knurren. Wie immer fing Penelope an zu lachen und schlug scherzhaft mit der Faust nach mir. »Genauso klingst du«, sagte ich, »nur lauter.« Wir brachen beide in albernes Gelächter aus. Es war ein alter vertrauter Scherz zwischen uns.

»Es tut mir leid, dass ich heute so grantig war«, sagte Pen.

»Ich war noch viel grantiger.«

»Ich weiß nicht, wie ich damit umgehen soll ... Aber ich muss ständig daran denken, wie schrecklich es für dieses Mädchen gewesen sein muss. Und ich denke an sie als *Mädchen*, nicht als Frau in meinem Alter. Weißt du, dass sie neunzehn war? Das ist genau zwischen unserem Alter und dem der Zwillinge.«

»Tatsächlich?«

»Sie sind sechs. Wir sind dreiunddreißig. Dieses Mädchen war dreizehn Jahre von ihrer mittleren Kindheit entfernt und vierzehn Jahre von dem Alter, in dem wir jetzt sind. Wie auch immer man das nennt. Beginnendes mittleres Alter?«

»Wow. So habe ich darüber noch nie nachgedacht.«

»Hast du einen guten Artikel geschrieben? Warum ziehst du dich nicht aus und kommst ins Bett?«

»Hab ich gemacht. Mach ich jetzt.«

Ich zog mich aus, pinkelte, putzte mir die Zähne. Als ich

ins Bett schlüpfte, stellte ich überrascht fest, dass meine Frau nackt war, genau wie ich. Wir kuschelten, schmusten, streichelten und drückten uns. Es war immer wieder tröstlich, diesen Körper zu umarmen, den ich fast so gut kannte wie meinen eigenen.

»Hast du Jennifer Wolfshiem gekannt?«

Ich weiß nicht genau wann, aber ich hatte mir irgendwann an diesem Tag ausgemalt, dass Penelope mir diese Frage stellen könnte, und hatte mir eine Antwort zurechtgelegt. Es war ein riskanter Schachzug, das, was Journalisten ein nichtssagendes Dementi nennen. Wenn zum Beispiel eine Persönlichkeit des öffentlichen Lebens, die ins Zwielicht geraten ist, auf die Frage eines Reporters erklärt: »Diese Frage verdient keine Antwort«, dann ist klar, dass die Person sich dessen schuldig gemacht hat, wonach der Reporter fragte. Das ist ein nichtssagendes Dementi. Man hat damit keine Schuld zugegeben, aber auch nicht gelogen. Und hofft natürlich darauf, dass der Reporter nicht weiter nachbohrt. Ich gab Penelope also mein nichtssagendes Dementi und hoffte, dass sie nicht nachhaken würde.

»Baby, es gibt achttausend Studierende im Grundstudium an der Arden University«, sagte ich scheinbar beiläufig. »Die kann ich wirklich nicht alle kennen.«

Anstatt zu sagen: »Das habe ich dich nicht gefragt«, zuckte Pen nur mit den Schultern und sagte: »War nur so ein Gedanke.«

Wir kuschelten weiter, bis Pen plötzlich sagte: »Ich konnte die Diskette nicht finden.«

Mein Herz setzte einen Schlag aus, und ich fragte mich, ob sie das in unserer innigen Umklammerung wohl gespürt hatte. »Was?«, fragte ich zaghaft.

»Amber hat mir von der Diskette erzählt, die du gesucht hast. Schwarz, ohne Beschriftung. Ich habe im Gästezimmer nachgeschaut, meine ganzen Sachen durchwühlt, aber ich konnte sie nicht finden.«

»Oh, danke«, sagte ich und drückte sie noch stärker an mich. »Bist du sehr müde?«

»Nein.«

»Ich auch nicht.«

Wir liebten uns mit einer Leidenschaft und Verzweiflung, als wäre es das letzte Mal.

10

19.2.1992
CLAY: LASS MICH NICHT IM STICH! HAST DU VERGESSEN, WAS ICH DIR IM AUTO GESAGT HABE? UM WAS ES WIRKLICH GEHT! DU MUSST DIE WAHRHEIT AUFDECKEN! VERRATE MICH NICHT, BRUDER! BITTE!!! LASS MICH NICHT IM STICH!
brogus@arden.edu

Ich starrte verblüfft auf die Nachricht auf meinem Computerbildschirm, las sie immer wieder, als wäre sie in einem geheimen Code verfasst, den ich entschlüsseln musste. Aber die Worte waren klar und eindeutig. Ich rollte in meinem Bürosessel langsam nach hinten, weg vom Schreibtisch. Ängstlich blickte ich mich in meinem Büro um, als würde ich erwarten, dass Reggie Brogus plötzlich aus dem Schrank sprang oder unter dem Sofa heraufkroch. Aber sollte Brogus nicht eigentlich in Mississippi sein? Das wurde jedenfalls heute Morgen in den Fernsehnachrichten behauptet. Wie konnte er mir also diese E-Mail schicken? Sie müssen bedenken, dass dies alles in den frühen Tagen der E-Mail-Kommunikation stattfand. Ich hatte bis dahin nur selten eine bekommen und selbst noch nie eine verschickt. Es gab keine fröhliche Roboterstimme in meinem Computer, die mir vorlaut mitteilte: »E-Mail für dich!« Gelegentlich beklagte sich jemand – meist war es Dekan Shamberg – darüber, dass ich mein

E-Mail-Postfach nicht oft genug checkte. Wenn ich es dann mal tat, war es meistens leer oder es lagen zwei, drei Nachrichten seit Tagen oder gar Wochen ungelesen da herum. Ich weiß nicht, warum ich meinen Account an diesem Mittwochmorgen aufrief. Aber ich tat es.

"DU MUSST DIE WAHRHEIT AUFDECKEN!"

Ich brauchte eine Weile, bis ich kapierte, dass Brogus diese Nachricht von überall hätte schicken können, auch wenn als Absender die E-Mail-Adresse der Arden University angegeben war. Und plötzlich erinnerte ich mich an den Laptop, den Brogus gegen seinen Bauch gedrückt hatte, als ich ihn zum Flughafen fuhr.

"VERRATE MICH NICHT, BRUDER!"

Und trotzdem, als ich auf meinem Stuhl jetzt wieder näher an den Bildschirm rollte und mir diese dringliche Botschaft noch mal anschaute, kam es mir vor, als wären diese angsterfüllten Worte aus dem Jenseits zu mir gekommen. Aber Reggie war doch noch am Leben, oder? Jedenfalls ließen die letzten Nachrichten darauf schließen.

Verdammt. Ich hatte es bisher geschafft so zu tun, als wäre dies ein ganz normaler Mittwochmorgen. Ich war um neun Uhr aufgewacht, wie immer an einem Mittwochmorgen, eine Stunde nachdem Pen und die Mädchen das Haus verlassen hatten. Ich duschte, zog mich an, trank einen Becher Kaffee und schaute die Lokalnachrichten auf dem kleinen Schwarzweißfernseher mit dem vier Zoll großen Bildschirm, der auf dem Küchentisch stand und nur von mir benutzt wurde. Sportberichte. Verkehrsnachrichten. Eine Reportage über Ranger mit ihren Smokey-Bear-Hüten, die mit Bluthunden an der Leine und Flinten in den Händen in Mississippi durch Sumpfland stiefelten auf der Jagd nach Reggie Brogus. Ich starrte abwesend auf den Bildschirm, als hätte das, was da gezeigt wurde, nichts mit mir zu tun. Der Wetterbericht: Eisige Kälte, grauer Himmel, die Möglichkeit eines Schneesturms am späten Nachmittag. Als ich im Honda zum Campus fuhr, dachte ich über das Journalismusseminar nach, das ich um elf Uhr geben sollte. Das Leben an der Uni war wieder in den normalen Modus zurückgekehrt. Keine Fernsehteams, keine Streifenwagen in Sicht. Ich parkte hinter dem Haus mit den weißen Schindeln, betrat um 10:15 Uhr mein Büro und rief *rein zufällig* meine E-Mails auf.

"BITTE!!! LASS MICH NICHT IM STICH!"

Hatte Reggie den Verdacht, ich könnte ihn verraten? Hatte ich ihn nicht schon verraten mit meinem anspielungsreichen und anzüglichen Artikel im *Arden Oracle* vom heutigen Tag? Und was meinte er überhaupt mit seiner »wahren Geschichte«? Wie zum Teufel sollte ich herausfinden, ob Reggie die Wahrheit über diese angebliche Akte über die Ermordung von Martin Luther King gesagt hatte? Ich war kein Investigativjournalist. Sicher, ich konnte einen gefühlsduseligen Artikel über die Stimmung auf dem Campus schreiben, aber ich war kein verdammter Bob Woodward! Was zum Teufel erwartete Reggie von mir? Wenn er unschuldig war, warum war er dann geflohen? Und wie kam er darauf, ich könnte ihn im Stich lassen? Ich hatte doch schon meinen Kopf riskiert, indem ich ihn zum Flughafen gefahren hatte. (Und er hatte noch nicht mal das Flugzeug genommen, obwohl er genug Zeit gehabt hätte! Wie war er dann also nach Mississippi gekommen – per Anhalter?) Und was den Verrat betraf – ich hatte niemandem ein Wort von dem gesagt, was ich wusste. Ich hatte Brogus erlaubt, mich in diesen Wahnsinn reinzuziehen, und jetzt jagte er mir einen solchen Schreck ein, damit ich mich noch mehr reinhängte, um irgendeine durchgeknallte Verschwörungstheorie zu begründen. Scheiß auf Brogus!

Mit einem Mal brach mir der Schweiß aus. Ich merkte, wie mein Flanellhemd klamm wurde und auf der Haut juckte. Ich atmete schwer. Ich löschte Reggies E-Mail und schaltete den Computer aus. Ich brauchte frische Luft. Als ich aufstand, wurde mir schwindelig. Ich griff nach meinem Parka und taumelte zur Tür. Draußen vor dem Gebäude blieb ich auf dem welken, gefrorenen Gras stehen, beugte mich vor und stützte mich mit den Händen auf den Knien ab. Mein Atem ging wieder regelmäßiger. Die eisige Luft fühlte sich gut an in meinen Lungen. Schließlich richtete ich mich auf.

Jetzt sah ich ihn, ungefähr hundert Meter entfernt, jenseits der verdorrten Rasenfläche, er parkte am Rand des Liberty Drive. Der schwarze Beamte saß auf dem Beifahrersitz des Lincoln Town Car, bei herabgelassenem Fenster. Obwohl keine Sonne am stahlgrauen Himmel schien, trug der kahlköpfige große Kerl seine Ray-Ban-Brille. Und schien direkt zu mir herüberzusehen. Aber dieses Mal hatte ich keine Angst. Ich ging los, über die Grasfläche auf die schwarze Limousine zu. Ich dachte nicht mal darüber nach, wie ich ihn ansprechen wollte. Ich wollte ihn nur zur Rede stellen. Bildete ich mir das ein, oder war da tatsächlich eine Spur von Angst – oder sogar Schock – in seinem ledrigen Gesicht zu sehen, als ich immer näher kam? Ich sah, wie er sich dem Fahrer zuwandte.

»He!«, rief ich.

Der Motor heulte auf, das Beifahrerfenster schloss sich, das Gesicht des Beamten verschwand langsam hinter der getönten Scheibe. Ich war fast schon so nah, dass ich die Karosserie berühren konnte, streckte die Hand aus nach dem Türgriff, als der Wagen aus der Parklücke ausscherte. Und ich rannte tatsächlich hinter ihm her! Verfolgte den Lincoln, der nun über den Liberty Drive davonfuhr.

»He!«, schrie ich wieder.

Der Fahrer gab Gas, ich auch, und rannte zwei ganze Blocks hinter ihm her. Aber als ich sah, wie die schwarze Limousine an der Ecke mit dem Donut-Laden auf den University Boulevard abbog, verlangsamte sich mein Sprint zu einem Joggen und dann zu einem Trotten mit schweren Füßen, bis ich vor einem trostlosen alten Laden mit einem riesigen Plastik-Donut über der Glastür stehen blieb. Aber ich hatte keine Augen für die Donuts im Schaufenster. Ich starrte in die Ferne auf der Suche nach der schwarzen Limousine, die im geschäftigen Verkehr auf dem University Boulevard verschwunden war. Da hörte ich lautes Klopfen von Metall auf Glas. Ich drehte mich um und entdeckte Kwanzi Authentica Parker im Donut-Laden. Sie klopfte mit einem der vielen Ringe an ihren Händen gegen die Scheibe, dann winkte sie eifrig, ich solle hereinkommen.

* * *

»Ich weiß, dass du nicht an übernatürliche Kräfte glaubst, Clay«, sagte Kwanzi mit einem leichten Bedauern, »aber das ist nur ein weiterer Beweis dafür, dass es keine Zufälle gibt.« Eingewickelt in einen weiten schwarzen Mantel saß sie mir gegenüber, auf dem Kopf eine Kufi-Mütze mit buntem Kente-Muster. Vor ihr auf dem weißen Plastiktisch eine halb aufgegessene Biskuitrolle, ein dampfender Becher mit Tee und die neueste Ausgabe des *Arden Oracle*. »Ich wollte schon den ganzen Morgen mit dir sprechen. Und da sitze ich nun zum ersten Mal seit Jahren wieder hier im Donut-Laden, denke an dich – und da kommst du auch schon um die Ecke gerannt, direkt auf mich zu!«

»Eigentlich bin ich einem Auto hinterhergerannt, Kwanzi.«

»Scheinbar bist du einem Auto hinterhergerannt«, erklärte sie mit bedeutungsschwangerer Stimme. »Aber in Wahrheit bist du gerannt, weil du mich treffen wolltest.«

Ich wusste, dass es keinen Zweck hatte, Kwanzi zu widersprechen, wenn sie auf ihrem allwissenden Esoteriktrip war.

Sie bekam dann so einen Ausdruck verträumter Glückseligkeit und in ihrer Stimme schwang ein tiefgründiger Ernst mit, wie bei Vincent Price in einem Horrorfilm von Roger Corman. »Ich bin also hierher zu dir gerannt, um über was zu sprechen?«

Kwanzi hob ihren Teebecher an, schloss die Augen und nippte daran. Sogar auf der anderen Tischseite war der Duft ihrer Kakaobutter noch überwältigend. Sie setzte den Becher ab und fixierte mich mit ihren weit aufgerissenen Augen. »Clay«, sagte sie bedeutungsschwer, »ich habe heute Morgen deinen Artikel im *Oracle* gelesen.« Sie hielt inne. Vielleicht wollte sie, dass ich sie frage, ob ihr der Text gefallen hat. Tat ich aber nicht. Nach einem Moment sprach sie weiter: »Also, ich wollte dich fragen ... Wieso hast du nicht mich interviewt?«

»Dich?«

»Oder eine andere Person aus dem Afrikamerika-Institut.«

»Nun ja, ich kenne euch alle persönlich. Ich dachte, es könnte vielleicht peinlich werden, wenn ich ...«

»Weißt du, wie viele Interviews ich gestern gegeben habe?«, unterbrach sie mich. »Fünf Fernsehsender, mindestens, noch mehr Radios, darunter das *National Public Radio*, und ...«, Kwanzi hielt einen Wimpernschlag lang inne und sagte dann mit vor Stolz belegter Stimme: »... heute Morgen hat mich die *New York Times* angerufen und wollte, dass ich den Fall kommentiere.«

»Wow«, sagte ich tonlos.

»Daher kommt es mir eigenartig vor, dass ich ausgerechnet von der hiesigen Zeitung nicht befragt werde. Roger ist auch dieser Meinung.« Kwanzi verwies gerne auf die Meinung ihres Ehemanns, des britischen Historikers Roger Pym-Smithers, wie um ihren eigenen Standpunkt aufzuwerten.

»Tut mir leid, Kwanzi, ich hatte wohl einfach nicht ...«

»Ich hätte befragt werden müssen«, sagte Kwanzi und

klang jetzt beleidigt. »Zumal du über diese böse kleine Zwergin geschrieben hast!«

»Du meinst Patsy DeFestina?«

»Diese Frau«, sagte Kwanzi mit zusammengebissenen Zähnen. »Diese Frau ist ... *skrupellos.* Absolut skrupellos. Roger ist auch dieser Ansicht.«

»Wirklich?«

»Du hättst mal sehen soll'n, wie sie Art und Matilda Davenport angepöbelt hat!« Kwanzi sprach immer schneller und zorniger. »Hat sie in die Mangel genommen – ein altes Ehepaar –, als wärn's Kriminelle. Alle! Den alten Pops Mulwray, die Lumbakis, Mabel, die Teilzeitsekretärin. DeFestina hat alle angebellt wie'n wildgewordener Pitbull! Bei mir hat sie sich das nicht getraut, weil sie gleich geschnallt hat, dass ich da nicht mitspiele. Aber sogar wenn sie's höflich versucht, is sie'n Miststück. Ich erklärte ihr, Roger und ich war'n beide über das Wochenende verreist. Ich war auf einer Konferenz in Chicago und er auf 'ner Konferenz in New York. Das habe ich ihr *gesagt*! Und Roger genauso! Aber dieses Miststück muss uns unbedingt noch nach den Flugtickets fragen, als Beweis dafür, dass wir nicht vor Montagmorgen in Arden zurück waren. Und gestern Morgen hat sie mir die ganze Zeit in den Ohren gelegen mit: ›Wer hat 'n Schlüssel? Wer hat 'n Schlüssel? Wer noch? Wer noch?‹«

»Einen Schlüssel?«

»Einen Generalschlüssel für alle Räume im Afram-Institut. Patsy hat einfach nich aufgehört, mich zu piesacken, von wegen wer alles Zugang zu den Räumen hatte. Sie will jede Person befragen, die irgendwann mal 'n Schlüssel gehabt hat. Sogar nachdem ich ihr 'ne Liste geschrieben hab, nervte sie weiter: ›Wer noch? Wer noch? Wer noch?‹ Ich hätt' ihr am liebsten eine geknallt.«

»Nun ja, Kwanzi, man könnte auch sagen, sie macht einfach nur ihren Job.«

»Willste sie jetzt verteidigen, oder was?«

»Na ja, nicht direkt. Ich wollte nur ...«

»Jetzt hat sie sich auf T-Bird eingeschossen. Erst woll'n alle Reggie Brogus hängen sehen, jetzt ist es T-Bird! Hast du's mitgekriegt? So'n junger Typ, der als studentische Hilfskraft im Institut arbeitet. Keiner hat ihn zuletzt auf'm Campus gesehen. Der arme Bruder ist wahrscheinlich völlig fertig. Hat die Nachrichten gesehen und gedacht: ›Ich bin ein junger Schwarzer – also werden sie versuchen, es mir anzuhängen! Besser ich verstecke mich!‹ Und jetzt ist der Lynchmob hinter ihm her!«

»Du glaubst also, weder Brogus noch T-Bird sind schuldig?«

Kwanzi machte eine längere Pause. »Ich *glaube* nicht, dass T-Bird es getan hat. Aber ich *weiß*, dass Reggie unschuldig ist.« Sie bekam wieder diesen distanzierten, hellseherischen Blick. »Was wäre ...«, sagte Kwanzi ganz langsam und wieder in diesem Vincent-Price-Tonfall, »wenn ich dir sagen würde, dass die Leiche in Reggies Büro ... gebracht wurde?«

»Haben die Geister dir das zugeflüstert?«

»Nein, Clay. Die Polizei weiß ganz genau, dass die Leiche dort hingebracht wurde.«

»Woher weißt du denn, was die Polizei weiß?«

Ein schwaches Lächeln erschien auf Kwanzis Gesicht. »Wusstest du, dass Roger drüben in England durchaus eine gewisse Reputation als Amateurdetektiv hat?«, fragte Kwanzi mit einem Anflug von imitiertem britischen Akzent im Stil ihres Ehemanns.

»Er hat mir davon erzählt.«

»Tja, Pitbull-Patsy wusste von dem Fall, bei dem Roger Scotland Yard bei der Aufklärung geholfen hat, damals in den Sechzigern. Als sie ihn dann befragte – er ist mein Ehemann, also hat er selbstverständlich einen Schlüssel zu meinem Büro und daher Zugang zum Institut –, wurde sie ganz leutselig angesichts seiner Verdienste und ließ sich mehr Informationen entlocken, als sie eigentlich preisgeben wollte. Weil sie gewissermaßen zu einem Detektivkollegen sprach.«

»Und sie sagte, die Leiche sei dorthin gebracht worden?«

»Sie sagte, das sei offensichtlich.« Kwanzi blickte mich erneut eindringlich an.

»Dann ... war das ein Komplott?«, fragte ich zögernd.

»Hm-hmm«, bestätigte Kwanzi genüsslich. Wieder nippte sie an ihrem Tee. »Ich weiß, dass manche Leute es befremdlich finden, dass ich Reggie so vehement verteidigt habe. Aber ich weiß noch, wer Reggie Brogus einmal gewesen ist. Und das geht auch vielen anderen Leuten so. Ich liebe Reggie wegen dem, was er einmal war. Aber eine Menge Leute hassen ihn deswegen. Du hast das Wort ›Komplott‹ benutzt. Tja, wenn das ein Komplott war, dann will jemand Reggie ans Leder, will ihn dafür bestrafen, was er einmal war.«

Ich nickte nachdenklich. »Cointelpro.«

Sie riss überrascht die Augen auf: »Was hast du gerade gesagt?«

»Cointelpro«, wiederholte ich. »Counter Intelligence Program.«

»Ja, klar, ich weiß, was es bedeutet«, sagte Kwanzi. »Aber was weißt du davon?«

»Na ja ... ich hab ein paar Mal mit Brogus zu Mittag gegessen, und da hat er ... äh ... da schien er zu glauben, dass es Leute bei Cointelpro gibt, die ihm ... hm ... keine Ahnung ...«

»Die ihm ans Leder wollen«, wiederholte Kwanzi unheilvoll. »Sogar jetzt noch.«

»Ähm ... ja.«

Wir schwiegen eine Weile. Ich wusste nicht, was ich sagen sollte. Ich dachte an den schwarzen FBI-Beamten in der Lincoln-Limousine. Überlegte, ob ich Kwanzi davon erzählen sollte, ließ es aber lieber bleiben.

»Du weißt ja, was man sich darüber erzählt, was Reggie

passiert ist, oder?«, sagte Kwanzi schließlich. »Es heißt, sie hätten ihn, nachdem er 1981 in Paris aufgegriffen und ausgeliefert wurde, in Einzelhaft gesteckt. Er saß in 'ner winzig kleinen Zelle mit grellem Licht und 'ner Überwachungskamera. Vierundzwanzig Stunden am Tag. Er konnte das Licht nicht ausschalten. Er schlief, ging zur Toilette und so weiter, immer in diesem grell erleuchteten Raum. Er wusste nicht, ob's Nacht oder Tag war. Besucher war'n nicht zugelassen, nicht mal sein Anwalt. Er hatte keine Bücher, keine Zeitungen, keinen Fernseher, kein Radio. Sie behielten ihn ein Jahr lang in dieser Zelle, Clay. Wer wär' da nicht zerbrochen? Nach einem Jahr Isolationshaft war Reggie nur noch'n Zombie ... Und da haben sie mit der Gehirnwäsche begonnen. Sie gaben ihm alle möglichen Psychopharmaka. Elektroschocktherapie. Gerüchten zufolge haben sie sogar neurochirurgische Eingriffe an ihm vorgenommen. So brachten sie ihn dazu, die eigene Vergangenheit abzulehnen, das zu verleugnen, was er einst war. Und machten ihn zu dem Menschen, den sie haben wollten.«

»Meine Güte.«

»Hat er dir nie davon erzählt?«

»Nein.«

»Ich frage mich sowieso, wie viel er davon noch erinnert«, sagte Kwanzi. »Wie auch immer, das ist nur ein Gerücht. Aber es könnte sein, dass es Leute gibt, die meinen, eine Gehirnwäsche sei nicht genug. Die Reggie lieber tot sehen möchten.«

»Und du verdächtigst die Leute von Cointelpro?«

»Clay, ich weiß nicht mal, ob es Cointelpro überhaupt noch gibt.« Kwanzi seufzte und bekam wieder diesen bedeutungsschwangeren Blick. »Ehrlich gesagt, hatte ich sowieso den Verdacht, dass die Bullenschweine dahinterstecken. Vielleicht haben ein paar von denen sich überlegt, dass sie so einen wie Reggie Brogus – den *früheren* Reggie Brogus – nicht in ihrer Community haben wollen. Also haben sie ein, wie du sagst, Komplott geschmiedet. Deshalb traue ich diesem DeFestina-Biest nicht über den Weg.«

»Glaubst du wirklich, die Bullen würden so ein Riesending vom Zaun brechen«, sagte ich, »nur um Reggie Brogus wegen seiner Verfehlungen in der Vergangenheit zu bestrafen?«

Kwanzi starrte aus dem Fenster. »Ich weiß es nicht, Clay«, sagte sie resigniert. »Ich weiß es einfach nicht.« Nach einer kurzen Pause fügte sie hinzu: »Roger ist übrigens nicht meiner Meinung.«

»Ist er nicht?«

»Nein. Er ist überzeugt davon, dass es sich um ein Verbrechen aus Leidenschaft handelt. Verübt von jemandem, der beide sehr gut kannte – Reggie *und* das Mädchen.«

»Also dann käme T-Bird in die engere Wahl. Aber ich weiß nicht, wie gut er Brogus oder ... äh ... die Wolfshiem kannte.«

»Wo wir gerade darüber sprechen, Clay ... Roger sagte, du hättest sie gekannt.«

»Äh, ja, ein bisschen.«

»Sie war eine Studentin von dir?«

»Nicht direkt. Sie war nicht in einem meiner Kurse. Ich war eine Zeitlang ihr Tutor, ein paar Wochen lang im September.« Ich fand, dass ich das auf eine sehr schön beiläufige Art vorgebracht hatte. »Sie war eine sehr interessante junge Frau. Sehr ... äh ... nett.«

Kwanzi bekam wieder ihren entrückten Blick. »Roger sagte, du seist sehr erschüttert gewesen, als du von ihrem Tod hörtest.«

»Ja, selbstverständlich.«

»Roger sagte, du hättest eine sehr enge Beziehung zu dem Mädchen gehabt.«

»Ach ja?«

Kwanzi nickte feierlich. »Das wird in deinem Artikel in der heutigen Ausgabe des *Oracle* deutlich, dass du dich zu ihr ... *hingezogen* fühltest.«

So wie Kwanzi das sagte, es mit unterschwelliger Bedeutung auflud, lief es mir kalt den Rücken herunter. »Ja«, sagte ich vorsichtig. »Und?«

Kwanzi senkte den Kopf und starrte in ihren Becher. »Und … wie geht es Penelope und den Zwillingen?«

Das kam mir beinahe wie eine Fangfrage vor. »Ihnen geht's gut«, sagte ich vorsichtig.

»Hattest du mit Penelope nicht kürzlich einen Jahrestag?«, fragte Kwanzi jetzt beiläufiger und leutselig.

»Den Siebenjährigen«, sagte ich, immer noch auf der Hut, ob sie mir eine Falle stellen wollte.

»Und du hast nicht das Gefühl, es ist das verflixte siebte Jahr und es juckt dich ein bisschen?«

»Wenn's mich juckt, muss ich ja nicht gleich kratzen.«

Kwanzi brach in lautes Lachen aus. Ich lächelte, blieb aber wachsam. »Ich weiß, wie du dich fühlst, Bruder«, sagte sie und nickte verständnisvoll. »Eine Ehe ist viel mehr als nur Sex, findest du nicht?« Sie schlug einen salbungsvollen Ton an wie Oprah Winfrey. »Sicherheit. Darum geht es in der Ehe. Emotionale Sicherheit. Schau dir nur mich und meinen Ehemann an. Ich weiß, dass Roger nicht die große Liebe meines Lebens ist. Ich hatte irre leidenschaftliche Beziehungen – bevor ich Roger Pym-Smithers kennenlernte. Aber bei ihm fühle ich mich aufgehoben. Weil er mich so sehr liebt. Wusstest du, dass Roger der erste Mann war, der mir *sagte*, er liebt mich? Alle Männer vor ihm – die, die ich für die großen Lieben meines Lebens halte – haben mir nie gesagt, sie würden mich lieben. Manchmal macht es mich traurig, dass es ausgerechnet ein Weißer sein musste, der mir zum ersten Mal seine Liebe erklärte. Er sagte es gleich an dem Abend, als wir uns kennenlernten. Er sagte mir, er hätte das erlebt, was die Franzosen einen *coup de foudre* nennen – es traf ihn wie der Blitz. Liebe auf den ersten Blick. Und er fühlt heute immer noch so. Roger liebt mich abgöttisch. Er würde alles für mich tun. Das *weiß* ich. Das ist meine Sicherheit. Vor Roger war ich eine Vagabundin. Eine Bohèmienne, wenn du so willst, aber eigentlich eine Herumtreiberin. Nachdem ich Roger kennengelernt hatte, wusste ich, was es heißt, geliebt zu werden. Zu wissen, dass deine Telefonrechnung und deine Stromrechnung bezahlt werden. Zu wissen, dass deine Schecks nicht platzen. Zu wissen, dass es nicht passieren kann, dass du nach Hause kommst und der Vermieter hat deine Möbel und Klamotten auf die Straße geschmissen, weil du mit der Miete drei Monate im Rückstand bist. Zu wissen, dass man immer geliebt und umsorgt wird. Das bedeutet die Ehe für mich. Wusstest du, dass Roger bei unserer Heirat versprochen hat, dass er mir niemals wehtun wird, weder absichtlich noch unabsichtlich?«

Ich fragte mich, ob man versprechen kann, niemals etwas »unabsichtlich« zu tun. Ich wollte schon sagen: »Das ist doch Unsinn.« Stattdessen lächelte ich und sagte, mit nur ganz leicht angedeutetem Sarkasmus: »Was für ein Mann.«

»Und ich weiß, du würdest niemals etwas tun, was Penelope wehtun könnte, hab ich recht, Clay?«

»Kwanzi«, sagte ich ungeduldig. »Worauf willst du hinaus?«

Sie nahm einen Schluck von ihrem Tee und verzog angewidert das Gesicht. »Kälter als ich dachte«, sagte sie und stellte den Becher ab. »Eigentlich wollte ich über etwas anderes mit dir reden, Clay.«

»Ja?«

»Vor eineinhalb Jahren, als wir die Räume des Afram-Instituts eröffneten, gaben wir eine Soulfood-Party. Erinnerst du dich?«

»Natürlich.«

»Auf dieser Party ... hab ich dir da nicht einen Schlüssel für die Institutsräume gegeben?«

»Warum hättest du das tun sollen? Ich bin doch kein Dozent in diesem Bereich.«

»Ja, aber ich hatte gehofft, dass du es wirst. Ich meine, mich daran zu erinnern, dass ich einen Schlüssel übrig hatte, den ich dir als Geste des guten Willens übergab. Um dir zu zeigen, dass du bei uns immer willkommen bist.«

»Daran kann ich mich nicht erinnern«, sagte ich wahrheitsgemäß.

»Schau mal an deinem Schlüsselbund nach.«

»Was?«

»Bitte. Es ist ein sehr ungewöhnlich geformter Schlüssel. Sehr modern.«

Jetzt war ich mir ganz sicher, dass Kwanzi falsch lag. Ich zog den Schlüsselring aus der Tasche meiner schwarzen Cordhose. Daran hingen ein Dutzend Schlüssel. Ich warf sie lautstark auf den Tisch.

»Das ist er!«, sagte Kwanzi sofort.

Tatsächlich hing da ein sehr merkwürdiger Schlüssel an meinem Bund. Er war ganz glatt, hatte keinen gezackten Bart wie die anderen. Die Oberfläche dieses länglichen Metallteils hatte fünf oder sechs pockennarbige Einkerbungen. Kwanzi griff in ihre Tasche und legte einen identisch aussehenden neben den seltsamen Schlüssel an meinem Bund. Ich saß da, mein Mund stand leicht offen, und ich starrte verblüfft auf diesen Schlüssel, an dessen Anblick ich mich schon so sehr gewöhnt und den ich schon so oft in die Tasche gesteckt hatte, dass ich ihn gar nicht mehr bemerkt hatte. In den anderthalb Jahren hatte ich ihn nie benutzt.

»Nun, mein Bruder«, sagte Kwanzi. »Das nächste Mal, wenn du mit Patsy DeFestina zusammentriffst, wird *sie* womöglich *dich* interviewen.«

»Ja«, sagte ich leise.

»Clay«, sagte Kwanzi vorsichtig. »Gibt es da etwas, das du mir sagen möchtest?«

Ich griff nach dem Schlüsselbund und steckte ihn zurück in die Hosentasche. »Ja«, sagte ich und musste mich sehr bemühen, wieder sachlich zu klingen. »Ich habe um elf einen Kurs. Ich muss los.«

Ich wartete, bis Kwanzi an der Kasse bezahlt hatte. Als wir

in den grauen, kalten Tag traten, sagte Kwanzi: »Ich weiß, was du am zweiten Weihnachtsfeiertag zu Roger gesagt hast.«

»Was denn?«

Wir standen vor dem Schaufenster des Donut-Ladens und schauten einander an. »Am Abend des zweiten Weihnachtsfeiertags.« Kwanzi stellte den Mantelkragen hoch und starrte mich bedeutungsvoll an. »Als du mit Penelope zum Essen zu uns gekommen bist. Ich weiß, was du da zu Roger gesagt hast.«

Jetzt wurde ich wütend. Ich merkte, wie mir das Blut zu Kopf stieg. »Kwanzi ... ich weiß wirklich nicht, wovon verflucht noch mal du sprichst.«

Eine Hupe ertönte plötzlich und nervtötend. Ich drehte mich um und sah, wie ein Streifenwagen neben uns einparkte. Das Beifahrerfenster war halb heruntergelassen. Zwei Hände mit kurzen Fingern umklammerten den oberen Fensterrand. Dann erschien Patsy DeFestinas kleiner Kopf mit aufgesetzten puscheligen Ohrenschützern. »Guten Morgen, Professoren!«

»Oh, hallo, Detective DeFestina«, sagte ich so fröhlich wie ich konnte. Ich wandte mich wieder Kwanzi zu. Sie hatte sich umgedreht und ging mit weit ausholenden Schritten über den University Boulevard davon.

»Ich fürchte, diese Frau mag mich nicht besonders«, sagte Patsy.

Ich ging auf den Streifenwagen zu und beugte mich zum Fenster herunter. »Na ja, das ist schon ein schwerer Schlag für die Leute im Afrikamerika-Institut.«

Patsy nickte. Ich sah echtes Mitgefühl in ihren schwarzen Knopfaugen hinter den klobigen rechteckigen Brillengläsern. »Was haben Sie gerade vor?«, fragte sie. »Ich wollte Sie zu etwas einladen.«

In diesem Moment vergaß ich den Kurs, den ich in fünf Minuten geben sollte. »Zu was denn?«

Patsy grinste boshaft. »Wir jagen einen T-Bird. Kommen Sie mit!«

* * *

Patsy DeFestina monologisierte fröhlich vor sich hin mit ihrem angenehm farblosen Ohio-Akzent – die Betonungen waren so flach wie das brachliegende Farmland, das sich vor uns erstreckte, die Vokale so gedehnt wie der unendliche graue Himmel über uns –, während der Streifenwagen Richtung Süden nach Impediment raste. Ich saß auf dem Rücksitz und konnte sie nicht sehen, während sie redete, und fragte mich, ob sie überhaupt in der Lage war, über das Armaturenbrett zu schauen.

»Sie waren viel zu nett zu mir, Clay. Wirklich«, hatte Patsy gesagt, nachdem ich in den Wagen gestiegen war, ohne noch einen Gedanken an meinen Elf-Uhr-Kurs zu verschwenden – noch, was das betrifft, an meinen Drei-Uhr- oder meinen Vier-Uhr-Kurs. »Wissen Sie, ich hatte schon oft mit der Presse zu tun«, sagte sie mit ihrer monotonen, aber freundlichen Stimme, die von unterhalb der Kopfstütze des Beifahrersitzes kam, »aber Ihr Artikel war der netteste, den ich je über mich gelesen habe. Und Sie kennen ja das Sprichwort: Schmeicheleien bringen dich voran! Hab ich recht, Larry?«

Larry, das Rübengesicht in der blauen Uniform, den ich schon vorher mit ihr gesehen hatte, saß hinterm Steuer. Er gab ein heiseres Glucksen von sich. Das würde auch seine übliche Antwort auf die weiteren Bemerkungen der Kriminalistin sein, während sie unermüdlich weiterplapperte. Er grummelte ab und zu freundlich, wie der Sidekick eines unermüdlich quasselnden TV-Moderators.

»Und ich finde, Sie haben auch Reggie Brogus sehr fair behandelt.«

»Finden Sie?«, fragte ich.

»Absolut. Sie haben ihn nicht oft erwähnt, aber sie haben ihn auch nicht vorverurteilt, wie viele andere Medien es getan haben. Wissen Sie, ihn als den großen, gefährlichen *Nigga* darzustellen, der ein armes weißes Mädchen vergewaltigt und umgebracht hat, das ist doch bloß der übliche rassistische Schwachsinn!«

Jetzt *wusste* ich, dass Patsy schwarz war – oder zumindest teilweise. Kein weißer Cop würde jemals so etwas sagen. Dennoch hatte Kwanzi sie gerade eben im Donut-Laden mehrmals als Miststück bezeichnet. Ich hatte mir nicht die Mühe gemacht, Kwanzi zu fragen, ob sie Patsy für schwarz oder weiß hielt. Ganz offensichtlich dachte Kwanzi, Patsy sei eine Weiße, eine weiße Rassistin. Und Patsy hatte mir erst vor vierundzwanzig Stunden erklärt, es gäbe eine neunzigprozentige Wahrscheinlichkeit, dass Brogus der Täter war. Aber nun hatte Kwanzi behauptet, Patsy wüsste, dass die Leiche in Reggies Büro gebracht worden sei. Warum sollte Brogus Seeräuber-Jenny, wenn er sie an einem anderen Ort ermordet hatte, in sein eigenes Büro schleppen? Das machte überhaupt keinen Sinn. Also war T-Bird definitiv der Mörder. Er hatte Jenny getötet – womöglich versehentlich – und dann die Leiche in Reggies Büro abgelegt, um die Tat dem Mann anzuhängen, den er als »hässlichen fetten Drecksack« beschimpft hatte. War das die Schlussfolgerung, zu der Patsy gekommen war? War das der Grund für unsere einstündige Fahrt in eine andere Stadt – um *einen T-Bird zu jagen*?

»Sehen Sie«, sagte Detective DeFestina. »Keiner von Brogus' weißen konservativen Kumpels hat irgendwas zu diesem Verbrechen oder der Jagd nach dem vermeintlichen Täter gesagt. Dieser Radiomoderator, Rash Knoblauch, hat sich rundweg geweigert, live über das Thema zu sprechen! Aber früher oder später werden sie sich gegen ihn wenden. Ganz egal, ob er das Mädchen getötet hat oder nicht. Hab ich nicht recht, Larry?«

Larry gluckste heiser.

»Nicht, dass ich eine gefühlsduselige Linke wäre!«, fügte Patsy hastig hinzu. »Ich liebe dieses Land!«

»Das tun auch eine Menge gefühlsduselige Linke«, sagte ich. Es war der letzte Satz, den ich für lange Zeit beisteuern konnte.

»Wissen Sie, warum ich dieses Land liebe?«, fragte Patsy, nur um ihre Frage im nächsten Atemzug selbst zu beantworten. »Dies ist das einzige Land auf der Welt, wo eine Person wie ich, als Frau ... als Angehörige einer ethnischen Minderheit ... als Kleinwüchsige ... indem sie die Regeln beachtet und – seien wir ehrlich – gelegentlich jemanden hier oder da an einer Strippe ziehen lässt ... Police Detective werden kann. Und damit, wenn ich das so sagen darf, ein Vorbild für Millionen. Nur in Amerika! Hab ich nicht recht, Larry?«

»Grmblmff.«

»Wissen Sie, wie ich einmal zu Barbara Walters sagte, es ist genauso ...«

Patsy driftete ab in ein solipsistisches Selbstgespräch über Glauben und Disziplin, die Bürde der Vorbildfunktion und die Bewahrung einfacher Werte. Ich hörte kaum noch hin. Ich starrte aus dem Fenster, während die Umgebung sich veränderte, von alterslosem Agrarland in ein zeitgenössisches Irgendwo: Reklametafeln, Megastores, Multiplexe, Investitionsruinen – Retortenvorstädte am Straßenrand mit Blöcken von zwölf bis zwanzig identischen Häusern –, ausgedehnte armselige, flache Brachflächen, als wir uns den Außenbezirken von Impediment näherten. Ich bemerkte die neugierigen Blicke der Autofahrer, die uns entgegenkamen. Plötzlich erkannte ich, dass sie keine Ahnung hatten, dass ich als Reporter für eine Story unterwegs war. Sie mussten denken, ich sei verhaftet worden. Das war doch der erste Gedanke, der einem kam, wenn man einen relativ jungen Schwarzen auf dem Rücksitz eines Streifenwagens sah.

Ich musste ein Lachen unterdrücken, als ich die Perversität meiner Situation erkannte. Ich saß in einem Streifenwagen mit meiner neuen besten Freundin Patsy DeFestina und ihrem schläfrig dreinblickenden Trottel Larry, und wir waren unterwegs, um Tyrell »T-Bird« Williams aufzuspüren, den jemand heute Morgen gesehen hatte, wie er in Impediment eine Straße entlangspaziert war. Wie die meisten Afroamerikaner war ich der Polizei bislang mit einem natürlichen Misstrauen, wenn nicht gar mit Ablehnung begegnet. Und jetzt ließ ich mich von Patsy DeFestina umschmeicheln. Wohl weil ich dachte, sie könnte mir irgendwie helfen, die Wahrheit herauszufinden. Ich glaubte nicht – wie Kwanzi –, dass die hiesige Polizei Reggie Brogus eine nackte Leiche untergeschoben hatte. Meiner Ansicht nach waren normale Polizisten viel zu dumm, um sich etwas so Kompliziertes auszudenken.

Ich grübelte immer noch über meine Begegnung mit Kwanzi im Donut-Laden nach. Dass ich den Schlüssel zum Afram-Institut an meinem Schlüsselbund hatte, war schon beunruhigend genug. Aber Kwanzi hatte mir richtig Angst eingejagt und mich eiskalt erwischt mit ihrer rätselhaften Bemerkung über das, was ich letzte Weihnachten »zu Roger gesagt« hatte. Was zum Teufel hatte sie damit gemeint? Ich war mit Penelope bei ihnen zum Abendessen gewesen. Roger hatte eine Flasche Wein nach der anderen geöffnet. Kwanzi war irgendwann müde gewesen und zu Bett gegangen. Pen war nach Hause verschwunden. Ich aber blieb noch und trank weiter mit Roger und redete über ... was? Ich hatte ihm bestimmt nicht von meinem kleinen Techtelmechtel mit Jenny erzählt. *So* betrunken war ich nun auch wieder nicht gewesen! Trotzdem hatte Kwanzi misstrauisch etwas angedeutet. Hatte ihr Ehemann, der sich gern als Amateurdetektiv betätigte, etwa den Verdacht geäußert, *ich* könnte Jenny umgebracht haben?

»Diese Stadt ist ein Friedhof«, sagte Patsy, als wir an den zugenagelten ehemaligen Textilfabriken und verlassenen Wohnblöcken von Impediment vorbeikamen. »Dabei war es mal eine prosperierende Gemeinde. Es gab eine weiße und eine schwarze Seite der Stadt. Auf beiden Seiten gab es wohlhabende und arme Leute. Jetzt gibt es nur noch eine Seite und die ist schwarz *und* arm.«

Patsy redete weiter, auch als eine verzerrte Stimme im Polizeifunk ertönte, und sie hörte nicht auf zu lamentieren, als Larry nach dem Hörer griff und die Fragen der undeutlichen Stimme beantwortete. Ich hörte weder Patsy noch Larry noch der unverständlichen Stimme zu, sondern starrte aus dem Fenster auf die Main Street von Impediment. Was einmal eine belebte Geschäftsstraße gewesen war, war nun verlassen bis auf einige Gruppen obdachloser Schwarzer, die hier und da herumstanden. Die Banken, Warenhäuser, Coffeeshops und Drugstores waren alle geschlossen, aufgegeben worden. Ein paar Bars, ein Pornokino, ein Pfandhaus, ein Lokal zur Barauszahlung von Schecks und ein Alkoholladen waren die einzigen, die geöffnet hatten. Ich hörte, wie Larry irgendwas über die »Mandrake Towers« murmelte, bevor er den Hörer auflegte.

Larry bog von der Main Street ab. Ich spürte, wie er Gas gab und wir mit erhöhter Geschwindigkeit eine breite Straße mit verfallenen Reihenhäusern entlangrasten, hier und da lag Sperrmüll im wuchernden Gestrüpp der Vorgärten.

»Stimmen Sie mir zu?«, drang Patsys Stimme aus den Tiefen des Beifahrersitzes laut und ungeduldig zu mir.

»Wie bitte?«

»Clay, ich habe das Gefühl, Sie hören mir überhaupt nicht zu. Wenn ich noch die Schwester DeFestina von früher wäre, hätte ich Ihnen mit dem Lineal eins auf die Finger gegeben – direkt auf die Knöchel, damit Sie spüren, wenn das Holz auf den Knochen knallt.«

»Huch! Tut mir leid.«

»Ich sprach gerade über Kriminalromane«, sagte Patsy.

»Okay.«

Wir fuhren an einem graffitibeschmierten Willkommensschild der Mandrake Towers vorbei. Wir rollten in eine Betonwelt, ein Labyrinth aus schmutzig-rosafarbenen Wohnblöcken, alle sechs Stockwerke hoch und mit langgestreckten schmalen Fensterreihen.

»Nach meiner Theorie wären die meisten Kriminalromane viel besser, wenn sie aus der Perspektive des Kriminellen und nicht aus der Perspektive des Ermittlers geschrieben wären. Verstehen Sie, was ich meine? Es ist viel schwieriger, mit einem Mord davonzukommen, als einen Mörder zu überführen. Die Vertuschungsversuche der Täter sind viel spannender als die Aufdeckung des Verbrechens. Stimmen Sie mir zu?«

»Ähm, keine Ahnung«, sagte ich lahm.

Larry manövrierte den Wagen geschickt durch die Betonschluchten. Ab und zu verließen wir das Labyrinth und fuhren über einen freien Platz, in dessen Mitte ein nackter, knorriger Baum aus einem riesigen Pflanztopf aus Beton ragte, bevor wir in die nächste Schlucht hineinrasten.

»Roger Pym-Smithers ist ganz meiner Meinung«, sagte Patsy. »Ich habe ihn gestern gesprochen. Kennen Sie ihn? Interessanter Mann. In England hat er eine gewisse Reputation als ...«

»Da ist er!«, schrie ich. Die Worte waren mir beinahe unfreiwillig über die Lippen gekommen, als ich die schimmernde Jacke des Cleveland Browns Football Teams und die rote Baseball-Mütze mit dem Logo der Cleveland Indians verkehrt herum auf dem Kopf des jungen Mannes sah. T-Bird stand mit einer Gruppe von fünf Jungs neben einem dieser knorrigen Bäume im Pflanztopf auf einer der wenigen freien Flächen. Larry war so schnell gefahren, dass wir beinahe an T-Bird und seinen Kumpels vorbei in die nächste Betonschlucht gerast wären, bevor er durch meinen Schrei alarmiert wurde. Larry schaltete die Sirene ein, machte an der nächsten Ecke eine Kehre und raste zurück zu der Stelle, wo ich T-Bird gesehen hatte.

»Hurra!« Patsys Schrei übertönte die heulende Sirene.

»Hey, Clay, das ist genau wie in der Fernsehserie *COPS*, stimmt's?«

Plötzlich hörte ich das durchdringende Jaulen einer weiteren Polizeisirene nicht weit entfernt. Als wir über den leeren Platz rasten – T-Bird und seine Kumpels waren schon weggerannt –, fuhr der andere Streifenwagen auf der anderen Seite des knorrigen Baums an uns vorbei in die entgegengesetzte Richtung. Mir schlug das Herz bis zum Hals. Ich spürte ein unbekanntes Gefühl, eine Gewaltbereitschaft, beinahe schon einen Blutrausch, der in mir hochkochte. Als wir kurz davor waren, in die Betonschlucht einzutauchen, sah ich das schimmernde Braun des Polyesterstoffs hinter der zerbrochenen Scheibe einer Eingangstür.

»STOPP!« Noch bevor Larry es geschafft hatte, das Fahrzeug mit quietschenden Reifen zum Stehen zu bringen, hechtete ich schon aus der Tür, rollte über die Betonplatten vor dem Gebäude, richtete mich unbeholfen auf und taumelte durch die demolierte Tür in den dunklen Eingangsbereich. Ich tastete mich an der Wand entlang, suchte nach einem Lichtschalter, als die Wand plötzlich aufzubrechen schien und gelbliches Licht durch den Spalt drang. T-Bird sprang aus dem Schatten in einer Ecke und verschwand im Lichtspalt. Die Aufzugtüren schlossen sich bereits, als diese seltsame Kraft in mir, diese aufbrandende Wut, die ich noch nie gespürt hatte, meinen Körper nach vorn schleuderte. Als ich über die Schwelle rutschte und spürte, wie die beiden Flügel der Aufzugtür sich knapp hinter mir schlossen und über den Stoff meines Parkas glitten, hörte ich die Stimme von Patsy DeFestina hinter mir in der Lobby kreischen: »CLAY – NICHT!«

Dann war alles ein einziges blindwütiges Stürzen, Fallen, Taumeln, Schlagen. T-Bird und ich waren allein in dem nach oben ruckenden Aufzug. Ich stürzte mich auf ihn mit der wuchtigen Angriffslust eines Footballspielers. Wir prallten gegen die glatten, wie Alufolie glänzenden Kabinenwände und klammerten uns aneinander wie zwei Boxer im Clinch. Irgendwann hatte ich meine Arme um T-Birds Körpermitte geschlungen, meine Hände tasteten seine Hüftgegend ab, seinen Brustkorb, auf der Suche nach einer Schusswaffe, ich versuchte instinktiv, ihn zu entwaffnen, falls er bewaffnet sein sollte.

»Was zur Hölle ist los mit dir, *Nigga*!«, schrie T-Bird mit schriller Stimme und rammte seinen Körper gegen meinen, schleuderte mich gegen die dünne, nachgebende Kabinenwand. »Bist du irre? Du verrückte Scheiß-Schwuchtel!«

»Du hast sie getötet«, rief ich, blind taumelnd, den Kopf in der verdrehten Kapuze, die Kunststoffhaare des Fellbesatzes kitzelnd in Nase und Mund, während ich seinen Brustkorb umklammerte und dumpf brüllte: »Du hast sie umgebracht!«

Ich bin durchgedreht, aber ich kann noch denken. Ich weiß, dass T-Bird keine Waffe bei sich trägt. Und an der Art, wie er auf mich einschlägt, erkenne ich, dass ich mindestens so stark bin wie er. Der Aufzug hält ruckartig an. Ich spüre eine Hand in meinem Gesicht unter der Kapuze. Ein Fingernagel kratzt über die Oberfläche meines Augapfels. Ich falle zu Boden, höre, wie die Aufzugtüren sich öffnen. Ich reiße mir den hinderlichen Parka vom Leib, stolpere aus der Kabine und sehe T-Bird am oberen Ende einer schwarzen Metalltreppe, wo er sich gegen eine Eisentür stemmt. Ich taumle die Treppe hoch, die Tür schwingt auf und T-Bird ist verschwunden. Ein heller Sonnenstrahl durchdringt die dunkelgraue Wolkenmasse, wirft sein Licht durch die Türöffnung am Ende der Treppe und blendet mich. Ich taumle aufs Dach. Mein linkes Auge brennt. Ich schleiche Schritt für Schritt über das Dach, blicke mich suchend um, blinzelnd und mit einem tränenden verletzten Auge, kann T-Bird aber nirgendwo entdecken.

Dann schaue ich nach unten und sehe seine rote Baseball-Mütze vor meinen Füßen, mit dem aufgenähten grinsenden

Gesicht eines Native American – dem Maskottchen der Indians. Larry mit dem Rübengesicht stürmt aufs Dach, den Revolver im Anschlag. Patsy ist dicht hinter ihm, die Pistole in ihren winzigen Händen wirkt riesig. »Auf den Boden, Clay!«, schreit sie. Ich bewege mich nicht. Zwei weitere Cops stürmen unbeholfen über das Dach, ebenfalls mit Schusswaffen in den Händen, wenden sich mal hier hin, mal da hin. »Clay, auf den Boden!«, kreischt Patsy erneut.

Jetzt sehe ich T-Bird, der nicht weit von mir am Rand des Dachs entlangrennt. Er hat keine Kopfbedeckung mehr und man kann das Zickzackmuster seiner geflochtenen Cornrows erkennen. Ich frage mich, wo er wohl hinwill.

»Halt!«

Ich drehe mich um und sehe, wie Larry seine Pistole direkt auf T-Bird richtet.

»Er ist unbewaffnet!«, schreie ich.

»Halt!«, ruft Larry wieder.

Ich höre einen einzigen Knall, wie von einem Knallfrosch. T-Bird hält inne. Er ist eindeutig nicht getroffen, aber er bleibt stehen, ein bisschen zu abrupt, und dreht sich zu dem Schützen um – der ganz offensichtlich sein Ziel verfehlt hat –, unsicher auf einem Fuß balancierend, direkt am Rand des Dachs.

»Er ist unbewaffnet!«, schreie ich erneut.

Ich sehe den tölpelhaften, fast schon komischen Ausdruck von Überraschung auf T-Birds Gesicht, als er rückwärts taumelt und seine Füße den Kontakt zum Boden verlieren. Seine Arme rudern in der Luft, sein Gesicht verzerrt sich angestrengt, während er über den Dachrand kippt. Die Sohlen seiner grellweißen Turnschuhe sind das Letzte, was ich von ihm sehe, dann ist T-Bird aus meinem Blickfeld verschwunden.

* * *

Mir wurde schlecht. Ich brach noch auf dem Dach zusammen. Ich glaube nicht, dass ich das Bewusstsein verlor. Aber ich fiel schwer zu Boden, als hätte ich einen plötzlichen heftigen Fieberanfall. Mir wurde heiß und kalt zugleich. Genau dieses Gefühl hatte ich auch gehabt, als ich die E-Mail von Brogus in meinem Büro las – diesmal nur viel schlimmer. Ich bekam kaum noch Luft. Patsy DeFestina war nirgendwo zu sehen. Wo war sie? Die Szene vor meinen Augen mit den zahllosen Polizisten auf dem Dach wurde immer unschärfer. Mein linkes Auge tat höllisch weh. Das Nächste, was ich mitbekam, war, dass ich ausgestreckt auf dem Rücksitz eines Streifenwagens lag, mir der Schweiß ausbrach und ich am ganzen Körper zitterte. Draußen jaulten Sirenen und zahlreiche Stimmen waren zu hören. Vor meinem geistigen Auge sah ich T-Bird in diesem tragischen Slapstick-Moment, als er nach hinten kippte: Wie seltsam es war, ihn da vor mir zu sehen, mit verzerrtem Gesicht, mit den Armen rudernd, und dann, eine Sekunde später, sehe ich nichts mehr bis auf den grauen Himmel, wo eben noch sein Körper gewesen ist. Und in meinem Kopf der nicht enden wollende Widerhall der Worte: *Du ... hast ... ihn ... umgebracht*. Mir wurde übel, ich kotzte auf den Boden des Streifenwagens, und das muss wohl der Moment gewesen sein, als ich das Bewusstsein verlor.

* * *

»Clay, sind Sie wach? Ich bin's, Patsy. Hey, da sind Sie ja wieder. Da haben Sie sich aber ein ganz schön blutiges Auge geholt. Autsch.«

Ich setzte mich langsam auf. Ich erschrak angesichts der fadenscheinigen Decke, in die ich eingewickelt war. Ich saß auf einem Sofa in einem kleinen, undefinierbaren, schwach erleuchteten Büro. Durch das eine schmale Fenster konnte ich erkennen, dass es draußen schon dunkel war.

»Sie sind in der Polizeistation von Impediment, es ist

18:30 Uhr«, sagte Patsy und beantwortete damit meine ersten beiden Fragen, bevor ich sie gestellt hatte. Sie saß neben dem Sofa auf einem Stuhl, ihre Füße berührten nur knapp den Boden. »Können Sie bitte mal irgendwas sagen?«

»Irgendwas«, krächzte ich. Ich war immer noch nicht ganz bei mir, alles kam mir schleierhaft vor und seltsam abstrakt.

»Gut. Hören Sie zu. Tyrell Williams hat den Sturz nicht überlebt. Das ist jammerschade, ein schrecklicher Unfall. Larry hat einen Warnschuss abgefeuert – in die Luft –, worauf der Junge Angst bekam und gestolpert ist.«

»Die Lebenserwartung eines Streichholzes«, sagte ich bitter. »Stimmt's, Patsy?«

»So etwas passiert manchmal.« Jetzt war die stählerne Härte wieder in ihre Stimme zurückgekehrt. »Folgendes müssen Sie wissen: Ich habe Ihren Namen rausgehalten. Die Presse hat bereits Wind von der Sache bekommen. Haben Sie mich verstanden, Clay? *Ich habe Ihren Namen rausgehalten.* Nur wenige Personen – und keine davon ist Journalist – wissen, dass Sie mit uns auf dem Dach waren. Ich schütze Sie.«

»Was ist, wenn ich meinen Namen nicht raushalten will? Was ist, wenn ich das, was ich gesehen habe, in der Zeitung bringe?«

Patsy starrte mich durch ihre riesige Brille hindurch an. »Dies ist ein freies Land«, sagte sie. »Aber es gibt da noch einiges, was ich Ihnen mitzuteilen habe. Für den Fall, dass Sie tatsächlich einen weiteren Artikel darüber schreiben wollen. In Jennifer Wolfshiems Leiche wurde Sperma gefunden. Und es war nicht das Sperma von Reggie Brogus. Das FBI hat DNA-Proben von Brogus aus den frühen Achtzigern. Sie werden auch von dem verstorbenen Tyrell Proben nehmen, aber ich hab's im Gefühl, dass das Sperma im Körper der Wolfshiem auch nicht von ihm ist.«

Mir wurde erneut schlecht. Das Bild von Jennys nacktem

Körper auf dem Sofa im Büro von Reggie tauchte wieder vor meinem geistigen Auge auf. Ich sah, wie T-Bird über die Dachkante fiel. Jenny und T-Bird. Zwei Neunzehnjährige, beide tot. Und ich war in beide Todesfälle verwickelt. Ich spürte den beißenden Schmerz einer heißen Träne in meinem verletzten Auge.

»Und ich will Ihnen noch was sagen«, fuhr Patsy fort. »Jemand von der Arden University hat mich angerufen heute Nachmittag. Offenbar haben Sie auch einen Schlüssel zu den Räumlichkeiten des Afrikamerika-Instituts, Clay. Und eine Sache will ich Ihnen noch sagen: Es gehen Gerüchte um, Sie hätten Jennifer Wolfshiem gekannt – womöglich sogar im biblischen Sinn. Und dies noch, Clay: Wir haben gerade einen Ausdruck der Anrufliste von Reggie Brogus' Mobiltelefon bekommen. Den letzten Anruf hat er am Montagmorgen um 2:27 Uhr getätigt. Und raten Sie mal, wo er angerufen hat? Bei Ihnen zu Hause! Er hat ungefähr eineinhalb Minuten mit jemandem dort gesprochen. Ist das nicht merkwürdig?«

Ich war kurz davor zusammenzubrechen, am Ende meiner Kräfte, wollte endlich gestehen. »Patsy«, sagte ich heiser, »ich kann alles erklären.«

»Warten Sie damit noch. Es war ein langer Tag, auch für mich, wissen Sie. Ich habe einen Beamten besorgt, der Sie zurück nach Arden bringt. Ich könnte Sie auf der Stelle festnehmen. Aber ich weiß auch nicht, Clay, aus irgendeinem Grund mag ich Sie. Gehen Sie nach Hause zu ihrer Familie. Ich könnte mir vorstellen, dass Sie Ihrer Frau eine Menge erklären müssen. Vielleicht wollen Sie sich auch mit einem Anwalt beraten. Schlafen Sie sich aus und kommen Sie morgen früh um sieben Uhr zur Polizeistation in Arden. Fragen Sie am Empfang nach mir. Bringen Sie Ihren Anwalt mit, wenn Sie wollen. Sie werden einige Stunden lang befragt werden. Blutprobe, Fingerabdrücke, Haarproben. Wie gesagt, Clay, ich mag Sie. Aber wenn ich herausfinde, dass Sie für das verantwortlich sind, was diesem Mädchen zugestoßen ist, dann werde ich alles daransetzen, dass Sie vor Gericht gestellt, überführt und zum Tode verurteilt werden. Und am Tag Ihrer Hinrichtung werde ich eine Flasche Champagner öffnen. Heute Abend gilt noch die Unschuldsvermutung. Gehen Sie nach Hause zu Ihrer Frau und Ihren Kindern. Aber seien Sie morgen früh Punkt sieben Uhr auf der Polizeistation. Wenn Sie sich nur um eine Minute verspäten, gehe ich los und bringe Sie zur Strecke.«

11

Als Amerikaner hatte ich immer angenommen, der englische Feiertag namens Boxing Day habe etwas mit Faustkampf zu tun.

»Tatsächlich, *old bean*«, belehrte mich Roger Pym-Smithers, »geht es hier um christliche Nächstenliebe. In den alten Zeiten wurde in den Kirchen ein Weihnachtskasten aufgestellt, die Christmas Box. Die Gläubigen warfen dann Münzen hinein und dieses Geld, auch ›Box Money‹ genannt, wurde am 26. Dezember an die Bedürftigen verteilt. Daher der Name Boxing Day.«

Normalerweise waren Penelope und ich am zweiten Weihnachtsfeiertag mit den Mädchen in Philadelphia, wo wir Pens Eltern und meine Mutter oder meinen Vater und seine zweite Frau besuchten. Aber dieses Mal hatten wir uns entschieden, die ganze Weihnachtszeit in Arden zu verbringen. Als ich Roger am letzten Tag des Semesters auf dem Campus traf, erzählte ich ihm, wir würden die Feiertage zu Hause verbringen, und er meinte, wir »*müssten* einfach« am Boxing Day zum Abendessen zu ihnen kommen.

»Es handelt sich um eine Tradition bei uns«, erklärte er in diesem hochgestochenen britischen Akzent eines Eton-Zöglings. »Es ist mein bescheidener Versuch, mich auf meine *Wurzeln* zu besinnen, wie Kwanzi es ausdrückt. Nicht, dass ich zu diesem Zweck Almosen an die Armen verteile, ich bitte dich. Ich bereite einfach nur einen Fasan zu und backe ein paar *mince-pies*. Normalerweise sind wir nur zu zweit. Aber wir wären glücklich, wenn du und deine liebenswerte Frau Gemahlin uns die Ehre gäbet.«

Roger Pym-Smithers hatte die Gabe, alles, was aus seinem Mund kam, sogar eine Einladung zum Abendessen, ironisch und hämisch klingen zu lassen. Er grinste anzüglich, zog seine schmalen, schräg nach oben stehenden Augenbrauen zusammen, wodurch sich die Haare an den Spitzen so bogen wie Teufelshörner. Ich fand Rogers Gesellschaft immer amüsant, und es war lange her, dass ich Kwanzi Authentica Parker gesehen hatte, also stimmte ich sofort zu. Natürlich hätte ich vorher meine Frau fragen sollen.

»Um Punkt 22 Uhr gehe ich«, sagte Penelope, als wir uns am zweiten Weihnachtsfeiertag gegen 19 Uhr auf den Weg zum Haus von Roger und Kwanzi machten. »Ich erkläre dir meine Exitstrategie jetzt schon, damit du mir nicht in die Quere kommst, wenn es so weit ist.« Pen saß am Steuer des Volvo und gab mir zu verstehen, dass sie den Wagen mitnehmen würde, wenn sie losfuhr, um Ashley und Amber bei Mrs. Henderson abzuholen. »Wenn du noch länger mit Monsieur le Connaisseur abhängen willst, kannst du das gerne tun. Aber dann musst du zu Fuß nach Hause gehen. So weit ist es ja nicht.«

»Jawohl, Liebling«, sagte ich.

Wir hatten nur einmal zuvor bei Roger und Kwanzi zu Abend gegessen, vor zwei Jahren, kurz nachdem wir nach Arden gezogen waren, und Pen hatte es nicht so genossen. »Ich mag Kwanzi«, sagte sie hinterher. »Und ich habe nichts gegen Roger. Aber die beiden haben irgendwas Klaustrophobisches an sich, als würden sie schon viel zu lange in diesem muffigen Haus aufeinanderhocken. Ich meine, sie sind sehr gastfreundlich. Man hat nur ständig das Gefühl, das Abendessen bei Ihnen könnte ganz plötzlich zu *Wer hat Angst vor Virginia Woolf?* ausarten.«

Meine Frau fand es auch gar nicht lustig, dass ich mich an

diesem Abend im Herbst 1989 heillos betrank. Roger hatte sich einen umfangreichen Weinkeller eingerichtet und darauf bestanden, dass wir einige Kostbarkeiten aus seiner Sammlung probierten. Er und Kwanzi konnten eine Menge wegstecken. Und ich bemühte mich tapfer mitzuhalten, Flasche für Flasche. Penelope war an diesem Abend nicht als Fahrerin verpflichtet, aber darauf lief es hinaus, nachdem sie ihren volltrunkenen Ehemann auf den Beifahrersitz manövriert hatte.

»Versuch, um Mitternacht zu Hause zu sein«, sagte sie zwei Jahre später, als wir zum Boxing Day Dinner fuhren.

»Ich werde mein Bestes tun, Liebes«, sagte ich. »Aber du weißt ja, wie schwer es ist, Rogers englischem Charme zu widerstehen.«

»Igitt!« Pen erschauerte.

* * *

Woran konnte ich mich also noch erinnern in Bezug auf diesen Abend am 26. Dezember 1991?

Ich weiß noch, wie mir der Gedanke kam, dass Kwanzi und Roger wirklich ein merkwürdiges Paar waren – die spirituelle Soul Sister aus Jersey und der exzentrische aristokratische Brite mit dem Bindestrich-Nachnamen – und wie perfekt sie sich doch ergänzten. Sie lebten in einem Tudor-Haus, das von außen recht hübsch aussah, innen aber chaotisch, unaufgeräumt und lieblos eingerichtet war. Trotzdem schienen Kwanzi und Roger sich in ihrem mit zahllosen Bücherstapeln vollgepackten Haus wohlzufühlen, auch wenn ihr Heim den provisorischen Charme eines Studentenwohnheims ausstrahlte. Das unterschwellig Unheimliche im Zusammenleben von Roger und Kwanzi, das meine Frau bemerkt zu haben glaubte, konnte ich nicht nachempfinden. In meinen Augen hatten sie eine lockere, harmonische Beziehung, wie sie für viele Paare typisch ist, die schon lange zusammenleben und sich immer noch gern haben. Trotzdem mutete etwas an ihnen traurig an. Lag es daran, dass sie keine Kinder hatten? Kwanzi hatte mir einmal erklärt, dass sie und Roger sich bewusst gegen Kinder entschieden hätten. »Wir waren so sehr verliebt«, hatte sie mir mal bei einem Mittagessen in der Mensa erklärt, »und genossen unseren Lebensstil, dass wir uns ein Kind nicht vorstellen konnten.« Sie zuckte mit den Schultern. »Und jetzt ist es zu spät.«

Soweit ich mich erinnere, waren die Unterhaltungen während dieses Boxing Day Dinners angenehm und lebendig. Wir sprachen über die Sowjetunion, die einen Tag zuvor von Michail Gorbatschow aufgelöst worden war. Wir sprachen über den vieldiskutierten Film *JFK* von Oliver Stone, obwohl keiner von uns ihn bis dahin gesehen hatte. Und von dort war es nur ein kleiner Schritt hin zum Lieblingsthema von Kwanzi und Roger: die Sechziger. Oder, genauer gesagt: »Die sechziger Jahre und wie unglaublich großartig es damals war und wie tragisch es ist, dass du noch zu jung warst, um dabei zu sein.« Wir aßen den Fasan – der gut war, wenn auch ein bisschen streng für meinen Gaumen – und die geschmacklosen, gummiartigen *mince pies*. Wir diskutierten über Essen und Reisen, und ich erinnere mich noch, wie erleichtert ich war, nicht über das Afrikamerika-Institut und sonstige Uni-Angelegenheiten sprechen zu müssen. Und wir tranken: eine Flasche Beaujolais, einen Burgunder, einen Bordeaux, und dann kamen Tropfen aus Rogers Lieblingsregion an die Reihe: Côtes du Rhône.

»Ah, die Nase, *die Nase*!«, schwärmte Roger, beugte sich vor und steckte seinen rosaroten Rüssel weit ins Glas hinein. Er atmete tief ein, dann hob er den Kopf wieder. Seine Augen waren geschlossen, ein Lächeln umspielte seine Lippen. Ganz klar, er war entzückt. »Das Bouquet steigt aus dem Glas«, sagte er, die Augen immer noch geschlossen, während seine Nasenflügel bebten. »Ah, ein Gigondas! Dieser robuste Duft reichhaltiger Tannine. Oh là là, was für Aromen ...« Seine Nase kräuselte sich. »... pfeffrig ... kräuterig ... opulent und ungestüm ...« Er öffnete langsam seine triefenden Augen. »Geräucherte Wurst ... Leder.« Er nahm einen tiefen, gierigen Schluck. Seine geröteten Wangen beulten sich aus, während er den Wein im Mund hin und her gleiten ließ. Ich sah, wie seine Kehle sich wölbte, als er ihn hinunterschluckte. »Und dieses Bukett: vollmundig, üppig ... zäh.«

»Zäh?«, sagte ich. »Eine *zähe* Flüssigkeit?«

Roger schnüffelte an seinem Glasrand. »Wo wir gerade dabei sind, da steigt sogar ein leichtes Röstaroma wie von Erdnuss in die Nase.«

»Ich mag aber keine gerösteten Erdnüsse in der Nase haben!«, rief ich aus und brach in unkontrolliertes Kichern aus, begeistert von meiner albernen, kindischen Bemerkung. Ich war schon sehr betrunken und fand seine Assoziationen wahnsinnig komisch. Ich konnte mich gar nicht mehr einkriegen. Je mehr ich es versuchte, umso schlimmer wurde mein Lachanfall.

»Willst du mich etwa anpissen, *old bean*?«, rief Roger gutgelaunt. »Willst du mich anpissen?«

Kwanzi lächelte. »Das ist nur so eine britische Formulierung. Er meint: Willst du dich über mich lustig machen?«, erklärte sie.

Ich konnte immer noch nicht aufhören zu lachen.

»Nur weiter so«, stimmte Roger in mein Lachen ein.«Piss mich an. Har-har-HAR!«

Penelope warf mir einen angewiderten Blick zu und schaute auf ihre Armbanduhr. »Vielen Dank für den wunderbaren Abend«, sagte sie. »Aber ich muss jetzt los und die Mädchen abholen.«

»Du willst doch nicht etwa schon gehen«, protestierte Roger. »Wir haben noch nicht mal den Châteauneuf-du-Pape probiert!«

Penelope hatte sowieso keinen Tropfen Alkohol angerührt. »Clay kann ja noch bleiben und weiter probieren, aber ich muss leider los.«

Roger, Kwanzi und ich standen in der Haustür des Tudor-Hauses und winkten Penelope zum Abschied zu, als sie den Volvo rückwärts aus der Einfahrt manövrierte. Aus dem letzten Blick, den meine Frau mir zuwarf, konnte ich lesen, dass ich verdammt noch mal gut daran täte, bis Mitternacht daheim zu sein. Als wir wieder im Haus waren, erklärte Kwanzi, sie habe Kopfschmerzen, und ging nach oben ins Schlafzimmer. Roger und ich setzten uns in sein Arbeitszimmer. Ich fühlte mich ziemlich wacklig, als ich mich auf den weichen Sessel aus violettem Samt fallen ließ.

»Freut mich, dass du noch bleiben kannst, *old bean*«, sagte Roger, während er eine weitere Weinflasche entkorkte. »Ich wollte mich sowieso mal mit dir unterhalten. Seit geraumer Zeit schon.« Er starrte mich aus seinen triefenden grauen Augen an. »Es geht um Reggie Brogus.«

* * *

Fast zwei Monate später, am Abend des 19. Februar 1992, dachte ich fieberhaft darüber nach, welchen Verlauf meine betrunkene Unterhaltung mit Roger Pym-Smithers von da an genommen hatte. Ich schaute aus dem Fenster des Streifenwagens, als er durch die Innenstadt mit ihrer Einkaufsmeile fuhr, durch das Farmland, und schließlich die kleine, hübsche Universitätsstadt erreichte, in der ich lebte. Am Steuer saß Officer Daniels, ein schwarzer Polizist ungefähr in meinem Alter. Wir sprachen die ganze Fahrt über nicht miteinander, aber es war kein angespanntes oder gar feindseliges Schweigen. Ich hatte keine Ahnung, was Daniels von mir dachte oder über das, was T-Bird zugestoßen war. Ich wollte es auch gar nicht wissen. Ich hatte genug anderes im Kopf.

Zum Beispiel die Frage nach dem Anwalt. Wenn ich bisher einen gebraucht hatte, hatte ich meinen Vater in Philadelphia angerufen, und er hatte sich an seinen Rechtsberater Frank Tatum gewandt, einen ehemaligen Bürgerrechtsanwalt, der, seit er der Bewegung den Rücken gekehrt hatte, eine lukrative Kanzlei für Belange der schwarzen Mittelschicht betrieb. Aber wie sollte ich meinem Vater oder Frank Tatum meine Situation erklären? Ich musste jemand anderen finden. Trotzdem würde es kaum möglich sein, die katastrophale Wendung, die mein Leben genommen hatte, vor meinen Eltern und dem Rest der Welt zu verheimlichen.

Und in weniger als einer Stunde würde ich meiner Frau alles gestehen. Ich würde damit anfangen, ihr die Sache mit Seeräuber-Jenny zu erklären: »Es war keine echte Affäre, Liebling, nur zwei schnelle Ficks auf ihrem Futon und ein Blowjob in meinem Büro.« Dann, in Sachen Brogus: »Ja, klar, ich habe ihn zum Flughafen gefahren. Wozu sind Freunde denn da?« Und schließlich würde ich ihr von diesem Nachmittag erzählen: »Ja, ich habe die Cops dazu gebracht, einen jungen Schwarzen in den Tod zu treiben. Tut mir leid!« Ich versuchte mir vorzustellen, wie Penelope reagieren würde, aber es gelang mir nicht. Wir bewegten uns hier in unbekannten Gewässern.

Ich lehnte meine Stirn gegen die Scheibe des Streifenwagens. Am liebsten hätte ich geweint, aber das wäre mir vor Officer Daniels peinlich gewesen. Es tat furchtbar weh, mir vorzustellen, wie sehr ich meine Frau verletzen würde. Besser wäre es, sich auf einen anderen Aspekt dieser Katastrophe zu konzentrieren, und da fiel mir Kwanzis rätselhafte Bemerkung vor dem Donut-Laden an diesem Morgen ein: »Ich weiß, was du am zweiten Weihnachtsfeiertag zu Roger gesagt hast.« Ich fing an, mir das gesamte Abendessen vor Augen zu führen. Bis zum Beginn meiner betrunkenen Unterhaltung mit Roger in seinem Arbeitszimmer, nachdem Pen nach Hause und Kwanzi zu Bett gegangen waren, konnte ich mich an keine provokante, entlarvende oder gefährliche Bemerkung erinnern. Aber was zum Teufel hatte ich im Arbeitszimmer zu Roger gesagt?

»Wo soll ich Sie absetzen, Professor?«, fragte Officer Daniels.

Wir näherten uns dem südlichen Bereich des Campus. Zuerst dachte ich, es wäre gut, er würde mich zum nördlichen Campus fahren, zu meinem Büro im Anglistik-Institut. Dort hätte ich meine Aktentasche holen, meine E-Mails checken (nur für den Fall, dass ich eine neue Nachricht von Amerikas meistgesuchtem Verbrecher bekommen hätte) und eine Entschuldigung für die Studenten verfassen können, die ich heute düpiert hatte. Dann hätte ich meinen Honda geholt, der hinter dem Gebäude der Fakultät stand, um nach Hause zu fahren und meine Frau und meine Familie zu zerstören.

Aber als der Streifenwagen am Mathematikgebäude am südlichen Campus vorbeifuhr, hörte ich lauter werdendes Rufen. »Lassen Sie mich bitte hier aussteigen.«

Als ich den Parkplatz hinter dem Gebäude überquerte, vernahm ich verwundert das laute, zornige, selbstbewusste Protestgeschrei hunderter schwarzer Stimmen, die wütend skandierten: »KEINE GERECHTIGKEIT – KEIN FRIEDEN! KEINE GERECHTIGKEIT – KEIN FRIEDEN! KEINE GERECHTIGKEIT – KEIN FRIEDEN!«

Die Kundgebung fand an genau demselben Ort statt wie die Totenwache für Jennifer Wolfshiem am Abend zuvor. Ich ging immer schneller, angezogen von den Rufen. Als ich den Eingangsbereich des Mathematikgebäudes erreichte, sah ich – genau wie vierundzwanzig Stunden zuvor – Pops Mulwray mit seiner grünen Hausmeistermütze und der dazugehörigen Jacke. Nur dass er heute Abend ins Gebäude hineinging statt herauszukommen. Außerdem hatte er eine braune Papiertüte in der Hand, die anscheinend mit Lebensmitteln gefüllt war. Als er die Tür aufstieß, drehte er sich zur Seite und sah, wie ich ihm entgegenkam. Sofort schaute er in die andere Richtung und ging hinein. Als ich an der Tür vorbeiging, hörte ich, wie er sie verriegelte. Ich dachte mir nichts dabei.

»KEINE GERECHTIGKEIT – KEIN FRIEDEN! KEINE GERECHTIGKEIT – KEIN FRIEDEN!«

Ich hatte noch nie so viele schwarze Arden-Studenten an einem einzigen Ort versammelt gesehen. Sie hielten keine Kerzen in den Händen, sondern hoben die geballten Fäuste in die eiskalte Luft, und ihre Rufe hallten über den quadratischen Innenhof. »KEINE GERECHTIGKEIT – KEIN FRIEDEN! KEINE GERECHTIGKEIT – KEIN FRIEDEN!«

Ein riesiges Banner aus Stoff, zwei Stockwerke hoch, war auf der behelfsmäßigen Bühne ausgebreitet worden, angeleuchtet von breiten, bläulichweißen Scheinwerfern. Auf dem Banner stand: TYRELL WILLIAMS 1972 – 1992. Daneben prangte ein stark vergrößertes Porträtfoto von T-Bird aus dem Uni-Jahrbuch. Er sah großartig aus mit seinem Talar und dem Akademikerhut mit der herabhängenden Quaste. In diesem Moment spürte ich den gleichen Schmerz in den Knochen wie in dem Augenblick, als ich während der Totenwache die Stimme von Seeräuber-Jennys Vater gehört hatte. Auch Tyrell Williams war Sohn von jemandem gewesen. Jetzt war er seinen Eltern genommen worden, eine Mutter weinte um ihn. Und das war meine Schuld. Wenn es möglich wäre, vor Scham zu sterben, ich wäre in diesem Moment auf der Stelle tot umgefallen.

Kreischendes, rauschendes Feedback war zu hören und übertönte die Rufe der Menge. Erst da bemerkte ich die Personen auf der Bühne. Kwanzi Authentica Parker, mit schwarzem Mantel und Kufi-Mütze, machte sich gerade am Mikrofonständer zu schaffen und verursachte das nervenzerreißende Quietschen. Um sie herum standen fünf oder sechs schwarze Studenten, ihre Kollegen aus dem Afrikamerika-Institut – Xavier Lumbaki und Arthur und Matilda Davenport – und die vier Mädchen, mit denen Seeräuber-Jenny versucht hatte, sich anzufreunden: Euphrasia, Tamika, Yolanda und Shereena.

Nur ein Weißer stand im Scheinwerferlicht. Tatsächlich schien er die einzige weiße Person in der fünfhundert Menschen umfassenden Versammlung zu sein. Es war Roger Pym-Smithers mit seinem schwarzen Schlapphut und ebenso schwarzen Mantel, der zu dem passte, den seine Frau trug.

»Ich frage euch noch mal«, schallte Kwanzis heisere Stimme über den Platz. »Warum musste T-Bird sterben?« Mir wurde klar, dass ich offenbar in der Mitte ihrer Rede eingetroffen war. »Ich garantiere euch«, sagte sie, »ihr werdet morgen keine rührseligen Geschichten über den Tod von T-Bird Williams in der Zeitung lesen. Aber das geht in Ordnung, denn jetzt ist nicht die Zeit zu trauern. Jetzt ist die Zeit des Zorns gekommen!«

Die Menge brach in Jubel aus.

Kwanzi lächelte glückselig, ihre Augen leuchteten im Licht der bläulichweißen Scheinwerfer, während der Beifall ihr entgegenbrandete. Sie wartete, bis der Lärm sich gelegt hatte, bevor sie weitersprach: »Wir müssen die Welt wissen lassen, dass T-Bird Williams nicht umsonst gestorben ist! Wir müssen dafür sorgen, dass diejenigen, die für den Tod dieses jungen Mannes verantwortlich sind, es teuer bezahlen!«

Ich stand in der Menge, die mit Fell gesäumte Kapuze über den Kopf gezogen, die Hände in die Taschen meines Parkas geschoben. Die furchtbare Scham, die ich eben noch empfunden hatte, war einer bizarren Form von Verwirrung gewichen. Mir kam der Gedanke, dass die anwesenden Afroamerikaner, wenn sie wüssten, was sich heute Nachmittag in Impediment wirklich zugetragen hatte, mich wahrscheinlich auf der Stelle lynchen würden.

»Ich verspreche euch«, setzte Kwanzi ihren Singsang fort, »ich werde eure Botschaft im ganzen Land verbreiten.« Sie hielt kurz inne, schloss die Augen und fuhr dann stolz fort: »Noch heute Abend werde ich ein Flugzeug nach New York nehmen. Und morgen werde ich live in der landesweit ausgestrahlten Sendung *Rise and Shine America!* auftreten.

Und ich werde Gerechtigkeit verlangen. Gerechtigkeit für Reggie Brogus. Gerechtigkeit für T-Bird Williams. Ihr solltet also morgen früh aufstehen – oder zumindest eure Videorekorder programmieren. Die Sendung läuft um halb sieben Uhr morgens. Schaut sie euch alle an!« Kwanzi machte eine Pause, als würde sie tosenden Beifall erwarten. Es gab aber nur spärlichen Applaus. Kurz sah sie aus, als würde sie von Panik erfasst. »Okay«, sagte sie, »und jetzt möchte ich das Mikrofon jenem Mann übergeben, der zu Recht als der beste Freund der afroamerikanischen Community auf diesem Campus gilt: Roger Pym-Smithers!«

»Wer?«, hörte ich einige Studenten hinter mir sagen.

Roger trat dicht vor den Mikrofonständer, umklammerte den dünnen Metallstab mit beiden Händen und fummelte ängstlich daran herum. »Ich möchte nur sagen, also, ich denke, es ist ... Kwanzi hat mich gebeten, hier heute Abend zu sprechen ... weil ...« Die Menge war jetzt völlig still. Roger blickte nervös hierhin und dorthin. »Als weißes Mitglied dieser Fakultät ... habe ich das Gefühl, es muss einmal gesagt werden, dass ...« Roger schien an Selbstvertrauen zu gewinnen. Seine Stimme wurde fester, er klang weniger zögernd, auch wenn er immer noch am Mikrofonständer herumfummelte. »Ich denke, es ist skandalös, dass die Leute immer wieder die Schwarzen als Gewalttäter hinstellen. Ich meine, wir – die weißen Männer – wir sind doch in Wahrheit die blutrünstigen Wilden! Nicht ihr! Nicht ihr Schwarzen! Ich meine, da wo ich herkomme, in Europa, haben wir uns tausende Jahre lang gegenseitig abgeschlachtet! Schaut euch nur an, was gerade in Jugoslawien passiert, verdammt noch mal!«

Roger hielt inne. Die Menge antwortete mit absolutem und quälendem Schweigen.

Kwanzi schob ihren Mann rasch vom Mikrofon weg. »Gut gesprochen!«, rief sie aus und klatschte lebhaft. »Hört, hört! Sehr gut gesprochen!« Einige Studenten ließen sich zu halbherzigem Applaus verleiten. »Wirklich sehr gut gesprochen«, jubelte Kwanzi. Roger lächelte und winkte schüchtern ins Publikum.

Ich drehte mich um und bahnte mir meinen Weg durch die Menge. Hinter mir hörte ich Kwanzis laute Stimme: »Und nun möchte ich, dass wir alle zusammen den alten Protestsong anstimmen. Das Lied, das wir damals in den Sechzigern gesungen haben, lange vor eurer Geburt. Aber der Text wird euch bekannt vorkommen. Singt mit mir. Eins ... zwei ... drei ...«

Als ich die Menge hinter mir gelassen hatte und auf dem Weg zum anderen Teil des Campus war, wo sich der Fachbereich für Anglistik befand, hörte ich, wie fünfhundert schwarze Stimmen »We Shall Overcome« anstimmten, und war zutiefst gerührt. Und mein Herz war, wie Kwanzis, in die Sechziger zurückversetzt. Aber in Gedanken war ich wieder bei diesem verflixten zweiten Weihnachtsfeiertag.

* * *

»Es ist ein Putsch in Vorbereitung«, sagte Roger Pym-Smithers, und es gelang ihm, gleichzeitig ahnungsvoll und sarkastisch zu klingen. »Jedenfalls gibt es gewisse Gerüchte.«

Ich schnupperte sehr ausgiebig an meinem Glas mit dem Châteauneuf-du-Pape. »Mhmmmm«, sagte ich. »Schwarze Johannisbeere ... brennendes Herbstlaub ... ein üppiger Hauch von Fußpilz.«

»Ich meine es ernst«, sagte Roger, klang aber nur halb ernst. »Du bist doch mit Reggie Brogus befreundet, stimmt's?«

Ich sank noch tiefer in den gemütlichen Samtsessel. Rogers Arbeitszimmer verströmte die gleiche staubige Atmosphäre wie die übrige Wohnung, hatte aber wegen der altmodischen Möbel eher einen großväterlichen Charakter. Ich merkte, wie meine angenehme Trunkenheit sich langsam in eine unangenehme verwandelte. »Weißt du, *old bean*«, sagte ich zu Roger. »Ich habe im vergangenen Semester so viele Gespräche über Reggie Brogus geführt, dass ich wirklich keine Lust mehr habe, über ihn zu reden.«

»Ganz recht! So geht es uns allen. Aber wir *müssen* über ihn reden. Weil er sich uns aufzwingt! Das ist ja Teil der Strategie dieses verschlagenen Genies! Das hat ihn in den Sechzigern zu einem charismatischen Anführer gemacht und heute zu einer drohenden Gefahr.«

»Ich glaube, da überschätzt du ihn.«

»Nun, zweifellos kennst du ihn besser als ich.« Roger grinste mich anzüglich an, seine Augenbrauen hoben sich teuflisch. »Du kennst ihn besser als jeder andere auf diesem Campus.«

Jetzt war ich gereizt. »Roger, ich hab ein paar Mal mit dem Typen zu Mittag gegessen und ihn seit Anfang November kaum mehr gesehen.«

»Dann hat er dir gegenüber nichts davon erwähnt, dass er seine Gastprofessur um ein Jahr verlängern will? Dass Jerry Shamberg ihm eine Verlängerung angeboten hat – und eine Gehaltserhöhung?«

Beinahe hätte ich mich an meinem Wein verschluckt. »Gehaltserhöhung!«

»Wenn er Fachbereichsleiter wird, ist das ganz normal.«

»Du glaubst doch nicht wirklich, dass ...«

»So wird es kolportiert, Clay. Ich dachte, *du* könntest uns vielleicht Licht ins Dunkel bringen.«

»Reggie Brogus soll Leiter des Afrikamerika-Instituts werden?«

»American *Negro* Studies«, sagte Roger gedehnt und ahnungsvoll-sarkastisch: »Brogus will das Institut offenbar auch umbenennen.«

»Davon weiß ich nichts.«

»Wirklich nicht?« Roger klang, als würde er mir nicht glauben, aber ich sagte die Wahrheit. Warum hätte ich lügen sollen? »Tja, es wird jedenfalls einiges umstrukturiert werden«, sagte er. »Die Davenports werden sich zum Ende des kommenden Semesters zur Ruhe setzen, und Xavier Lumbaki kehrt nach Paris zurück. Wenn Brogus nicht weitermacht, wäre Kwanzi die einzige Professorin in diesem Programm. In diesem Fall kann ich mir nicht vorstellen, dass Dekan Shamberg aus dem Afram-Institut einen vollwertigen Fachbereich machen wird. Aber wenn er das Programm doch weiterlaufen lässt, dann bedeutet das, ganz egal ob Brogus bleibt oder nicht oder wer sonst als Dozent verpflichtet wird, dass Kwanzi Authentica Parker es verdammt noch mal verdient hat, die Leitung zu übernehmen! Es ist ihre Abteilung!«

Roger hatte jeden ironischen Unterton verloren. Ich sah, wie sich der Himbeerton auf seinen Wangen intensivierte. »Du hast ja recht«, sagte ich.

»Du stimmst mir zu?«

»Selbstverständlich.«

Roger strahlte. »Wunderbar!« Zufrieden nahm er einen großen Schluck von seinem Wein. »So, und das bringt mich zum nächsten Gerücht, das die Runde macht: Dass du, Clay, im kommenden Jahr zum Afram-Institut dazustoßen wirst.«

»Hat Dekan Jerry dir das erzählt?«, fragte ich. Roger grinste nur. Ich fragte mich, ob er seine Augenbrauen vielleicht wachste und kämmte, damit sie so hervortraten. »Stimmt aber nicht.«

»Aber wenn es so wäre, wenn du mit Kwanzi und Reggie im nächsten Jahr im Afram-Institut unterrichtest, dann würdest du Kwanzi als Vorsitzenden unterstützen?«

»Als Vorsitzen*de*.«

»Ach, sei doch nicht so schrecklich amerikanisch! Ich will nur Folgendes wissen: Können wir auf dich zählen, bist du auf Kwanzis Seite?«

»Ja, sicher, klar doch!«, rief ich zornig aus und trank mein Glas in einem Zug leer. Roger beugte sich eilfertig vor, um es nachzufüllen. »Nur eins noch«, sagte ich.

»Eine andere Frage, wenn du erlaubst, *old bean*. Hast du mal von einem gewissen Trevor Bledsoe III gehört?«

»Klar, ich kenne Trevor.«

Roger sprach von dem Direktor der Africana Studies am Vymar College in Massachusetts. Altersmäßig stand er ungefähr zwischen Reggie und mir, ein geschickt agierender, leutseliger Schwarzer, der immer häufiger in den Kommentarspalten der Zeitungen, in einflussreichen Zeitschriften und in der Huck-Blossom-Show als Experte zum Thema Race auftauchte. Reggie hatte mir mal geraten, mich an Trevor Bledsoe III zu orientieren. Auch wenn Trevor nicht so polternd auftrat und so konservativ argumentierte wie er, hatte Reggie ihn als »Fürsprecher der richtigen Ideen« bezeichnet.

»Du kennst ihn persönlich?«

»Hab ihn ein paar Mal in New York getroffen.«

»Und?«

»Schien mir immer ein netter Kerl zu sein. Vielleicht ein bisschen sehr von sich eingenommen, aber umgänglich.«

»Nun, dieser *Kerl*, wie du sagst, soll im kommenden Jahr zum Afram-Institut stoßen, und er wird sich zweifellos auf die Seite von Reggie Brogus schlagen! Womöglich werden sie sich den Vorsitz teilen! Es heißt, Shamberg und Brogus hätten Trevor Bledsoe III beide mit Versprechungen in Bezug auf Geld, Status und sonstigen Vergünstigungen nach Arden gelockt. Offenbar ist Trevor inzwischen zu einem Medienliebling aufgestiegen. Letzte Woche traf ich Shamberg zum Mittagessen, und er sagte, dass in New York derzeit alle von Trevor und Reggie, Trevor und Reggie, Trevor und Reggie sprechen. Kwanzi macht es völlig fertig, ständig von den beiden hören zu müssen. Kürzlich sind sie gemeinsam in der Huck-Blossom-Show aufgetreten und Kwanzi kreischte geradezu: ›Da sind die beiden schon wieder zusammen! Was soll das? Sind die ein Liebespaar?‹ Ich dachte mir, dass das vielleicht kein falscher Gedanke ist.«

»Ich bin mir ziemlich sicher, dass Reggie hundert Prozent hetero ist, Roger. Und was Trevor Bledsoe betrifft, er hat eine Frau und zwei Kinder.«

Roger grinste schief. Er schenkte sich ein weiteres Glas Wein ein. »Damals in England, als ich noch ein junger Dozent war, trat ich einem Club bei, einem ziemlich exklusiven. Schon bald bemerkte ich, dass nicht wenige der mitunter sehr distinguierten Mitglieder sich gegenseitig fickten. Es war ein reiner Männerclub natürlich. Nun, eines Abends teilte der Clubvorsitzende mir mit, am kommenden Donnerstag oder so würde das jährliche Bankett stattfinden, bei dem auch Frauen zugelassen seien. Eine Art Ladies' Night sozusagen. Er ermunterte mich, meine Freundin mitzubringen. Ich sagte, das würde ich tun. Dann fragte ich ihn: ›Was machen denn die homosexuellen Mitglieder an so einem Abend?‹ Und er sagte: ›Na, die bringen ihre Ehefrauen mit, mein Lieber, ihre *Ehefrauen*.‹ Har-har-har!«

Ich stimmte in sein Lachen ein. »Noch so eine gute alte englische Tradition«, sagte ich.

»Oh, nicht nur englisch, *old bean*. Ich denke, wir sprechen hier von einem generationsspezifischen Sinn für Sitte und Anstand. Diese älteren, hochangesehenen Herren in meinem Club hatten die grundlegende Verlogenheit des gesellschaftlichen Lebens und des Ehestands erkannt. Sie hatten die Dualität des menschlichen Daseins erkannt und die Notwendigkeit, soziale Masken zu tragen. Meine Generation hat dann versucht, diese Masken herunterzureißen, wir wollten die ganze Verlogenheit beseitigen! Unsere Ideologie war Offenheit. Alles musste aus dem Verborgenen gezerrt werden. Und ich spreche jetzt nicht nur von Homosexualität. Um darüber zu urteilen, fehlt mir die Erfahrung. Ich bin, wie du vorhin formuliert hast, hundert Prozent hetero. Ich spreche hier von jeder Form von Sexualität. Meine Generation wollte, dass alles öffentlich diskutiert wird! Wir haben nicht verstanden, was die Generation vor uns verstanden hat: dass es nützlich ist, manche Dinge im Verborgenen zu belassen.« Roger nippte nachdenklich an seinem Glas Wein und schaute mich dann aus seinen wässrigen Augen an. »Und wie ist das bei *deiner* Generation, Clay?«

»Was soll mit uns sein?«

»Wie geht deine Generation mit der dem Ehestand immanenten Verlogenheit um? Tragt ihr Masken, trennt ihr das öffentliche vom privaten Leben? Oder breitet ihr alles öffentlich aus – eure sogenannte Untreue?« Roger fing allmählich an zu lallen.

Vor meinem trunkenen geistigen Auge sah ich den nackten Körper von Seeräuber-Jenny, wie sie unter mir auf dem Futon im flackernden Kerzenlicht zuckt, ihre weit aufgerissenen Augen und den zu einem perfekten O geformten geöffneten Mund, als sie kommt. Das war erst knapp drei Monate her, erschien mir aber inzwischen wie ein seltsamer, nur noch in Bruchstücken erinnerter Traum.

»Also, wie viele?«, fragte Roger.

»Was?«

»Wie viele? Mit wie vielen Frauen hast du gevögelt?«

»Insgesamt? Weiß ich nicht. Ich müsste erst mal nachdenken und durchzählen.«

»Ich weiß auch nicht genau, wie viele Frauen ich hatte«, sagte Roger. »Bei tausend hab ich aufgehört zu zählen.«

»Wow«, sagte ich leise.

»Natürlich fanden die meisten meiner Eroberungen in den Sechzigern und Siebzigern statt. Damals war alles viel einfacher. Ach, du weiß gar nicht, was dir da entgangen ist, *old bean*. Du bist einfach zu spät geboren.«

»Du warst ein ziemlich geiler Bock, was, Roger?«

»Nicht nur ich. Meine ganze Generation war so – Böcke, Bitches, alle wie die Karnickel! Du hättest mal Kwanzi in den Siebzigern in London erleben sollen. Ich bin mir sicher, dass sie an *viel* mehr Orgien teilgenommen hat als ich!« Roger nippte an seinem Wein und hob die Augenbrauen wie ein alter lüsterner Faun. »Wir sind beide ein bisschen ruhiger geworden. Trotzdem engagiere ich mich immer noch ein bisschen nebenher. Wusstest du, dass ich eine Wohnung in New York habe?«

»Nein, wusste ich nicht.«

»Hab ich tatsächlich. Wieso, glaubst du, fliege ich immer wieder dorthin? Ich habe einen regelrechten kleinen Fanclub im Big Apple.«

»Weiß Kwanzi davon?«

»Von der Wohnung? Natürlich weiß sie davon. Davon, dass ich andere Frauen vögele? Das weiß sie und sie weiß es auch wieder nicht. Wir verfolgen in dieser Hinsicht eine Politik des absichtlichen Nichtnachfragens. Wie Kwanzi immer sagt ...« Roger wechselte in einen schrillen Tonfall, der mich zusammenzucken ließ: »He, Liebling, du muss' mir echt nix davon erzähl'n, solang du'n Kondom benutz'! Har-har-HAR!«

Ich grinste angestrengt, konnte aber nicht darüber lachen. Rogers Imitation von Kwanzis Sprache klang überhaupt nicht wie Kwanzi. Nicht nur wegen seines kratzigen Falsetts, wohingegen Kwanzi eine tiefe kehlige Stimme hatte, sondern weil Rogers Imitation etwas von einer grotesken Minstrelshow hatte. Er klang wie Butterfly McQueen als dümmliche Sklavin Prissy in *Vom Winde verweht*: »Ich weiß nix vom Kriegen von Kindern!« Fand Roger etwa, dass seine Frau so klang?

»Aber was ist mit dir, Clay?« Roger sprach jetzt wieder in seinem üblichen anzüglichen, ironischen Tonfall. »Bestimmt hast du mit deiner Frau auch eine Art ... Abmachung getroffen?«

»Nein, so abgehoben sind wir nicht.«

»Na komm, *old bean*. Ich bin mir sicher, dass auch du ein Geheimnis hast. Vielleicht sogar viele Geheimnisse. Jemand, der so wenig von sich selbst preisgibt, muss jede Menge zu verbergen haben.« Obwohl mein Glas nur halb leer war, füllte Roger es bis zum Rand. Ich protestierte nicht. Es war ein unglaublich guter Wein. »Ich glaube, wir sind uns ähnlich«, sagte Roger und lehnte sich in seinem Sessel zurück. »In dir steckt etwas Gefährliches. Du wirst, genau wie ich, vom Verbotenen angezogen.«

»Ach ja?«

»Aber ja. Ich bin von Natur aus ein Tabubrecher. Hättest du zum Beispiel gedacht, dass neunzig Prozent der Frauen, die ich gevögelt habe, schwarz waren?«

Ich war genauso skeptisch wie überrascht. »Roger, willst du damit sagen, du hättest mit neunhundert schwarzen Frauen geschlafen?«

»Oh, mindestens neunhundert. Tatsächlich habe ich seit 1969 mit keiner weißen Frau mehr geschlafen! Eure Frauen haben was Spezielles, *old bean*. Und ich spreche hier nicht nur von schwarzen *amerikanischen* Frauen. Ich habe den afrikanischen Kontinent bereist. Und ich kann kaum noch zählen, wie oft ich in Jamaikaaah war, Maaann!«

Das war einer dieser Momente im Leben, wo man nach einer passenden schlagfertigen Antwort sucht auf eine Aussage, die man vulgär und abstoßend findet, aber derart schockiert ist von dieser Vulgarität und Hässlichkeit, dass einem nichts dazu einfällt. In diesem Moment konnte ich nur sagen: »Aha, schön für dich, Roger.«

»Aber du, Clay. Du fühlst dich doch bestimmt auch vom Verbotenen angezogen. Bestimmt schaust du dir deine im vollen Saft stehenden jungen Studentinnen an und spürst, wie die Versuchung dich überkommt. Vor allem bei den weißen Mädchen. Den Verbotenen.«

Ich war total geschockt, aber zu betrunken, um eine Reaktion zu zeigen. Wieder musste ich an Seeräuber-Jenny denken, an ihre nackten Beine, die mich umklammerten, während sie sich unter mir wild hin und her warf. »Weißt du«, sagte ich, »Deutschland ist in vielerlei Hinsicht das genaue Gegenteil von Amerika. In Deutschland ist alles verboten – bis auf das, was erlaubt ist. In Amerika ist alles erlaubt – bis auf das, was verboten ist.«

Roger beugte sich vor, in seinen Augen leuchtete so etwas wie Anerkennung auf. »Sehr schön gesagt, *old bean*. Sehr schön gesagt.«

»Hör mal.« Mit einem Mal war ich aufgedreht und angestachelt. »Du willst was über meine Generation wissen? Ich erzähl dir jetzt was von meiner Generation. Wir nehmen unsere Verpflichtungen ernst. Okay? Ich habe mich Penelope verpflichtet. Lebenslang. Und es gibt verdammt noch mal nichts auf der Welt, was das ändern könnte.«

Roger sah jetzt verletzt aus. Er ließ sich in seinen Sessel zurückfallen. »Glaubst du denn, ich fühle mich Kwanzi nicht verpflichtet?«, sagte er heiser. »*Old bean*, ich bin Kwanzi vollständig und absolut verpflichtet, bis zum gottverdammten Ende unserer Tage!« Roger blinzelte jetzt heftig und ich hatte Angst, er könnte anfangen zu weinen. »Ich *liebe* sie, Clay«, sagte er krächzend. »Ich würde alles für Kwanzi tun. Ganz egal, wie viele andere Frauen es noch gibt.« Er sprach jetzt stockend, mit einem gequälten Unterton. »Und auch wenn da ... nichts Sexuelles mehr ist ... zwischen mir und Kwanzi ... könnte das ja eines Tages wieder werden ... Aber ich würde ... alles tun ... für sie. Verstehst du?« Eine Träne lief ihm übers Gesicht. »Alles.«

Das wurde mir jetzt doch zu intensiv. Ich stellte mein Weinglas auf dem Fußboden ab. »Tut mir leid, Roger, aber ich muss jetzt gehen. Wenn ich nicht vor Mitternacht zu Hause bin, wird Pen mich ...«

Roger hob eine Hand. »Schon gut.«

Als ich im Parka in der Tür des Tudor-Hauses stand, bereit, den weiten Weg nach Hause anzutreten, hielt ich meinem Gastgeber die Hand hin. Anstatt sie zu ergreifen, packte Roger mich an der Schulter und drückte mich an sich. Er gab mir einen Kuss auf jede Wange, wie ein Europäer. »Gute Nacht, *old bean*«, sagte er. »Und viele Grüße an deine liebreizende Frau.«

Betrunken taumelte ich den Gehweg entlang und hörte, wie Roger hinter mir die Tür schloss. Ich zog meine gefütterten Handschuhe über und wischte mir Rogers Sabber aus dem Gesicht.

* * *

Also was zum Teufel hatte ich an diesem zweiten Weihnachtsfeiertag zu Roger Pym-Smithers »gesagt«? Fast zwei Monate später, als ich über den Campus ging und die Kundgebung für T-Bird Williams hinter mir ließ, hatte ich meine gesamte Unterhaltung mit Roger an diesem Abend in seinem Arbeitszimmer rekapituliert und konnte mich an nichts erinnern, was mich in irgendeiner Weise belastete. Ich erinnerte mich jetzt wieder, dass ich Roger als ziemlich aufdringlich empfunden hatte. Vielleicht hatte ich deshalb diese Unterhaltung aus meinem Gedächtnis gestrichen. Da ich Roger grundsätzlich mochte, wollte ich mich lieber nicht an seine ekligen Bemerkungen erinnern. Wahrscheinlich wollte ich mir auch nicht ausmalen, was in seinem verdorbenen Gehirn vorgegangen sein mochte, als er Penelope angeschaut hatte – eine schöne schwarze Frau.

Die Luft war beißend kalt an diesem Abend und ich spürte das vakuumartige Gefühl, das einem Schneesturm vorausgeht. Ich fand meinen Honda auf dem Parkplatz hinterm Anglistik-Institut. Alle Lichter im Gebäude waren aus. Ich schloss die Eingangstür auf und trat ins Foyer. Ohne weiter darüber nachzudenken warum, entschloss ich mich, das Licht nicht einzuschalten. Ich hatte keine Schwierigkeiten, meinen Weg durch den dunklen Flur zu meinem Büro zu finden. Als ich den Schlüssel im Schloss drehte, fragte ich mich, ob ich eine neue E-Mail von Reggie Brogus vorfinden würde. Ich schob die Tür auf, und während ich nach dem Lichtschalter an der Wand tastete, kam mir der Gedanke, dass sie Reggie wahrscheinlich schon gefasst hatten. Dann ging die Lampe unter der Decke an, und ich blieb wie angewurzelt stehen, konnte mich weder bewegen noch etwas sagen.

Er saß auf dem Stuhl hinter meinem Schreibtisch, den ehrwürdigen walnussbraunen Kopf leicht zur Seite gelegt. Obwohl er jetzt, um 20:30 Uhr, im Dunkeln saß, trug er immer noch seine grüne Sonnenbrille. Sein schwarzer Trenchcoat war bis zum Hals zugeknöpft. Ich spürte sofort, dass da noch jemand hinter mir stand. Ich fühlte, wie ein hartes Stück Metall durch den Stoff des Parkas hindurch gegen mein Rückgrat gedrückt wurde und meinen Verdacht bestätigte.

»Guten Abend, Professor«, sagte der Mann hinter meinem Schreibtisch mit tiefer, vor Freundlichkeit triefender Bassstimme. »Sie werden jetzt mit uns kommen. Fragen Sie nicht, wohin, denn das werde ich Ihnen nicht sagen. Aber was ich Ihnen schon jetzt sagen kann, ist, dass Sie diese Nacht entweder überleben werden ... oder auch nicht. Das liegt ganz bei Ihnen.«

12

»Wo ist er?«

Der Mann, der mich befragte, saß hinter einem hölzernen Klapptisch, wie man ihn beim Picknick benutzt. Sogar in diesem schwachen gelblichen Licht behielt er seine Sonnenbrille auf. Ich saß auf einem harten, niedrigen Schemel, die Hände auf dem Rücken mit Handschellen gefesselt. Wir befanden uns in einer Scheune, die nur von einer Petroleumlampe erhellt wurde. Ich hatte keine Ahnung, wo genau diese Scheune lag. Wir waren nicht weit gefahren, aber ich hatte nichts von der Umgebung gesehen. Gleich nachdem der Agent mich in meinem Büro begrüßt hatte, hatte die Person hinter mir einen schwarzen Sack über mich gestülpt, wie eine Henkerkapuze, aber ohne Löcher für die Augen. Insgesamt waren es drei, der kahlköpfige Schwarze und zwei Personen, die ich nicht zu Gesicht bekommen hatte. Meine Hände waren auf dem Rücken gefesselt und ich wurde, ohne etwas sehen zu können, durch den Flur des Anglistikinstituts gestoßen, hinaus in die beißende Kälte. Ich hörte, wie eine Autotür geöffnet wurde. Eine breite Hand legte sich auf meinen Kopf, drückte ihn nach unten und zwang mich in die Knie. Ich wurde in den Wagen geschoben. Niemand sagte etwas während der kurzen Fahrt. Der Rüpel mit den riesigen Pranken saß neben mir auf der Rückbank. Der andere Rüpel saß wahrscheinlich am Steuer, und der Boss auf dem Beifahrersitz, wie üblich. So bizarr diese Situation auch war, am erstaunlichsten fand ich, dass ich überhaupt keine Angst hatte. Vielmehr war ich empört, mein Zorn machte mir Mut. Das Fieber war abgeklungen. Der eigenartige Blutrausch, den ich empfunden hatte, als ich T-Bird gejagt hatte, war wieder da. Doch dieses Mal war ich gefesselt und mir waren die Augen verbunden. Hier auf dem Rücksitz der Lincoln-Limousine konnte ich nichts tun, außer vor Wut zu kochen.

Bald rollte der Wagen über hartes, unebenes Gelände und hielt an. Ich wurde hinaus in die Kälte geschubst. Ich hörte, wie vor mir quietschend eine Tür geöffnet wurde. Sogar mit dem schwarzen Sack über dem Kopf war ich überwältigt von dem strengen Geruch nach Vieh und Heu. Ich wurde auf einen Stuhl gedrückt. Man zog mir den Sack vom Kopf, und ich starrte in das Gesicht des ausdruckslos dreinblickenden Agenten. »Ihr wartet im Auto«, sagte er mit seiner James-Earl-Jones-Darth-Vader-Stimme. Ich hörte, wie hinter mir die Tür geschlossen wurde. Ich konnte nicht anders, als diese gemütliche rustikale Umgebung auf eine bittere Art lächerlich zu finden. Jetzt waren nur noch der Boss und ich im Raum. Ich starrte ihn schweigend an, mit schwelendem Zorn.

»Ich frage Sie noch mal«, brüllte er. »Wo ist er?«

»Wer zum Teufel sind Sie überhaupt?«

Er neigte seinen kahlen Kopf. Ich konnte seine Augen nicht sehen, aber ich wusste, dass sie überrascht blickten. Er grinste süffisant und sagte: »Special Agent Guffin.«

»Special Agent beim FBI?«

»So was Ähnliches. Spielt das eine Rolle?«

»Ich möchte nur wissen, wen ich angeben muss, wenn ich Sie wegen Kidnapping anzeige.«

Guffin lachte dröhnend. »Nach Ihrem eigenen Mordprozess wahrscheinlich, Herr Professor? Und das auch nur, wenn Sie diese Nacht überleben. Also lassen wir den Quatsch. Wo, verdammt noch mal, ist Brogus?«

»Na sowas, Mr. Special Agent«, sagte ich sarkastisch. »Ich dachte, das FBI hätte erklärt, er sei in Mississippi.«

Guffin starrte mich durch seine grünen Brillengläser an. Nach ungefähr einer halben Minute beugte er sich vor und verschränkte seine Hände auf dem Picknicktisch. »Beantworte meine Frage, Bürschchen.«

»Ich dachte, das FBI hat eine Belohnung ausgesetzt für Informationen zu Brogus' Aufenthaltsort. Von Hunderttausend war die Rede.« Ich schaute direkt in Guffins Gesicht und merkte kaum, wie er die Hände auseinandernahm. »Also«, fuhr ich fort, »wenn Sie hier Verhandlungen eröffnen wollen ...«

Ich sah nur ganz am Rand meines Blickfelds, wie die offene Hand durch die Luft sauste, eine Millisekunde vor dem Aufprall. Ich war wieder blind, mein Nacken schmerzte höllisch, die ganze linke Seite meines Gesichts brannte. Nach einem Moment hob ich den Kopf, und aus jeder Pore meiner linken Wange züngelten winzige heiße Flammen. Langsam konnte ich wieder etwas erkennen.

Guffin saß vor mir, die Hände wieder auf dem Tisch verschränkt. »Dieses Mal hab ich dir einen Klaps gegeben, als wärst du meine Bitch. Das nächste Mal schlag ich dich wie einen Mann. Also, wo zum Teufel ist Brogus?«

»Seid ihr von Cointelpro?«, fragte ich, als der brennende Schmerz in meinem Gesicht nachließ. Ich wusste, dass er mich verprügeln würde. Ich glaubte sogar, er könnte mich töten. Aber es war mir egal. Wenn ich darüber nachgedacht hätte, hätte ich den Verstand verloren. Aber ich dachte nicht darüber nach – was womöglich ein Zeichen dafür war, dass ich meinen Verstand bereits verloren hatte. Ich wollte endlich Antworten haben.

»Wie bitte?«, knurrte Guffin.

»Ich weiß, worum es hier geht. Reggie hat sich mit euch Mistkerlen eingelassen, damals, in seinen radikalen Zeiten. Ihr dachtet, ihr hättet ihn gefügig gemacht, ihm eine Gehirnwäsche verpasst. Aber irgendwie ist Reggie in den Besitz gewisser Akten gekommen. Geheime Dokumente über die Ermordung von Martin Luther King.«

Guffin starrte mich ausdruckslos an, den Mund halb geöffnet. Offenbar wusste ich mehr, als er dachte.

»Ihr wusstet, Reggie würde die Infos veröffentlichen«, fuhr ich fort und mein Selbstbewusstsein wuchs. »Also musstet ihr ihn neutralisieren. Irgendwie. Deshalb habt ihr das Mädchen umgebracht und ihre Leiche in sein Büro gelegt. Um ihm den Mord anzuhängen. Ich nehme an, die Cops, die ihn suchen, werden ihn gleich erschießen, sobald sie ihn sehen, hm? Erst schießen, dann fragen. Erst Brogus aus dem Weg räumen. Dann die Akten sichern. Das Geheimnis bewahren. Hab ich recht, Guffin?«

Der Special Agent schloss langsam den Mund und atmete tief durch. Dann sagte er: »Hat er dir *das* erzählt?«

»Mehr oder weniger.«

»Dass Cointelpro, sein alter Widersacher, die Absicht hat, ihn zu zerstören?« Guffin sprach langsam, vorsichtig, als würde er versuchen, einen komplizierten Sachverhalt zu erfassen. »Dass er schon früher mit Cointelpro aneinandergeraten ist?«

»Ja.«

»*Das* hat er dir erzählt?« Guffin hob langsam, beinahe bedächtig, fast schon leidend die Hände, nahm die Sonnenbrille ab und rieb seine geschlossenen Augen mit Daumen und Zeigefinger. »Du armes dämliches Arschloch«, glaubte ich ihn murmeln zu hören.

Ich beugte mich so weit vor, wie es die Handschellen erlaubten. »Was?«

»BROGUS *WAR* COINTELPRO!«, schrie er mich an.

Ich prallte zurück und fiel beinahe vom Schemel, als Guffin auf mich zuschnellte und sein Kopf nur wenige Zentimeter vor meinem stoppte, die riesigen, gespenstischen Augen im hageren Gesicht weit aufgerissen. Wir müssen uns einige Sekunden lang so angestarrt haben, ich weit zurückgelehnt, Guffin praktisch auf dem Picknicktisch liegend, mit den glühenden Augen eines Irren. Schließlich ließ er sich auf seinen

Stuhl zurückfallen und ich setzte mich wieder gerade hin. Guffin schloss die Augen, rieb sie erneut und wiederholte leise mit gepresster Stimme: »Brogus *war* Cointelpro.«

Ich spürte, wie der Luftdruck in der schwach erleuchteten Scheune abnahm. Die aggressive Spannung zwischen Guffin und mir versiegte. Aber meine Neugier, mein Bedürfnis, alles zu erfahren, war größer als je zuvor. »Erzählen Sie«, bat ich.

Guffin schwieg eine Weile, die Hände gegen die Augen gedrückt. »Dieser Nigga war wie mein eigenes Fleisch und Blut«, sagte er schließlich. »Wie ein kleiner Bruder.« Er hielt inne, und ich hatte Angst, er würde nicht weiterreden.

»Sprechen Sie weiter«, sagte ich leise.

»Ich hab ihn direkt vom College weg rekrutiert«, sagte Guffin und nahm langsam die Hand herunter. Das Licht der Petroleumlampe schimmerte in seinen glasigen Augen. »University of Michigan, Jahrgang 1964. Der Präsident war gerade ermordet worden, und man spürte, dass die Gefahr bestand, das Land könnte auseinander- oder zusammenbrechen. Und das tat es auch.« Guffin nickte. Er schaute mich nicht an. Er starrte auf die Petroleumlampe, als würde er seine Erinnerungen in der Flamme wiederfinden. »Reggie Brogus half uns, die Dinge wieder geradezurücken. Er war ein echter Patriot. Einer von den ganz Großen. Er opferte sich auf, das setzte neue Maßstäbe. Sowas wurde nie wieder erreicht. Jedenfalls von keinem anderen schwarzen Agenten. Und auch von den meisten weißen Jungs nicht. Selbstaufopferung bis fast in den Tod war das. Aber Reggie war bereit, im Kampf zu sterben. Er riskierte mehr als einmal sein Leben. Das muss man dem Mann zugestehen.«

»Wollen Sie damit sagen ...«, ich flüsterte fast, »dass Reggie Brogus niemals wirklich ein radikaler Aktivist war? Dass er von Anfang an für die Regierung gearbeitet hat?«

Guffin lachte sarkastisch. Er schaute mich noch immer nicht an. »Wann wurdest du denn geboren, Bürschchen?«

»Neunzehnachtundfünfzig.«

»Nun ja, junge Leute sind dumm. Sind sie immer. Bis auf Reggie. Er wusste immer, was Sache ist. Hat alles durchschaut. Und verstanden, was in diesem Land abläuft.«

»Wie meinen Sie das?«

»Wie ich das meine? Ich meine, dass zwischen 1964 und 1974 eine ganze Menge durchgeknallter Niggas versucht haben, unser großartiges Land niederzubrennen. Und eine Menge wohlmeinender Whiteys war dumm genug, war blauäugig und schuldbewusst genug gegenüber den Schwarzen, dass sie den Weg freigemacht haben, sie haben sie gewähren lassen und ihnen sogar noch das Öl gegeben, um es ins Feuer zu gießen! Der schwarze Radikalismus musste zerstört werden, bevor er Amerika zerstörte. Alle vernünftigen Schwarzen wussten das. Aber Weiße können so naiv sein, was die Schwarzen betrifft. Vor allem damals. Den Weißen musste vor Augen geführt werden, wozu diese durchgeknallten Black-Power-Hetzer imstande waren. Diese Hassprediger mussten von außen angegriffen und gleichzeitig von innen her vergiftet werden. Reggie Brogus war einer dieser genialen Vergifter. Er war undercover unterwegs, Mann – ganz tief undercover. Sogar heute weiß fast niemand, dass der Brogus, der auf dem Cover von *LIVE BLACK OR DIE!* posiert, eine Fälschung war. Eine Fälschung, ein Fake, um den Weißen ordentlich Angst einzujagen und die Schwarzen zu spalten. Und nun raten Sie mal, was passiert ist? Es hat funktioniert! Wir haben gewonnen!«

Ich erinnerte mich, wie ich Reggies erstes Buch 1969 aus dem obersten Brett im Bücherregal meiner Eltern gezogen und wie es mich bis ins Mark erschüttert hatte. »Das militante Manifest«, sagte ich leise und sehr befremdet von Guffins Ausführungen, »war eine Fälschung?«

Guffin lachte lauthals und verschlagen. »Ich hab dieses Buch mit Brogus zusammen geschrieben, an einem betrunkenen Wochenende in Quantico. Und, weißt du, weder er noch ich haben jemals ein Honorar dafür bekommen. Aber *ich* habe mich nie darüber beklagt.«

»Und was ist mit dem Raubüberfall in Detroit 1974? War das auch eine Inszenierung?«

Guffin zuckte zusammen. Er schaute mich immer noch nicht an. »Wie ich schon sagte, Brogus war tief undercover. Dieser Überfall war echt. Aber Reggie hatte ihn nicht geplant und war auch nicht dabei. Übrigens hätte jeder mit ein bisschen Grips im Kopf erkennen müssen, dass Brogus nach jeder Verhaftung aufgrund irgendwelcher Formalitäten wieder freigelassen wurde. Dafür haben wir gesorgt. Leider ist dieser Banküberfall total aus dem Ruder gelaufen. Zwei Polizeibeamte kamen dabei ums Leben. Aber die radikalen schwarzen Elemente haben drei ihrer Genossen verloren. Das war Reggies letzter großer Auftritt. Anschließend haben wir ihn aus dem Land geschafft und dafür gesorgt, dass er zehn Jahre im Untergrund lebte. Seit 1984 ist er völlig auf sich allein gestellt. Und ehrlich gesagt kann ich nicht sehen, dass es schlecht für ihn gelaufen wäre.« Special Agent Guffin verfiel erneut in längeres Schweigen und starrte in die Petroleumlampe.

Ich wiederum hatte einige Schwierigkeiten damit, das alles zu verdauen. »Blackness as a Revolutionary Force?«, murmelte ich.

»BAARF? Das hat Reggie sich ausgedacht, das stimmt. Aber sein afrikanischer Name – Mkwame Obolobongo – das war meine Idee. Scheiße, nicht mal ›Reggie Brogus‹ war der richtige Name von diesem Arschloch. Ich kann mich aber nicht mehr daran erinnern, wie er in Wahrheit hieß.«

»Also wurde Brogus keiner Gehirnwäsche unterzogen, nachdem man ihn verhaftet und in die Staaten gebracht hatte?«

»Gehirnwäsche? Das Arschloch konnte es doch kaum erwarten, nach Hause zu kommen. Und er kam als gottverdammter Held zurück, Mann. Alle Beamten im Inlandsgeheimdienst respektierten ihn. Wir hatten auch dafür gesorgt, dass es ihm im Ausland gutging. Nach sieben Jahren holten wir ihn zurück, und in den folgenden drei Jahren ließ er es ruhig angehen und entspannte sich auf Staatskosten auf Staatsbesitz. Wie, glaubst du wohl, hat er es geschafft, zwischen 1981 und 1984 so fett zu werden?«

»Und nach '84 war er auf sich allein gestellt?«

»Wir ließen ihn von der Leine. Weil er es so wollte. Er hatte sich nicht lebenslänglich verpflichtet, so wie ich. Der Junge war was Besonderes. Das hab ich 1964 gleich bemerkt.«

»Und der rechtskonservative Reggie Brogus, der Autor von *An American Salvation*, das ist also der wahre Brogus, der er schon immer war?«

»Das Arschloch hat sich nie geändert«, sagte Guffin wehmütig.

»Und diese Dokumente, von denen Brogus gesprochen hat«, sagte ich zögernd. »Die über die Ermordung von Dr. King. Was hat es damit auf sich?«

Jetzt schaute Guffin mir direkt in die Augen, finster, sein maskenhaftes, lebloses Gesicht grimmig im Licht der flackernden Petroleumlampe. »Ich will dir mal was sagen, Bürschchen. Dr. King war ein großer Mann. Aber er ist vom Weg abgekommen. Ich verehre ihn für seinen Kampf um die Bürgerrechte. Aber in den letzten Jahren seines Lebens hat er sich den radikalen schwarzen Elementen unterworfen. Er hat angefangen, kommunistische Phrasen zu dreschen über die Umverteilung des Wohlstands. Er hat gegen Vietnam gehetzt – gegen einen Krieg, der gekämpft werden *musste*! Hat den Poor People's March on Washington organisiert! Dr. King wollte Amerika in eine Sowjetrepublik verwandeln! Wie viele andere der besten schwarzen amerikanischen Denker des 20. Jahrhunderts – ich spreche hier von Du Bois, von Robeson – hat er sich in Bezug auf die bedeutendste Frage dieser Zeit auf die falsche Seite gestellt. Er war ein kommunistischer Dummkopf! Als Kämpfer für die Bürgerrechte war er ein großer Mann. Aber er hatte seine Schuldigkeit getan. Und er musste sterben, als die Zeit reif war.«

»Also hat das FBI ihn umgebracht.«

»Natürlich hat das FBI ihn umgebracht! *Das* weiß nun wirklich jeder, Nigga!«

»Und was sind das für Dokumente, die Brogus angeblich besitzt?«

»Dokumente?« Guffin schüttelte den Kopf und lachte. »Was soll das sein? Transkripte von Tonbändern, auf denen zu hören ist, wie Dr. King weiße Frauen in Hotelzimmern vögelt? Wen interessiert das? Diese Tonbänder werden 2027 veröffentlicht. So ist das Gesetz.«

»Brogus sagt, er hätte konkrete Beweise für das, was in Memphis wirklich passiert ist, als Dr. King ermordet wurde.«

Guffin starrte auf den Tisch und fummelte an seiner Brille herum. »Kennst du dich mit Geschichte aus, Bürschchen?«

»Halbwegs«, sagte ich.

»Weißt du, was Dr. King im Frühling 1968 in Memphis zu suchen hatte?«

»Ja!«, rief ich wie ein eifriger Musterschüler. »Er wollte den Streik bei der Stadtreinigung unterstützen.«

»Der Müllmänner!«, bellte Guffin. Er nahm die Ray-Ban-Brille vom Tisch und setzte sie sorgfältig wieder auf. »Weißt du auch, was Reggie Brogus im Frühjahr 1968 in Memphis zu suchen hatte? Dr. Kings gewaltfreier Marsch wurde von Gewaltausbrüchen überschattet, von Gewaltausbrüchen, die auf das Konto junger schwarzer Rowdies gingen. Nun, Reggie Brogus war einer der Rädelsführer dieser jungen schwarzen Rowdies. Das war sechs Monate vor der Veröffentlichung von *LIVE BLACK OR DIE!* Er war da unten in Memphis, am Tag, als Dr. King umgelegt wurde, um für noch mehr Unruhe zu sorgen, um zu zeigen, in welches Chaos Dr. Kings Radikalismus führen würde.«

»Also arbeitete Brogus, oder wie er auch hieß, daran, Dr. Kings Pläne zu hintertreiben?«

»Hintertreiben?« Guffin spuckte die Worte geradezu aus. »Zerstören!«

»Und Sie waren auch Teil davon.«

Guffin grinste, die Brille mit den dunkelgrünen Gläsern wieder über seinen Augen. »Ich will dir mal eine Frage stellen, Professor: Was, meinst du, würde Martin Luther King Jr. wohl im Amerika der 1990er Jahre tun? Er wäre ein beschissener Nobody! Ein fetter, weißhaariger, abgehalfterter Mittsechziger, der was vom Gelobten Land predigt. Ein lamentierender schwarzer Trottel. Stattdessen ist er eine amerikanische Ikone geworden, wurde in den Götterhimmel der Demokratie erhoben. Weil er mit neununddreißig gestorben ist. Nur sechs Jahre älter als Jesus. Sein Geburtstag ist ein Feiertag. Genau wie bei Jesus. Und genau wie bei Jesus hört kein Mensch wirklich zu, was der Mann zu sagen hat. Aber wie Jesus erfüllt auch Martin Luther King seinen Zweck. Wie Jesus ist er leichter zu verehren, wenn er tot ist. Ich liebe Jesus! Und ich liebe Dr. King! Genau wie jeder andere Amerikaner. Jedenfalls solange alle sich nur an I HAVE A DREAM erinnern! Und den radikalen Scheiß vergessen, für den er sich engagiert hat, dass er diese verdammten Müllmänner aufgewiegelt hat, das demokratische kapitalistische System umzustürzen, um das uns die ganze beschissene Welt beneidet! Verstehst du? Der lebende Dr. King war gefährlich. Der tote Dr. King ist harmlos.«

Ich saß auf meinem Stuhl, von Ehrfurcht ergriffen. Ich schaute Guffin an und sah das Gesicht des abgrundtief Bösen. »Und Brogus? Ist er für Sie auch lebend gefährlicher als tot?«

»Ich will dir mal was sagen, Bürschchen. Ich lasse mich nicht erpressen. Von niemandem.«

»Erpressen?«

»Was zum Teufel glaubst du denn, was Brogus mit diesen King-Files machen will? Er hat angedroht, sie zu veröffentlichen, wenn ihm nicht zwanzig Millionen Dollar gezahlt werden für seine Verdienste um den Staat. Eine Million Dollar für jedes Jahr, das er dabei war! Dieser fette, gierige Dreckskerl!«

»Ein echter Kapitalist eben.«

»Keine schlauen Bemerkungen, Bürschchen! Du weißt ja gar nicht, in was du hier reingeraten bist! Brogus ist ein irres, paranoides, schizophrenes Arschloch, der willens ist, unsere Nation vor den Augen der Welt zu erniedrigen, mich bloßzustellen, sich selbst bloßzustellen, die Familie King in den Dreck zu ziehen mit diesen Dokumenten! Dieser Mistkerl will zwanzig Millionen Dollar abpressen von denen, die ihn durchgefüttert und beschützt haben, die ihm das Fundament bereitet haben für seinen Status als Berühmtheit, den er heute innehat. Dieser gierige, fette Gangster-Drecksack versucht mich zu erpressen! Mich! Aber das lasse ich mir nicht bieten. Also, wo zum Teufel ist Brogus?«

Ich wartete kurz, um sicherzugehen, dass meine Stimme ruhig und gelassen klang. »Ich weiß es nicht.«

Guffin griff in die Tasche seines Trenchcoats und zog eine riesige Pistole heraus. Er zielte damit, es war vermutlich eine 9mm-Halbautomatik, direkt in mein Gesicht, den Lauf nur wenige Zentimeter von meiner Nasenspitze entfernt. »Wo zum Teufel ist er?«

»Ich weiß es wirklich nicht.«

»LÜG MICH NICHT AN, BÜRSCHCHEN!«

Jetzt bekam ich doch Angst. Ich hörte das schlaftrunkene Muhen der Tiere im Stall. Dann ein Klopfen an der Tür, die quietschend aufging, und das Geräusch einer Windböe draußen. »Alles in Ordnung, Mack?«, fragte eine weiß klingende Stimme.

»Der Professor ist ein bisschen ... unkooperativ«, schimpfte Guffin. »Wir sollten ihm mal unsere Überredungskunst angedeihen lassen.«

* * *

Ich weiß nicht, wann ich die Schwelle des Schmerzempfindens überschritt, die Grenze überwand. Ich spürte, wie die Schläge aufprallten, aber sie taten nicht mehr weh. Mit jedem Schlag vernahm ich ein dumpfes Dröhnen in meinem Körper, aber ich litt nicht mehr darunter. Da ich nichts sehen konnte, wusste ich nie, aus welcher Richtung der nächste Faustschlag kam. In der Scheune, als Guffin mir die Pistole vors Gesicht gehalten hatte, hatten sie mir wieder den schwarzen Sack übers Gesicht gezogen. Wieder eine kurze Fahrt in dem Lincoln. Dann stand ich mitten in der Nacht irgendwo in der eisigen Kälte und der Stoff der Henkerskapuze kratzte mich im Gesicht. Jemand zog mir den Parka von den Schultern. Ich spürte, wie der Stoff hinter meinem Rücken an meinen noch immer gefesselten Handgelenken hängen blieb.

»Wo ist er?«, fragte Guffin. Seine Stimme war kaum mehr als einen Meter von mir entfernt.

»Weiß ich nicht«, sagte ich durch den schwarzen Stoff.

PANG! Der erste Schlag traf meine Niere. Ich krümmte mich, schnappte nach Luft.

»Wo zum Teufel ist er?«

Ich richtete mich auf. »Es gibt keinen Grund, warum ich Sie anlügen sollte, Guffin«, stieß ich hervor, während ich nach Luft schnappte. »Ich weiß wirklich nicht, wo Brogus ist.«

PAFF! Der zweite Schlag – er musste von dem Rowdy mit den breiten Händen gekommen sein – traf mich oben am Kopf direkt über meinem schon verletzten linken Auge. Vielleicht war das der Moment, wo ich einen mir bis dahin unbekannten Bewusstseinszustand erlangte, in dem ich zwar die Schläge, aber keinen Schmerz mehr spürte. Keinen physischen Schmerz, will ich damit sagen.

Lass sie dich doch umbringen, sagte die Stimme in meinem Kopf. *Du verdienst zu sterben.*

»Wo ist er?«, brüllte Guffin. Immer wieder stellte er diese Frage, aber ich antwortete nicht mehr. Es war schwer genug, einfach nur zu atmen. Ich erhielt Schläge in den Magen, gegen den Solarplexus, ins Gesicht. Ich taumelte hin und her, aber ich blieb stehen.

Gut! Du hast es verdient. Lass sie dich umbringen. Sie haben Seeräuber-Jenny getötet. Dann sollen sie jetzt dich töten. Du hast T-Bird umgebracht. Sein Blut klebt an deinen Händen. Zwei junge Menschen mussten sterben. Deinetwegen. Es ist nur gerecht, wenn du jetzt auch sterben musst. Stirb!

Ich wollte nur nicht in die Eier getreten werden. Ich war jenseits des normalen Schmerzempfindens. Ich war blind, schnappte nach Luft, taumelte hilflos umher wie ein Wrack. Aber ich hatte eine Höllenangst vor diesem grauenhaften Schmerz nach einem Kniestoß in die Hoden. Es war mir egal, ob ich weiterleben oder sterben würde. Ich wollte bloß nicht in die Eier getreten werden.

Stirb, du wertloses Stück Scheiße! Lass sie dich töten. Du bist ein Versager. Ein Feigling. Ein Verlierer. Du hast deine Familie verraten. Wer zum Teufel sollte sich für eine Figur wie dich interessieren? Stirb einfach.

Ich brach zusammen. Merkte, wie der Sack von meinem Kopf gezogen wurde. Hartgefrorene Grashalme stachen in mein Gesicht. Alles um mich herum war schwarz. Dann spürte ich ein kaltes Stück Metall an meiner Schläfe.

»Wo ist er?« Guffins Stimme hallte verzerrt in meinen Ohren, als würde eine Tonbandaufnahme ganz langsam abgespielt.

Na los doch, schieß. Bitte.

Ich sehe eine weiße Hand in der Dunkelheit. Seeräuber-Jennys Alabasterhand, die mir eine schwarze, unbeschriftete Computer-Diskette hinhält, wie auf einem Tablett serviert. »Nimm es, Clay«, höre ich sie sagen. »Nimm es jetzt.« Hand und Diskette verschwinden. Dann sehe ich meine beiden Töchter irgendwo im Nichts. Ihre süßen, identischen Gesichter blicken traurig, als sie mir zum Abschied zuwinken.

Sie versinken nach und nach in der Dunkelheit, als würden sie über eine unsichtbare Straße verschwinden. Amber und Ashley winken mir immer noch zu, während ihre Gesichter kleiner und kleiner werden und vom Nichts verschluckt werden. Ich höre, wie die Pistole an meiner Schläfe klickt, und weiß, dass ich jetzt sterben werde.

Vergebt mir. Alle. Bitte vergebt mir.

* * *

Das feuchte Kitzeln von Schneeflocken auf meinem Gesicht weckte mich. Ganz langsam setzte ich mich auf. Mein linkes Auge war zugeschwollen und pochte schmerzhaft. Dicke weiße Flocken schwebten aus dem schwarzen Himmel herab und blieben an den vertrockneten Grashalmen kleben. Ich sah meinen Parka auf dem Boden ausgebreitet vor mir liegen. Ich hatte keine Handschellen mehr an den Gelenken. Der Geschmack von Blut in meinem Mund. Meine Unterwäsche war feucht und klebrig, und ich fragte mich, ob ich mir in die Hose gemacht hatte. Ich schaute auf die Uhr. Zehn Minuten vor Mitternacht. Ich drehte den Kopf und sah eine Reklametafel in grellen Farben über mir: »Wintergreen Gardens«. Ich drehte den Kopf zur Seite, schaute mich mit meinem gesunden Auge um und bemerkte einige Baustellen: Fundamente ohne Mauern, Häuser ohne Dächer, Holzgerüste, Schnee wirbelte durch dunkle Rechtecke, die irgendwann mal Fenster werden sollten. Ich wusste, wo ich war. »Wintergreen Gardens« war ein Neubaugebiet für uniforme Mittelklasse-Eigenheime am Rand von Arden. Als die Rezession vor ein paar Jahren hereinbrach, hatten die Bauherren das Bauen gestoppt. Ich saß auf dem feuchten, stacheligen Gras, spürte, wie der Schnee sich auf meinen Haaren sammelte, und stellte fest, dass ich gar nicht weit von zu Hause war.

Ich stapfte durch den Schnee, zerschlagen, blutüberströmt, auf einem Auge blind, aber immer noch lebendig, herrlich lebendig und unendlich dankbar dafür, und fühlte mich wie Marlon Brando am Ende von *Die Faust im Nacken*, als er auf seine Hafenarbeiter-Kollegen zugeht. Ich wollte nur noch heim. Meine Kinder umarmen und meine Frau. Ich stolperte durch die verlassenen Vorstadtstraßen, der fallende Schnee hüllte mich ein, ich war zerschlagen, halb blind und vollgepisst, aber auch leicht ekstatisch, weil ich noch lebte. Seeräuber-Jenny und T-Bird waren tot – und das tat mir sehr weh. Aber scheiß drauf, ich war noch am Leben. Lebendig! Und sie hatten mir nicht in die Eier getreten. Ich war dem Tod entronnen und meine Hoden waren noch intakt.

Maplewood Road. Meine Straße. Was für eine schöne und gesegnete Sache es doch war, in einer Straße namens Maplewood zu wohnen, in einer Stadt namens Arden irgendwo in einem Staat namens Ohio. Was für eine schöne und gesegnete Sache das Leben doch war, sogar mit einer zerschlagenen Niere und Blut im Mund. Und da war mein Haus! Ich sah, wie es sich in mein Blickfeld schob und wieder daraus verschwand, während ich die Straße entlangstolperte. Ich fragte mich, ob ich vielleicht eine Gehirnerschütterung hatte. Dann tauchte, geradezu magisch, meine Frau auf. Sie trug einen Koffer, den sie mühsam durch den Schnee schleppte. Am Straßenrand – was für ein großartiger, heimeliger Anblick! – stand der dunkelblaue Volvo, unser solides, verlässliches Familienauto, gefertigt von gewissenhaften Skandinaviern. Meine Frau öffnete den Kofferraum und stellte den Koffer hinein. Ich taumelte näher und spürte, wie sich immer mehr Schnee auf den Spitzen meiner Timberland-Boots sammelte. Penelope drückte den Kofferraumdeckel zu.

»Liebling«, sagte ich, und meine Stimme hallte über die schneebedeckte Straße.

Pen wirbelte herum und starrte mich an. Ich kannte sie, seit wir zwölf Jahre alt waren, aber ich hatte sie noch nie so dreinblicken gesehen. Ihr Gesicht war völlig entstellt, vor Qual verzerrt. Sie ging einen Schritt auf mich zu. Ich hörte nur das leise Rieseln des fallenden Schnees. Sie machte eine ruckartige Bewegung, ihre untere Körperhälfte zog sich wie in einem Krampf zusammen. Dann spürte ich den Schmerz, den bohrenden, unerträglichen Schmerz. Meine Augäpfel drehten sich nach innen, meine Gedärme explodierten, schienen sich gegenseitig zu verschlingen, und ich brach auf dem Gehweg zusammen, während mir die Luft aus den Lungen, der Kehle, dem Mund wich. Ich wand mich auf dem kalten, feuchten Schnee, mein Gehirn produzierte nur noch ein verzerrtes Testbildmuster. Alles war purer, bohrender Schmerz. Penelope hatte mir in die Eier getreten.

Sie stand jetzt neben mir. Mit einer zornigen Handbewegung schleuderte sie etwas zu Boden. Ich hörte, wie es leise auf dem weichen Schnee landete. Sie stieg in den Volvo. Ich schaute auf und sah, wie die Zwillinge ihre Köpfe aus den Seitenfenstern steckten.

»Wir fahren zu Oma und Opa in Philadelphia«, sagte Ashley. »Alles in Ordnung mit dir, Daddy?«

Ich hörte, wie ich ächzte, als ich versuchte, mich zu bewegen.

»Diesmal hast du es echt verkackt, Daddy«, sagte Amber kopfschüttelnd und schaute mitleidlos auf mich herab.

Der Motor heulte auf, der Volvo fuhr davon. Ich sah, wie meine Töchter mir hinter der Heckscheibe zuwinkten, ihre ernsten Gesichter wurden von einer Straßenlaterne beleuchtet, bevor sie davonrollten und in der dunklen Maplewood Road verschwanden. Erst als der Volvo aus meinem Blickfeld verschwunden war, erkannte ich, was Penelope neben mich in den weichen Schnee geworfen hatte – eine schwarze, nicht beschriftete Computer-Diskette.

Als der Schmerz abgeklungen war, rappelte ich mich auf und griff nach der Diskette. Ich stolperte ins Haus und sah meine alte, mottenzerfressene Wildlederjacke auf dem Boden im Flur. Die Bedeutung wurde mir sofort klar. Jetzt erst erinnerte ich, dass dieser Tag im Dezember, als ich mich zum letzten Mal mit Jenny im Café Bellafiglia traf, ungewöhnlich mild gewesen war. Ich hatte nicht meinen Parka angezogen, sondern die abgetragene braune Wildlederjacke, die ich zu Beginn meines Studiums in Cornell gekauft hatte. Pen hasste diese Jacke, aber ich zog sie ab und zu mal an, wenn es Herbst wurde, und musste sie wohl an diesem Tag getragen und die Diskette in eine der Taschen gesteckt haben, als ich Jennifer Wolfshiem zum letzten Mal lebend sah. Penelope hatte an einem Ort nach der Diskette gesucht, auf den nicht einmal ich gekommen war. Und ganz offensichtlich hatte sie gelesen, was auf der Diskette gespeichert war. Daher der Tritt in die Eier.

Als Erstes ging ich ins Badezimmer. Ich duschte, verarztete meine Wunden und legte ein Kühlkissen auf mein zugeschwollenes Auge. Ich zog frische Klamotten an und kochte mir Kaffee. Gegen ein Uhr morgens am Donnerstag, dem 20. Februar 1992, ging ich in mein Arbeitszimmer, setzte mich vor meinen Computer und schaltete ihn ein. Ich schob die schwarze, unbeschriebene Diskette in den Schlitz, und das Gerät klickte und summte. Ich trank einen Schluck aus meinem dampfenden Kaffeebecher und schaute zu, wie die neongrünen Buchstaben auf dem Bildschirm erschienen.

Laut sagte ich: »Los, Jenny, sprich.«

13

Vielleicht ist es für manche Leute ein alltäglicher Albtraum, aber ich hatte ihn ganz sicher noch nie vorher gehabt. Ich lag in einem Sarg, kratzte mit blutigen Fingern am Holz über mir, hörte mein Kratzen, hörte, wie Schaufel für Schaufel Erde auf den Deckel geworfen wurde, spürte, wie hungrige unterirdische Lebewesen näherkrochen, und erkannte, dass ich lebendig begraben war. Ich richtete mich ruckartig auf, während ich im gleichen Moment im Traum den Mund aufriss und schrie.

Ich schüttelte den Kopf, um die grauenhafte Szene zu verscheuchen, versuchte mich zu orientieren, sah die eisblauen digitalen Ziffern des Videorekorders in der Dunkelheit leuchten (6:09 Uhr) und stellte fest, dass ich auf dem Sofa im Wohnzimmer saß. Ich schaltete die Stehlampe ein. Ich bemerkte meinen aufgeklappten Aktenkoffer auf dem Tisch, den über den Sessel geworfenen Parka, und stellte fest, dass ich nicht sehr lange geschlafen hatte. Allmählich dämmerte mir, dass mein Termin mit Patsy DeFestina in der Polizeizentrale von Arden schon in fünfzig Minuten stattfinden sollte. In meinem Kopf hörte ich immer noch ein leises Kratzen, als der Schrecken des Albtraums langsam nachließ. Ich spürte einen Anflug von Selbstmitleid. War es denn so verwunderlich, dass ich von meinem eigenen qualvollen Tod geträumt hatte, nachdem ich mitten in der Nacht zwei Stunden mit der Lektüre von Seeräuber-Jennys Tagebuch verbracht hatte?

Ich hörte immer noch dieses leise Kratzen, obwohl ich jetzt ganz wach war. »Dexter?«, sagte ich laut und fragte mich, ob der Kater mal wieder in der Speisekammer eingeschlossen war. Ich hatte angenommen, Dexter sei bei Penelope, Amber und Ashley im Auto gewesen, als sie davonfuhren. Selbst wenn Pen die Koffer wutentbrannt und hastig gepackt hatte, würden die Zwillinge doch niemals ihre geliebte Katze zurücklassen. Vielleicht hatte Pen es abgelehnt, Dexter auf die lange Fahrt mitzunehmen.

Das kaum hörbare Kratzen setzte sich fort. Ich stand auf, das Sofa quietschte leise. Mein Körper tat überall weh. Mein linkes Auge, immer noch halb zugeschwollen, zuckte und pochte schmerzhaft. Ich schleppte mich in die Küche. Durch den Spalt der Vorhänge am Küchenfenster sah ich, dass es draußen noch stockdunkel war. Es schneite stetig. Ich schaltete die kleine Lampe auf dem Tisch ein. Das Kratzen war nicht mehr zu hören. Die Tür zur Speisekammer war geschlossen. »Dexter?«, rief ich leise.

Ich hörte ein Klicken, drehte den Kopf und bemerkte eine Silhouette hinter der gelbgemusterten Gardine des Küchentürfensters. Hinter jener Tür zum Garten, die Penelope und die Zwillinge immer abzuschließen vergaßen. War sie jetzt auch nicht verschlossen? Die schattenhaften Umrisse eines Mannes bewegten sich hinter dem Vorhang. Ich ging zur Tür und stellte fest, dass ich in den sechs Stunden, seit meine Frau und meine Kinder weggefahren waren, nicht überprüft hatte, ob sie mal wieder versäumt hatten abzuschließen. Ich streckte die Hand nach der Klinke aus, als die Tür aufschwang und Jennifer Wolfshiems Mörder in meine Küche trat.

* * *

Vor allem hatte ich Scham empfunden. Ich hatte mich dafür geschämt, die zutiefst persönlichen Gedanken und Gefühle einer anderen Person zu lesen, geschämt für die Rolle, die ich im Leben der Verfasserin gespielt hatte, geschämt, weil meine Frau das alles vor mir gelesen hatte – ich war so unendlich beschämt, als ich in den frühen Morgenstunden in meinem Arbeitszimmer saß und auf meinem Bildschirm immer weiter durch das Tagebuch von Seeräuber-Jenny scrollte, dass ich die ganze Zeit dieses grässliche Gefühl hatte, jemand würde hinter mir stehen und mitlesen. Ich hätte einen Suchbefehl eingeben können, hätte nach »Clay« oder »Robinette« oder »T-Bird« oder »Brogus« suchen können. Ich hätte mich auf bestimmte Textstellen beschränken können. Stattdessen las ich jedes Wort so schnell es mit meinem einzigen gesunden Auge überhaupt möglich war, hastete chronologisch durch den sechzig Seiten langen Text, durch diese Aufzeichnungen vom Leben und den Missgeschicken, den Erinnerungen, Träumen und Albträumen von Jennifer Esther Wolfshiem ab Sonntag, dem 1. September 1991, dem Tag nach ihrer Ankunft in Arden, bis zum Freitag, dem 13. Dezember 1991, jenem Tag, an dem sie mir im Café Bellafiglia ihr Tagebuch übergeben hatte.

Am glücklichsten ist sie im September. Neue Uni. Neuer Anfang. Weit entfernt von ihrem Vater. Keine Erklärungen, welche Probleme sie mit ihm hatte, aber sie ist glücklich, seinen aktuellen Wohnort Washington D.C. hinter sich gelassen zu haben. Sie schreibt von den Kursen, die sie belegen möchte, von Büchern, die sie lesen muss, überlegt, ob sie sich bei ihren Schreibversuchen mehr auf Fiction oder Non-Fiction konzentrieren soll. Sie beschreibt ihr neues Zimmer, mit dem sie zufrieden ist, erwähnt ihre Mitbewohnerin, die plappernde Brittney Applefield, ihre spätere Nachrufrednerin, jedoch mit keinem Wort. Sie hört ständig eine CD mit Brecht/Weill-Songs, interpretiert von Lotte Lenya, und gibt sich selbst den Spitznamen »Seeräuber-Jenny«. Trotz des grundsätzlich fröhlichen Tons in diesen frühen Eintragungen ist immer ein Unterton von Einsamkeit und Traurigkeit vorhanden. Die Verletzlichkeit, die ich bei unserer ersten Begegnung bemerkt hatte, ist in allen Sätzen ihres Tagebuchs spürbar. Sie klagt darüber, dass sie dieses Gefühl von natürlicher Distanz, des Getrenntseins von anderen Menschen nicht überwinden kann. Überall, wo sie gelebt hat, ist sie eine Fremde gewesen. Sie fragt sich, ob es jemals einen Ort geben wird, den sie ihr Zuhause nennen kann.

Ich saß dicht vor dem Bildschirm und folgte wie besessen mit meinem gesunden Auge den leuchtend grünen Buchstaben auf schwarzem Grund. Manche Stellen in dem Tagebuch waren enttäuschend banal. In ihrem Tagebuch wirkte Jenny viel jünger als in Wirklichkeit. Andere Passagen erinnerten mich mehr an die Jenny, die ich gekannt hatte, da waren ihre Beobachtungen klar und scharfsinnig, ihre Prosa glasklar und funkelnd. Dies war eine seltsame, grausame Art einen Menschen kennenzulernen, dachte ich, während ich dieses Tagebuch einer Toten las. Nur dass Jenny gehofft hatte, ich würde es lesen, als sie noch am Leben war. Aber wieso? War es ein billiger Trick, um Intimität herzustellen? Oder der berüchtigte Hilferuf? Fieberhaft arbeitete ich mich durch den Text auf der Suche nach entsprechenden Hinweisen.

Mitte September schreibt Jenny, sie fühle eine Wesensverwandtschaft mit Afroamerikanern. Ihrer Ansicht nach kennen wir bestimmte Geheimnisse, von denen die anderen Menschen in den Vereinigten Staaten keine Ahnung haben. Weiße Studentinnen versuchen, sich mit ihr anzufreunden. Sie zeigt allen die kalte Schulter. Weiße Studenten möchten mit ihr ausgehen. Sie wimmelt sie alle ab. Sie versucht ihrerseits, sich mit Euphrasia, Tamika, Yolanda und Shereena anzufreunden. Die vier tolerieren sie, bleiben aber auf Distanz. Durch sie lernt sie T-Bird Williams kennen. Sie mag ihn sehr, sagt aber, sie sei sexuell nicht von ihm angezogen. T-Bird tut alles, um sie für sich einzunehmen. Er besucht sie abends in ihrem Zimmer, bringt ihr Süßigkeiten und Blumen. Sie sitzen auf ihrem Futon und reden. Er zieht es in die

Länge, will nicht gehen, aber er wird nie zudringlich. Er akzeptiert einen Gute-Nacht-Kuss und geht zurück in sein Wohnheim. T-Bird hat keine Chance.

Professor Robinette – beziehungsweise »Prof Rob« – tritt zum ersten Mal auf. Jetzt fängt Jennifer an zu schwärmen wie ein Schulmädchen. Wie rührend sie aufblickt zu dem älteren Mann, der sie ernst nimmt! Mein gesundes Auge verschlingt die grünen Buchstaben, mit denen sie ihre Bewunderung ausdrückt. Auch wenn ich innerhalb der letzten dreizehn Stunden mitgeholfen habe, einen unschuldigen jungen Mann in den Tod zu treiben, brutal zusammengeschlagen wurde und dem Tod gerade noch mal von der Schippe gesprungen bin, meine Frau und meine Kinder mich verlassen haben, schwillt mir der Kamm vor Stolz und Eitelkeit. Der größte Teil ihrer Ausführungen besteht darin, unsere Gespräche über Literatur, Musik und Politik zu rekapitulieren. Und sie kann die verführerische Magie einer guten Unterhaltung einfangen, eben genau das, was uns, über die körperliche Anziehung hinaus, einander näherbrachte.

Ich dachte an das alte Liebeslied von Billy Joel, in dem er nölt: *»I don't want clever conversation«*. Nun, *ich* wollte interessante Gespräche führen. Jede Menge. Auch mit Penelope führte ich großartige Gespräche, die uns verbanden, ab unserem zwölften Lebensjahr bis zum zweiten Jahr unserer Elternschaft mit achtundzwanzig. Von da an kreisten unsere Unterhaltungen nur noch um praktische Dinge, Alltagsangelegenheiten wie Essen und Wohnen, Gesundheit und Erziehung, Geldverdienen, um unseren Lebensstandard zu halten. Streit über logistische Probleme, Konflikte wegen der Zeiteinteilung, Gerangel um Zuständigkeiten. Fünf Jahre lang sprachen wir nur über solche Dinge. Jedenfalls zu neunzig Prozent unserer Zeit. Wenn uns mal ein philosophisches Streitgespräch gelang, ein Dialog über ästhetische Fragen oder eine längere Phase spielerischer Albernheit, erinnerte ich mich an das, was uns verlorengegangen war, an die verbalerotischen Energien, die wir unterdrückten, und all die Freuden, die wir uns gedankenlos verwehrt und einem gut funktionierenden Familienalltag geopfert hatten.

Nach einigen weiteren Eintragungen verwandelt »Prof Rob« sich in »Clay«. Jenny spürt, wie sich während der Treffen am Mittwochabend eine gewisse sexuelle Spannung aufbaut. Sie schreibt, sie hätte erotische Träume von ihrem Tutor. Anschließend schreibt sie den Text mit der postkoitalen Träumerei »Empfindungen an einem trägen und bittersüßen Dienstagnachmittag«. Im letzten Eintrag vom September ist sie überzeugt, dass sie unter den richtigen Umständen eine »Romanze« mit Clay haben könnte.

Während ich Jennys kokette Berechnungen las – und mich daran erinnerte, wie ich mir mit dem Gandhi-Test etwas vormachte –, schwoll mir erneut mein innerer Hahnenkamm und ich schämte mich dafür. Ich dachte an Penelope und wie sie sich gefühlt haben musste, als sie das Tagebuch las. Ich konnte mir kaum vorstellen, wie angewidert und abgestoßen sie gewesen sein musste angesichts des ungeheuerlichen Ausmaßes des Verrats, der ihr hier vor Augen geführt wurde. Ich erinnerte mich an ihren qualvollen Gesichtsausdruck, bevor sie mir in die Eier trat. Und doch ... Als ich gebannt auf die leuchtend grünen Buchstaben auf dem schwarzen Bildschirm starrte, dachte ich schon darüber nach, wie ich diesen Fehltritt vor meiner Frau rational rechtfertigen könnte – falls sie überhaupt mit mir reden wollte –, wenn ich sie später bei ihren Eltern anrief. Ich würde Pen daran erinnern, wie respektvoll Jenny über mich geschrieben hatte. Ich würde ihr erklären, dass ich eine einsame junge Frau als Autorität beschützt und beraten hatte. Ich war ein Leuchtstern und Wegweiser für sie gewesen, ein Vorbild. Während ich meine Verteidigungsrede konzipierte, drückte ich auf die Taste mit dem nach unten zeigenden Pfeil, und nun erschien der erste Eintrag im Oktober auf dem Bildschirm.

»Clay ist ein Scheißkerl. Genau wie alle anderen Männer,

die ich gekannt habe. Ich habe mich in ihm geirrt. Er ist ein Feigling. Außerdem war er nicht mal gut im Bett.«

Das schreibt Seeräuber-Jenny Mitte Oktober, zehn Tage, nachdem Clay während des Mittwochabendtermins seine lasche Trennungsrede formuliert hat. Offenbar ist sie vor allem von Clays »Angst« angewidert. Sie glaubt, dass er gerne wieder mit ihr schlafen würde, dass er keine moralischen Skrupel hat. Er hat bloß Angst, erwischt zu werden.

»Aber Clay muss doch wissen, dass ich ihn niemals melden würde. Ich würde niemals mit jemandem über unsere Romanze sprechen! Das muss er doch wissen.«

Trotz eines plötzlichen Anfalls von Übelkeit scrolle ich weiter. Jennys nächster Eintrag handelt davon, wie ihr Vater sie dazu drängt, ihn in Johannesburg zu besuchen. Er geht davon aus, dass er einige Monate dort »geschäftlich zu tun hat«. »Du bist hier doch schon einmal sehr glücklich gewesen. Wir können hier wieder glücklich sein«, sagt er zu seiner Tochter. Ich erinnere mich an die Aufnahme der leidgeprüften, stockenden Stimme des alten Mannes auf dem Anrufbeantworter, die während der Totenwache abgespielt wurde. In ihrem Tagebuch schreibt Jenny, sie sei nie glücklich gewesen in Johannesburg. Sie will nicht wieder dorthin. Aber wie immer, schreibt sie, kann sie die Bitte ihres Vaters nicht abschlagen.

Im nächsten Eintrag hat sie ihr Ticket nach Südafrika gebucht. Sie ist nicht mehr so schlecht auf Clay zu sprechen. Sie vermisst die Gespräche mit ihm. Sie überlegt, ob sie ihn anrufen soll, entscheidet sich dann aber dagegen. Eines Abends taucht T-Bird bei ihr auf und bringt Süßigkeiten und Blumen mit. Sie sitzen auf ihrem Futon und reden. Er wird zudringlich. Sie wehrt ihn ab. Er will wissen, warum sie nicht mit ihm schlafen will. Sie sagt, sie würde ihn noch nicht gut genug kennen, weiß aber, dass das gelogen ist. Sie ist zu feige, ihm die Wahrheit zu sagen: dass der Funke sexueller Anziehung einfach nicht da ist. Sie fühlt sich schuldig, weil sie

T-Bird »als Mensch« gerne mag. Außerdem hat er ihr bei ihren Recherchen geholfen, sie zweimal nach Impediment gefahren und sie in der heruntergekommenen Stadt herumgeführt. Jenny sagt zu T-Bird, sie müssten sich erst noch besser kennenlernen. Sie schlägt vor, dass sie sich am nächsten Tag im Café Bellafiglia treffen. T-Bird sagt ihr, wenn er mit einem weißen Mädchen auf dem Campus gesehen wird, wäre sein Ruf ruiniert. Jenny bringt ihn zur Tür. Auch dieses Mal hat T-Bird keine Chance.

Am 28. Oktober kehrt Jenny aus Südafrika zurück. Der Ton des Tagebuchs verändert sich, wird trostloser, belastet vom anhaltenden Schmerz ihres Traumas. Ihre Reise nach »Johburg« war grauenhaft. Ihr Vater küsste sie, betatschte sie. Zweimal kam er ins Badezimmer, als sie in der Wanne lag, setzte sich auf einen Stuhl, redete, schaute sie an, weigerte sich zu gehen. Eines Nachts legte er sich zu ihr ins Bett, als sie schlief. Sie wachte auf, als er sie umarmte. Sie bat ihn zu gehen, aber er bettelte sie an, bei ihr im Bett bleiben zu dürfen. »So wie früher«, sagte er.

Jenny träumt auch von ihrer Mutter. Von ihrer Mutter, wie sie neben dem Bett sitzt, während ihr Vater sie im Dunkeln begrabscht. Jennys Mutter sagt, sie würden bald wieder zusammen sein, »am ruhigen Ort«.

Ich sitze in meinem Arbeitszimmer, starre auf den Bildschirm und komme mir vor wie ein Idiot. Wie konnte es sein, dass ich nicht bemerkt hatte, wie sehr Seeräuber-Jenny litt? Ich hatte es gespürt, als ich ihr Tutor war, aber ich hatte mich nicht damit auseinandersetzen wollen. Ich wollte, dass unsere Unterhaltungen fröhlich verliefen, Spaß machten, habe sie zu meinem eigenen Vergnügen gevögelt (nicht mal zu ihrem!) und sie anschließend möglichst schnell wieder loswerden wollen. Bei unserem letzten Treffen im Café Bellafiglia war es offensichtlich gewesen, dass sie Qualen litt. Hatte ich versucht, sie zu trösten? Scheiße, nein. Stattdessen war ich aus dem Lokal gerannt, während sie auf der Toilette war. Mir wurde noch mehr übel. Jennys Tagebuch zu lesen machte mich krank.

Der nächste Eintrag folgt Anfang November, kurz nachdem Reggie Brogus in mein Büro hereinplatzte, als Seeräuber-Jenny – verkleidet als schwarze Aktivistin der sechziger Jahre – vor Clay auf die Knie ging. Jenny schreibt, sie sei total stoned gewesen an diesem Abend (aber sie schreibt nicht, wovon). Das ist das erste Mal, dass sie Brogus erwähnt. Sogar unter dem Schreibtisch erkennt sie seine Stimme. Sie ist in Clays Büro gekommen, um ihn zu verführen und dazu zu bringen, ihre Affäre wiederaufleben zu lassen. Nachdem Brogus gegangen ist und sie die erbärmliche Angst in Clays Augen sieht, weiß sie, dass daraus nichts wird. Sie spürt keine Bitterkeit. Ihr Professor tut ihr nur noch leid.

Jenny schreibt davon, wie gern sie jemand anderes wäre, eine andere Person, nur nicht sie selbst. Sie hat Albträume. Wenn ihr Vater jetzt zu ihr ins Bett kommt, während sie schläft, versucht er sie zu erwürgen. Sie spürt, wie seine knochigen Finger sich um ihren Hals legen und ihr die Luft zum Atmen nehmen. Jennys Mutter schwebt irgendwo darüber. Ihr weißer Hals ist aufgeschlitzt, ein blutrotes Grinsen. Die Wunde klappt auf und zu, Blut tropft heraus, während sie versucht, etwas zu sagen. Jenny wacht weinend auf.

Mitte November. Ein Samstagnachmittag. T-Bird klopft an ihre Tür. Er lädt sie auf einen Kaffee ein. Während der ganzen Zeit, die sie im Café Bellafiglia sitzen, schaut T-Bird nervös um sich, hat ganz offensichtlich Angst, mit einem weißen Mädchen gesehen zu werden, wodurch sein wertvoller Ruf zerstört würde. Er begleitet sie nach Hause, ganz der Kavalier. Vor ihrer Tür erklärt sie ihm, sie hätte noch sehr viel für die Uni zu tun. Er bietet ihr an, sie am folgenden Tag nach Impediment zu begleiten. Sie ist einverstanden. Er küsst sie. Sie stößt ihn weg. Sie erklärt ihm, dass sie »nur Freunde« sein können. Er sagt ihr, er liebe sie. Es nützt nichts. T-Bird hat immer noch keine Chance.

Trotzdem fährt er am nächsten Tag zur verabredeten Zeit in seinem Nissan Z vor. Als sie sich Impediment nähern, fragt er Jenny: »Fickst du diese Schwuchtel Robinette?« Sie sagt, er sei keine Schwuchtel und sie würde ihn nicht ficken. Sie fahren schweigend durch Straßen, die Jenny nicht kennt. Plötzlich hält T-Bird an und fordert sie auf auszusteigen. Sie weigert sich. Er sagt: »Steig aus, sonst schmeiß ich dich raus.« Sie steigt aus. »Jetzt kannst du sehen, wie du wieder nach Hause findest, Schlampe!«, schreit T-Bird und fährt laut lachend davon.

Sie schaut ihm nach, wie er davonfährt, und am meisten ärgert sie, dass T-Bird offenbar glaubt, sie wäre hilflos und verloren, würde hysterisch werden, sich in dieser Umgebung fürchten. Weil T-Bird sie als eine Weiße betrachtet hat, ein dämliches weißes Mädchen, wie ihre grauenhafte Mitbewohnerin Brittney Applefield (sie wird nur dieses eine Mal im Tagebuch erwähnt) eine ist. T-Bird kann nur in den Kategorien eines typischen amerikanischen Vorstadttypen denken. Seeräuber-Jenny aber ist ein europäisch-amerikanischer Hybrid, sie hat gelernt, sich an Orten und mit Menschen auf der ganzen Welt zurechtzufinden. Sie läuft durch die Straßen mit den grauen Mietskasernen von Impediment, ohne Angst zu bekommen. Hatte T-Bird ernsthaft erwartet, sie würde schreien und panisch hin- und herrennen? Jennifer Esther Wolfshiem läuft durch die düsteren Straßen in dem gleichen entschlossenen, unaufgeregten Gang, mit dem sie schon durch die düstersten Straßen von Amsterdam bis Kalkutta, von Neapel bis Hanoi gelaufen ist. Sie kommt an schwarzen Frauen in ihrem Alter vorbei, die Kinderwagen vor sich herschieben, an Gruppen von schwarzen Männern, ebenfalls in ihrem Alter, die sie drohend anstarren und sich dann brüsk abwenden, als sie sehen, dass sie keine Angst hat. Sie geht einfach weiter, so wie sie in jeder anderen fremden Stadt in jedem anderen fremden Land weitergegangen wäre, auf der Suche nach einem Schild, das ihr den Weg ins Zentrum weist oder zum Bahnhof oder der nächsten Bushaltestelle.

Hinter ihr ertönt eine Hupe. Sie dreht sich um und sieht, wie der graue BMW neben ihr anhält. Durch die Windschutzscheibe erkennt sie ihn sofort. Aber aus dem Zusammenhang gerissen und in dieser unpassenden Umgebung, weit entfernt vom Campus, sieht sie etwas in dem Gesicht dieses Mannes, das sie zuvor noch nie bemerkt hat. Sie sieht ihren Vater.

* * *

»Tut mir leid, dass ich so hereinplatze, *old bean*, aber die Tür war offen.« Roger Pym-Smithers trug seinen ramponierten Fedora und den schwarzen Mantel und stampfte mit den Füßen auf den Küchenboden, um den Schneematsch loszuwerden. Er grinste mich freundlich an und zog die Augenbrauen hoch. »Wir müssen reden«, sagte er und klang dabei ernst und hämisch zugleich.

Ich starrte Seeräuber-Jennys Mörder an und merkte, wie der eigenartige Zorn, der Blutdurst wieder über mich kam. Aber dieser Zorn hatte diesmal einen beruhigenden Effekt. Ich war fast schon abgeklärt. Ich wusste, dass ich fähig wäre, diesen Mann umzubringen, jetzt sofort, ohne zu zögern, ohne Zweifel, Mitleid oder Bedauern. Ich dachte sogar, ich könnte es genießen. »Setz dich doch, Roger«, sagte ich.

Erst als er auf den Küchentisch zuging, bemerkte er mein geschwollenes Auge. »Verfluchte Scheiße! Was ist denn mit dir passiert?«

»Oh, ich habe heute Nacht ein paar alte Freunde von Reggie Brogus getroffen«, sagte ich leichthin. »Setz dich. Ich wollte mir gerade einen Kaffee machen. Möchtest du auch einen?«

»Für mich bitte Tee«, sagte Roger höflich. Er zog den Hut ab und den Mantel aus und setzte sich auf denselben wackligen Stuhl, auf dem Brogus sich zweiundsiebzig Stunden zuvor niedergelassen hatte. »Ich weiß, ich hätte vorher anrufen sollen, anstatt hier unangemeldet aufzukreuzen – noch dazu zu so einer unchristlichen Stunde. Aber als ich das Licht sah, nahm ich mir die Freiheit, an die Hintertür zu klopfen. Ich vermute, du hast es nicht gehört. Oder doch? Was ist mit deiner liebenswerten Frau und den Kindern? Schlafen sie noch?«

»Sie sind nicht da«, sagte ich. Ich bewegte mich wie im Traum durch die Küche, gab Kaffeepulver in den Filter der Kaffeemaschine, füllte Wasser in den Kessel für den Tee und stellte ihn auf den Herd.

»Ach, wirklich?«, sagte Roger und klang nicht ganz überzeugt. »Alles Frühaufsteher, was? Ich bin auch schon sehr früh aufgestanden. Kwanzi ist in New York, weißt du. Sie wird live im Fernsehen auftreten, ungefähr in zehn Minuten. Hat mich vor einer halben Stunde aus dem Studio angerufen. Sie war gerade in der Maske! Ist total aufgeregt. Vielleicht können wir den Fernseher einschalten.«

Ich setzte mich Roger gegenüber. »Da ist ein Fernseher«, sagte ich und deutete mit dem Kopf auf das winzige Modell auf dem Küchentisch.

»Das kleine Ding? Oh, na schön, zum Glück habe ich den Videorekorder programmiert. Eigentlich wollte ich zu Hause live zuschauen. Aber als das Gespräch mit Kwanzi beendet war, bekam ich einen unerwarteten Anruf von Detective DeFestina.« Roger musterte mich mit seinen triefenden Augen. »Sie bat mich, um sieben Uhr zur Polizei zu kommen. Sie sagte, du würdest auch da sein. Aber sie wollte nicht sagen, um was es geht. Also dachte ich, ich komme her und spreche mit dir darüber – was immer es ist. Vielleicht können wir die kleine Patsy zusammen aufsuchen. Was meinst du dazu, Clay?«

Ich antwortete nicht. Ich lehnte mich zurück, schob die Hände in die Taschen meiner alten, abgewetzten Strickjacke, die ich zu Hause gerne trug. In der rechten Tasche steckte die unbeschriftete schwarze Diskette.

»Vielleicht kannst du mich ja darüber aufklären, warum Patsy uns beide sehen möchte?«, fragte Roger leicht höhnisch.

Ich zog die Diskette aus der Tasche und warf sie auf den Tisch, wo sie mit einem leisen metallischen Scheppern landete. »Jennifer hat ein Tagebuch geschrieben«, sagte ich leise.

Roger richtete seine wässrigen Augen auf die Diskette. Das Blut wich aus seinen sonst immer geröteten Wangen. »Werde ich darin erwähnt?«, flüsterte er.

Ich machte mir nicht die Mühe, darauf zu antworten. Ich erzählte Roger auch nicht, dass ich das Tagebuch, nachdem ich es mit meinem gesunden Auge zweimal durchgelesen hatte, auf meine Festplatte und eine weitere Diskette kopiert und ausgedruckt hatte, mich dann von einem rasch gerufenen Nacht-Taxi in mein Büro an der Uni bringen ließ, wo ich meine Aktentasche geholt und meine E-Mails gecheckt hatte (keine neuen Nachrichten), um anschließend mit dem Honda zur Polizeizentrale von Arden zu fahren, wo ich die Diskette mit der Kopie und den Ausdruck für Patsy DeFestina hinterließ. Ich sagte Roger nicht, dass ich dann nach Hause gefahren und auf dem Sofa im Wohnzimmer um fünf Uhr morgens kurz eingeschlafen war, in der Hoffnung, von Patsy zu hören, nachdem sie das Tagebuch gelesen hatte, was hoffentlich noch vor dem anberaumten Verhör geschah.

Nein, ich sagte nichts davon zu Roger Pym-Smithers, als er die Diskette auf dem Tisch anstarrte, dann mich, dann wieder die Diskette. In mir schwelte die Mordlust.

* * *

Jenny nennt es »die Krankheit«. Sie geht in ihrer Familie um. Normalerweise wird das Opfer mit Anfang zwanzig damit infiziert, dann ein oder zwei Jahrzehnte davon gequält, bevor es ihm den Garaus macht. Die Krankheit hatte Jennys Mutter erwischt. Und im Dezember 1991, ein paar Monate vor ihrem zwanzigsten Geburtstag, ist Jenny davon überzeugt, dass es auch sie erwischen wird. Sie hat es schon durchgemacht, in ihren Albträumen. Tagsüber steht sie immer mehr neben sich. Sie nimmt eine Menge Drogen – wieder erklärt sie nicht, welche –, ganz allein in ihrem Zimmer. Jeden Tag denkt sie übers Sterben nach. Die Amerikaner, so schreibt sie, würden ihr raten, sich Hilfe zu suchen. Sie würden nicht verstehen, dass sie das nicht will. Sie glaubt, dass diese Krankheit ihr Schicksal ist.

Als ich durch das Tagebuch scrollte, konnte ich kaum glauben, dass diese selbstmordgefährdete Fatalistin dieselbe Person war wie die quicklebendige, vielversprechende Schriftstellerin, die ich gekannt hatte. Eben deshalb hatte Seeräuber-Jenny mir ihr Tagebuch gegeben, damit ich ihre dunkle Seite kennenlernte. Trotz ihrer gegenteiligen Behauptung suchte sie Hilfe – suchte verzweifelt danach. Und ich versagte sie ihr. Ich fragte mich, was ich getan hätte, wenn ich das Tagebuch schon im Dezember gelesen hätte. Hätte ich versucht, ihre Affäre mit diesem Professor für englische Geschichte zu verhindern?

* * *

»Komm, komm schon, *old bean*«, sagte Roger Pym-Smithers, als er mir an diesem verschneiten Februarmorgen um sechs Uhr zwanzig an meinem Küchentisch gegenübersaß. »Freunde sollten keine Geheimnisse voreinander haben. Sollten sich nicht unnötig streiten.« Er lachte unsicher. »Wie bist du in den Besitz dieser digitalen Aufzeichnung gekommen?«

»Jennifer hat sie mir gegeben«, sagte ich. »Wie sonst?«

»Klar, wie sonst«, wiederholte Roger trocken. »Und weiß Patsy DeFestina von der Existenz dieses Tagebuchs?«

Ich schaute ihm in die Augen. »Nein«, log ich.

Alle Anspannung schwand aus seinem Körper. Seine Wangen röteten sich wieder. »Na, das erleichtert mich jetzt! Ich nehme an, auch du wirst in Jennys Memoiren erwähnt.«

»Woher willst du das wissen?«

»Tu ich nicht. Es ist nur eine Hypothese. Vielleicht ist es ohnehin besser, *old bean*, wenn wir ab jetzt nur noch hypothetisch sprechen.«

»Du hast Jenny in Impediment getroffen. Das ist keine Hypothese, das ist Fakt. Du hast dort eine karibische Prostituierte aufgesucht.«

»Eine unabhängige Geschäftsfrau, Clay. Ich ziehe es vor, Lucille als unabhängige Geschäftsfrau zu bezeichnen. Jennifer hat sich in viel üblerer Begleitung dort herumgetrieben. Sie war von diesem berüchtigten T-Bird dort abgesetzt worden.«

»Und du hast sie gerettet?«

»Ich bin der tapfere Ritter in der hell schimmernden Rüstung, der sie gerettet hat. Aber jetzt erzähl mir mal das Ganze aus deiner Perspektive, *old bean*. Vermutlich sind wir beide Verdächtige bei diesem Verbrechen. Wobei wir selbstverständlich so unschuldig sind wie der junge Tag. Wir könnten auch Informationen austauschen, um gemeinsam diese Armleuchter fertigzumachen, wie es in den James-Cagney-Filmen immer so schön heißt.«

»Sie schreibt, dass sie dich abstoßend fand. Trotzdem konnte sie dir nicht widerstehen. Irgendwie hast du sie an ihren Vater erinnert. Ihn fand sie ebenfalls abstoßend. Aber ihm konnte sie auch nicht widerstehen.«

»Alle Achtung, das Mädchen nimmt kein Blatt vor den Mund. Das nennt man Enthüllungsjournalismus, was?«

»Bilde dir bloß nicht so viel darauf ein. Du hattest erst ab dem 13. Dezember Sex mit ihr. Nachdem du sie einen Monat lang angebettelt hast.«

»Ach du liebe Güte, Clay. Du bist in der Tat gut informiert.«

»Sagtest du nicht, du hättest seit 1969 keine weiße Frau mehr gevögelt, Roger? Das hast du mir jedenfalls am 26. Dezember erzählt.«

»Nun, das war ganz offensichtlich eine Lüge, *old bean.*«

»Und es hat dir gefallen, Jenny zu fesseln, hab ich Recht?«

Roger grinste dämlich. »Die englische Krankheit, sagen manche dazu. Ich bin kein Freund von Verallgemeinerungen, Clay, aber nach meiner Erfahrung stehen schwarze Frauen nicht so sehr auf Fesseln und Unterwerfung. Es sei denn, sie werden dafür bezahlt. Kwanzi fand es mal ganz toll. In der guten alten Zeit. Aber ich schätze, man könnte sagen, auch sie wurde dafür bezahlt. Nein, Clay, ich finde, man braucht eine wohlgereifte angelsächsische Dirne, um die Freuden der Fesseln richtig genießen zu können. Den Knebel und die Stricke. Unsere Jenny war so ein Frauenzimmer. Hat dich das überrascht, *old bean*, als du es in ihrem Tagebuch gelesen hast?«

Ich sagte nichts. Aber tatsächlich hatte es mich nicht überrascht. Ich kam mir naiv vor, als ich es las, es war jenseits meines Horizonts. Als ich Jennys Tagebuch studierte, wurde mir klar, was für ein normaler Kerl ich doch war. Menschen wie Jenny und Roger dringen in Abgründe vor, die ich nie in Erwägung ziehen würde. Ich hätte nie den Drang, einer Frau, mit der ich Sex habe, Schmerzen zuzufügen. Und ich möchte auch nicht, dass jemand mir Schmerzen zufügt. Beim Lesen von Jennys Tagebuch konnte ich nachvollziehen, wie eine masochistische Veranlagung entsteht. Und jetzt konnte ich nur darüber spekulieren, was für eine grauenhafte Kindheit Roger gehabt haben musste, um ein derart krankes Arschloch zu werden.

Der Wasserkessel auf dem Herd begann zu pfeifen. Ich

stand auf und schaltete die Hitze herunter. Ich hängte einen Teebeutel in einen Becher und goss das kochende Wasser darüber. Mein Zorn und mein Blutdurst wurden ausbalanciert durch eine scharfsichtige Klarheit, eine eiskalte Wachsamkeit. »Milch oder Zucker?«, fragte ich höflich.

»Ich nehme ihn schwarz, vielen Dank«, sagte Roger.

Ich setzte mich wieder zu Roger an den Tisch und stellte ihm den Tee hin. »Du hast sie umgebracht«, sagte ich.

»Wenn du eine Hypothese formulieren möchtest, wie ich den Mord begangen haben könnte«, sagte Roger großspurig, »dann würde ich sie gerne hören.« Er zupfte an seinem Teebeutel. »Weißt du was? Wenn du mir eine Hypothese meiner Täterschaft lieferst, liefere ich dir eine Hypothese für deine Täterschaft. Und, *old bean*, ich glaube, dann wirst du erkennen, dass wir beide auf der gleichen Seite stehen. Wir sind, wenn du so willst, Komplizen, ob wir wollen oder nicht.«

* * *

»Wir sind uns sehr ähnlich«, sagt Professor Pym-Smithers zu Seeräuber-Jenny. »Wir sind beide europäische Außenseiter.« Ganz bestimmt musste es Schicksal gewesen sein, dass sie sich begegnet waren an diesem Sonntagnachmittag in Impediment, nachdem T-Bird Jenny ausgesetzt und Roger seine Angelegenheit mit Lucille erledigt hatte. »Nach Ansicht meiner Frau«, sagt Roger zu Jenny, »gibt es keine Zufälle.« Als gewissenhafte Studentin besucht Jenny zweimal pro Woche Rogers Vorlesungen über das viktorianische Zeitalter. Und er hat sie im Vorlesungssaal bemerkt. Ende November und Anfang Dezember nimmt sie jede Woche seine Sprechstundentermine wahr. Sie hat das Gefühl zu schauspielern, wenn sie miteinander reden. Sie tut so, als würde sie die Gespräche mit Roger genauso gerne führen wie die mit Clay, aber das redet sie sich bloß ein. Roger spricht gar nicht richtig *mit* ihr. Er spricht *zu* ihr. Er hört ihr zu, scheint aber das, was sie sagt, gar nicht wirklich aufzunehmen. Er erklärt ihr rundheraus, dass er Sex mit ihr haben möchte. Sie lacht darüber. Lacht und lacht. Aber in ihrem Innern spürt sie, wie die Krankheit sich regt. Die Krankheit frisst sie auf. Und sie weiß, dass Roger Pym-Smithers ein Teil dieser Krankheit ist. Er ist jünger, feister und hat eine andere Nationalität als ihr Vater, aber er ist wie er. Jenny erkennt die gleiche Hilflosigkeit, die gleiche Grausamkeit, die in ihm steckt. Wie ihr Vater kann auch Roger nicht anders, als grausam zu sein.

»Die Schwarzen«, sagt Roger, »findest du es nicht faszinierend, dass wir beide so sehr von Schwarzen angezogen werden? Das wir beide uns vom Verbotenen angezogen fühlen?«

Jenny sagt zu Roger dasselbe, was sie an Halloween in meinem Büro zu mir gesagt hatte, über das Verbotene und Erlaubte in Deutschland und das Erlaubte und Verbotene in Amerika. Den Satz, den ich am zweiten Weihnachtsfeiertag Roger gegenüber wiederhole.

Sie würde sich gerne mit Clay treffen, zögert aber, ihn anzurufen. Eines Tages fragt Roger sie aus heiterem Himmel, ob sie Sex mit Clay gehabt hat. Sie haben schon vorher über ihn gesprochen. Jenny hat Roger erzählt, dass Clay einige Wochen lang ihr Tutor gewesen ist. Das war alles. Und nun, als sie zögert, die Frage zu beantworten, verlangt Roger eine Antwort: »Hast du mit ihm gevögelt oder nicht?« Jenny weigert sich, ihre sexuelle Beziehung zu Clay zuzugeben. »Ich würde unsere Beziehung niemals jemandem verraten«, schreibt sie. »Niemals.«

Roger ruft Jenny nachts an, von seinem Arbeitszimmer aus, während seine Frau im Stockwerk darüber schläft. Er liest Jenny Passagen aus dem Werk vom Marquis de Sade vor. Immer will sie auflegen, aber sie kann sich nicht dazu überwinden. Sie hat das Gefühl, sie muss Roger zuhören, als wäre es eine Pflicht oder eine Strafe, eine Buße, die sie ertragen muss. Die Albträume gehen weiter. Sie werden so schrecklich, dass Jenny sie nicht mehr aufschreiben möchte.

Im letzten Eintrag ihres Tagebuchs schreibt Jenny, sie habe das Gefühl, sie müsse sich mit ihrer Krankheit »anfreunden«. Sie glaubt, ihr Geschichtsprofessor könne ihr dabei helfen. Roger Pym-Smithers hat sie an diesem Tag um zwei Uhr morgens angerufen. Er fragte, ob er unbemerkt zu ihr kommen könnte. Da Jennys Mitbewohnerin bei ihrem Freund übernachtete, konnte er das. Roger kam mit einer schwarzen Arzttasche, gefüllt mit dem, was er »die netten Sachen« nennt.

Jenny schreibt bei Tagesanbruch in ihr Tagebuch, nachdem Roger gegangen ist. Sie fühlt sich erniedrigt, geschändet. Und dies, so schreibt sie, sei genau das, was sie verdiene. Sie schaut die Narben an, die Roger auf ihrem Körper hinterlassen hat, die Wunden, die Striemen von den Fesseln. Vielleicht ist das ihr Schicksal.

Jenny entscheidet sich plötzlich, mit Clay zu sprechen. Sie will ihn später im Büro anrufen. Sie will versuchen, ihn im Café zu treffen. Sie muss mit ihm reden, sie muss ihm erzählen, was mit ihr passiert. Vielleicht, so überlegt sie, wäre es gut, ihm eine Kopie ihres Tagebuchs zu geben.

Ich sitze allein in meinem Arbeitszimmer und scrolle durch die letzten neongrünen Einträge, dann starre ich auf den leeren, schwarzen Bildschirm. Ich ergehe mich in Selbstmitleid angesichts meiner Dummheit. In der schlimmsten Krise meines Lebens hatte ich mich wirklich nicht wie ein scharfsinniger, furchtloser Hollywood-Held benommen. Tatsächlich hatte ich ab dem Zeitpunkt, als ich mitten in der Nacht Reggie Brogus in meine Küche eintreten ließ, eine schwachsinnige Entscheidung nach der anderen getroffen. Und diese Selbsteinschätzung war noch sehr schmeichelhaft. Meine völlige Blödheit hatte schon wesentlich früher begonnen, nämlich als ich dumm genug gewesen war, mich mit Jenny einzulassen, dumm genug, um ihr Tagebuch nicht zu lesen und so abgrundtief dumm, es an einem Ort zu lassen, wo meine Frau es finden würde. Auf dem Bildschirm konnte ich mein schemenhaftes Spiegelbild erkennen, mein halbgeschlossenes Auge, mit dem ich wie ein Schwachsinniger ins Leere starrte. Ich entschied, dass es an der Zeit war, etwas Intelligentes zu tun.

* * *

»Nehmen wir mal hypothetisch an«, sagte ich, »du solltest am vergangenen Wochenende eigentlich an einer Tagung in New York teilnehmen, aber du wärst nicht hingegangen. Oder du bist doch hingegangen. Du bist nach New York geflogen, hast dort ein Auto gemietet und bist damit wieder nach Arden gefahren und am Sonntag nach New York zurückgekehrt, um den Rückflug nach Arden am Montagmorgen zu nehmen.«

Roger Pym-Smithers zog die Augenbrauen hoch und nippte an seinem Tee. Er schien diese Situation zu genießen, als wäre es ein amüsantes Gesellschaftsspiel. »Klingt glaubwürdig, *old bean*. Red weiter.«

»Du hast Jennifer am Sonntagabend getroffen. Entweder hast du sie dann versehentlich beim Sex getötet. Oder sie nach dem Sex vorsätzlich umgebracht.«

»Wie Kwanzi immer sagt: Es gibt keine Zufälle.«

Lange Zeit sagte keiner von uns ein Wort. Es war so leise in der Küche, dass ich mir einbildete, den draußen herabrieselnden Schnee zu hören. Der Duft von frisch aufgebrühtem Kaffee drang vom Küchentresen zu uns. Roger nippte unbekümmert, sogar fröhlich an seinem Tee. Wie in diesem Moment, als ich mit Special Agent Guffin in der Scheune gewesen war, hatte ich das Gefühl, einer böswilligen kosmischen Kraft ausgeliefert zu sein. Oder war es eher etwas Monströses, eine verzerrte, kaputte Persönlichkeit, wie Penelope sie bei Reggie Brogus bemerkt hatte?

»Du hast sie umgebracht«, sagte ich. »Vorsätzlich.«

»Hypothetisch vorsätzlich, *old bean*. Vergiss nicht, dass wir hier rein hypothetisch sprechen.«

»Und du hast ihre Leiche zum Afrikamerika-Institut gebracht und auf Reggies Sofa gelegt. Vielleicht hast du sie mit Hosenträgern erdrosselt, die genauso aussehen wie die von Reggie. Oder du hast Jenny in deinem eigenen Bett erwürgt und sie dann in Reggies Büro gebracht, weil du wusstest, dass er in seinem Schrank immer Ersatzklamotten hat, und ihr die Hosenträger um den Hals gelegt.«

»Oder«, sagte Roger, »diesem hypothetischen Mörder ist es schon im Vorfeld gelungen, ein paar Hosenträger aus Brogus' Büro zu entwenden.«

»Darauf bin ich nicht gekommen«, sagte ich. Ich konnte Roger nicht länger anschauen. Ich starrte an ihm vorbei zu den gerüschten gelben Gardinen. Durch den transparenten Stoff konnte ich sehen, wie der Himmel sich aufhellte und der Schnee pausenlos weiter fiel. »Aber du musst geglaubt haben, dass Brogus an diesem Wochenende verreist sein würde. Andernfalls hättest du nicht riskiert, die Leiche Sonntagnacht in seinem Büro zu deponieren.«

»Hypothetisch betrachtet wäre ich nicht davon ausgegangen, dass die Leiche vor Dienstagmorgen entdeckt wird. So wie Pops Mulwray es dann auch getan hat.«

»Und alles nur wegen eines Leitungspostens«, sagte ich, obwohl ich Schwierigkeiten hatte, das alles zu verstehen. »Du hast eine junge Frau umgebracht und versucht, die Tat Reggie Brogus anzuhängen, weil du dachtest, er würde Kwanzi den Posten wegschnappen.«

»Das ist deine Hypothese, *old bean*.«

»Könnte Kwanzi, hypothetisch betrachtet, davon gewusst haben?«

»Ganz bestimmt nicht«, erklärte Roger energisch und

ohne einen Hauch Ironie. »Ihr Ehemann hätte sie davor bewahrt, auch nur das Geringste von dieser Sache zu erfahren.«

»Also hatte Reggie recht. Er sagte mir, es ginge nicht um Sex. Es sei eine Intrige. Aber nicht mal er konnte sich vorstellen, dass es nicht um große Politik, sondern um Postenschachern ging.«

»Das ist die einzige Form von Politik, die heutzutage noch zählt, mein lieber Clay. Die einzig relevante Form. Aber ich würde den Sexaspekt nicht ausschließen. Hat Brogus Jenny nicht auch gefickt?«

»Weißt du, Roger, ich glaube, die beiden kannten sich nicht mal.«

»Hmm. Das habe ich befürchtet. Aber du kannst es mir nicht verübeln, dass ich es angenommen habe. Du hättest mal sehen sollen, wie Jenny rot anlief, wann immer ich den Namen Brogus erwähnte. Ich hatte das Gefühl, ich hätte sie damit in ihrem intimsten Innern getroffen.«

»Du dachtest also, das könntest du ausnutzen. Aber dann ist der Verdacht, Brogus sei der Täter, ins Wanken geraten. Du wusstest, dass T-Bird mit Jenny befreundet war, und hast ihn Patsy DeFestina als weiteren möglichen Verdächtigen präsentiert. Und wenn es nicht T-Bird gewesen ist, dann muss es Clay Robinette gewesen sein.«

»In der Liebe und im Krieg ist alles erlaubt, Clay.«

»Du hast Jenny im Dezember auf mich angesprochen. So steht es in ihrem Tagebuch. Hat sie dir nicht gesagt, wir hätten nichts miteinander zu tun?«

»Das hat sie, *old bean*, das hat sie. Und damals habe ich ihr geglaubt. Aber sie zitierte dich ständig, plapperte deine Ansichten nach. Ich höre, wie du bei einer Cocktailparty der Fakultät über irgendein Thema schwadronierst, und dann höre ich, wie Jenny am nächsten Tag in der Sprechstunde genau die gleichen Formulierungen benutzt. Es kam mir vor, als würde ich mit der Puppe eines Bauchredners sprechen.

Du hast sie zutiefst beeindruckt, Clay. Und sogar ihr Herz gewonnen. Ich beneide dich.«

»War das der Grund, warum du mir die Sache anhängen wolltest?«

Roger neigte den Kopf und sah mich schief an. »Ja, da könnte was dran sein«, sagte er mit einem leicht melodramatischen Unterton. »Und die Tatsache, dass auch du dich auf Kwanzis Job beworben hast.«

»*Was*?« Nach drei Tagen mit den abenteuerlichsten Unterstellungen war dies die abenteuerlichste von allen. »Roger, ich gehöre nicht mal als Dozent zu diesem beschissenen Institut!«

Roger nickte und grinste selbstgefällig. »Oh, doch, *old bean*. Glaub nicht, dass ich deine ehrgeizigen Bestrebungen nicht bemerkt hätte. Kwanzi hat dich nie durchschaut, ich aber schon!«

Endlich bemerkte ich den Wahnsinn, die völlige Irrationalität in Rogers Triefaugen. »Was hast du Kwanzi erzählt von unserer Unterhaltung in deinem Arbeitszimmer«, fragte ich, »nach dem Abendessen am zweiten Weihnachtsfeiertag?«

Roger zwinkerte schelmisch. »Nun, das war das einzige Mal, dass ich hörte, wie du Jenny zitierst, so wie sie dich immer zitierte. Und da war ich mir sicher, dass du sie gevögelt hast. Also habe ich Kwanzi mitgeteilt, dass du zugegeben hast, eine Affäre mit einer Studentin zu haben. Mit einem dieser verbotenen weißen Mädchen. Gestern habe ich ihr gesagt, dass Jenny dieses Mädchen war.«

»Du hast gelogen.«

»Ja und nein. Zwar hat Jenny es im Dezember geleugnet, aber im Februar, genauer gesagt letzten Sonntag, hat sie es zugegeben. Oh, wie hat sie dich beschützt, Clay! Ich fragte sie immer wieder, ob sie dich gefickt hat. Ich habe sie gefoltert, damit sie die Wahrheit sagt. Und sie hat es immer noch geleugnet. Erst als sie kurz davor war zu ersticken, hat sie es zugegeben. Das nenne ich Loyalität, Clay! Ich kann mir kaum vorstellen, dass du das verdient hast.«

Das Fieber, die Benommenheit, kehrte zurück und verschwand rasch wieder. »Nun, Roger, ich muss dir auch etwas gestehen«, sagte ich vorsichtig. »Ich hab dich angelogen, als ich sagte, Patsy wüsste nichts von Jennys Tagebuch. Sie hat es wahrscheinlich jetzt bereits gelesen. Ich habe ihr eine Kopie zukommen lassen. Und weißt du was? Ich vermute, dass Jenny noch andere Tagebücher geschrieben hat. Dieses behandelt nur die Zeit von September bis Dezember. Jede Wette, dass Patsy auch die anderen Tagebuchaufzeichnungen von Jenny kennt. Die späteren. Und ich habe den Verdacht, dass du damit hypothetisch, indizienmäßig und wahrscheinlich sogar forensisch die Person bist, die als Mörder von Jenny am allermeisten in Frage kommt.«

Wieder war alle Farbe aus Rogers Gesicht gewichen. Er starrte mürrisch auf die schwarze Computer-Diskette auf dem Tisch. »Oh, verdammt«, seufzte er. Mit ungeheurer Anstrengung, wie es schien, stand Roger vom Tisch auf. Er zog seinen Mantel an, griff nach dem Schlapphut und dem halb geleerten Teebecher, kam um den Tisch herum. Ich beobachtete ihn, alles in mir spannte sich an, ich war bereit, mich zu wehren. Er trat vor das Spülbecken, wandte mir den Rücken zu, beugte sich über das übereinander gestapelte schmutzige Geschirr, das darauf wartete, in die Spülmaschine gestellt zu werden. Roger, wie immer ganz der Gentleman, wollte offenbar seinen Teebecher ordentlich dort abstellen. Als er sich umdrehte, hielt er »die Machete« in der Hand. So nannten Penelope und ich das große Tranchiermesser mit der unglaublich langen Klinge und dem Glasgriff, das einer ihrer Cousins uns zur Hochzeit geschenkt hatte. Die Machete. Roger Pym-Smithers hob sie an. »Und nun, *old bean*, muss ich leider dich töten«, sagte er.

Ach, wirklich?, dachte ich. Aber ich sagte nichts. Ich starrte Roger an, irritiert von seiner animalischen Flinkheit und meinem eigenen Blutdurst. Ich war kurz davor aufzuspringen, ihm die Machete zu entreißen und in die Kehle zu rammen. Trotzdem fragte ich mich, wieso Roger gesagt hatte, er »müsse« mich töten. Wurde er von einem unerbittlichen Rachedrang angetrieben? Oder dachte er, er müsse mich aus praktischen Erwägungen heraus umbringen? Vielleicht dachte Roger, wenn er mich aus dem Weg geräumt hätte, könnte er sich von Jennys Ermordung reinwaschen? Wollte er die Sache als Dreiecksbeziehung hinstellen, behaupten, ich hätte Jenny in einem Anfall von Eifersucht umgebracht und mich auf ihn gestürzt, als er mich zu Hause besuchte, um mit mir zu plaudern? Wollte er behaupten, es sei Selbstverteidigung gewesen? Ich weiß nicht, wie lange ich dasaß und Roger anstarrte, der wenige Meter von mir entfernt stand, die Machete in der Hand. Vielleicht nicht mehr als zwei Sekunden, die eine Ewigkeit dauerten. Aber in diesem Moment sah ich den Anflug von Zweifel in seinen Triefaugen. Ich wusste, wenn dies wirklich eine Situation auf Leben und Tod war, dann würde ich die Oberhand gewinnen. Ich war bereit. Ich war kämpferischer. Und dann ...

Auftritt Brogus. Ich würde gern sagen, er trat mit einem Donnerschlag herein, aber ich hörte nichts. Ich sah, wie die Hintertür aufschwang. Und dann stand Reggie Brogus in meiner Küche, die nackte Glühbirne in der Vorratskammer beleuchtete von hinten seinen kahlen Schädel. Er kam mir vor wie eine surreale Erscheinung, er schien von innen heraus zu glühen. Aber er war total cool. Er stand einfach da, fast wie in einer Pose, die graue Daunenjacke über den blauen Jogginganzug gezogen, schmutzige Nikes an den Füßen, flauschige Ohrenschützer auf dem Kopf, um die Schulter die Tragetasche mit seinem Laptop.

»Wenn hier einer jemanden umnietet«, sagte Brogus bedächtig, »dann bin ich das.«

Erst in diesem Moment bemerkte ich die Waffe in Reggies Hand. Als er mit der Pistole auf Roger zielte, sah ich die kleine röhrenartige Verlängerung am Ende des Laufs. Das Wort »Schalldämpfer« blitzte kurz in meinem Kopf auf, da hörte ich auch schon dieses zischende Geräusch – pfffftt –, wie ein zarter kleiner Furz. Roger ließ die Machete fallen, und ihr Glasgriff zerschellte auf den Linoleumfliesen des Küchenbodens. Roger fasste sich an den Bauch. Sein unbeholfener, beinahe schon komischer Gesichtsausdruck erinnerte mich an die Slapstickgrimasse von T-Bird, als er über den Rand des Dachs kippte. Eine Maske der Lächerlichkeit im Angesicht des Todes.

»Du hat auf mich geschossen!«, jammerte Roger. Er fiel auf die Knie, umklammerte seinen Bauch. »Verdammte Scheiße! Ich glaub's nicht. Du hast auf mich geschossen!«

Währenddessen konnte ich kaum glauben, dass Reginald T. Brogus – falls das tatsächlich sein Name war – in meiner Küche stand und eine dünne Rauchfahne aus dem Lauf seiner Pistole aufstieg. Er schaute auf Roger Pym-Smithers, in seinen Froschaugen war nicht der leiseste Anflug von Mitleid zu sehen. »Genau genommen, du Arschloch, hab ich dir die Därme zerschossen. Viel Spaß damit!« Reggie sah zu, wie Roger auf den Küchenboden kippte, schnaufend und zappelnd, nach Worten ringend, die Hände immer noch gegen den Bauch gepresst. Um ihn herum breitete sich eine Blutlache aus. Reggie drehte sich um und sagte in einem lässigen Tonfall, als wären wir uns zufällig auf der Straße begegnet: »Was gibt's Neues, Clay?«

»Hallo, Reg«, brachte ich knapp hervor.

Verleugnen! Wo war meine großartige Fähigkeit des Verleugnens geblieben, jetzt, wo ich sie am meisten brauchte? Ich versuchte mir einzureden, dass all das hier nicht wirklich passierte, genauso wie ich am Montag versucht hatte mir einzureden, die Leiche in Reggies Büro sei nicht Seeräuber-Jenny gewesen, und er sei nicht mitten in der Nacht in meiner Küche aufgetaucht. Jetzt aber stand Reggie Brogus wieder in meiner Küche. Mir wurde klar, dass er durch die nachlässigerweise nicht verschlossene Hintertür hereingekommen war und sich in der Vorratskammer versteckt hatte, als ich Jennys Tagebuch zur Polizeizentrale gebracht hatte – vielleicht sogar während ich auf dem Sofa eingenickt war. Er war da – eine dreihundert Pfund schwere Tatsache. Eindeutig.

Auch die Anwesenheit von Roger Pym-Smithers hätte ich gerne geleugnet, der vor mir auf dem Boden im Todeskampf zuckte und zu verhindern versuchte, dass ihm die Gedärme aus dem Unterleib quollen. Gleichzeitig erkannte ich, dass dieser weiße Mann nicht nur Seeräuber-Jenny ermordet, sondern auch versucht hatte, die Tat drei schwarzen Männern anzuhängen, unter anderem mir. Roger schaute mich an, keuchend, würgend, die nackte Angst im Gesicht. Ich kann nicht behaupten, ich hätte ihn *gerne* leiden sehen. Aber es machte mir auch nichts aus, dass er sterben musste. Ich hätte mir nur gewünscht, dass er das nicht ausgerechnet in meiner Küche tat.

Reggie ging so lässig, wie es nur möglich war, zum Tresen, stieg über den zuckenden Roger hinweg und schenkte sich einen Becher Kaffee ein. »Du scheinst dich gar nicht über meine Anwesenheit zu wundern, Clay.«

»Ich bin längst in einem Stadium angelangt, wo mich nichts mehr überraschen kann, Reggie.« Tatsächlich versuchte ich krampfhaft, ruhig zu bleiben, genauso cool wie Reggie. Mein primäres Ziel war, nicht auch noch erschossen zu werden. »Die meisten Leute glauben, du seist in Mississippi.«

Brogus schnaubte abfällig. »Ich bin in meinem ganzen beschissenen Leben noch nie in Mississippi gewesen.« Den Kaffeebecher in der einen Hand, die Pistole in der anderen, die Computertasche über der Schulter, trat Reggie neben den Küchentisch und stieß dabei absichtlich mit der Schuhspitze gegen Rogers Stirn. »Wie geht's denn so, Roger?«, sagte er, und schaute ihn dabei kaum an.

»Aaaaauuuuuuggghhh«, antwortete Roger. Der Gestank nach seinem Blut erfüllte die Küche. Ein strenger, saurer Geruch wie bei schlecht gewordenem Rotwein, als hätte jemand eine Flasche Côtes du Rhône entkorkt und dann wochenlang herumstehen lassen.

Reggie setzte sich mir gegenüber an den Tisch, legte seine Pistole ab und nahm einen Schluck von seinem Kaffee. »Hast du meine E-Mail bekommen?«

»Ja. Wo bist du denn die ganze Zeit gewesen, Mann?«

Brogus starrte mich durch seine schwarzumrandeten Brillengläser an. »Wieso interessiert dich das überhaupt? Du hast mich am Straßenrand ausgesetzt. Glaub bloß nicht, ich hätte das vergessen.«

»Tut mir leid, Reggie«, sagte ich. »Ich bin einfach in Panik geraten.«

»Hm-hm.« Reggie schlürfte den Kaffee und schaute auf seine Armbanduhr. »Hey!«, rief er plötzlich aus. »Es ist schon nach halb sieben. Wir verpassen Kwanzis Fernsehauftritt!«

Brogus streckte die Hand aus und schaltete den kleinen Schwarzweiß-Fernseher auf dem Tisch ein. Auf dem Bildschirm waren die Umrisse einer weißen Frau zu sehen, die vor einer Landkarte der Vereinigten Staaten stand. Der Ton war sehr leise eingestellt. Die Frau deutete auf den Staat Ohio und kündigte einen schweren Schneesturm an.

»Ich schätze, sie kommt nach dem Wetterbericht«, murmelte Brogus. »Hey, Roger!«, rief er laut. »Kannst du alles gut sehen?«

Ich hörte Roger hinter mir auf dem Boden mit seinem Blut gurgeln. »Ggggrrrrrcchhhhh.« Mir schoss durch den Kopf, dass Penelope, wenn sie nach Hause kam, sehr ungehalten wäre wegen dieser ganzen Sauerei.

»Du willst also wissen, wo ich war?«, sagte Reggie. »Nachdem du mich schutzlos am Straßenrand zurückgelassen hast?« Ich nickte ernst und entschuldigend. »Pops Mulwray hat mich aufgenommen. Der gute alte Pops. Er wohnt da draußen in der Nähe des Flughafens. Nachdem du mich rausgeschmissen hast, bin ich zu seinem Haus gegangen.«

»Du bist die ganze Zeit im Haus von Pops Mulwray gewesen?«

»Verdammt, nein! Aber er hat mir geholfen. Er kannte das perfekte Versteck. Direkt vor der Nase von allen, die mich suchten. Ich hab dir doch geschrieben, dass ich in den Untergrund gehe? Dieses Mal war es nicht sinnbildlich gemeint. Pops wusste, dass es unter dem Mathegebäude einen alten Atomschutzbunker gibt. Kaum jemand weiß noch davon. Wer ihn mal gesehen hat, hat ihn längst vergessen. Jede Wette, dass nicht mal der alte Shamberg sich an dieses Relikt des Kalten Krieges erinnert. Seit der Kubakrise 1962 ist außer Pops niemand mehr da unten gewesen. Aber dort ist alles vorhanden, was man braucht. Dosenfraß, Fernsehen, Radio, Schnaps, Waffen und Munition! Es hat eine Weile gedauert, aber ich hab es sogar geschafft, meinen Computer an das alte Telefonkabel anzuschließen. Deshalb konnte ich dir eine E-Mail schicken.«

»Ich hab Pops gestern gesehen«, sagte ich. »Als er ins Mathegebäude ging.«

»Ja, weiß ich. Er hat mir frische Sandwiches gebracht und ein Sixpack.«

»Dann hat Pops dich also versteckt. Und hat den Cops nichts von dem Bunker erzählt.«

»Natürlich nicht! Es gibt noch Schwarze, die wissen, was Loyalität bedeutet, Clay.«

Wieder spürte ich diese Wut in mir hochkochen. Wie konnte es dieser scheinmilitante Verräter wagen, mir was von Loyalität zu erzählen? »Und warum bist du aus dem Untergrund wieder nach oben gekommen?«

»Ging nicht anders. Pops' Frau hat davon erfahren und Angst bekommen. Pops sagte mir, sie wolle zu den Bullen gehen. Deshalb muss ich die Stadt verlassen.«

»Okay, Reg«, sagte ich eifrig. »Lass mich raten: Du brauchst ein Auto. Super! Nimm meinen Honda. Bitte.«

»Donnerwetter, das ist aber großzügig von dir, Clay«, sagte Brogus mit deutlich übertriebener Dankbarkeit. »Aber ich bin nicht durch den tiefen Schnee hierhergelatscht, um dich um einen Gefallen zu bitten. Wie du weißt, stehe ich auf der Abschussliste. Ich werde wahrscheinlich nicht mehr lange leben. Aber ich dachte mir, wenn ich schon ins Gras beißen muss, dann will ich auf jeden Fall alle mitnehmen, die mich hintergangen haben. Und deshalb möchte ich dir jetzt eine Frage stellen, Clay: Wieso hast du mich verraten?«

»Na, hör mal, Reggie, hast du nicht gehört, worüber ich mich gerade mit Roger unterhalten habe? Ich habe dich entlastet, Mann!«, sagte ich hastig und wichtigtuerisch. »Die Cops wissen doch jetzt, dass Roger das Mädchen umgebracht hat. Die Fahndung nach dir wird eingestellt, Reggie. Du bist wieder ein freier Mann!«

»Sssaaaggnn«, gurgelte Roger hinter mir. Ich drehte mich um und sah, wie er auf dem Boden herumzuckte und zappelte. »Kwwaaach. Neee. Zeee ...« Er spuckte einen Schwall traubensaftrotes Blut aus. »Iiiiccchhh liiee-lieee ...«

»Schnauze, Arschloch!«, brüllte Reggie ihn an.

In diesem Moment hörte Roger Pym-Smithers auf zu zucken. Sein Körper wurde schlagartig starr. Im Moment des Todes war sein Blick auf den kleinen Fernsehapparat gerichtet, auf dem Kwanzis Gesicht erschienen war. »Wir sollten nicht übertrieben hastig urteilen«, hörte ich sie sagen.

Reggie schaute gar nicht hin. »Was war das für ein Scheiß, den du gestern in der Zeitung veröffentlicht hast?«

»Reggie, *du* hast mich doch aufgefordert, diese Story zu schreiben, um herauszufinden, was wirklich dahintersteckt.«

»Ja, aber das hast du nicht getan«, knurrte er wütend. »Stattdessen hast du mich angeschwärzt. Du hast mich verraten!«

Ich schloss die Augen und holte tief Luft. Ich wünschte,

all das wäre so unrealistisch, wie es mir vorkam, ein Traum. Aber selbst wenn ich geschlafen hätte, hatte ich das Gefühl, im Schlaf sterben zu müssen. »Reggie«, sagte ich vorsichtig. »Ich hab letzte Nacht mit Guffin gesprochen. Er hat mir alles erzählt.«

Reggies Glubschaugen weiteten sich erschrocken: »Du hast was?«

»Guffin hat mir gesagt, dass du die ganze Zeit Cointelpro gewesen bist.«

»Scheiße«, flüsterte Reggie. Er starrte mich an. In seinem Gesicht standen Angst, Zorn und Fassungslosigkeit. »Jetzt werden sie mich abservieren.«

»Es tut mir leid, dass du dachtest, ich wollte dich verraten, Reggie. Aber so wie es aussieht, hast du eine ganze Menge Leute verraten. Sogar Martin Luther King.«

»Du hältst jetzt besser die Klappe, Clay.«

»Ich versuche nur zu verstehen, Reggie. Wie es ist, du zu sein.«

Brogus schüttelte den Kopf. »Das wirst du nie verstehen, Clay. Weil ich an etwas glaube, das du niemals verstehen wirst. Ich glaube an dieses Land. Ich habe diesem Land meine Jugend geopfert. Und ich verdiene eine angemessene Entschädigung dafür. Weil ich meinen Glauben gelebt habe! Im Gegensatz zu dir. Egal wie gebildet ihr seid, egal wie schlau ihr euch vorkommt, ihr seid doch alle bloß ignorante amerikanische *Niggas*, die an nichts glauben! Die sich weigern, an etwas zu glauben!«

»Ich bin nicht der Feind, Reggie.«

Das schien ihn erst recht aufzubringen. »Ein Scheiß bist du nicht!« Er griff nach der Pistole und zielte direkt in mein Gesicht.

In diesem Moment war ich wieder der elfjährige Junge, und vor mir sah ich keinen fettleibigen Fünfzigjährigen, sondern einen jungen, leidenschaftlichen Stadtguerillero mit schwarzem Beret, der mir vom Cover eines Buchs entgegensprang, einen militanten Schwarzen, der jeden Moment abdrücken würde, weil er sich einfach nicht zurückhalten konnte. Ich fühlte mich in der Zeit zurückversetzt und erkannte gleichzeitig, dass diese Zeitverschiebung eine Psychose war, denn dies war nicht 1969, sondern 1992, und ich fand es befremdlich, dass meine letzte Wahrnehmung in diesem Leben eine Halluzination war. Der rote Punkt riss mich aus dieser Verwirrung. Ich sah ihn in der Luft kreisen und fand wieder zurück in die Gegenwart, in meine Küche, wo ein fünfzigjähriger fetter Kerl drauf und dran war, mir eine Kugel zwischen die Augen zu jagen. Der rote Punkt kreiste und landete auf Brogus' linker Wange, ein grellroter Fleck auf seinem graumelierten struppigen Bart. Und ich fragte mich: Ist das ein Laser?

Ich höre nur noch, wie Glas zersplittert, wie eine Kaskade von zerbrochenen Scherben hereinbricht, schrill und laut in meinen Ohren. Ich sehe nur noch Farben, einen wilden grellbunten Wirbel. Einen roten Geysir, der aus Reggies Gesicht sprudelt. Rote Spritzer vor wogendem Gelb. Sein Blut spritzt über die Vorhänge, verteilt sich wie von einem jähen Windstoß getragen in alle Richtungen. Plötzlich wird alles weiß. Ich spüre, wie der Wind mir entgegenschlägt, Schnee aus allen Richtungen in die Küche wirbelt. Jetzt sehe ich schwarze Gestalten, die sich hektisch durch das weiße Gestöber bewegen. Dann die Schreie. Zahlreiche männliche Stimmen, die alle das Gleiche brüllen: »KEINE BEWEGUNG! KEINE BEWEGUNG! RUNTER AUF DEN BODEN! HÄNDE ÜBER DEN KOPF! KEINE BEWEGUNG!«

Ich knie auf Schnee und Blut und Glasscherben, die Hände auf dem Kopf verschränkt. Zwei Männer in Schwarz mit über den Kopf gezogenen Skimützen zielen mit ihren schwarzen Gewehren auf mich. Ich spüre die Anwesenheit weiterer bewaffneter Männer hinter mir. Die Tür zum Garten schwingt quietschend in den Scharnieren. Das Fenster, das einmal die obere Hälfte eingenommen hat, ist völlig verschwunden. Ich sehe Brogus in der gegenüberliegenden Ecke der Küche liegen. Seitlich, sein Kopf ist von mir abgewandt. Ich sehe die hintere Seite seiner Pelzmütze, aber nicht sein Gesicht. Seine breite Hand umklammert noch immer die Pistole. Neben mir liegt die Leiche von Roger Pym-Smithers, die Augen geöffnet. Der Küchentisch wurde umgestoßen. Der Fernsehapparat ist auf den Boden gefallen und steht nun verkehrt herum. Ich höre Kwanzis Stimme, leise und verrauscht: »Wir müssen die Wahrheit über dieses Verbrechen herausfinden«, erklärt sie. »Denn nur die Wahrheit wird uns befreien.«

Vielleicht halluziniere ich wieder. Vielleicht bin ich auch tot und bereits in der Hölle. Das denke ich, als ich den großen Mann mit dem schwarzen Trenchcoat, der dunklen Sonnenbrille und dem kahlen Walnussschädel durch die schiefhängende Tür in meine Küche treten sehe. Falls ich es nicht halluziniere und ich nicht schon tot bin, wird Special Agent Guffin mich jetzt garantiert umbringen. Oder den Männern mit den Skimützen befehlen, ihre Gewehre auf mich zu richten und abzudrücken. Aber Guffin schaut mich nicht mal an, wie ich da knie, zitternd und die Hände auf dem Kopf. Er hält nur eine Sekunde inne, bevor er sich bückt und Reggies Computer aufhebt. Von der Laptoptasche tropft Blut. Den Computer in der Hand geht Guffin, immer noch ohne mich eines Blickes zu würdigen, den gleichen Weg hinaus, den er hereingekommen ist.

In der Küche wirbeln überall Schneeflocken. Sie kleben an meinen Wimpern. Ich kann Patsy DeFestina kaum erkennen, als sie durch die schiefhängende Tür hereintritt, in ihrem karierten Mantel und den Ohrenschützern. »Hallöchen, Clay«, ruft sie fröhlich. Sie geht direkt auf mich zu. Kniend bin ich fast auf Augenhöhe mit ihr. »Das wird dir mehr wehtun als mir«, sagt sie. Sie holt aus. Ihre kleine Faust landet direkt über meinem verletzten Auge. Ich bin bewusstlos, noch bevor mein Kopf auf den Fußboden schlägt.

14

»Das ist die offizielle Version«, sagte Patsy DeFestina. »Und damit basta.«

Freitag, 21. Februar 1992, mittags. Ich lag im Bett im Krankenhaus, Kopfteil leicht erhöht, linkes Auge bandagiert, Hals in Gips, Kanüle im Arm. Nachdem ich dreißig Stunden bewusstlos gelegen hatte, wachte ich wie Rip Van Winkle in einer veränderten Wirklichkeit auf. Die neueste Ausgabe des *Arden Oracle* lag auf einem Tablett auf dem kleinen Tisch neben mir. Auf der Titelseite die Schlagzeile: JAGD NACH BROGUS ENDET IN UNI-BLUTBAD. Darunter waren ein Foto von meinem Haus an der Maplewood Road und vier Schwarzweißporträts zu sehen: von Reggie Brogus, Roger Pym-Smithers, Jennifer Wolfshiem und mir. Die Aufmacherstory hatte Andrew V. Chadwick verfasst. Andy, der sein Glück offenbar kaum fassen konnte, erklärte in einer Randglosse, dass er nur wenige Minuten vor dem blutigen Schusswechsel aus Mississippi – wo er vergeblich nach Brogus gesucht hatte – nach Arden zurückgekommen war.

Völlig erschöpft – die Ärzte hatten mir erklärt, ich hätte eine schwere Gehirnerschütterung – hörte ich Patsy DeFestina zu, die auf einem hohen Stuhl neben meinem Bett saß. In ihrem neutralen Akzent, der keine Schlüsse auf ihre Herkunft zuließ, legte sie mir pedantisch genau die »Fakten« dar, wie eine Nonne, die ihrem Schüler den Katechismus vorbetet.

»Letzten Sonntag betrat Reggie Brogus nach einer abendlichen Joggingtour sein Büro und fand dort die Leiche einer jungen Frau, die er noch nie zuvor gesehen hatte. Er drehte durch und entschloss sich, sofort die Stadt zu verlassen. Leider befand sich sein Auto gerade in der Werkstatt. Zwar hatte er bereits für Montagmorgen einen Flug gebucht, scheute aber davor zurück, ein Taxi für die Fahrt zum Flughafen zu rufen. Deshalb rief er Sie um halb drei Uhr morgens an, erzählte Ihnen aber nicht, um was es ging. Er war einfach nur in Panik. Sie erklärten ihm, was auch immer das Problem war, es hätte Zeit bis zum nächsten Morgen. Dann legten Sie auf und gingen wieder schlafen.«

Patsy hielt inne und schaute mich eindringlich an.

Ich musste erstmal schlucken. Dann sagte ich: »Okay.«

»Irgendwie hat es Reggie dann am frühen Montagmorgen bis zu Pops Mulwray geschafft. Vielleicht ist er zu Fuß gegangen, vielleicht hat jemand ihn unterwegs ein Stück mitgenommen. Wer weiß? Aber Reggie war überzeugt davon, dass Pops ihn verstecken würde. Natürlich hätte Pops niemals jemandem Unterschlupf gewährt, der von der Polizei gesucht wird. Reggie hat dem armen alten Mann wahrscheinlich gehörig Angst eingejagt, und er handelte unter Zwang.«

»Was sagt denn Pops dazu?«, fragte ich mit trockener, brüchiger Stimme.

»Pops sagt momentan nicht sehr viel. Er hatte gestern einen weiteren leichten Schlaganfall. Er liegt auch hier im Krankenhaus. Zwei Stockwerke tiefer. Ihm geht's gut. Er kommt durch. Aber er kann nicht sprechen. Seine Frau hat uns gesagt, was sie weiß. Als sie gestern früh herausfand, wo Brogus sich versteckt, erklärte sie Pops, sie würde zur Polizei gehen. Pops hat es Brogus mitgeteilt und der ist dann aus dem Versteck gekommen. Ein Frühaufsteher aus Ihrer Nachbarschaft hat ihn gesehen, als er um sechs Uhr morgens auf Ihr Haus zuging. Wahrscheinlich wollte Brogus sich Ihr Auto ausleihen. Er könnte aber auch die Absicht gehabt haben, Sie zu erschießen, aus Rache, weil Sie ihm am Sonntag nicht geholfen haben. Um halb sieben hatte das Spezialeinsatzkommando bereits ihr Haus umstellt. Ein Scharfschütze sah, wie Brogus auf Sie zielte. Also schoss er. Das ist der Grund, warum Sie, Clay, noch am Leben sind.«

»Und was ist mit Roger?«, stieß ich mühsam hervor.

»Das war nun wirklich ein bizarrer Zufall, muss ich sagen«, sagte Patsy leichthin. »Da kamen einige glückliche Umstände auf wundersame Art zusammen, nicht wahr? Zehn Minuten nachdem Ihr Nachbar beobachtet hat, wie Brogus in Ihre Einfahrt marschiert und sich an Ihrer Hintertür zu schaffen macht, bemerkt der aufmerksame Zeuge, wie Roger Pym-Smithers genau den gleichen Weg einschlägt. Die ersten Polizisten sind ungefähr ein oder zwei Minuten später vor Ort. Reggie dringt bei Ihnen ein, um Sie zu töten, und kurz darauf steht der Mann auf der Matte, der ihm den Mord an Jennifer Wolfshiem angehängt hat! So wie es aussieht, hatte niemand Einsicht in Ihre Küche in dem Moment, als Roger von Reggie erschossen wurde.« Patsy schob ihre überdimensionale eckige Brille auf ihrer kleinen Koboldnase zurecht. Sie konnte nur mühsam ein Lächeln unterdrücken. »Wirklich eine Schande, was der Bursche sich geleistet hat, was?«

»Wie passt Roger denn in die offizielle Version?«

»Oh, er hat Jennifer Wolfshiem ermordet, darüber besteht kein Zweifel. Vielen Dank übrigens dafür, dass Sie mir das Tagebuch zugespielt haben. Ich hatte eine spätere Version vorliegen, die Jennifer handschriftlich verfasst hat. Darin erklärt sie unmissverständlich: Wenn jemand sie umbringen würde, dann wäre es dieser Psychopath. Und forensische Beweise dafür sind mehr als genug vorhanden. Ich vermute, dass er sich Sonntagabend mit ihr getroffen und sie irgendwie in das Afrikamerika-Institut gelockt hat. Vielleicht hat er ihr erzählt, er müsse irgendwas in Kwanzis Büro abholen.«

Jetzt war ich verwirrt. »Was meinen Sie damit?«

»Roger hat sie in Kwanzis Büro getötet. Das war ziemlich offensichtlich. Und das Mädchen muss sich wie eine Wahnsinnige gewehrt haben. Dann hat Roger sie durch den Flur in Reggies Büro gezerrt, sie entkleidet und ihre Leiche auf das Sofa gelegt. Aber hier hat der gute Roger dann doch ein bisschen geschludert. Er hat einen Spermafleck auf Brogus' Sofa hinterlassen.«

»Patsy!« Ich schnappte nach Luft.

Ich schüttelte den Kopf. Sie nickte.

»Er hat sie vergewaltigt, nachdem er sie getötet hatte. Wahrscheinlich konnte er sich nicht zurückhalten. Oder er wollte, unbewusst, geschnappt werden. Oder er dachte, sein Täuschungsmanöver wäre so gut, dass er sowieso nie entlarvt wird. Wie auch immer, er hat diesen Tropfen hinterlassen.«

»Oh Gott, ist das krank.«

»Krank?«, rief Patsy aus. »Das ist noch gar nichts! Wollen Sie wissen, was krank ist? Da könnte ich Ihnen einiges erzählen! Geschichten, bei denen Jeffrey Dahmer der Appetit vergehen würde!«

»Weiß Kwanzi davon?«

»Ich habe gestern Abend mit ihr gesprochen. Habe ihr die Tagebücher gezeigt, die Ergebnisse der DNA-Tests, alle Beweise. Ihr die Zusammenhänge erklärt, das vermutete Motiv. Hab ihr gesagt, dass Roger auf seine irre Art versucht hat, ihr zu helfen. Kwanzi akzeptierte es nicht. Sie will nichts davon wissen. Die totale Verleugnung.« Plötzlich verfiel Patsy in eine verblüffend gelungene Nachahmung von Kwanzi, neigte den Kopf und deklamierte mit heiserer Stimme, während sie mit weit aufgerissenen Augen in die Ferne blickte: »›Roger würde mir nie so etwas antun. Oh, nein, da liegen Sie ganz falsch. Roger würde mir das niemals antun. Er liebt mich viel zu sehr. Ich glaube Ihnen kein Wort. Roger würde mir so etwas niemals antun.‹« Patsy wechselte wieder in ihren normalen Tonfall. »Ich habe mir nicht die Mühe gemacht, ihr mitzuteilen, dass Roger das wahrscheinlich schon mal getan hat. Deshalb glaubte er, er würde auch diesmal damit davonkommen. Damals, 1964, hat er sich im Zusammenhang mit dem Mord an einem Professor als Amateurdetektiv ausgegeben, aber eine Menge Leute bei Scotland Yard waren der Meinung, dass er selbst der Mörder war. Es gab dort einen Professor, von dem Roger annahm, er würde seine Doktorarbeit durchfallen lassen oder sowas, seine Karriere sabotieren. Der Professor wurde erwürgt in seinem Büro gefunden. In diesem Fall gab es keine Nekrophilie. Ein Hausmeister der Universität, ein Jamaikaner, wurde wegen des Mordes verurteilt. Er starb vor einiger Zeit im Gefängnis. Wie ich schon sagte, Roger war pervers. Aber manche Leute fanden ihn charmant. Versteh das, wer will. Hitler war ein Vegetarier, der Tiere liebte.«

»Aber Sie, Patsy, haben doch auch geglaubt, dass entweder Brogus oder T-Bird der Täter ist«, sagte ich anklagend und wütend auf mich selbst, weil ich ihr geglaubt hatte.

Patsy zuckte mit den Schultern. »Auch die Göttin macht mal Fehler.«

»Und wie passe ich in die offizielle Version?«

»Sie haben die Situation ausgenutzt«, sagte Patsy mit einem Anflug von Verachtung in der Stimme. »Sie haben eine Studentin für die Befriedigung ihres Sexualtriebs ausgenutzt. Sie hat Ihnen vertraut, und Sie haben sie fallen gelassen. Aber Sie haben sie nicht umgebracht. Das spricht zu Ihren Gunsten. Ansonsten sieht es nicht sehr gut für Sie aus, Clay. Ihre Karriere ist ruiniert. Dekan Shamberg hat Sie mit sofortiger Wirkung auf unbestimmte Zeit suspendiert. Es dürfte schwierig werden, wieder einen Job an einer anderen englischsprachigen Uni zu finden. Ich habe gestern Abend auch mit Ihrer Frau gesprochen. Sie ist wieder zurückgekommen. Auweia! Mein lieber Freund! Ich beneide Sie wirklich nicht, Clay. Sie werden aus dieser Episode Ihres Lebens wahrscheinlich herauskommen, ohne strafrechtlichen Beistand nötig zu haben. Aber ich kann nur für Sie hoffen, dass Sie einen guten Scheidungsanwalt kennen, denn Penelope ist fuchsteufelswild!«

»Ich werde mich der Gnade des Gerichts ausliefern.«

»Um wieder auf die offizielle Version zurückzukommen: Sie haben alle Beweise, die Sie gefunden haben, den Strafverfolgungsbehörden übergeben. Das ist gut. Roger ist zu Ihnen gegangen, weil ich ihn angerufen hatte. Er wusste, dass Sie was mit Jenny gehabt hatten, und vermutete, dass Sie nun beide verdächtig waren. Deshalb wollte er Ihnen – wie sagt man in England? Auf den Zahn fühlen?«

»Das ist die offizielle Version«, sagte ich, »und sie stimmt sogar.«

»Wie auch immer«, fuhr Patsy fort. »Wie es der Zufall wollte, hatte sich gleichzeitig auch Reggie Brogus entschlossen, Ihnen einen Besuch abzustatten. Es kam dann zu einem Handgemenge. Dabei wurden Sie schlimm verprügelt. Und Roger kam ums Leben. Sie wurden dann gerade noch rechtzeitig gerettet, bevor Reggie Sie auch noch umlegen konnte.«

»Ist das alles?«

»Das ist im Großen und Ganzen die offizielle Version.«

Ich beugte mich vor und umklammerte das Metallgitter des Krankenhausbetts: »Und was ist, wenn ich die Wahrheit erzähle, Patsy? Darüber, wie ich verprügelt wurde. Von Guffin.«

»Von wem?«

»Special Agent Guffin. Mack Guffin. Von Cointelpro.«

»Wovon um Himmels willen reden Sie da?«

»Ja, Roger hat Jenny umgebracht, Roger hat es Reggie in die Schuhe geschoben. Aber da waren auch noch ein paar Leute – FBI-Agenten – hinter Brogus her. Weil er sie erpresst hat. Mit den geheimen Unterlagen über die Ermordung von Martin Luther King. Brogus gehörte zu Cointelpro!«

Patsy DeFestina starrte mich durch ihre riesigen Brillengläser ausdruckslos an.

»Kommen Sie, Patsy! Sie müssen doch irgendwann in den vergangenen Tagen mit Guffin gesprochen haben. Er ist in meine Küche reinmarschiert – gestern Morgen! Kurz bevor Sie kamen! Ich weiß verdammt genau, dass Sie wissen, wovon ich spreche!«

Patsy schwieg eine ganze Weile. »Sie können behaupten, was Sie wollen, Clay«, sagte sie ausdruckslos. »Sie können publizieren, was Sie wollen, jede Theorie in die Welt setzen, die Ihnen gefällt. Aber man kennt Sie als jemanden, der Quellen und Zitate verfälscht hat. Wer würde Ihnen glauben? Sie haben Ihre Glaubwürdigkeit in diesem Fall schon beschädigt, indem Sie über Jennifer Wolfshiem im *Oracle* geschrieben haben. Glauben Sie wirklich, irgendjemand, der noch halbwegs bei Trost ist, würde Ihnen Glauben schenken, wenn Sie in diesem Zusammenhang so etwas behaupten?«

Ich ließ mich auf das Kissen zurückfallen. Ich wusste, dass ich mich geschlagen geben musste. »Wahrscheinlich nicht.«

»Ich will Ihnen mal einen Rat geben, Clay. Konzentrieren Sie sich auf Ihre Frau. Und auf Ihre Kinder. Retten Sie, was noch zu retten ist. Und seien Sie dankbar dafür, dass Sie nicht wegen eines Verbrechens zur Rechenschaft gezogen werden. Wirklich, Clay, aus irgendeinem Grund mag ich Sie. Aber Sie haben gesündigt und dafür müssen Sie jetzt Buße tun.«

Detective DeFestina sprang von ihrem Stuhl und ging zur Tür.

»Hey, Patsy«, sagte ich. Sie drehte sich um, die Hand auf der Klinke. »Es tut mir leid, wenn Sie diese Frage als Affront auffassen, aber ich will es jetzt wissen. Seit ich Sie das erste Mal gesehen habe, geht sie mir nicht aus dem Kopf ... ich weiß auch nicht wieso. Vielleicht bin ich nicht die erste Person, die Sie danach fragt, aber ... Ihre Hautfarbe ... *Was* sind Sie?«

Patsy lächelte dünn und sagte: »Ein Mensch.«

* * *

Ashley rannte auf mich zu, als sie mich sah, sprang hoch und umarmte mich. Amber zögerte, blieb in der Tür des Besucherraums im vierten Stock des Krankenhauses stehen, trat von einem Fuß auf den anderen, hatte vielleicht ein bisschen Angst vor mir. Denn auch wenn ich komplett angezogen war und aufrecht stand, lag um meinen Hals eine schaurige Halskrause und über meinem linken Auge klebte ein dicker Verband. Vielleicht hatte Amber den Eindruck, ihr Vater habe sich in ein einäugiges Frankenstein-Monster verwandelt. Oder Penelope hatte ihr erzählt, was für ein Monster ich tatsächlich war. Oder jemand anderes hatte das getan: Pen und die Kinder waren vorübergehend bei Mrs. Henderson untergekommen, bevor sie wieder nach Philadelphia zurückkehren würden. Aber als ich mich hinhockte und Ashley wieder auf den Boden stellte, kam Amber schüchtern näher, legte die Arme um meine Schultern und drückte uns beide ganz fest, in einem Ausdruck inniger Zuneigung und Liebe. Dann machten wir es uns zu dritt auf dem Sofa gemütlich – zum Glück waren an diesem Montagnachmittag keine weiteren Besucher anwesend.

»Warst du echt bei einer Schießerei dabei, Daddy?«, fragte Ashley aufgeregt.

»Glaubst du, dass jemand einen Film daraus machen wird?«, wollte Amber wissen.

Drei Tage lang, von dem Moment an, als ich im Krankenhaus aufgewacht war und die Schlagzeile im *Oracle* las, hatte ich mir in den schaurigsten Farben ausgemalt, welche Auswirkungen meine traurige Berühmtheit auf die Psyche meiner Töchter haben würde. Ich hätte mir niemals vorstellen können, dass sie die ganze Sache einfach toll fanden. Die Cops und die Kamerateams vor dem Haus. Die Gerüchte über meine vermeintlichen Heldentaten im Kampf gegen zwei Mörder. Amber und Ashley schienen ihren eigenartigen Status als Berühmtheiten in Arden durchaus zu genießen.

»Seid ihr denn nicht traurig wegen Onkel Reggie?«, fragte ich.

»Mommy hat gesagt, wir sollen ihn nicht so nennen«, sagte Ashley.

»Mommy hat gesagt, er war ein schlechter Mensch«, fügte Amber hinzu.

»Na ja, es gibt eine Menge schlechter Menschen auf der Welt«, sagte ich. »Reggie war auch nicht schlimmer als die meisten von ihnen.« Ich zögerte, bevor ich weitersprach. Ich wollte nicht, dass die Mädchen erfuhren, dass ich seit dem Moment, als ihre Mutter mir in die Eier getreten hatte, mit ihr nur noch über den Anwalt und Mrs. Henderson kommunizierte. (»Nein, Clay«, hatte die resolute alte Dame mir unmissverständlich am Telefon erklärt, »Sie dürfen ganz bestimmt nicht mit Ihrer Frau sprechen.«) Ich räusperte mich verlegen: »Findet Mommy auch, dass ich ein schlechter Mensch bin?«

»Nein«, sagte Amber. »Sie sagt, du bist dumm und feige und total daneben, aber sie sagt nicht, dass du ein schlechter Mensch bist.«

»Sie sagt, du musst an deiner Persönlichkeit arbeiten«, gab Amber mir mit auf den Weg.

»Ich habe euch alle im Stich gelassen«, sagte ich. »Ich habe eure Mutter im Stich gelassen. Ich habe euch Mädchen im Stich gelassen. Ich möchte, dass ihr wisst, dass es mir sehr leid tut.« Ich unterdrückte ein Schluchzen. »Ich werde alles tun, um es wiedergutzumachen.«

»Wir vergeben dir, Daddy«, sagte Ashley.

»Aber wir können nicht für Mom sprechen«, sagte Amber.

»Hat sie gesagt, dass wir wieder als Familie zusammen sein können?«, fragte ich.

Ashley starrte zu Boden und schüttelte den Kopf. Amber schaute mir direkt in die Augen. »Daddy«, sagte meine älteste Tochter weise, »ich glaube, du hast einen schweren, harten Kampf vor dir.«

* * *

Wenn ich an diesem 24. Februar 1992 gewusst hätte, wie sehr sich Ambers Aussage bewahrheiten sollte, wäre ich garantiert weinend zusammengebrochen. Die anschließenden drei Jahre waren die schlimmsten in meinem Leben. Ich schrieb einen Brief an Penelope, in dem ich ihr alles beichtete. Sie wollte keine Scheidung, aber sie wollte nichts mehr mit mir zu tun haben. Ich zog dann nach Portland in Oregon, wo mein Bruder mit seiner Frau lebte. Sie waren die einzigen in der Familie, die sich nicht angewidert von mir abgewandt hatten. Ich übernahm alle möglichen Jobs: im Buchhandel, als Telefonist für Meinungsforschung, als Korrekturleser. Mein einziger Kontakt mit Penelope waren Telefonate, bei denen ich mir ihre Hasstiraden anhören musste. Sie warf mir alle nur möglichen Schimpfwörter an den Kopf. Ich konnte mich nicht wehren. Ich konnte sie nur um Vergebung anbetteln. Drei Jahre lang wurde sie mir verweigert. Am schlimmsten war, dass ich die Mädchen nur zweimal pro Jahr sehen durfte.

Nein, meine Bestrafung konnte die Leben von Seeräuber-Jenny und T-Bird Williams nicht aufwiegen. Aber drei Jahre lang von der Familie getrennt zu sein, war meine Buße. Selbst als wir wieder zusammenkamen, war mir immer bewusst, wie sehr ich die Beziehung zu meiner Frau zerrüttet hatte. Es dauerte sehr lange, bis Penelope mir irgendwann wieder vertrauen konnte. Ein Jahr nachdem sie Arden verlassen hatte, beendete sie ihr Buch mit dem Titel *Wie sich Diversität für DICH auszahlt*. Die Gebrauchsanweisung für Multikulturalität am Arbeitsplatz wurde ein Riesenbestseller und zu einem Standardwerk. Pen zog 1995 mit den Mädchen nach San Francisco. Ein Jahr lang besuchte ich sie regelmäßig von Portland aus. Schließlich ließ Penelope zu, dass ich wieder bei ihnen einzog. Sie war sehr stark von ihren Lesereisen beansprucht und ich übernahm es, ihren Terminkalender zu organisieren. Sehr, sehr langsam kamen wir wieder zusammen und wurden vertrauter miteinander als je zuvor.

Aber am 24. Februar 1992, als ich zusammen mit Amber und Ashley auf dem Sofa im Besucherraum des Krankenhauses saß, konnte ich nicht ahnen, wie das alles ausgehen würde. In diesem Moment hätte ich den Gedanken nicht ertragen, meine Töchter in den kommenden drei Jahren nur selten sehen zu dürfen, und dass es mehr als vierzig Monate dauern sollte, bevor ich meine Frau wieder lieben und in ihren tröstenden Armen einschlafen durfte, während ich ihrem sanften Schnarchen lauschte.

* * *

Ich wusste so vieles nicht, konnte nicht wissen, was ich gerne über die nahe Zukunft gewusst hätte, damals im Februar 1992.

Ich hätte mir nicht im Traum vorstellen können, dass im April dieses Jahres eine kalifornische Jury – auch wenn sie nur aus Weißen bestand – die weißen Polizisten, die dabei gefilmt wurden, wie sie einen schwarzen Autofahrer misshandelten, freisprechen würde. Nach der Urteilsverkündung ging South Central Los Angeles in Flammen auf. In zahlreichen amerikanischen Städten kam es zu Gewaltausbrüchen. Plünderungen, Schießereien, über sechzig Todesopfer. Burn, baby, burn! Es waren die schlimmsten Aufstände seit dem 4. April 1968, als die Schwarzen nach der Ermordung ihres größten Führers aufbegehrten. Nach vierundzwanzig Jahren waren die Vereinigten Staaten vom Zeitalter Martin Luther Kings in das Zeitalter Rodney Kings eingetreten. Jeder und jede in diesem gottverlassenen Land starrte in den

Abgrund rassistischen Hasses. Man konnte nichts tun, als sich so rasch wie möglich von diesem Höllenschlund abzuwenden. Und, um es mit den Worten des ersten Baby-Boomer-Präsidenten und Meister des Seitensprungs auszudrücken: »Leugnen, leugnen, leugnen!«

Ich wusste damals nicht, dass ich den Namen Reggie Brogus nur noch selten hören würde. Dennoch tauchten in diesem Jahrzehnt mehr und mehr Schwarze seiner Generation auf, Fürsprecher der richtigen Ideen, Produkte der Sechziger, die in den Neunzigern zur Kasse baten und versuchten, das Establishment nicht etwa herauszufordern, sondern es selbst zu werden. Vielleicht hatten sie früher radikale Parolen ausgestoßen. Aber gegen Ende des Jahrhunderts reihten die falschen Brüder sich ein. Reggie Brogus war tot; doch der grausige Marsch der schwarzen Chamäleons hatte gerade erst begonnen.

Wie hätte ich an diesem trüben Montag, dem 24. Februar 1992, ahnen können, dass das Afrikamerika-Institut der Arden University nicht nur weiterexistieren, sondern unter der Leitung von Brogus' Liebling Trevor Bledsoe III prosperieren würde? Vielleicht hätte ich wissen müssen, dass Dekan Jerry Shamberg sogar einen Mord auf dem Campus für seine Publicitystrategien zu nutzen wusste. Und so war die Arden University perfekt aufgestellt, als Jerry sie 1995 verließ, um stellvertretender Bildungsminister in der Clinton-Regierung zu werden.

Ich wusste nicht, dass ein Jahr später Pops Mulwray friedlich im Schlaf versterben würde. Auch nicht, dass der ehemalige Botschafter Heinrich Wolfshiem sich in einem Hotelzimmer in Berlin die Kehle aufschlitzen würde. Ich hätte auch niemals vermutet, dass es Andy Chadwick innerhalb weniger Monate gelingen würde, einen Posten als Reporter bei der *New York Times* zu ergattern. Oder dass die Verfilmung der Biografie von Patsy DeFestina in Hollywood in Arbeit war. Oder dass Kwanzi Authentica Parker die fünf Millionen Dollar, die sie von Roger Pym-Smithers erbte, dazu verwenden würde, ins südafrikanische Johannesburg umzusiedeln, wo sie Gerüchten zufolge versuchen wollte, ihre Dissertation zu Ende zu schreiben.

Am unvorhersehbarsten war, wie schnell es mir gelingen würde, Jenny, T-Bird und Roger zu vergessen. Jenny erschien mir gelegentlich noch im Traum. Und da wirkte sie immer fröhlich.

Am 24. Februar 1992, während ich versuchte, mich von dem Wahnsinn der vergangenen Woche zu erholen und mich Patsy DeFestinas »offizieller Version« der Ereignisse zu unterwerfen, wusste ich nicht, dass zwei Jahre später, als ich einsam, betrunken und zutiefst deprimiert eine verlassene Straße in Portland entlangtrottete, eine schwarze Lincoln-Limousine mit getönten Scheiben drohend an mir vorbeigleiten sollte. Andere Lebenszeichen von Special Agent Guffin sollte es nicht geben. Aber ich würde immer wissen, er war noch da.

Auch konnte ich in diesem Februar im Jahr 1992 nicht vorhersehen, wie wunderbar meine Töchter in den drei Jahren meiner erzwungenen Abwesenheit heranwachsen und wie sehr die Trennung von ihnen mir zusetzen würde.

* * *

Vielleicht ist es ein Segen, dass wir die Zukunft nicht vorhersehen können. Die Gegenwart ist eine undurchschaubare Improvisation und die Vergangenheit ein Durcheinander aus offiziellen und inoffiziellen Versionen. Am 24. Februar 1992 bestand meine Weltanschauung, mein Glaube, einzig und allein aus diesen zwei kleinen Mädchen, die ich umarmte.

Als die Besuchszeit zu Ende war, brachte ich die Zwillinge zu der großen Glastür am Krankenhauseingang. Kurz blieben wir vor dem riesigen weißen Gebäudekomplex stehen.

Am Ende des Gehwegs sah ich den Volvo mit Mrs. Henderson hinterm Steuer.

»Wir lieben dich, Daddy«, sagte Amber.

Ich kniete mich hin und umarmte meine Töchter. »Ich liebe dich auch, Amber. Und ich liebe dich, Ashley.«

Ich sah ihnen nach, wie sie zum Auto trotteten. Da drehte Ashley sich plötzlich um und rief mir zu: »Verlier nicht den Glauben, Daddy!«

»Ich versuch's.«

Als der Volvo ausparkte, ließen die Zwillinge die Scheiben des hinteren Seitenfensters herunter, steckten die Arme heraus und winkten zum Abschied mit zwei ausgestreckten Fingern. Lächelnd sah ich zu, wie der Wagen verschwand, mit zwei heraushängenden Armen und zwei kleinen Händen, die das Peace-Zeichen machten.

Identifikation eines Phantoms
Nachwort von Robert Brack

Es begann als Jagd auf einen unsichtbaren Mann und artete aus in eine globale Recherche nach schwer auffindbaren Büchern. Jake Lamar war ein Phantom, die Originalausgaben seiner Werke zwar hier und da verzeichnet, aber nicht mehr lieferbar. Nur in Frankreich lagen fast alle seine Bücher vor. Dort wurde sein Name in einem Atemzug mit Klassikern wie Rudolph Fisher, Chester Himes, Gar Anthony Haywood und Walter Mosley oder »Black Noir«-Pionierinnen wie Paula Woods, Barbara Neely und Valerie Wilson Wesley genannt. Aber man kann schlecht Bücher eines amerikanischen Autors aus dem Französischen ins Deutsche übersetzen.

Bei Payot & Rivages in Paris, wo die meisten Bücher von Jake Lamar erschienen sind, wollte man dem interessierten deutschen Verlag gern weiterhelfen – mit der Kontaktadresse der amerikanischen Agentin des gesuchten Autors. Die entpuppte sich leider als nicht oder nicht mehr gültig. Immerhin konnte das Lektorat einen Titel schicken: *Le caméléon noir*, die französische Version von *If 6 Were 9*, dem hier vorliegenden Kriminalroman, der in den USA 2001 erschienen war.

Ein Antiquariat in Neuseeland hatte dann noch ein Exemplar des Originals – und es dauerte nur zwei Wochen, bis das Buch in Deutschland ankam. Die Lektüre dieses Kriminalromans, der auf dem Umschlag als »a ›militant‹ mystery« angepriesen wurde, rechtfertigte den Aufwand: *If 6 Were 9* ist ein perfekt konstruierter klassischer Whodunnit, außerdem ein satirischer Campus- und vielschichtiger amerikanischer Gesellschaftsroman, der schon 2001 komplexe Fragen von Race, Gender und Identity Politics mit beeindruckender erzählerischer Virtuosität behandelte.

Leider blieben Autor und Agentin zunächst weiter unauffindbar, eine Web-Präsenz gab es (noch) nicht. Scheinbar lebte Jake Lamar seit Jahrzehnten in Paris, wo auch zwei seiner Romane spielen: *Rendezvous Eighteenth* und *The Ghosts of Saint-Michel* (2003 und 2006 erschienen). Aber wen fragt man, wenn man einen afroamerikanischen Expat sucht? Inzwischen weiß ich, wo ich hätte nachforschen können – an der Universität Sciences Po zum Beispiel, wo Jake Lamar Kurse in Creative Writing gibt –, aber damals verlief die Suche im Sand. Ich wusste so gut wie nichts von ihm, weder dass er 1961 geboren wurde noch dass er im New Yorker Stadtteil Bronx aufgewachsen war und in Harvard studiert hatte. Auch von seiner Zeit als Journalist beim *Time Magazine* wusste ich nichts, und dass er 1993 nach Paris gezogen war. Hier und da war mir eine französische Ausgabe seiner Romane in die Hände gefallen, wo Hinweise auf diverse Auszeichnungen zu finden waren: den »Grand Prix du Roman Noir Étranger« (für *The Last Integrationist*) oder einen Preis des Centre National du Livre (für seinen nur auf Französisch erschienenen Roman *Postérité*) zum Beispiel.

Und dann, nachdem ich 18 Monate nach ihm gefahndet hatte, saß »one of French Crime Fiction's best kept secrets« (so der britische Krimiautor David Peace) im April 2022 plötzlich auf der Bühne der »Comédie Odéon« in Lyon. Dort präsentierte er im Rahmen des Krimifestivals »Quais du Polar« bei einer Jazz-Matinee sein neuestes Werk *Viper's Dream*, in dem drei Jahrzehnte Jazz und Gangstertum in Harlem beschrieben werden. Die Suche nach dem unsichtbaren Mann war zu einem glücklichen Ende gekommen, seine Bücher können nun auch in Deutschland verlegt werden.

Das schwarze Chamäleon ist Jake Lamars erster Kriminalroman, aber nicht sein erstes Buch überhaupt. Er begann seine literarische Laufbahn mit *Bourgeois Blues*, einem »Memoir«, in dem er sich mit seinem Vater und der eigenen sozialen Position als Angehöriger des Schwarzen Bürgertums auseinandersetzt. Das Buch erregte bei seinem Erscheinen 1991 einige Aufmerksamkeit in den Vereinigten Staaten und bescherte dem Autor ein Stipendium der Lyndhurst Foundation, das ihn nach Paris führte. Hier, wo auch schon andere afroamerikanische Autoren wie Richard Wright, James Baldwin und Chester Himes sich zeitweise oder für länger niederließen, fand Jake Lamar seine zweite Heimat. Und nachdem er sich entschlossen hatte, ins Noir-Genre zu wechseln, auch eine treue französische Leserschaft.

Dass er Kriminalromane schreiben würde, war zunächst nicht ausgemacht. Jakes erster Roman, *The Last Integrationist* (1996), bei dem Don DeLillo Pate gestanden haben könnte, ist eine (von damals aus betrachtet) in der nahen Zukunft angesiedelte »Alternate History« über ein Amerika, das sich von einer Demokratie zu einer autoritären Herrschaftsform entwickelt hat. Im Mittelpunkt steht ein erfolgreicher Schwarzer Jurist, der zum Generalbundesanwalt aufsteigt und sich einen Namen macht als Befürworter der Todesstrafe durch Erhängen und der die Errichtung eines Polizeistaats favorisiert, nicht zuletzt, um die Schwarze Bevölkerung zu disziplinieren.

Anschließend folgte der Gesellschaftsroman *Close to the Bone* (1999), in dem die komplizierten Beziehungsverhältnisse zwischen Angehörigen verschiedener Communitys behandelt werden, »fundamental problems of race and sex, identity and justice«, wie es im Klappentext heißt.

Dann der Wechsel zum klassischen Krimi. Und hier weiß Jake Lamar die literarischen Möglichkeiten des Genres zu nutzen: Mit Clay Robinette (einer von vielen sprechenden Namen in dieser Geschichte) führt er einen unzuverlässigen

Erzähler ein, der vor allem sich selbst gegenüber unzuverlässig ist. Getreu der von Agatha Christie und Aristoteles favorisierten Einheit von Ort, Zeit und Handlung konzentriert der Autor die eigentliche Handlung auf wenige Tage, bewegt sich nur im Umkreis des Campus der Arden University und schafft es gerade wegen dieser Reduktion, ein großes, weit gefasstes Bild einer in Race- und Genderfragen zutiefst verunsicherten Gesellschaft zu zeichnen: Die Ideale der Bürgerrechtsbewegung der 1960er Jahre wurden nach dem Siegeszug der neoliberalen Ideologie erstickt oder in ihr Gegenteil verwandelt; das einstige Streben nach Integration hat sich in zwanghafte Segregation umgekehrt; und aus dem Streben der Bürgerrechtsbewegung nach Freiheit, Gleichheit und Gerechtigkeit ist ein Konkurrenzkampf um Reichtum, Status und Medienpräsenz geworden.

Mit *Das schwarze Chamäleon* hat Jake Lamar einen weiteren Klassiker der afroamerikanischen Kriminalliteratur geschrieben. Wie Rudolph Fisher wirft er einen satirisch-sarkastischen Blick auf die Community, die er beschreibt; wie Chester Himes nutzt er Elemente der Groteske, um soziale Konflikte auf den Punkt zu bringen; wie Walter Mosley nutzt er die strenge Form des Whodunnit, die er aufbricht, indem er den Protagonisten zum Getriebenen macht. Denn gerade weil er so verzweifelt versucht, sich aus der Affäre zu ziehen, ruiniert der »zweitoffensichtlichste Verdächtige« Clay Robinette auf tragische Weise die eigene bürgerliche Existenz.

Der »offensichtlichste Verdächtige« Reginald T. Brogus wiederum ist weniger tragisch als zynisch angelegt, eine Gestalt, die ihre Präsenz am besten in einem Kriminalroman entfalten kann. Denn wie schon der Italiener Leonardo Sciascia erkannte, wohnen dem Genre besondere Möglichkeiten inne, obskure Phänomene wie die »Mafia«, den »tiefen Staat« oder hier eben »Cointelpro« auf eine spielerische Art in ihrer intriganten Wirkungsweise bloßzulegen. Reggie

Brogus ist eine Erfindung des FBI, sein ganzer zwiespältiger Charakter, inklusive Lebenslauf und Weltanschauung, ein Produkt der Staatsgewalt, die hier subversiv agiert, um die Bürgerrechtsbewegung zu sabotieren.

Ebenso brisant ist die Frage, ob die aufrechte Aktivistin Kwanzi Authentica Parker in ihrer naiven identitätspolitischen Begeisterung womöglich weit mehr auf dem Holzweg ist als die vom neoliberalen Geist durchdrungene Diversity-Beauftragte Penelope Robinette, die ihrem Ehemann mehr als eine Nasenspitze voraus ist, wenn es darum geht, sich dem Zeitgeist anzupassen und Emanzipation als Produkt zu verkaufen, um das nötige Kleingeld für die Familie zu verdienen.

Wie schon in *The Last Integrationist* verwendet Jake Lamar auch in *Das schwarze Chamäleon* große erzählerische Sorgfalt bei der Beschreibung seiner weiblichen Haupt- und Nebenfiguren, zeigt auf, wie schwierig es auch für selbstbewusste, starke Charaktere ist, sich in einer männerdominierten (Campus-)Welt zu behaupten, in der eng definierte Grenzen von Hautfarbe und Herkunft gezogen werden. Jennifer Wolfshiem, die sich selbst Seeräuber-Jenny nennt, scheitert an den Vorurteilen, dem mangelnden Einfühlungsvermögen und der Frauenverachtung weißer wie Schwarzer Männer.

Dem Autor gelingt es, die immer noch aktuellen identitätspolitischen Diskussionen bis in ihre tragikomischen Dimensionen auszuloten. Er verfügt über genügend Souveränität und Humor, um uns angesichts eines perversen Verbrechens und den sich daraus ergebenden jämmerlichen Machtspielen und Vertuschungsaktionen zum Lachen zu bringen – das wenigstens ist dann befreiend.

Jake Lamar ist nun auch für das deutsche Publikum sichtbar geworden, er ist keine Spukgestalt mehr, sondern ein Autor mit Substanz, der es versteht, wirkliche Menschen und ihre äußeren wie inneren Konflikte und schmerzhaften

Kämpfe zu beschreiben. In den Romanen, die auf *Das schwarze Chamäleon* folgten, hat er als freiwilliger Exilant seinen Blick geweitet und nach der amerikanischen die europäische Gesellschaft in den Blick genommen. Dazu muss er nur aus seinem Fenster schauen, im 18. Arrondissement, und er hat die gesamte Farbpalette französischer Multikulturalität vor Augen.